FELICITY WHITMORE

# Das Geheimnis der verborgenen Bibliothek

ROMAN



dtv

Von Felicity Whitmore
sind bei dtv außerdem erschienen:
Der Klang der verborgenen Räume
Das Herrenhaus im Moor
Die vergessenen Stimmen von Chastle House
Der Faden der Vergangenheit.
Die Frauen von Hampton Hall, Band 1
Die Straße der Hoffnung.
Die Frauen von Hampton Hall, Band 2
Die Heimat des Herzens.
Die Frauen von Hampton Hall, Band 3

FSC
www.fsc.org
MIX
Papier aus verantwortungsvollen Quellen
FSC® C019821

Originalausgabe 2022

Umschlaggestaltung: wildesblut – Atelier für Gestaltung
Stephanie Weischer
Umschlagmotive: shutterstock.com
Satz: C.H.Beck.Media.Solutions, Nördlingen
Gesetzt aus der Aldus LT Std 10/13,25·
Druck und Bindung: Druckerei C.H.Beck, Nördlingen
Printed in Germany · ISBN 978-3-423-22007-1

Für meine Leserinnen und Leser

# Prolog

*Liverpool, November 1839*

Die Kälte legte sich wie ein Seidentuch über Liverpool und überzog die Straßen und Häuser mit einer dünnen Eisschicht. An den Fensterscheiben wuchsen Kristallblumen und der rußige Geruch der Kaminfeuer überdeckte den Fischgestank am Hafen. Das Klatschen der Wellen, die an die Kaimauer schlugen, vermischte sich mit dem Gekreisch der Möwen. Die Nacht war sternenklar und der volle Mond erhellte die Stadt mit seinem kalten, unheimlichen Licht. Ein Schatten schälte sich aus der Dunkelheit, in der Hand einen schweren Backstein. Lautlos schlich er von Hausecke zu Hausecke, ohne die gebeugt gehende Gestalt vor sich aus den Augen zu lassen. Blitzschnell verschwand er in einem Hinterhof, als am Ende der Straße eine Gruppe johlender Matrosen auftauchte. Es war nach Mitternacht, die Spelunken hatten längst geschlossen und für die Fischer war es noch zu früh. Um diese Zeit war es am ruhigsten im Hafenviertel von Liverpool. Nur die kaum wahrnehmbaren Atemwolken ließen erahnen, dass sich jemand hinter dem Torbogen verborgen hielt. Erst als die Seemänner ihn passiert hatten, schlüpfte der Schatten wieder hervor und sah sein Opfer gerade noch am Ende der Straße in Richtung George's Basin abbiegen.

Er schlich sich hinter einem der Wachhäuschen vorbei, in dem ein Polizist der Nachtwache seinen Dienst tat. Dann rannte er, so schnell er konnte, hinter seinem ahnungslosen Opfer her und erreichte keuchend die Kaimauer. Einen Moment lang hielt er inne und suchte den Hafen mit den Augen ab. Die Masten der Schiffe schaukelten im Mondschein. Die Beute war etwa zwanzig Meter von ihrem Jäger entfernt. Niemand außer den beiden war in dieser eisigen Nacht am Hafen unterwegs. Jetzt oder nie! Mit katzenhaften Bewegungen sprang der Verfolger auf die hagere Gestalt zu. Erschrocken verharrte der Überraschte einen Augenblick lang, bevor er sich umwandte.

Er blickte seinen Jäger gehetzt an. Dann aber erkannte er den Angreifer und ein Grinsen legte sich auf seine spitzen Gesichtszüge. Auch das raubtierhafte Wesen lächelte, beinahe unschuldig. Und noch bevor das Opfer sich wehren konnte, hatte der Jäger den schweren Stein mit beiden Händen in die Höhe gerissen und ließ ihn mit aller Kraft niederfahren. Das Krachen des Schädels war lauter als die Wellen, die gegen die Hafenmauer schlugen. Die hagere Gestalt sank zu Boden und hob verzweifelt die Arme. Sie stöhnte auf, aber noch ehe sie laut um Hilfe schreien konnte, hatte der Täter zum zweiten Mal zugeschlagen. Mit ausladenden Bewegungen schmetterte er den Backstein wieder und wieder auf das wehrlose Opfer, bis sein Kopf zu einer roten breiigen Masse geworden war. Dann richtete sich der Mörder auf und sah sich um. Niemand war im schwachen Schein der Öllampen zu erkennen, die an den Kontoren hingen. Schnell lief der dunkle Schatten zur Kaimauer und warf den Stein ins Wasser hinunter.

Dann kehrte er zu dem reglosen Körper zurück. Einen

Moment lang schien er zu überlegen, sein Opfer einfach dort liegen zu lassen. Doch dann bückte er sich und griff nach den Beinen der Leiche. Sie war schwer. Aber der Verbrecher war fest entschlossen. Als er den leblosen Körper zur Kaimauer zerrte, hinterließ er eine schimmernde rote Spur im Frost. Mit einem lauten Platschen landete der Leichnam im Wasser. Der Mörder wischte seine blutigen Hände an den feuchten Steinen der Hafenmauer ab. Dann richtete er sich auf. Ohne einen Blick zurück ging er beinahe lautlos davon. Sein Schatten verschwand ungesehen in der Dunkelheit.

# Kapitel 1

*Oxford, heute*

Zoe sog den Geruch des alten Hauses in sich auf. Die Colleges hier in Oxford rochen genauso wie die in Cambridge, nach Büchern, Wachs und Reinigungsmitteln. Sie strich sich eine Haarsträhne hinters Ohr, während sie in dem schmalen Korridor an den Hörsälen vorbeiging. Die alten Holzdielen knarrten unter ihren Schritten. Wieder an der Uni zu sein war fast wie nach Hause zu kommen, nur dass Zoe schon seit drei Jahren kein Zuhause mehr hatte. Und seit Mel fort war, hatte sie auch keinen Menschen mehr, bei dem sie so etwas wie Geborgenheit verspürte. Einen Moment lang blieb sie stehen und sah aus dem Fenster auf den gepflegten Rasen hinunter. Oxford war ein Neuanfang und das hatte etwas Tröstendes. In Cambridge hatte sie alles an Mel erinnert, in Liverpool alles an ihre Eltern. Ihr war bewusst, dass sie die Promotionsstelle bei Professor Charlotte Arlon nur aufgrund ihres Familiennamens bekommen hatte, aber sie hatte kein schlechtes Gewissen. Auch wenn sie sich geschworen hatte, ohne die Unterstützung der Earls of Wooverlough ihren Weg zu gehen, nahm sie diesen Vorteil gern in Anspruch. Ihre Chancen waren nämlich nicht besonders gut gewesen, als sie sich bei Professor Arlon beworben hatte.

Schließlich war sie fünf Jahre älter als der Durchschnitt der Doktoranden, die in Oxford begannen, denn sie hatte sich eine Auszeit genommen, um ihren Roman fertigzustellen.

Zoe wandte sich vom Fenster ab und setzte ihren Weg fort. Irgendwo auf diesem Flur musste das Büro ihrer neuen Professorin sein. Damals bei ihrem ersten Gespräch hatte sie Professor Arlon in einem großen Saal getroffen, zusammen mit weiteren Mitgliedern der Auswahlkommission. Jetzt kam ihr eine Gruppe Studenten entgegen und ihr Magen fing plötzlich an vor Aufregung zu kribbeln. Zum ersten Mal seit Monaten verspürte sie wieder so etwas wie Glück. Zum ersten Mal seit Mel gegangen war, hatte sie das Gefühl, endlich wieder nach vorn blicken zu können.

Sie blieb stehen, als sie das Schild mit der Aufschrift »Professor Dr. Charlotte Arlon« gefunden hatte. Zoe atmete tief durch. Wieso war sie plötzlich so aufgeregt? Sie hatte in den letzten Jahren doch ganz andere Situationen gemeistert. Ihre Hand zitterte leicht, als sie anklopfte.

Zoe hörte Schritte, die sich näherten, und im nächsten Moment wurde die Tür geöffnet.

Professor Arlon lächelte ihr zu. »Herzlich willkommen in Oxford, Lady Zoe.«

»Oh, bitte nur Zoe«, erwiderte sie und schüttelte die Hand ihrer Professorin. »Ich freue mich sehr, bei Ihnen promovieren zu dürfen, Frau Professor.«

»Charlotte«, sagte diese, wich einen Schritt zurück und ließ Zoe eintreten.

Der dezente Duft eines teuren Parfüms lag im Raum. Die Wände des Büros waren mit Bücherregalen vollgestellt, vor dem kleinen Sprossenfenster stand ein Schreibtisch, und an der linken Wand gab es einen Kamin und eine Sitzgruppe aus abgewetzten Ledersesseln.

Charlotte bedeutete Zoe, Platz zu nehmen, und setzte sich dann neben sie.

»Wie spannend, die Autorin von *Der Übernächste* als Doktorandin bei uns begrüßen zu dürfen!«

Zoe errötete. Obwohl sie eigentlich an den Ruhm gewöhnt sein sollte, den sie vor zwei Jahren durch ihren Roman erlangt hatte, war ihr die allgemeine Aufmerksamkeit immer noch unangenehm. Sie war froh, dass der größte Wirbel um ihre Person inzwischen vorbei war. Nach Erscheinen ihres Buches war sie zu mehreren Talkshows eingeladen gewesen und musste zahlreiche Interviews geben. Dabei hatte sich Zoe nie wirklich wohlgefühlt.

Sie wechselte das Thema. »Wie ich in meinem Motivationsschreiben ja erläutert habe, verfolge ich Ihre Arbeit schon lange, und ich habe in Cambridge meine Abschlussarbeit über das Thema *Heldenentstehung und Heldentum* geschrieben.«

»Ich weiß.« Charlotte klopfte mit ihren schlanken manikürten Fingern auf eine Mappe, die auf einem niedrigen Tischchen lag. Der Brillant an ihrem Ringfinger funkelte. »Kevin war so freundlich, sie mir zukommen zu lassen.«

»Oh«, stieß Zoe überrascht hervor. Sie hatte gar nicht gewusst, dass Kevin Franklin, ihr Professor in Cambridge, bei dem sie ihre Masterarbeit geschrieben hatte, mit Charlotte bekannt war.

Die Professorin lachte und warf ihr langes blondes Haar zurück. »Kevin und ich haben zusammen studiert, und nach Ihrem Bewerbungsgespräch habe ich ihn gleich angerufen. Schließlich wollte ich wissen, ob Sie wirklich mehr sind als die Autorin von *Der Übernächste*. Hätten Sie sich am literaturwissenschaftlichen Institut beworben, hätte ich nicht nachfragen müssen, aber Sie möchten in Geschichte promovieren, nicht wahr? Wie alt sind Sie, Zoe?«

»Ich bin achtundzwanzig«, erwiderte Zoe und hörte selbst den beinahe entschuldigenden Unterton in ihrer Stimme. »Mein Roman kam mir dazwischen …«

»Na, glücklicherweise.« Charlotte lachte. »Ich habe *Der Übernächste* verschlungen. Es ist ein ausgezeichnetes Porträt Ihrer Generation.«

Zoe nickte und errötete wieder. Sie überlegte, dass sie und Charlotte fast aus derselben Generation stammen könnten, die junge Professorin war nicht viel älter als Zoe selbst. Zoe hatte alles über Charlotte Arlon gelesen, was sie finden konnte. Die Professorin war achtunddreißig Jahre alt und ihre akademische Laufbahn beeindruckend. Mit achtundzwanzig hatte sie ihren Doktortitel bereits in der Tasche gehabt und zahlreiche Bücher, Artikel und wissenschaftliche Abhandlungen zum Thema Heldentum herausgebracht. Innerhalb weniger Jahre hatte sie sich einen Namen gemacht und mit dreißig schon eine Juniorprofessur in Harvard bekommen. Nur ein paar Jahre später übernahm sie den Lehrstuhl in Oxford. Dazwischen hatte sie es sogar noch geschafft, den Dekan der literaturwissenschaftlichen Fakultät zu heiraten und zwei Kinder zu bekommen, und dabei sah sie so umwerfend aus, als wäre sie Berufssportlerin.

Charlotte schaute Zoe fragend an, der auffiel, dass sie ihre Professorin wohl etwas zu eindringlich gemustert hatte. Schnell sagte sie: »Wenigstens ermöglicht mir der Erfolg des Romans, mein Studium zu finanzieren.«

Charlotte zog erstaunt die Augenbrauen hoch. »Ich war davon ausgegangen, dass Ihre Eltern Sie unterstützen.«

Zoe schüttelte den Kopf. »Ich habe zu meinen Eltern keinen Kontakt mehr.«

»Das ist schade«, sagte die Professorin und hob die Hand mit dem Brillantring. »Ich meine, ich will mich nicht in Ihre Familienangelegenheiten einmischen, aber ich habe ein Forschungsthema, das ich Ihnen gern vorschlagen würde, und für dieses Thema wäre der Kontakt zu Ihrer Familie sicher vorteilhaft.«

Zoe runzelte die Stirn. »Ich komme zwar aus einer alten Adelsfamilie, aber ich wüsste nicht, in welcher Hinsicht diese Herkunft hilfreich sein könnte. Die Geschichte der Earls of Wooverlough ist so langweilig, dass sie über eine dröge Familienchronik wohl kaum hinausreichen würde – die es übrigens schon gibt.«

»Ihr Vorfahre Gerald Farwell«, sagte Charlotte nur.

»Gerald der Gütige?«, erwiderte Zoe erstaunt.

Die Professorin nickte. »Genau um den geht es. Um Gerald den Gütigen. Gerald Farwell wird nicht nur in Liverpool und Umgebung als Held verehrt. Er ist landesweit bekannt, und Anfang des zwanzigsten Jahrhunderts wäre beinahe ein Feiertag ihm zu Ehren geschaffen worden. Soweit ich weiß, war sogar seine Heiligsprechung vorgesehen. Auf jeden Fall gilt er im ganzen Land als Held.«

»Und in unserem Dorf Fleetwood, das jahrhundertelang meiner Familie gehört, gibt es jedes Jahr die großen Gerald-Farwell-Spiele«, warf Zoe ein. »Das ist ein Volksfest mit verschiedenen unterhaltsamen Wettkämpfen.«

»Aber worauf genau gründet sich dieses Heldentum?«, fragte Charlotte. »Was hat Ihr Vorfahre getan, das diese Verehrung rechtfertigt? Gerald Farwell ist meines Wissens einer der jüngsten Helden, die England hervorgebracht hat, abgesehen von den Heldenfiguren der Weltkriege, deren Ruhm sich von ihren militärischen Verdiensten herleitet. Aber Farwell war weder Soldat, noch hat er irgendeine Familie aus einem brennenden Haus gerettet oder sonst etwas getan, das bekannt ist.«

»Er war Geistlicher«, erinnerte sich Zoe.

»Genau. Aber darüber hinaus ist erstaunlich wenig über ihn bekannt, und dennoch wird er als Held verehrt.« Charlotte hielt einen Moment inne. »Worum geht es bei diesen Gerald-Farwell-Spielen? Vielleicht liefert uns das den ersten Anhaltspunkt.«

Zoe lehnte sich in dem Sessel zurück und dachte einen Augenblick nach. »Es ist ein Fest für die ganze Familie. Eine Woche lang werden Wettbewerbe veranstaltet. Tauziehen und Sackhüpfen, ein Eierlauf, ein Kuchenwettbacken und eine Rosenmeisterschaft, bei der die schönste Rose des Dorfes gekürt wird.«

Charlotte nickte. »Das müsste man sich mal genauer anschauen. Ich weiß nicht, ob das Thema Stoff genug hergibt, um eine Dissertation darüber zu schreiben, aber für eine wissenschaftliche Abhandlung sollte es reichen. Und am Ende kann es zumindest ein Teil Ihrer Promotion werden.«

»Warum denken Sie, dass gerade ich mich mit diesem Thema beschäftigen soll?«, fragte Zoe, der nicht wohl war bei dem Gedanken, sich intensiv mit ihrer Familiengeschichte zu befassen. »Wäre ein Außenstehender mit genügend Abstand nicht viel besser geeignet?«

Charlotte wiegte ihren Kopf hin und her. Zoe betrachtete das hübsche Gesicht, das sorgfältige Make-up und die teure Kleidung. Alles an dieser Frau strahlte Wohlstand und Eleganz aus. Charlotte hatte sich vermutlich nie Sorgen um ihr Auskommen machen müssen und war bestimmt auch nie von ihrem Vater aus dem Haus geworfen worden, sodass sie plötzlich ohne einen einzigen Penny dastand. Zoe konnte sich gut vorstellen, wie sich Charlottes Mann in die junge, hübsche Wissenschaftlerin verliebt hatte. Charlotte versprühte einen ganz besonderen Zauber, dem Männer vermutlich schnell erlagen. Und auch Frauen … Nein, Zoe atmete tief durch. Sie würde sich nicht in ihre Professorin verlieben. Was war nur mit ihr los, dass sie diesen Gedanken überhaupt zuließ? Charlotte war so hetero, wie man es nur sein konnte. Zoe stellte sie sich in ihrem eleganten Haus vor, mit ihrem Mann und den beiden Kindern an ihrer Seite. Spießig und beneidenswert zugleich. Manchmal wünschte sich Zoe, genauso zu sein wie andere junge Frauen, die die Erwartungen ihrer Eltern erfüllten. Aber Zoe war anders.

»Ich glaube, Sie könnten an viel mehr Informationen herankommen als jemand, der nicht zur Familie gehört«, erklärte Charlotte und riss Zoe damit aus ihren Gedanken. Ihre Hand legte sie auf die Armlehne des abgenutzten Ledersessels. »Es gibt bisher noch keine Literatur zu diesem Thema, und ich könnte mir vorstellen, dass Sie etwas über Gerald schreiben könnten, das einerseits wissenschaftlich fundiert ist, andererseits aber auch interessierte Laien anspricht. Denn Sie sind als Romanautorin bekannt, Familienmitglied der Wooverloughs und nicht zuletzt Wissenschaftlerin.«

Zoe dachte einen Augenblick lang über die Worte der Professorin nach. Sie bewunderte Charlotte fachlich sehr, hatte viele ihrer Arbeiten gelesen und sie mehrfach in ihrer Masterarbeit zitiert. Und sie musste ihr recht geben, auf den ersten Blick schien es das perfekte Forschungsthema für Zoe zu sein. Aber Wooverlough Court, das Anwesen ihrer Eltern, war ihr nicht mehr zugänglich. Sie würde nicht in den umfassenden Bibliotheken der Familie forschen dürfen, wo alle relevanten Informationen aufbewahrt waren – sofern es überhaupt Aufzeichnungen über Gerald gab.

Charlotte schien ihr Zögern zu bemerken. »Zunächst schlage ich vor, dass Sie nach London fahren und im Archiv von Scotland Yard und der Metropolitan Police recherchieren, ob es Akten über den Mord an Gerald Farwell gibt.«

»Er ist ermordet worden?«, fragte Zoe erstaunt.

Charlotte stutzte. »Ich dachte, das wäre Ihnen als Familienmitglied bekannt.«

Zoe schüttelte den Kopf.

»Es würde mich interessieren, ob er bereits zu Lebzeiten verehrt wurde oder ob er einen heldenhaften Tod gestorben ist«, fuhr Charlotte fort. »Es ist so wenig darüber bekannt. Ich weiß nur, dass er nicht auf natürliche Weise starb. Einer meiner Studenten ist zufällig auf eine Mitteilung in der Liverpooler Zeitung von 1839 gestoßen. Er forscht zum Thema Auswanderung, und da spielte Liverpool natürlich eine zentrale Rolle.«

Zoe sah sie nachdenklich an und lehnte sich in dem alten Sessel leicht nach vorn, in dem schon Generationen von Studenten und Professoren gesessen haben mussten. »Gut möglich, dass der gewaltsame Tod etwas mit der Entstehung von Geralds Heldentum zu tun hat. Haben Sie in den Archiven der Liverpool Police nichts dazu gefunden?«

»Wir haben nicht weiter nachgeforscht. Aber da Gerald Farwell aus einer hochangesehenen Familie stammte, hat man vermutlich nicht gerade einen Dorfpolizisten damit beauftragt, den Fall zu lösen. Damals war die Metropolitan Police gerade gegründet worden, und wenn Mitglieder der gesellschaftlichen Oberschicht Opfer von Gewalttaten wurden, kümmerten sich die Londoner Polizeibehörden um die Angelegenheit. Deshalb gehe ich davon aus, dass Sie dort eher fündig werden als in Liverpool. Dennoch sollten Sie auch dem Archiv der Liverpool Police einen Besuch abstatten.«

Zoe nickte. »Ich werde mich in London umschauen und zusammentragen, was es an Informationen über ihn gibt.«

»Beziehen Sie bitte auch die Zeit nach seinem Tod mit ein. Wie ist es zu der Verehrung gekommen? Das ist unser eigentliches Thema. Auch wenn der Schlüssel dazu tatsächlich häufig im Leben der Helden liegt.« Charlotte lächelte.

Zoe unterdrückte ein Seufzen. Sie hatte sich im Vorfeld einige Promotionsthemen überlegt, die sie ihrer neuen Professorin vorschlagen wollte. Dass sie nun ausgerechnet über ihre eigene Familie forschen sollte, passte ihr gar nicht.

»Halten Sie mich auf dem Laufenden«, sagte Charlotte. Sie stand auf und streckte ihr die Hand entgegen. »Ich bin sehr gespannt auf Ihre ersten Ergebnisse.«

Zoe verabschiedete sich, und als sie in den schmalen Korridor trat, verspürte sie plötzlich den dringenden Wunsch, ihre Professorin auf keinen Fall zu enttäuschen.

In den nächsten Tagen kam Zoe kaum dazu, über Gerald Farwell nachzuforschen. Sie war mit ihrem neuen Apartment beschäftigt, das sie in der Rectory Road gefunden hatte. Die Tantiemen für *Der Übernächste* ermöglichten es ihr, die vollkommen überteuerte Zweizimmerwohnung zu kaufen. Sie riss die Tapete von den Wänden, strich sie mit weißer Farbe und kaufte die nötigsten Möbelstücke. Als Mel und Zoe sich getrennt hatten, hatte Mel fast die gesamte Einrichtung mitgenommen, da Zoe zunächst in ein möbliertes Zimmer gezogen war, bis sie wusste, wohin es sie als Nächstes verschlagen würde. Jetzt war sie froh, keine Möbel mehr zu besitzen, die sie an ihre Zeit mit Mel erinnerten. Nicht nur Oxford war ein Neuanfang, sondern auch ihre Wohnung.

Als sie endlich dazukam, sich mit Gerald Farwell zu befassen, musste sie schnell feststellen, dass das Internet ihr keine Informationen über diesen Mann lieferte. Es gab keinen einzigen Eintrag in den einschlägigen Suchmaschinen und Online-Datenbanken, und der Wikipedia-Artikel über Gerald Farwell enthielt nichts, was sie nicht schon gewusst hatte. Der einzig interessante Fund war das Literaturverzeichnis im Anhang, das auf zwei Biografien über ihn verwies.

Als Nächstes nahm Zoe Kontakt zum zentralen Polizeiarchiv in London auf. Als sie endlich zu der zuständigen Archivarin durchgestellt worden war, wurde ihr erklärt, dass sie in Arbeit ersticken würden und dass sie sich selbst auf den Weg ins Polizeiarchiv machen müsse, wenn sie etwas über Gerald Farwells Tod herausfinden wolle. Immerhin rief der Archivar aus Liverpool sie zwei Tage später zurück, um ihr mitzuteilen, dass es keine Akte und auch sonst keine Aufzeichnungen zum Tod Gerald Farwells bei der Liverpool Police gab. Zoe blieb also nichts anderes übrig, als tatsächlich das Polizeiarchiv in London aufzusuchen.

Sie nahm den Zug und erreichte um halb zehn Uhr morgens das Polizeigebäude, wo sie schon eine halbe Stunde später die Akten durchforstete. Als das Archiv um fünf Uhr schloss, hatte sie jedoch nicht einmal den geringsten Hinweis auf den Mord an ihrem Vorfahren gefunden. Daher fuhr sie auch am nächsten Tag noch einmal nach London, doch wieder ohne Erfolg. Allmählich begann sie daran zu zweifeln, dass Gerald wirklich ermordet worden war. Konnte es sich vielleicht um einen tragischen Unfall gehandelt haben, bei dem es keine Ermittlungen gegeben hatte?

Zoe erinnerte sich an die beiden Biografien, die in dem Wikipedia-Artikel erwähnt worden waren, und über den Online-Bibliothekskatalog wurde sie schnell fündig. In Oxford gab es offenbar ein Exemplar von einer der Biografien, es stand in der Bibliothek des Balliol College.

Zoe machte sich sofort auf den Weg in die alte Bücherei. Es dauerte ein wenig, bis sie sich in den Räumen zurechtgefunden hatte und das Werk vor ihr auf dem Tisch lag. Es war in rissiges Leder gebunden. Ausleihen konnte man sich das Buch nicht, aber es war nur achtzig Seiten dick. Es stammte aus dem Jahr 1845, war also sechs Jahre nach Geralds Tod veröffentlicht worden.

Das Licht der Morgensonne fiel durch das Fenster auf den schmalen Tisch, an dem Zoe saß, während sie den Text las, der in einer altmodischen Sprache verfasst war. Sie vertiefte sich in die detailreichen Ausführungen über den gottesfürchtigen und gütigen Geistlichen, der sich wohl von klein auf dazu berufen gefühlt hatte, sein Leben in den

Dienst Gottes zu stellen. Gerald kümmerte sich um die benachteiligten Menschen in Liverpool und half ihnen mit verschiedenen Spendenaufrufen. Dann kam ein fragwürdiger Abschnitt über seine Wundertaten und Heilungen. Angeblich konnte er mit Tieren sprechen und den Wolken befehlen zu regnen. Natürlich wurden keine Beweise hierfür aufgeführt. Über seinen Tod stand nichts in dem Büchlein.

Zoe hob die Augenbrauen, als sie am Ende der Biografie angekommen war. Der Bericht über Geralds Leben brach beinahe abrupt ab. Irritiert blätterte sie weiter, aber da stand nichts mehr. Sie betrachtete den Namen des Verfassers: Hanno Nym. Das klang nach einem anonymen Autor. Und als sie den Namen in ihrem Smartphone googelte, fand sich auch tatsächlich kein Eintrag zu einem Schriftsteller mit diesem merkwürdigen Namen.

Zoe seufzte und stand auf. Nachdem sie das Buch ins Regal zurückgestellt hatte, trat sie gedankenverloren in den Herbsttag hinaus. Diese Biografie hatte ihr kaum neue Erkenntnisse gebracht. Gerald hatte sich anscheinend häufig für andere Menschen eingesetzt, aber dieses soziale Engagement rechtfertigte sicher nicht, dass er nach seinem Tod derart zum Helden stilisiert worden war. Nein, Zoe wurde das Gefühl nicht los, dass sein Heldentum auf irgendeine Weise mit seinem Tod zusammenhängen musste. Er war eines Todes gestorben, der ihn zum Helden gemacht hatte.

Zoe zog ihren Schal enger um den Hals, es war plötzlich frisch geworden. Orangerote Blätter segelten an ihr vorbei auf den Schotter des Gehwegs, als sie das Gelände des Colleges verließ. Wenn sie mit ihrem Vater hätte sprechen können, wäre sie mit ihrer Recherche vermutlich schnell vorangekommen. In den Bibliotheken seines Anwesens wartete mit Sicherheit eine Erklärung. Ja, das Thema war durchaus vielversprechend und Charlotte hatte recht – Zoe wäre prädestiniert dafür gewesen, sich ihm zu widmen, wenn sie auf Wooverlough Court noch willkommen gewesen wäre.

Sie schüttelte den Kopf, während sie am Christ Church College vorbeischlenderte, und zog ihr Smartphone aus der Tasche. Laut Wikipedia gab es ja noch ein zweites Buch, das sich mit dem Leben von Gerald Farwell beschäftigte, aber dieses schien öffentlich nicht zugänglich zu sein. Zoe fand zwar die Biografie im Internet, aber keine Bibliothek, wo sie einsehbar gewesen wäre. Plötzlich war Zoe sich sicher, dass dieses Buch und vielleicht noch weitere Unterlagen zu Gerald Farwell in Wooverlough Court zu finden sein würden. Die Bibliothek ihrer Familie war so umfassend, dass es an ein Wunder grenzen würde, wenn ausgerechnet die Bücher über ihren Vorfahren Gerald nicht dort aufbewahrt wären. Aber es war unmöglich für sie, dorthin zurückzukehren.

Einer plötzlichen Eingebung folgend, suchte sie in ihrem Telefon nach der Nummer ihrer Tante Vicky, der Schwester ihres Vaters. Vicky war eine der Wenigen in ihrer Familie, die Zoe nicht wegen ihrer Beziehung mit Mel und ihrer lesbischen Neigung verurteilten.

»Hallo?«, meldete sich die Stimme ihrer Tante.

»Ich bin's, Zoe. Alles okay bei dir?«, fragte Zoe und wich einem Studenten aus, der mit seinem Fahrrad in halsbrecherischer Geschwindigkeit über den Gehweg raste.

»Was für eine Überraschung, Zoe! Ich habe gestern

noch an dich gedacht, als ich mich mit einer Freundin über dich und dein Buch unterhalten habe.«

»Ich hoffe, ihr habt nur Gutes über mich gesprochen«, scherzte Zoe. »Sag mal, Vicky, hast du eigentlich schon mal von Gerald dem Gütigen gehört?«

»Gerald? Natürlich. Aber warum fragst du?« Ihre Tante klang erstaunt.

»Leider weiß ich nur sehr wenig über ihn«, erwiderte Zoe. »Ich überlege gerade, ob ich über Gerald promovieren soll, und brauche dringend mehr Informationen.«

Vicky schwieg einen Moment und sagte dann: »Das ist eine ausgezeichnete Idee. Ich verstehe sowieso nicht, warum über sein Leben bisher nur so wenig geschrieben wurde. Gerald war ein Held, er war ein ganz besonderer Mensch, weißt du?«

»Ja, aber warum war er das?« Zoe strich sich fröstelnd über die Oberarme und beschleunigte ihren Schritt.

»Kennst du denn die Zeitungsberichte nicht?«, fragte ihre Tante.

»Welche Zeitungsberichte?« Zoe blieb stehen. »Ich wusste gar nicht, dass es welche über ihn gibt.«

»Ich muss sie hier irgendwo haben. Sie sind schon ziemlich alt.« Im Hintergrund raschelte Papier. »Ich hab sie irgendwann mal aus Wooverlough Court mitgenommen.«

»Vicky, könntest du mir diese Berichte zuschicken? Das würde mir sehr weiterhelfen.« Zoe hielt vor Aufregung den Atem an.

»Aber ja, du bist ja jetzt Wissenschaftlerin. Wenn du sie durchgesehen hast, kannst du sie einfach deinem Vater zurückgeben, ja? Sie gehören schließlich in die Bibliothek von Wooverlough Court.« Vicky sog scharf die Luft ein, vermutlich war ihr gerade aufgefallen, was sie da von Zoe verlangte. »Oder du schickst mir alles zurück und ich lasse es dann deinen Eltern zukommen«, fügte sie rasch hinzu.

»Wie auch immer.« Zoe ging langsam weiter. Ihr Atem bildete kleine Wölkchen in der kalten Oktoberluft. Sie nannte ihrer Tante ihre neue Anschrift in Oxford und verabschiedete sich von ihr.

Als sie zwei Tage später von der Universität nach Hause kam, lag ein dicker Umschlag in ihrem Postkasten. Sie öffnete ihn und fand darin einen Stapel vergilbter Zeitungsberichte. In die obere Ecke war jeweils mit schwarzer, schon ziemlich verblichener Tinte das Erscheinungsdatum geschrieben worden. Zoe musste das Papier unter helles Licht halten, um die Zahlen entziffern zu können. Der älteste Artikel stammte aus dem Jahr 1839. Es war nur eine kurze Notiz über den tragischen Tod von Gerald Farwell, dem Bruder des Earl of Wooverlough und Pfarrer von Fleetwood, dessen Leiche Ende November aus dem George's Basin geborgen worden war. Der Text enthielt keine Einzelheiten über seinen Tod.

Zoe blätterte weiter. Zwei Tage später war ein ausführlicher Bericht erschienen.

*Im Falle des Pfarrers Gerald Farwell aus Fleetwood, der vor zwei Tagen tot aufgefunden wurde, verdichten sich die Hinweise darauf, dass es sich keineswegs um einen Unfalltod handelte. Die Metropolitan Police schickte Inspector Thomas Young, einen ihrer erfahrensten Ermittler, nach*

*Liverpool, um der Sache nachzugehen. Er betont zwar, dass die Polizei zur Stunde noch nicht von Mord zu reden wage, aber wir fragen Sie, verehrte Leser: Worauf deutet das alles hin? Würde ein Inspector aus London angefordert werden, wenn es sich lediglich um einen Unfall handelte? Auf die Frage, was der Pfarrer nachts in Liverpool zu tun hatte, gab Young keine Antwort. Die Ermittlungen dauern an. Wir berichten weiter.*

Zoe blätterte durch die Zeitungsausschnitte, konnte aber keinen anderen Beitrag finden, der über die Umstände, die zu Gerald Farwells Tod geführt hatten, Auskunft gab. Sie lehnte sich zurück. Entweder waren damals keine Berichte mehr über diesen Fall erschienen oder man hatte sie nicht aufbewahrt. Trotzdem hatten ihr diese kleinen Notizen bereits weitergeholfen, denn sie zeigten, dass Gerald keines heldenhaften Todes gestorben war, wie Zoe zunächst vermutet hatte. Die spätere Verehrung für ihn musste also doch in seinem Leben begründet liegen. Und tatsächlich schien der nächste Zeitungsausschnitt, den sie in die Hand nahm, diese Vermutung zu bestätigen. Der Bericht war im Sommer 1840 veröffentlicht worden. Es war ein Nachruf des Earl of Wooverlough.

Zoe las den Artikel.

*Inzwischen ist ein halbes Jahr vergangen, seit mein geliebter Bruder, der Pfarrer Gerald Farwell, von uns gegangen ist. Es ist für mich und alle, die ihn kannten, noch immer unvorstellbar, dass dieser gütige, liebenswerte und stets freundliche Mensch nicht mehr unter uns weilt. Er hinterlässt eine große Lücke, die niemand wird füllen können. In den ersten Wochen nach diesem unbeschreiblichen Verlust war weder ich noch sonst jemand, der ihn gut kannte, emotional in der Lage gewesen, ein paar Worte der Erinnerung an ihn zu verfassen. Zu grausam und tragisch war der Gedanke, künftig ohne ihn leben zu müssen.*

*Nun habe ich mich gesammelt und trete dieser Aufgabe tapfer entgegen. Ich bin gern bereit, ein paar Worte der Würdigung zu finden und die Heldentaten meines geliebten Bruders zusammenzufassen.*

*Wenn ich mich an Gerald erinnere, denke ich zuerst an sein sanftes Wesen, seinen ruhigen Charakter, der immer ausgeglichen und niemals unbeherrscht war. Ich denke an sein freundliches, zuvorkommendes Wesen, das für jeden Menschen ein liebes Wort, für jeden Bedürftigen Zuspruch und für jeden Hoffnungslosen Zuversicht bereithielt. Mein Bruder war selbstlos, er hat sich niemals seinem eigenen Vorteil oder gar Vergnügen hingegeben. Seine Leidenschaft galt seiner Berufung, seine Liebe unserem Schöpfer und dessen Geschöpfen. Streit wusste er stets zu schlichten, Zorn zu besänftigen und Missgunst im Keim zu ersticken. Ja, mein Bruder glaubte an das Gute und weckte in seinen Mitmenschen nur das Beste. Eine Welt ohne Gerald ist unvor-*

*stellbar. Aber sie ist besser geworden, weil er gelebt hat, und ich wünsche mir, dass sie ihn nie vergessen wird.*

Zoe lehnte sich in ihrem Stuhl zurück. Gerald war offensichtlich ein großartiger Mann gewesen. Sie musste sich eingestehen, dass sie stolz darauf war, eine Nachfahrin dieses bewundernswerten Menschen zu sein. Sie dachte einen Moment darüber nach. Hatte die Welt ihn tatsächlich vergessen? Sie zuckte mit den Schultern. Auch wenn sein Name heute noch vielen Menschen geläufig war – schließlich gab es die Farwell-Spiele und in Fleetwood war sogar eine Straße nach ihm benannt worden –, konnte doch niemand mehr genau sagen, was Gerald eigentlich Bedeutsames vollbracht hatte.

Zoe stand auf und trat ans Fenster. Während sie auf die Straße hinuntersah, fragte sie sich, ob es überhaupt neue Erkenntnisse geben würde, die sie gewinnen und für ihre Doktorarbeit verwenden konnte. Vielleicht lag Geralds Ruhm ja schlicht in seinem außerordentlich freundlichen Wesen und liebenswürdigen Charakter begründet, den der Earl beschrieben hatte. Manchmal brauchte es keine großen Taten und Wunder, um zum Helden zu werden.

Zoe ging zurück zu ihrem Schreibtisch und sah sich auch noch die nächsten Artikel an. Man hatte anscheinend eine neue Rubrik ins Leben gerufen, die immer am ersten Mittwoch im Monat erschien und die Überschrift *Erinnerungen an die Wundertaten des Gerald Farwell* trug. Sie war von einem gewissen Marcus Brown, *Liverpool Chronist*, verfasst worden.

Zoe runzelte die Stirn, als sie den ersten dieser Berichte

las. Auch hier war, ähnlich wie in Geralds Biografie, einiges zusammenfantasiert worden. Es war die Rede von toten Fischen, die Gerald wieder lebendig werden ließ, und von Blumen, die plötzlich sprechen konnten. Zoe überflog einige Artikel dieses Verfassers und stellte fest, dass hier von zweifelhaften Wundertaten die Rede war. Aber warum schrieben die Leute solche Geschichten? Was versprachen sie sich davon?

Zoe stand auf, um sich eine Tiefkühlpizza warm zu machen, und ihre Gedanken wanderten unwillkürlich zu ihrer Professorin. Charlotte Arlon würde heute Abend bestimmt nicht vor einem Fertiggericht sitzen. Zoe stellte sich vor, wie sie im Kreis ihrer Familie am liebevoll gedeckten Esstisch saß und ihren Mann über die Köpfe ihrer Kinder hinweg verführerisch anlächelte. Schnell schüttelte sie diesen Gedanken ab und versuchte, sich wieder auf Gerald und ihre Recherche zu konzentrieren. Und wie sie es auch drehte und wendete, sie kam immer wieder zu derselben Erkenntnis: Sie musste nach Wooverlough Court fahren, um weitere Informationen zu bekommen. Aber wenn sie nur daran dachte, stieg wieder dieses beklemmende Gefühl in ihr auf, vor dem sie damals geflohen war.

# Kapitel 2

*Fleetwood und Wooverlough Court bei Liverpool, November 1839*

Inspector Thomas Young betrat das Büro des Senior Police Officers und konnte nicht umhin, sich über die eher spartanische Einrichtung zu wundern. Whittey war ein Mann, der weit über die Grenzen Liverpools hinaus bekannt war, und Thomas hatte sogar in seinem Büro in London einiges über ihn gehört.

»Inspector«, der Senior Police Officer kam ihm mit ausgestreckter Hand entgegen und deutete dann auf den Stuhl, der vor seinem Schreibtisch stand, »bitte, nehmen Sie Platz.«

Thomas lächelte verbindlich und ließ sich auf den unbequemen Holzstuhl fallen.

»Ich danke Ihnen, dass Sie so schnell herkommen konnten«, sagte Whittey und griff nach einer großen Papierrolle, die an seinem Schreibtisch lehnte. »Im Grunde genommen ist der Fall schon aufgeklärt. Aber da es sich um die einflussreichste Familie hier in der Gegend handelt, können Sie sicher begreifen, dass ich London einschalten musste.«

»Natürlich«, antwortete Thomas. »Die Metropolitan Police steht Ihnen zur Verfügung. Ich habe meine beiden besten Constables mitgebracht.«

»Die werden Sie nicht brauchen.« Whittey rollte das Papier auf seinem Schreibtisch aus, und Thomas erkannte, dass es sich um eine Landkarte handelte. »An dem Mordfall ist nicht viel Geheimnisvolles.«

Whittey deutete auf die Karte. »Die Leiche wurde gestern Morgen im Hafenbecken George's Basin gefunden. Es muss auch dort passiert sein, meint der Doktor. Raubüberfall. Ganz klare Sache. Aber wie gesagt, das Opfer ist Gerald Farwell, Priester und Bruder des Earl of Wooverlough. Der Earl ist aufgebracht, zu Recht, versteht sich. Wo kommen wir denn da hin, wenn selbst Mitglieder des Adels auf unseren Straßen nicht mehr sicher sind?«

Thomas unterdrückte den Einwand, dass der vermeintliche Räuber den Adelsstand des Opfers vielleicht nicht erkannt hatte. Stattdessen fragte er: »Weiß man, was Pfarrer Farwell zum Hafenbecken geführt hat?«

»Natürlich nicht, aber was soll uns das auch nützen? Schließlich war er nur ein zufälliges Opfer. Die Sache ist die«, Whittey beugte sich vor, »ich möchte nicht, dass die Zeitungen darüber berichten. Wir haben ein kleines …«, er schwieg einen Moment und schien nach den richtigen Worten zu suchen, »*Problem* mit dem Gehorsam bei der Polizei. Sehen Sie, unsere Truppe ist erst vor drei Jahren eingerichtet worden, und es ist schwer, die richtigen Männer zu finden.«

»Wie beinahe überall im Land«, warf Thomas ein.

Whittey nickte. »Meine Absicht ist es, ein seriöses Bild unserer Ordnungshüter für die Öffentlichkeit zu zeichnen, denn selbstverständlich lassen die Fehler, die ein paar Taugenichtse in unserer Truppe gemacht haben, an der Autorität meiner Männer zweifeln. Und das ist zurzeit äußerst hinderlich. Schließlich befinden sich unsere Truppen noch im Aufbau.«

»Sie haben drei Abteilungen, richtig?«, fragte Thomas. »Die Tagespolizei, die Nachtwache und die Hafenpolizei.«

Der Senior Officer nickte. »Dieser Mord ist natürlich Angelegenheit der Hafenpolizei.«

»Aber die ist nachts nicht im Einsatz, oder?«, erkundigte sich Thomas.

»Richtig«, bestätigte Whittey. »Immerhin stehen in der ganzen Stadt Wachhäuschen, in denen die Nachtwache Dienst tut.«

»Und ich nehme an, diese Wache hat nichts Ungewöhnliches bemerkt in der Nacht, als Pfarrer Farwell umgekommen ist?«

»So ist es.« Whittey stand auf. »Der Doktor sagt, Farwell wurde erschlagen und anschließend ins Wasser geworfen. Und nun entschuldigen Sie mich. Ich habe leider schon den nächsten Termin. Ich lasse Sie und Ihre Constables zur Hafenpolizei bringen, die kann Ihnen alle weiteren Fragen beantworten. Aber glauben Sie mir, es ist Zeitverschwendung, sich länger mit der Sache zu befassen. Ich erwarte Ihren Bericht spätestens morgen und werde ihn an den Earl of Wooverlough weiterleiten. Dann dürften alle zufrieden sein.«

Wenig später betrat Thomas mit seinen Constables die neu eingerichtete Polizeistation in der Harbour Street, die von einem hohen schmiedeeisernen Zaun umgeben war. Das Erste, was er wahrnahm, war der durchdringende Gestank nach Alkohol und Körperausdünstungen und dazu das laute Schnarchen des Diensthabenden, der hinter einer

Art Tresen an einem Tisch saß. Thomas sah sich zu seinen beiden Kollegen um. Twicklehurst verzog das Gesicht, während Green sich laut räusperte. Als der schlafende Polizist jedoch nicht reagierte, machte Green sich auf den Weg um den Tresen herum und fegte mit einer ausladenden Handbewegung die Beine des Mannes hinunter, die auf dem wackligen Tisch geruht hatten. Der Polizist fiel polternd zu Boden. Er fluchte, während er langsam zu sich kam. Es dauerte eine Weile, bis er seine Gliedmaßen so weit sortiert hatte, dass er sich schwankend aufrichten konnte. Schwerfällig sah er sich um.

Thomas seufzte. Und der sollte für Ordnung auf den Straßen sorgen!

Ohne zu warten, bis der Mann endlich aufnahmefähig war, begann er: »Guten Tag. Ich bin Inspector Thomas Young von der Metropolitan Police in London und das sind meine Constables Twicklehurst und Green. Wir sind vom Senior Police Officer Whittey gerufen worden, um den Mord an Gerald Farwell aufzuklären.«

Der Diensthabende rieb sich den Kopf und schien immer noch Mühe zu haben, seine Gedanken zu ordnen. Dann spuckte er aus und griff nach der Schnapsflasche, die auf dem Tisch stand. Nachdem er einen großen Schluck getrunken hatte, schien er sich langsam zu orientieren. »Farwell? Ach so, der Pfaffe.«

Thomas nickte Twicklehurst zu, seinem Mann fürs Grobe.

Der Constable gab dem Kerl zwei schallende Ohrfeigen. »Reiß dich zusammen. Der Inspector hat wenig Zeit und das Opfer ein Minimum an Respekt verdient.«

»Allmächtiger!« Der Polizist fasste sich an die schmerzende Wange und sah die drei Männer vor sich nun neugierig an. »Was wollen Sie?«

Thomas seufzte ungeduldig. »Sie haben eine Leiche aus dem George's Basin gefischt?«

Der Polizist kratzte sich nachdenklich im Schritt, dann hellte sich seine Miene auf. »Ja, den Pfaffen. Gestern oder vorgestern war das.« Er wandte sich um und schrie in Richtung des langen Flurs, der sich hinter ihm in der Tiefe des Gebäudes verlor: »Fred!«

Nach einiger Zeit tauchten zwei weitere Polizisten auf. Ihre Uniformen waren stark zerknittert, das Hemd des einen hing aus der Hose, von Uniformjacken war nichts zu sehen. Sie schienen jedoch einigermaßen nüchtern zu sein, was ihr sicherer Gang und die wachsamen Augen erkennen ließen.

Der erste Polizist fragte: »Ihr wart doch gestern da, als der Pfaffe aus dem Wasser gezogen wurde, oder?«

»Ja«, murmelte der Kleinere von ihnen. »Wer will das wissen?«

»Metropolitan Police. Wir sind vom Senior Police Officer hergerufen worden, um den Mord an Gerald Farwell zu untersuchen. Wer ist hier der Verantwortliche?« Thomas war klar, dass sie so nicht weit kommen würden.

»Das bin ich.« Der Mann, dem das Hemd aus der Hose hing, trat vor. »Ich bin Constable Drew, Nummer 813 und Schichtleiter. Ich war am George's Basin, als die Fischer den Pfaffen rausgezogen haben.«

»Bringen Sie uns bitte zu der Stelle, wo er gefunden wurde. Danach möchte ich den Leichnam sehen«, befahl Thomas.

»Jetzt?«, fragte Drew entsetzt. »Es ist gleich Mittag.«

»Stellt das ein Problem für Sie dar?«, erkundigte sich Thomas, dem der Geduldsfaden bald zu reißen drohte.

»Wir machen eigentlich gleich Pause«, mischte sich der erste Mann wieder ein, der gerade aus dem Tiefschlaf erwacht war.

»Dann bleibt Ihnen wohl nichts anderes übrig, als die Pause zu verschieben«, stellte Thomas nüchtern fest. »Wie weit ist es von hier aus zum George's Basin?«

»Das ist ein ordentliches Stück«, ergriff nun der Kleinste wieder das Wort. »Sie sollten eine Droschke nehmen. Ist ganz einfach zu finden.«

Thomas schüttelte den Kopf. »Sie werden uns begleiten. Sie beide, die gestern die Leiche in Augenschein genommen haben. Also, können wir?«

Die Männer warfen sich einen Blick zu, verschwanden dann aber ohne einen weiteren Kommentar, um ihre Röcke zu holen. Thomas atmete tief durch. Er wusste, dass die Polizeibehörden auf dem Land alle noch recht neu waren, und kaum eine von ihnen funktionierte zuverlässig. Die staatliche Polizei war erst vor wenigen Jahren eingeführt worden, bis dahin hatten die Bürger private Wachmänner engagiert, wenn sie ein Verbrechen aufklären wollten. Diese Wachmänner waren fast alle korrupt, versoffen und unfähig gewesen. Viele von ihnen arbeiteten jetzt bei der Polizei. Dabei war der Polizeidienst alles andere als attraktiv – zwölf Stunden täglich, sieben Tage die Woche. Die meisten sahen ihre Arbeit als eine Notlösung an, die sie nur so lange ausführen wollten, bis sie etwas Besseres gefunden hatten. Obwohl Thomas das alles wusste, war er immer wieder erstaunt über die Unzulänglichkeit, die er überall vorfand.

Drew hatte inzwischen seinen Rock übergezogen und wirkte nun beinahe ordentlich.

»Das war ein Raubüberfall«, erklärte er. »Es ist eigentlich nicht nötig, dass Sie sich den Ort anschauen, wo es passiert ist. Hätte auch jeder andere sein können. Das kommt hier immer wieder vor.«

»Nicht nur in Liverpool gibt es Raubüberfälle«, erwiderte Thomas, während sie das Gebäude verließen. »Aber wenn ich einen Bericht über den Mord abliefern soll, muss ich mir selbst ein Bild machen.«

Während sie hinter den Hafenpolizisten her durch die Straßen liefen, verdrängte Thomas seinen Ärger über die unfähigen Männer und konzentrierte sich auf die Umgebung. Sie riefen eine Droschke und Drews Kollege nahm vorn beim Kutscher Platz, während sich die anderen vier Männer in das enge Gefährt zwängten.

Thomas sah aus dem Fenster. Er wusste, dass er ein Verbrechen erst dann aufklären konnte, wenn er das Umfeld des Tatorts genau verstanden hatte. Liverpool war jedoch schwer zu begreifen, das hatte er schon bei der Anreise bemerkt. Thomas war noch nie hier gewesen. Jetzt beobachtete er fasziniert das bunte Treiben, das überall auf den Straßen herrschte. Liverpool war eine Durchreisestadt. Hier lebten die unterschiedlichsten Menschen, viele nur wenige Tage oder Wochen lang, bis sie an Bord eines Schiffes gehen konnten, das sie nach Amerika, ins verheißene Land, brachte.

Thomas zuckte zusammen, als eine Möwe auf die Droschke zuflog und erst im letzten Moment auswich. Sie waren bereits in der Nähe des George's Basin, und neben einigen Seeleuten, die unschwer an ihren blauen Uniformen zu erkennen waren, gingen die vielfältigsten Männer, Frauen und Kinder. Thomas hörte sie in verschiedenen Sprachen und Dialekten sprechen. In ihren Augen lagen Hoffnung und Angst, Vorfreude und Abschiedsschmerz. Er konnte ihre Gefühle durchaus verstehen. Alles hinter sich zu lassen, in einem neuen Land noch einmal ganz von vorn anzufangen, hatte etwas Wehmütiges und Verheißungsvolles zugleich. Die meisten von ihnen schienen nicht viel Geld zu haben, ihre Kleidung war zerlumpt, das Gepäck schäbig. Er wünschte ihnen, dass sie in ihrer neuen Heimat das fanden, was sie hier vergeblich gesucht hatten. Auch Thomas selbst hatte schon an manch einsamem Abend darüber nachgedacht, sich eine Fahrkarte nach Amerika zu kaufen. Aber im Grunde war er doch zufrieden mit dem, was er erreicht hatte, auch wenn seine Arbeit nicht leicht war und viel zu schlecht bezahlt wurde. Nur der Einsamkeit konnte er nicht entkommen, obgleich er immerhin ein paar wenige Freunde hatte. Er schüttelte sich unwillkürlich, um den Gedanken an Anni gar nicht erst aufkommen zu lassen. Und doch verging kein Tag, an dem er nicht an seine Frau und das kleine Mädchen denken musste. Der Tag seiner Geburt hatte der Anfang eines glücklichen gemeinsamen Lebens sein sollen, stattdessen war er zum schwärzesten Tag in seinem Leben geworden.

»Hier ist es, Sir«, sagte Drew.

Die Kutsche hielt an. Thomas kletterte hinaus und sah sich um.

Auf dem breiten Gehweg herrschte emsiges Treiben. Fässer wurden polternd hin und her gerollt, Kisten gestapelt, und Menschen eilten aufgeregt umher. Familien saßen auf ihren Koffern und warteten darauf, an Bord eines Schiffes gehen zu dürfen. Das Hafenbecken war voller kleiner Boote, deren Masten hoch aufragten. Weiter draußen lagen die großen Dampfer und Segelschiffe vor Anker. Möwen schrien, Karren ratterten über das Kopfsteinpflaster und laute Stimmen ertönten aus allen Richtungen. Es roch nach Fisch und dem Mist des Viehs, das durch die Straßen getrieben wurde.

»Muss hier passiert sein, wenn Sie mich fragen«, sagte Drew, als sie das George's Dock erreicht hatten. »Da unten hat er sich in einem Haken verfangen.«

»Hier?« Twicklehurst sah in die Tiefe, dann richtete er sich auf und betrachtete die Menschenmenge um ihn herum. »Ist es nicht ein bisschen zu belebt, um hier einen Mann unbemerkt erschlagen zu können und dann ins Wasser zu werfen?«

»Nachts nicht.« Drew schüttelte den Kopf. »Zwischen elf und drei Uhr morgens ist es im Hafen ziemlich ruhig.«

Thomas versuchte, sich den Platz ohne das Menschengewimmel vorzustellen. »In der Nacht scheint dieser Ort gut geeignet zu sein, wenn man jemanden umbringen will.« Er deutete auf die dunklen Ecken, die Toreinfahrten und Fischerboote, die viele Möglichkeiten boten, sich zu verstecken.

»Stimmt«, pflichtete Green ihm bei. »Trotzdem ist es riskant. Auch nachts wird hier immer wieder jemand vorbeikommen.«

»Er soll erschlagen worden sein, bevor er ins Wasser fiel?«, fragte Thomas nach.

Drew nickte.

»Wurde das Tatwerkzeug gefunden?«

Die beiden Polizisten sahen sich ratlos an.

»Haben Sie überhaupt danach gesucht?«

Twicklehurst lief vor Wut rot an, und Thomas war nah daran, die Geduld zu verlieren.

»Ähm, also wir haben nicht gedacht, dass das wichtig ist.« Drew sah hilflos zu seinem Kollegen.

Der hob nun die Schultern. »Er war doch im Wasser, woher sollten wir wissen, dass er erschlagen wurde, bevor er da reinfiel? Das hat der Leichenwäscher erst hinterher gesagt.«

Twicklehurst ging einen Schritt auf die beiden Männer zu, aber Thomas hielt ihn am Ärmel zurück.

»Das hilft uns nicht weiter«, sagte er zu seinem Constable. Er musterte die beiden Polizisten. »Sie schauen sich jetzt nach dem möglichen Tatwerkzeug um, ist das klar?«

Drew zog die Augenbrauen zusammen. »Nichts ist klar. Hier bestimme immer noch ich, wie es läuft, und …«

Thomas nickte Twicklehurst zu, der Drew einen Kinnhaken verpasste. Green kümmerte sich derweil um den anderen Polizisten.

Drew ging sofort zu Boden. Thomas beugte sich über ihn. »Verdammt noch mal, Sie sollen in dieser Stadt für Ordnung sorgen. Aber wie soll das gehen, wenn Sie dermaßen nachlässig arbeiten? Sie folgen ab sofort meinen Anweisungen. Wir brauchen mehr Männer, die sollen den Hafen auf den Kopf stellen und sich nach der Mordwaffe umsehen, auch wenn ich ziemlich sicher bin, dass sie im Wasser liegt.«

»Männer? Ich hab keine Männer. Miller, Franklin und ich, das ist alles«, nuschelte Drew und tastete vorsichtig nach seinem schmerzenden Kinn. »Aber um drei Uhr kommt die nächste Schicht. Vielleicht können die …?«

Thomas seufzte. Mit diesen Faulpelzen würde er nicht viel anfangen können.

»Bringen Sie uns jetzt ins Leichenschauhaus. Bevor wir das Opfer und seine Verletzungen nicht gesehen haben, können wir hier nicht viel ausrichten«, sagte er zu Drew.

Der Polizist saß noch immer auf dem Boden und schaute Thomas erschrocken an. »Jetzt? Wir haben jetzt Pause.«

»Die Zeit der Pausen ist vorbei, meine Herren.« Thomas machte eine schnelle Handbewegung, und Green und Twicklehurst zogen Drew unsanft auf die Beine. »Ich nehme an, wir brauchen eine Droschke, um zur Leichenhalle zu gelangen?«

Drew sah ihn missmutig an. »Nee, ist nur drei Straßen weiter.«

Schweigend machten sie sich auf den Weg ins Leichenschauhaus, ein langgestrecktes Gebäude in der Nähe des Hafens. Der Geruch von scharfen Reinigungsmitteln, Kräutern und Verwesung stieg ihnen in die Nase, als sie das Haus betraten. Der Schein des Gaslichts zuckte über die Wände des langen Flurs, von dem mehrere Räume abgingen. Das Mordopfer lag in einem der hinteren Zimmer, das sie wenig später betraten.

»Wo ist der Doktor?«, fragte Thomas, während er an den hohen Tisch in der Mitte trat, auf dem das Opfer lag.

»Der ist nicht hier«, antwortete Drew. »Hat eine Praxis zu führen und immer wenig Zeit. Ich hole Jones her, den Leichenwäscher.«

Thomas verdrehte die Augen und zog das fleckige Laken von dem Leichnam. Der Mann, der vor ihm lag, war Gerald Farwell, wie er wusste, der Bruder des Earl of Wooverlough und Pfarrer in Fleetwood, einem kleinen Dorf außerhalb von Liverpool. Er musste in seinen mittleren Jahren gewesen sein. Auch wenn Thomas das von seinem Gesicht nicht ablesen konnte. Er war übel zugerichtet worden.

»Da muss jemand eine ordentliche Wut auf den Pfarrer gehabt haben«, stellte er fest und betrachtete dessen vollkommen zertrümmerte Stirn. Thomas verstummte, als sein Blick über den Körper wanderte.

»Was sind das für Striemen auf dem Oberkörper des Mannes?«

Er sah den Polizisten Miller fragend an, der nur die Schultern zuckte.

Thomas seufzte. So viel Ignoranz und Unfähigkeit waren ihm selten begegnet.

Green und Twicklehurst traten zu ihrem Vorgesetzten.

»Manche der Narben scheinen schon alt zu sein, andere sind noch frisch«, sagte Green und nickte Twicklehurst zu. »Hilf mir mal, ihn umzudrehen.«

Die beiden Männer wälzten den Körper auf den Bauch und verzogen das Gesicht, als sie den von Narben, Striemen und offenen Wunden überzogenen Rücken sahen.

»Was ist dem denn zugestoßen?« Thomas beugte sich über die Leiche.

Green sah ihn fragend an. »Seltsam. Auch manche Striemen sind anscheinend schon Jahre alt, andere dagegen noch recht neu.«

Sie wurden unterbrochen, als Drew mit einem großen hageren Mann in das Zimmer zurückkehrte.

»Inspector?« Er ging auf die drei Männer zu, mit dem gebeugten Gang, der großen Menschen oft anhaftete. »Doktor White ist leider nicht verfügbar.«

»Das habe ich schon gehört. Mr Jones, nehme ich an?«

Der Mann nickte. »Ich fürchte, ich kann Ihnen nicht viel sagen. Für mich sieht es aus, als wäre er mit einem Schlag auf die Stirn niedergestreckt worden, und danach wurde noch mehrmals mit großer Wucht auf ihn eingeprügelt.« Er deutete auf den schwer verletzten Hinterkopf.

»Sieht nach einem großen Gegenstand aus, vermutlich ein Stein oder etwas Ähnliches«, stellte Thomas fest.

»Genau. An der Stirn sehen Sie mehrere Abdrücke, vielleicht von einem Ziegel. Daran ist er jedoch nicht gestorben. Es waren wohl eher die Schläge auf den Hinterkopf, die ihm später zugefügt wurden«, sagte der Leichenwäscher. »Jemand hat ihm den Schädel regelrecht zu Brei geschlagen. Mal was anderes. Nach den ganzen Würgemorden an den Frauen.«

»Welche Würgemorde?« Thomas sah überrascht auf.

»Na die Dirnen, die in den letzten Monaten erwürgt wurden.« Jones schüttelte den Kopf. »Dieses Jahr waren es schon sechs, letztes Jahr sieben.«

»Wie bitte?« Thomas' Blick wanderte zu Drew.

»Es waren doch nur leichte Mädchen«, stellte dieser klar.

»Und? Was wissen Sie darüber?« Der Inspector konnte sich nur mühsam beherrschen. Musste man dem Kerl denn alles aus der Nase ziehen?

»Was gibt's da schon groß zu wissen? Dirnen, die Männer mit zu sich nach Hause nehmen. Was denken die denn? Damit muss man rechnen, wenn man so ein Leben führt«, sagte Drew und streckte die Arme in Richtung Decke.

Thomas atmete tief durch. »Jetzt sagen Sie mir bitte nicht, dass Sie in diesen Mordfällen nichts unternommen haben?«

»Was hätten wir denn tun sollen?«, ergriff nun Miller das Wort. »Diese Frauen wurden erwürgt und an Händen und Füßen festgenagelt.«

»Was?« Green trat einen Schritt auf Miller zu. »Festgenagelt?«

Der sah den Constable nur stumm an.

»Mit großen Eisennägeln hat man sie auf die Dielen ihrer Stuben oder an ihre Betten genagelt«, übernahm der Leichenwäscher die Erklärung.

»Sie wurden also gekreuzigt?«, fragte Twicklehurst nach.

Jones schüttelte den Kopf. »Sie starben nicht durch die Nägel. Sie waren schon vorher tot. Bei einer Kreuzigung sterben die Opfer an Organversagen, wenn sie lange Zeit am Kreuz hängen. Hier schien es mehr eine symbolische Bedeutung zu haben.«

Thomas nickte nachdenklich.

»Was waren das für Frauen?«, fragte Twicklehurst. Er hatte ein kleines Buch aus der Tasche genommen, in das er sich jetzt mit einer Bleimine Notizen machte. »Alles leichte Mädchen?«

»Soweit ich weiß, ja«, antwortete Jones.

»Nee, eine von ihnen war Näherin, und ein Küchenmädchen war auch dabei«, mischte sich Drew in die Unterhaltung ein.

»Aber das hat doch alles nichts mit dem Pfarrer zu tun, oder?«, fragte Jones und sah Thomas an.

Der hob die Schultern. »Wohl nicht, nur haben auch diese Frauen ein Recht darauf, dass man das Verbrechen aufklärt, das zu ihrem Tod geführt hat. Ich bin sprachlos, dass in dieser Hinsicht bislang nichts unternommen wurde.«

Immerhin hatte Drew den Anstand, beschämt zu Boden zu blicken, doch Thomas war überzeugt davon, dass er das eher tat, um nicht wieder von den Constables verprügelt zu werden.

»Jones, hatte Mr Farwell irgendetwas bei sich?«, wandte er sich nun an den Leichenwäscher.

»Oh ja, Sir.« Jones verließ den Raum und kam wenig später mit einem Korb zurück, in dem einige Gegenstände lagen. »Hier, das haben wir in den Taschen des Toten gefunden.«

Thomas betrachtete die Sachen, es waren eine goldene Taschenuhr, ein Gebetbuch und ein Schlüsselbund. Der Inspector runzelte die Stirn.

»Wie kommen Sie darauf, dass es sich um einen Raubmord handelte?«, fragte er Drew und Miller.

»Na, der Mann hatte kein Geld in den Taschen.« Drew hob die Augenbrauen. »Nicht mal eine Münze.«

»Und die Taschenuhr?« Thomas schnaubte. »Wie erklären Sie sich, dass der Räuber ein so wertvolles Stück nicht an sich genommen hat, sondern mitsamt dem Leichnam ins Meer geworfen hat?«

»Er hat die Uhr nicht gesehen, nehme ich an«, erwiderte Drew.

Thomas verzog unzufrieden das Gesicht. Er war sicher gewesen, dass sie den Fall schnell abschließen würden, da er ebenfalls vermutet hatte, dass es sich um einen Raubmord handelte. Aber die Indizien passten nicht zusammen.

Er hob den schweren Schlüsselbund hoch. »Und wozu die vielen Schlüssel? Farwell hatte bestimmt genügend Angestellte, die hätten ihm die Tür doch nachts auflassen können.«

»Vielleicht wird das Pfarrhaus abends abgeschlossen und er wollte seine Angestellten nicht wecken«, schlug Green vor.

»Das ist eine mögliche Erklärung«, sagte Thomas, während er nachdenklich den dicken Schlüsselbund betrachtete. »Wann ist es wohl geschehen?«

»Es muss tief in der Nacht passiert sein, denn davor hat seine Haushälterin ihm noch das Abendessen serviert.«

»Wusste sie, dass er ausgehen wollte?«, fragte Thomas.

Jones zuckte mit den Schultern. »Ich habe nicht mit ihr gesprochen, das hat mir nur der Doktor erzählt. Ich denke, es muss irgendwann zwischen der Sperrstunde und drei Uhr morgens passiert sein, wenn die Fischer mit ihren Booten hinausfahren.«

»Also gut.« Thomas sah seine Constables an, dann wandte er sich an den kleineren der beiden Polizisten. »Miller, Sie gehen mit meinen Männern noch einmal zum Hafen und in die dahinterliegenden Arbeitersiedlungen und hören sich um. Vielleicht wurde Farwell dort irgendwo gesehen, vielleicht sogar an diesem Abend. Und ich will alles über die toten Dirnen wissen. Beschaffen Sie mir so viele Informationen wie möglich.«

Green und Twicklehurst nickten. Fred Miller sah missmutig zu seinem Vorgesetzten. Aber Drew schien nur erleichtert zu sein, dass Thomas nicht ihn angesprochen hatte.

»Und Sie, Drew«, sagte der Inspector aus London da aber schon zu dem Polizisten, der auf dem Weg zum Ausgang war. »Sie rufen uns eine Droschke und begleiten mich nach Fleetwood. Ich möchte mich mit Gerald Farwells Haushälterin und dem Earl of Wooverlough unterhalten.«

Von Liverpool aus brauchten sie mit der Kutsche eine gute halbe Stunde. Das Pfarrhaus in Fleetwood lag direkt neben der Kirche. Es war ein imposanter dreistöckiger Backsteinbau, über dessen Eingangstür sich aufwändige Fresken befanden. Dass diese Gemeinde einem reichen Adelsgeschlecht gehörte, war nicht zu übersehen. Drew zog an der Klingel neben der Haustür, und wenig später öffnete eine schwarzgekleidete Frau die Tür. Thomas stellte sich vor und die Männer wurden in die Eingangshalle geführt.

»Ich bin Mrs Slotsky, die Haushälterin des Pfarrers«, sagte sie und machte eine weit greifende Handbewegung. »Da ich nicht weiß, wann ein Nachfolger gefunden sein wird, habe ich vorerst alle Möbel hier abdecken lassen.«

Thomas fiel auf, wie nüchtern diese Frau wirkte, und er forschte in ihrem Gesicht nach Anzeichen, ob der Tod ihres Arbeitgebers ihr wohl nahegegangen war, konnte aber nichts dergleichen finden. Mrs Slotsky schien um die fünfzig Jahre alt zu sein. Alles an ihr wirkte streng, die zum Knoten gebundenen schwarzen Haare, die schmalen Lippen, das altmodische schwarze Kleid.

»Kennen Sie diesen Schlüsselbund?«, fragte Thomas und hielt ihr den Bund entgegen, den er aus dem Leichenschauhaus mitgenommen hatte.

Sie schüttelte den Kopf. »Das ist nicht unser Hausschlüssel, soweit ich sehen kann. Der Pfarrer hatte seinen oben im Schreibtisch verwahrt. Aber die Seitentür ist immer offen, er brauchte also keinen Schlüssel, wenn er ausging.«

Das war sonderbar. »Könnte es der Schlüssel der Kirche sein?«

Mrs Slotsky hob die Schultern. »Das weiß ich nicht,

aber eigentlich ist die nie verschlossen. Vielleicht sind es die Schlüssel der Sakristei?«

Thomas nickte und nahm sich vor, das zu überprüfen.

»Sie haben ausgesagt, Pfarrer Farwell habe vorgestern Abend ganz normal sein Dinner eingenommen?« Er sah die Frau prüfend an.

Sie nickte und wartete, bis er weitersprach.

»War er allein beim Essen?«

»Pfarrer Farwell hatte selten Gäste zum Dinner.«

»Hat er Ihnen gesagt, dass er noch ausgehen würde? Hat er vielleicht erwähnt, wohin er wollte?«, fragte Thomas und schlug sein Notizbuch auf.

Mrs Slotsky schüttelte den Kopf. »Ich war sicher, dass er die ganze Nacht zu Hause gewesen war. Erst als er nicht zum Frühstück erschien, habe ich nachgesehen und festgestellt, dass sein Bett nicht benutzt war.«

»Wohnen Sie hier im Haus?«

Wieder nickte die Haushälterin.

»Und normalerweise haben Sie bemerkt, wenn er das Haus verlassen hat?« Thomas machte sich eine Notiz in seinem Buch.

»Oh ja, Sir.« Sie schaute ihn an. »Meine Kammer liegt unter der Treppe in der Eingangshalle. Ich hätte seine Schritte hören müssen.«

»Gibt es eine weitere Treppe im Pfarrhaus?« Thomas sah sich in der Halle um. Das Haus war so groß, dass es mindestens noch eine Treppe hier geben musste.

»Ja, die Hintertreppe«, bestätigte Mrs Slotsky dann auch Thomas' Vermutung. »Aber die hat der Pfarrer nie benutzt. Die ist nur für das Personal.«

»Wie viele Angestellte arbeiten hier?«, erkundigte sich der Inspector.

»Zwei Zimmermädchen, die Köchin und ich. Aber die anderen sind jetzt alle im Herrenhaus beim Earl of Wooverlough, hier brauchen wir ja momentan niemanden mehr, bevor kein neuer Pfarrer eingezogen ist.«

Thomas steckte sein Notizbuch wieder in die Tasche. »Wir würden gern einen Blick in das Arbeitszimmer Ihres verstorbenen Dienstherrn werfen«, sagte er und folgte der Frau die Treppe hinauf. »Hatten Sie in den letzten Tagen das Gefühl, dass ihn etwas bedrückt hat oder dass er vor irgendjemandem Angst hatte?«

Mrs Slotsky war vor einer Tür stehen geblieben. »Nein. Aber selbst wenn das der Fall gewesen wäre, hätte er es mir niemals gesagt. Wir standen uns nicht besonders nah. Er war ein schweigsamer Mensch und hat viel gebetet.«

»War Gerald Farwell verheiratet?«, fragte Thomas.

»Um Himmels willen, nein!« Mrs Slotsky sah den Inspector beinahe erschrocken an.

»Aber er war kein Katholik, oder?«, fragte er weiter.

»Gott bewahre!« Sie schüttelte den Kopf. Ihre Hand ruhte noch immer auf dem Türknauf. »Selbstverständlich nicht. Die Earls of Wooverlough waren immer Königstreue.«

»Als Pfarrer der anglikanischen Kirche hätte er sich doch verheiraten dürfen«, stellte Thomas fest und betrachtete die Zimmertür vor sich, die aus massivem Kirschbaumholz bestand.

»Ja, das hätte er tun können. Aber so war er nicht. Er ging voll und ganz in seiner Rolle als Pfarrer auf. Es gab keine Frauen in seinem Leben.«

Mrs Slotsky betrat den abgedunkelten Raum, während Thomas und Drew in der Tür stehen blieben und warteten, bis die Haushälterin die Fensterläden aufgestoßen hatte.

Thomas zog verärgert die Augenbrauen zusammen, als das Licht in das große Zimmer fiel. »Sie haben ja bereits alles abgedeckt!«

Die Frau nickte. »Das sagte ich Ihnen doch bereits. Ich mag keine unerledigten Sachen.«

»Das war übereilt von Ihnen. Wir müssen uns erst in Ruhe umsehen, bevor Sie etwas verändern dürfen. Haben Sie Dokumente entfernt oder irgendetwas auf dem Schreibtisch aufgeräumt?«

Mrs Slotsky schüttelte den Kopf. »Pfarrer Farwell ist ...«, sie sah betreten zu Boden, »er *war* ein sehr ordentlicher Mensch. Es gab nichts, was ich hätte wegräumen können.«

»Na schön.« Er musste freundlich zu der Haushälterin sein, wenn er Informationen von ihr erhalten wollte. »Ich danke Ihnen, jetzt kommen wir allein zurecht.«

Nachdem Mrs Slotsky gegangen war, trat Thomas an den Schreibtisch. Vorsichtig hob er das feine Tuch an, das über dem Möbelstück ausgebreitet war. Ihm fiel das Laken aus dem Leichenschauhaus ein, mit dem die Leiche des Mannes abgedeckt gewesen war, vor dessen Schreibtisch er jetzt stand. Dieses Tuch hier war um einiges sauberer als das andere.

Der Schreibtisch barg keinerlei Überraschungen, genau wie die Haushälterin es vorhergesagt hatte. Der Pfarrer hatte Ordnung gehalten. Es lagen verschiedene Mappen darin, in denen die Texte der Predigten aufbewahrt waren. Sie waren mit sauberer Schrift geschrieben worden und nach Themen sortiert. Für seine Rechnungen hatte der Pfarrer ebenfalls mehrere Ordner angelegt, und auch für seine Korrespondenz.

Thomas betrachtete die Briefe und Lieferscheine.

»Seltsam«, murmelte er.

»Was meinen Sie?«, fragte Drew, der sich in einen Sessel neben dem Kamin hatte fallen lassen.

Thomas ignorierte den trägen Polizisten. Wenn Drew dort saß, konnte er ihm wenigstens nicht im Wege stehen. Er hatte ihn hauptsächlich mitgenommen, weil er seinem Müßiggang ein Ende setzen und nicht einsehen wollte, dass er die ganze Arbeit der hiesigen Behörden allein erledigen sollte. Große Hilfe versprach Thomas sich jedoch nicht von Drew.

»Es gibt keinerlei private Korrespondenz«, erwiderte Thomas, während er noch einmal durch den Stapel Briefe blätterte. »Merkwürdig.«

Er ging zu dem hohen Schrank, der zwischen den beiden Fenstern stand. Nachdem er auch hier das Tuch entfernt hatte, öffnete er ihn. Darin befanden sich neben Bibeln und goldenen Kelchen einige Kreuze und andere liturgische Gegenstände. Er sah sich noch eine Weile in dem Zimmer um, bis er ein lautes Schnarchen vernahm. Drew war eingeschlafen!

»Officer Drew!«, rief er tadelnd und wartete, bis der Polizist seine Augen wieder geöffnet hatte. »Schaffen Sie es denn nicht, ein paar Stunden am Stück wach zu bleiben? Kommen Sie, wir werden jetzt dem Earl einen Besuch abstatten. Vielleicht erfahren wir von ihm mehr.«

Als sie die Treppe hinunterstiegen, wartete im Erdgeschoss Mrs Slotsky bereits auf sie.

Thomas betrachtete die Frau forschend.

»War nach dem Tod des Pfarrers außer Ihnen sonst noch jemand hier?«, fragte er die Haushälterin.

Aber Mrs Slotsky schüttelte nur den Kopf.

»Nein, Sir. Nur der Arzt, um mir mitzuteilen, dass man den Pfarrer gefunden hatte. Er war aber lediglich in der Eingangshalle und ist dann gleich wieder weitergefahren.«

Der Inspector seufzte. »Und gibt es noch weitere Korrespondenz des Pfarrers irgendwo im Haus? Vielleicht einen zweiten Schreibtisch, noch ein anderes Arbeitszimmer?«

Sie schüttelte erneut den Kopf. »Nicht, dass ich wüsste.«

Thomas befahl ihr, nichts mehr anzurühren und sich vom Zimmer des Pfarrers fernzuhalten. Er würde wiederkommen und sich gründlicher umsehen müssen.

»Ich werde heute Nachmittag das Haus verlassen, bis ich hier wieder gebraucht werde«, informierte ihn die Frau. »So lange werde ich zu meiner Schwester ziehen.«

Vom Pfarrhaus aus war es nur eine kurze Kutschfahrt bis nach Wooverlough Court. Das Anwesen lag am Ende einer langen Auffahrt, die einige Kilometer durch einen Park führte. Es war eines der ältesten englischen Landhäuser, dessen früheste Teile aus dem zwölften Jahrhundert stammten. Thomas bewunderte die hohe Fassade und die vielen Sprossenfenster. Die Gärten lagen nun zwar trist und abgestorben im leichten Novemberregen, aber im Sommer boten sie sicher einen wunderschönen Anblick.

Die Kutsche hielt in einem Innenhof. Als sie vor dem Eingangsportal standen, wurde die Tür geöffnet, noch ehe sie die Klingel betätigt hatten.

»Ja bitte?«

Thomas nickte dem Butler zu. »Inspector Thomas Young von der Metropolitan Police. Wenn möglich, würde ich gern mit dem Earl of Wooverlough sprechen. Es geht um den Mord an seinem Bruder.«

Der Butler wich zur Seite und sie betraten eine kleine Eingangshalle, von der mehrere Treppen und Türen abgingen. Durch eine dieser Türen führte der Butler sie in einen großen Empfangsraum.

Thomas sah sich neugierig in dem Zimmer um. Alte Teppiche hingen an den Wänden, im Kamin lagen einige trockene Holzscheite, und daneben standen mehrere alte Stühle. Drew warf sich sofort auf den erstbesten Stuhl, während Thomas ans Fenster trat und fröstelnd hinaussah. Die Haushälterin des Pfarrers kam ihm etwas zu wenig informiert vor. Normalerweise wussten Hausangestellte doch alle möglichen Geschichten über ihre Herrschaft zu berichten. Außerdem gab es keinerlei Hinweise darauf, was der Pfarrer in seiner Freizeit getrieben haben könnte. Ja, er war in seiner Arbeit aufgegangen, aber es musste doch mehr im Leben dieses Mannes gegeben haben als nur seine Gemeinde. Thomas hatte im Pfarrhaus nicht einmal Spuren von kleinen Leidenschaften finden können, denen sich der Pfarrer von Zeit zu Zeit hingegeben hatte, weder gute Zigarren noch Portwein oder Schokolade. War Gerald Farwell derart gottesfürchtig und enthaltsam gewesen, dass er nicht einmal ein gutes Ale oder andere Köstlichkeiten genossen hatte? Oder hatte die Haushälterin vielleicht alle privaten Gegenstände des Pfarrers nach seinem Tod weggeschafft? Mrs Slotsky war ihm eigenartig unbeteiligt erschienen. War sie vielleicht in ihren Arbeitgeber verliebt gewesen? Oder sogar seine

Geliebte? Hatte sie die persönlichen Briefe verschwinden lassen, weil viele davon von ihr selbst stammten? Der Inspector nahm sich vor, das Pfarrhaus so bald wie möglich noch einmal gründlich zu durchsuchen.

»Seine Lordschaft empfängt Sie jetzt.«

Thomas fuhr herum. Er hatte gar nicht bemerkt, dass der Butler in das Zimmer zurückgekehrt war. Mit einem ärgerlichen Blick auf Drew, der auf seinem Stuhl wieder fest eingeschlafen war, folgte er dem Bediensteten. Es war besser, den Polizisten hierzulassen. Beim Earl würde er nur stören und für peinliche Zwischenfälle sorgen.

Während er hinter dem Butler durch die Flure des Anwesens ging, betrachtete er die Ahnenporträts und Landschaftsgemälde an den Wänden. Er wusste, dass die Earls of Wooverlough einem sehr alten Adelsgeschlecht entstammten, und in diesem Haus war ihre ehrwürdige Geschichte allgegenwärtig. Das Herrenhaus musste im Laufe der Jahrhunderte immer wieder erweitert worden sein, was an den unterschiedlichen Baustilen zu erkennen war.

Sie stiegen mehrere Treppen hinauf und hinunter, bis sie eine große Eichentür am Ende eines Ganges erreicht hatten. Der Butler klopfte an und Thomas betrat einen großen, hellen Raum.

Als Erstes fiel sein Blick auf den Schreibtisch, der in der Mitte des Zimmers stand und hinter dem ein Mann saß, der sich, als er den Inspector bemerkte, sofort erhob. Das musste der Earl sein. Einen Moment lang war Thomas gefangen von seiner stattlichen Erscheinung. Der Mann war sicher fast einen Kopf größer als er selbst. Er hatte volles, welliges braunes Haar, einen gut gepflegten dunklen Bart, und seine Augen waren von einem tiefen Grün.

»Eure Lordschaft.« Thomas neigte leicht den Kopf.

»Bringen Sie uns Tee«, befahl der Earl of Wooverlough dem Butler, der sogleich davoneilte.

»Bitte«, sagte der Schlossherr und deutete auf einen der Stühle, die um einen runden Kartentisch auf der linken Seite des Raumes standen.

Nachdem die beiden Männer Platz genommen hatten, sagte der Earl, als hätte er selbst Thomas herbestellt: »Ich bin Ihnen sehr verbunden, dass Sie sofort hierhergekommen sind. Mit dem Pack der Liverpool Police ist einfach nichts anzufangen.«

Thomas gab dem Earl im Stillen recht, er lächelte jedoch nur unverbindlich.

»Der Mord an meinem Bruder muss umgehend aufgeklärt werden. Ich will den Verantwortlichen am Strang baumeln sehen. Mein Bruder war der gütigste, gottesfürchtigste und fleißigste Mann, den man sich vorstellen kann. Alle sind schockiert über seinen Tod. Die gesamte Gemeinde ist in Aufruhr. Wir können es noch immer nicht fassen, dass Gerald …« Er brach ab und presste die Lippen zusammen.

»Mein aufrichtiges Beileid …« Thomas sah betreten zu Boden. Er dachte an Mrs Slotsky und musste dem Earl nun insgeheim widersprechen. Es war definitiv nicht die gesamte Gemeinde, die vom Tod seines Bruders tief betroffen war. Oder die Haushälterin konnte ihre wahren Gefühle gut verbergen, was ihn wieder zur Frage des eigentlichen Verhältnisses zwischen dem Pfarrer und seiner Angestellten führte.

Der Earl hob die Hand. »Verzeihen Sie meinen Ausbruch, aber es ist so ungerecht! Mein Bruder hatte in seinem Leben keinen einzigen Feind. Er hat niemandem je etwas zuleide getan. Es ist so sinnlos, so unbegreiflich und grausam ...« Er atmete tief durch und schloss für einen Moment die Augen.

»Eure Lordschaft, ich weiß, die Erinnerung ist sehr schmerzhaft, aber ich muss Sie bitten, mir so viel wie möglich über das Leben Ihres Bruders zu erzählen«, sagte Thomas. »Ich muss mir ein Bild von Mr Farwell machen können, um den Fall besser zu verstehen.«

Der Earl nickte. »Was möchten Sie wissen?«

»Nun, wie hat er sich zum Beispiel in seiner Freizeit beschäftigt?«, fragte Thomas. »Oder wer waren seine Freunde?«

Der Earl sah ihn beinahe tadelnd an. »Er kannte keine Freizeit. Gerald war immer für seine Gemeinde da. Er hat jede Minute des Tages ganz im Sinne Gottes verbracht. Entweder im Gebet oder mit dem Dienst am Nächsten. Er war der fleißigste Arbeiter im Weinberg des Herrn und immer in Zwiesprache mit dem Allmächtigen.«

Thomas dachte einen Augenblick nach und suchte nach den richtigen Worten, ehe er ruhig entgegnete: »Das ist sehr lobenswert. Ihr Bruder war ein frommer Mann, wie mir scheint. Wenn ich jedoch herausfinden will, wer ihm nach dem Leben getrachtet hat, muss ich mehr über ihn wissen. Ich muss hinter seine Fassade blicken. Ich muss auch seine Fehler und Schwächen kennen.«

Der Earl fuhr auf. Sein Gesicht wurde rot. »Was erlauben Sie sich? Mein Bruder hatte keine Fehler und Schwächen. Er war vollkommen.«

Der Earl verstummte, als die Tür geöffnet und der Tee serviert wurde. Erst als die Dienstboten wieder verschwunden waren, sprach er weiter. »Ich weiß, es ist schwer vorstellbar, aber an Gerald gab es nichts Schlechtes. Er war durch und durch gut.«

Thomas nickte. Niemand war ausschließlich gut, das wusste er, aber er ließ es vorerst auf sich beruhen und fragte stattdessen: »Ihr Bruder war nicht verheiratet?«

Der Earl schüttelte den Kopf und trank einen kleinen Schluck Tee. »Er hat nie eine Frau auch nur angesehen. Wenn Sie mich fragen, muss es ein Dieb gewesen sein, der ihm auflauerte. Das sagt Michael Whittey auch.«

Thomas sah den Earl an. »Es wurde eine wertvolle Taschenuhr bei Ihrem Bruder gefunden. Das lässt mich an der Theorie des Raubüberfalls zweifeln.«

Der Earl blickte von seinem Tee auf. »So? Das ist in der Tat seltsam. Davon hat Michael mir nichts berichtet.«

»Was wollte der Pfarrer wohl so spät am Abend in Liverpool am Hafen?«, wechselte Thomas das Thema.

»Darüber habe ich mir auch schon den Kopf zerbrochen«, gestand der Earl und nahm wieder einen Schluck des heißen Getränks. »Ich kann es mir nicht erklären. Es sei denn …« Er brach ab und schien nachzudenken.

»Ja?«

»Er muss jemandem geholfen haben. Ja, das wird es wohl gewesen sein. Deshalb ist ihm die Uhr nicht gestohlen worden. Er hatte sicher auch noch viel Geld dabei, um es den Armen zu bringen, den Hafenarbeitern oder den Hungernden in den Arbeitersiedlungen. Der Dieb hat natürlich nur das Geld genommen, denn die Uhr hätte er ja versetzen müssen und damit seine Entdeckung riskiert.« Der Earl schien überzeugt, das Rätsel gelöst zu haben.

»Kam das manchmal vor?«, fragte Thomas und griff

nach dem Zucker. Während er seinen Tee süßte, fragte er: »Hat Ihr Bruder oft Spenden oder die Kollekte persönlich überreicht?«

»Ich weiß es nicht«, räumte seine Lordschaft ein. »Ich habe nie etwas davon mitbekommen. Aber so muss es gewesen sein, eine andere Erklärung fällt mir nicht ein.«

»Aber warum mitten in der Nacht? Wenn er wirklich jemanden finanziell unterstützen wollte, warum tat er es dann nachts, wo kaum jemand wach war. Zu wem hätte er nur nachts gehen können?«

Der Earl breitete hilflos seine Arme aus. »Das müssen Sie herausfinden, Inspector, deshalb sind Sie ja hier.«

»Natürlich.« Thomas trank seinen Tee aus und stand auf. »Eure Lordschaft – noch eine letzte Frage: Kennen Sie diese Schlüssel?« Er holte den schweren Schlüsselbund aus seiner Tasche und hielt ihn hoch.

Der Earl stutzte und griff nach dem Schlüsselbund, als wollte er sich vergewissern, richtig hingesehen zu haben. Dann gab er ihn Thomas so schnell zurück, als hätte er sich daran verbrannt. »Nein, tut mir leid.«

Thomas hielt einen Augenblick lang erstaunt inne. Dann ging er zur Tür. Einem plötzlichen Impuls folgend, drehte er sich noch einmal um. »Eure Lordschaft, haben Sie von den ermordeten Frauen in Liverpool gehört?«

Ein Schatten huschte über das Gesicht des Earls. Dann sah er Thomas bedauernd an. »Ermordete Frauen? Nein, dazu kann ich Ihnen leider nichts sagen. Ich nehme an, dass in den Arbeitervierteln immer wieder Leute umgebracht werden. Man muss sich das Pack ja nur ansehen, das da herumläuft.«

»Es waren wohl größtenteils Dirnen«, fügte Thomas

hinzu. »In den letzten Jahren müssen mehr als zehn von ihnen umgekommen sein. Seltsam, dass Sie nichts davon gehört haben.«

»Nun, mit solchen Nichtigkeiten belästigt man mich normalerweise nicht«, sagte der Earl lächelnd. »Wenn das also alles war, Inspector? Ich habe noch meine Korrespondenz zu erledigen. Wenn Sie weitere Fragen zu meinem Bruder haben, dürfen Sie mich jederzeit kontaktieren. Und ich erwarte einen Bericht von Ihnen, sagen wir, am Wochenende? Ich möchte, dass Sie den Mörder meines Bruders dingfest machen. Ich werde Sie fürstlich dafür belohnen.«

»Ich erhalte meinen Lohn von der Krone, Eure Lordschaft«, erwiderte Thomas irritiert. Was für eine arrogante und menschenverachtende Einstellung der Earl an den Tag legte. Außerdem hatte er keine Gelegenheit ausgelassen, Thomas seine Macht zu demonstrieren. Der Inspector verabschiedete sich.

Während er dem Butler durch das große Haus zurück zur Eingangstür folgte, überlegte er, ob es wohl einen Zusammenhang zwischen den Morden an den Frauen und dem an Gerald Farwell geben konnte. Der Adelige schien mehr über die toten Frauen zu wissen, als er zugab, das hatte Thomas an seinem Gesichtsausdruck erkennen können. Außerdem war es kaum möglich, dass jemand von all den Morden nichts mitbekommen haben sollte. Aber der Earl war offenbar der Ansicht, die toten Dirnen verdienten nicht, dass ihnen Gerechtigkeit widerfuhr. Dass Thomas den Mörder seines Bruders fand, war ihm dagegen ein fürstliches Gehalt wert. Was für eine Welt das doch war, in der das Leben des einen mehr wert war als das der anderen!

Thomas dachte über Gerald Farwell nach und war verwirrter als je zuvor. Von dem Earl hatte er keinerlei brauchbare Informationen erhalten. Dabei war er sich sicher, dass der Earl den Schlüsselbund erkannt hatte. Warum verschwieg er etwas Thomas gegenüber, wo er doch offensichtlich ein starkes Interesse an der Aufklärung des Mordes an seinem Bruder hatte?

# Kapitel 3

*Liverpool, Januar 1839*

Madeline ignorierte die schamlosen Rufe und Pfiffe und drängte sich an den Männern vorbei in Richtung Tresen. Der Gestank von Alkohol, Schweiß und billigem Tabak schlug ihr entgegen.

»Hey, Süße!« Eine Hand fasste nach ihrem Oberarm.

Sie fuhr herum und funkelte den Matrosen zornig an, der sie so unverschämt festhielt. »Pfoten weg!«

»Hey, hey, hey, mal langsam«, sagte der Mann und ließ sie los.

Madeline warf ihm einen finsteren Blick zu und steuerte dann auf die große Nische neben der Bar von Jacks Taverne zu, in der sie sich um diese Zeit immer mit ihren Freundinnen traf.

Sie ließ sich neben ihre Freundin Molly auf die Holzbank fallen, erstaunt darüber, dass sie schon da war. »Ist es nicht gut gelaufen?«

Molly zog die Nase hoch und ließ ihren Kopf nach hinten an die Wand sinken. »Nee, ist zu kalt. Da kommt keiner.« Sie schloss die Augen. »Und ich hab wieder nichts zu beißen.«

»Komm gleich mit zu mir, ich habe noch Suppe und Brot«, sagte Madeline und griff nach der Hand ihrer Freundin.

»Nee, ich kann dir nicht immer auf der Tasche liegen.« Molly schüttelte den Kopf.

»Ach Unsinn, ich habe genug Suppe. Meine Köchin hat einen riesigen Kessel voll gekocht.« Sie stand auf, um an der Bar heißen Wein zu bestellen. »Gerda und Fanny sollen auch mitkommen. Wo stecken die eigentlich? Bei denen scheint es gar nicht so schlecht zu laufen, sonst wären sie längst hier.«

Sie trat an den Tresen und rief Jack ihre Bestellung zu, der mit ein paar Männern in einem ernsten Gespräch war. Er nickte und Madeline kehrte zu Molly zurück. Wenig später kam er mit zwei dampfenden Tassen und setzte sich zu ihnen.

»Tut mir leid, das mit Gerda«, sagte er und sah die beiden Frauen mitfühlend an.

Madelines Blick wanderte fragend zu Molly, die genauso ratlos wirkte wie sie selbst. »Was ist mit Gerda?«

»Ihr habt es noch nicht gehört?«

Jack fuhr sich mit den Händen über das Gesicht. Erst jetzt bemerkte Madeline, dass er müde und blass aussah.

»Was sollen wir gehört haben?«, fragte Molly alarmiert.

Der Wirt seufzte, seine große Gestalt war geradezu in sich zusammengesunken. »Sie ist tot.«

»Nein!«, rief Madeline. »Sie war doch gestern noch ganz gesund und hier bei uns. Warum sollte sie auf einmal tot sein?«

Molly lachte. »Erschreck uns doch nicht so.«

Der Wirt schüttelte den Kopf und schwieg.

»Jack, da muss eine Verwechslung vorliegen«, beharrte Madeline. »Es war jemand anderes. Gerda wird sicher jeden Moment auftauchen.«

»Nein, Madeline, sie wird nicht kommen.« Jack sah Madeline fest in die Augen. »Constable Drew war hier und hat es bestätigt. Und wenn einer Gerda erkennt, dann ja wohl er. So oft, wie er sie besucht hat. Der war doch ihr bester Kunde.«

Madeline starrte Jack an. Ganz langsam drangen seine Worte in ihr Bewusstsein. Das Stimmengewirr, das die Taverne erfüllte, war plötzlich weit weg. Madeline starrte auf den leeren Platz ihr gegenüber, auf dem Gerda gestern noch gesessen hatte. Mit einem Mal war ihr übel. Der Gestank hier in der Kneipe war kaum mehr zu ertragen. Sie knöpfte ihren Mantel auf, um besser Luft zu bekommen.

»Aber wieso sollte Gerda tot sein?«, fragte Molly, die es immer noch nicht glauben konnte.

»Festgenagelt. Wie die anderen.« Jack lehnte sich vor und raunte Madelines Freundin zu: »Molly, du musst vorsichtig sein. Ich habe es euch schon so oft gesagt. Passt aufeinander auf. Sagt jemandem Bescheid, wenn ihr einen Kerl mitnehmt.«

Madeline sah ihn erschrocken an. Er hatte recht. Sie wünschte, sie könnte die Frauen beschützen, die ihren Lebensunterhalt auf der Straße verdienen mussten. Madeline war froh, dass sie nicht dazu gezwungen war, denn sie hatte einen wohlhabenden Geliebten. Ja, sie hatte, ganz im Gegensatz zu ihren Freundinnen, Glück gehabt. John finanzierte ihr einen luxuriösen Hausstand mit Haushälterin, Köchin und Dienstmädchen. Ihr war bewusst, dass sie genauso gut das Schicksal von Fanny, Molly und Gerda hätte ereilen können. Aber Madeline durfte so viel Geld für sich ausgeben, wie sie wollte. Allerdings würde John es ihr nie erlauben, dass sie sein Geld ihren Freundinnen schenkte. Sie wandte sich wieder dem Wirt zu.

»Dann war … *er* es?«, fragte sie, obwohl sie die Antwort schon kannte. Ihre Kehle war plötzlich trocken, und ihr war eiskalt geworden. Ihre Hände begannen zu zittern.

Jack nickte. »Ihre Vermieterin hat sie heute Morgen gefunden. Gerda war auf die Dielen ihres Zimmers genagelt worden.«

Madeline schlug sich die Hand vor den Mund, und Molly starrte Jack fassungslos an.

»Trinkt euren Wein, der geht aufs Haus«, sagte Jack und stand auf. »Molly, bitte pass auf dich auf. Gerda ist nicht die erste Dirne, die auf diese Weise ermordet wurde. Letztes Jahr waren es sechs oder sieben. Da hat es jemand auf euch abgesehen.«

Molly sah den Wirt sprachlos an. Ob sie auch nur ein einziges Wort von dem verstanden hatte, was er eben gesagt hatte, war Madeline nicht klar.

Die Sache war entsetzlich. Es waren nicht nur etliche Dirnen in letzter Zeit umgekommen. Im Oktober war auch ein Küchenmädchen ermordet worden, und selbst die Hutmacherin hatte es erwischt. Das musste jetzt ungefähr ein Jahr her gewesen sein. Madeline lief ein Schauder über den Rücken. Verdammt viele Frauen waren da umgebracht worden. Und alle von dieser einen Hand …

Der Wirt eilte zurück hinter den Tresen.

»Jack hat recht, Molly«, sagte Madeline, an ihre Freundin gewandt. »Es ist gefährlich geworden. Sieh dich vor.«

Molly nickte nur mit glasigem Blick. Madeline schob ihr die Tasse Wein hin und leerte ihre eigene in einem Zug.

»Komm, trink aus – gleich bekommst du einen Teller Suppe.«

Madeline blieb erschrocken stehen, als sie um die Ecke bogen. Vor ihrem Haus stand eine elegante Equipage. »Verdammt! Ausgerechnet heute Abend muss er kommen …«

»Schon gut«, sagte Molly. »Ich gehe nach Hause. Er wird wütend, wenn er mich bei dir sieht.«

»Nein«, erwiderte Madeline und hielt ihre Freundin auf. »Das kommt gar nicht infrage. Ich lasse dich heute doch nicht allein nach Hause gehen. Du nimmst einfach den Hintereingang, und dann soll meine Haushälterin, Mrs Founton, dir eine Suppe geben und du schläfst bei Stella im Zimmer.«

»Die wird nicht gerade begeistert sein«, meinte Molly skeptisch.

»Stella arbeitet bei mir als Hausmädchen und kann froh sein, dass sie zurzeit ein Zimmer für sich allein hat. Sie soll sich bloß nicht daran gewöhnen. Sobald ich ein weiteres Mädchen einstelle, muss sie es sich sowieso wieder teilen. John drängt mich schon, er ist der Meinung, dass ich unbedingt mehr Hilfe im Haushalt haben sollte.«

»Du hast Glück, einen so freigiebigen Liebhaber zu haben.« Molly seufzte. »Er bezahlt dir dein Haus, das Personal, und du bekommst ein großzügiges Taschengeld von ihm. Am wichtigsten aber ist, dass du dadurch in Sicherheit bist. Anders als Gerda …«

»Ich weiß.«

Madeline hakte sich bei Molly unter. Sie war nicht davon überzeugt, dass sie wirklich sicherer und besser lebte als ihre Freundinnen, die als Dirnen ihren Lebensunterhalt bestritten. Auch wenn sie sich mehr leisten konnte als diese leichten Mädchen, war sie doch nur die Geliebte eines verheirateten Mannes und gab sich ihm hin. Sie wusste, dass es ihre außerordentliche Schönheit war, die John an sie band. Aber Schönheit war vergänglich, und schon bald würde es jüngere und hübschere Mädchen geben und John würde sie ersetzen. Niemals durfte er erfahren, dass sie es mit der Treue nicht so genau nahm. Aber warum sollte sie nicht auch mit anderen Männern flirten, wo John schließlich ebenfalls mindestens eine andere Frau hatte, nämlich seine Ehefrau. Und was er sonst so tat, wenn er nicht bei ihr war, wusste sie nicht. Madeline spürte, dass John sie sehr gern hatte. Und doch hatte er nicht Madeline geheiratet, sondern eine andere Frau. Sie wischte diese Gedanken fort. Solange er noch da war und für sie zahlte, brauchte sie sich keine Sorgen zu machen.

»Es ist besser, wenn du hier eine Minute wartest und dann ums Haus herum nach hinten gehst. Ich sage Mrs Founton, dass sie dir die Hintertür öffnen soll.« Madeline drückte ihrer Freundin zum Abschied die Hand. »Ich sehe zu, dass ich ihn schnell loswerde. Aber vielleicht bleibt er auch über Nacht.«

Sie war schon fast an der Haustür, als sie sich noch einmal umdrehte. »Molly, du gehst heute nicht nach Hause, hast du mich verstanden?«

Molly nickte und Madeline winkte ihr zum Abschied zu.

Als sie ins Haus trat, hörte sie John im Salon Klavier spielen. Sie huschte in die Küche, wo sie ihrer Haushälterin entsprechende Anweisungen bezüglich Molly gab, legte ihren Mantel und Hut ab und ging dann in den Salon.

John sah auf, als er Madeline hereinkommen sah. Ein

Lächeln huschte über sein Gesicht, das Madeline verriet, dass er in entspannter Stimmung war. Das war ihr die liebste Verfassung ihres Geliebten, doch viel zu oft kam er, um bei ihr all seine Sorgen und seine Unzufriedenheit abzuladen. Dann behandelte er sie nicht wie eine Geliebte, sondern wie eine gewöhnliche Dirne.

»Komm her.« John streckte seine Arme nach ihr aus, ohne vom Klavierstuhl aufzustehen. »Ich habe dich vermisst, mein Liebling.«

Madeline ging einen Schritt auf ihn zu und ließ sich auf seinen Schoß fallen. Er küsste sie mit jener Leidenschaft, die sie schnell in Madelines Schlafzimmer führen würde, falls sie überhaupt so weit kamen. Oft liebten sie sich in irgendeinem der vielen Zimmer in Madelines großem Haus. Schließlich würden die Dienstboten nie eines davon betreten, solange John anwesend war, ohne dass nach ihnen verlangt wurde.

»Warte, ich muss dir etwas erzählen.« Sie befreite sich aus seiner Umarmung. »Es ist wieder ein Mädchen ermordet worden.«

John hielt inne. »So?«

Madeline schluckte. »Ich kannte sie. Sie hieß Gerda.«

»Woher hast du sie gekannt?«

»Aus Jacks Taverne.«

John atmete tief durch. »Ich will nicht, dass du dort hingehst.«

»Ich weiß, aber ich bin nicht deine Frau und kann gehen, wohin ich will.« Sie strich mit den Fingerspitzen zärtlich über seine Lippen.

»Keine anständige Frau treibt sich in Spelunken herum«, flüsterte John und küsste ihre Hände.

»Ich bin ja auch keine anständige Frau«, erwiderte sie und lächelte.

»Das stimmt.« Er lachte und streichelte ihre Wangen. Seine Hände wanderten langsam über ihren schlanken Hals bis zum Dekolletee und verharrten an den leichten Rundungen, die sich unter ihrem Ausschnitt abzeichneten. Dann liebkosten sie einen Moment lang Madelines Brüste durch den teuren Seidenstoff ihres Kleides. Er murmelte: »Da treiben sich so viele Männer herum, die dir nachstellen. Ich werde dich nicht mit einem anderen teilen, das weißt du.«

»Aber ja.« Sie sah ihn aus halb geschlossenen Augen an, den Kopf leicht gesenkt.

Dann schmiegte sie sich wie ein Kätzchen an ihn und legte ihren Kopf in seine Halsbeuge. Ihre Lippen fuhren zärtlich die weiche Haut entlang, über seinen Bart und die Koteletten und suchten seinen Mund. Er erwiderte den Kuss leidenschaftlich und Madeline raffte ihre Röcke. Er stöhnte leise auf, als sie sich auf ihn setzte und, ohne von seinem Mund abzulassen, langsam seine Hose aufknöpfte. Sie merkte, dass er heftig erregt war, und wusste, dass sie ihre eigene Lust unterdrücken musste. Auch wenn sie das Verlangen nun deutlich in sich aufsteigen spürte. Aber sie musste einen kühlen Kopf behalten, es ging nicht um ihre Gefühle. Seit sie mit sechzehn Jahren herausgefunden hatte, dass sie ihren Körper einsetzen konnte, um zu bekommen, was sie wollte, stellte sie ihre eigenen Bedürfnisse zurück und sorgte dafür, dass John bekam, wofür er bezahlte. Und so hielt Madeline es auch mit den anderen Männern, denen sie von Zeit zu Zeit ihren Körper schenkte. Sie war keine Dirne, jedenfalls keine gewöhnliche. Sie wusste, dass sie John weit mehr als nur ihren Körper gab.

Während sie ihre Hände in seinen Schritt wandern ließ und dabei kleine entzückte Seufzer ausstieß, von denen sie wusste, wie sehr sie ihn erregten, wurde ihr wieder einmal bewusst, dass sie ihm all das vorspielte, was er zu Hause nicht bekam. Ja, einen Großteil der Zeit, die John bei ihr verbrachte, befriedigte sie seine körperlichen Gelüste, doch sie gab ihm dabei auch das Gefühl, geliebt zu werden. Oft hatte Madeline darüber nachgedacht, ob sie John wirklich liebte, und sie konnte sich diese Frage nicht beantworten. Sie mochte ihn. Zumindest wenn er nicht gerade in schlechter Stimmung war und zu ihr kam, um seine Lust möglichst rasch an ihr zu befriedigen. Dann nahm er keine Rücksicht auf sie – er hatte kaum ihre Röcke angehoben, als er auch schon in sie eindrang. Oft schrie Madeline dann auf vor Schmerzen, aber er nahm keine Rücksicht auf sie. Fünf Minuten später war er fort und Madeline fühlte sich billig und benutzt. In solchen Momenten bekam sie eine Ahnung davon, wie ihre Freundin Molly sich fühlen musste. Mit dem einzigen Unterschied, dass John Madeline jährlich zweitausend Pfund zukommen ließ und ihr Haus und das Personal unterhielt. Damit tröstete sie sich, wenn John sie so behandelte.

Sein Atem ging jetzt schneller, leises Stöhnen begleitete seine Küsse und seine Hände tasteten sich zwischen ihre Beine vor. Jetzt war der günstigste Moment gekommen.

Sie löste sich von ihm und brachte so viel Abstand zwischen seine und ihre Lenden, dass sie seine pulsierende Lust sehen konnte.

»Ich mache mir Sorgen um Molly«, sagte sie leise.

»Was?« Er betrachtete sie verwirrt und gierig.

Sie rutschte wieder etwas näher. »Drew und seine Männer sind versoffen und kümmern sich einen Dreck um die toten Frauen. Kannst du nicht jemanden aus London herbestellen, einen Inspector? Die Londoner Polizei ist sehr gut, es steht doch immer wieder in der Zeitung, dass sie Mordfälle im ganzen Land aufklären.«

»Oh Madeline …« Er sah sie gequält an. Seine Hände wühlten sich unter ihre Röcke und tasteten nach ihren Pobacken. »Das sind doch nur Dirnen. Dafür kommt kein Police Inspector aus London hierher.«

»Wenn du ihn bestellst, wird er kommen. Du bist einflussreich und hast genug Geld, um ihn zu bezahlen.« Sie löste sich von ihm und stand auf.

»Madeline, komm her«, flehte er. »Ich brauche dich.«

Das konnte sie unzweifelhaft erkennen. Und das war gut so.

»Ich bin zu deprimiert«, wiegelte sie ihn ab, während sie ihre Röcke hob, um die Strumpfbänder wieder zu befestigen. »Solange ich nicht weiß, dass jemand den Morden an Gerda und den anderen Mädchen nachgeht …«

»Na schön«, sagte er und streckte seine Hand nach ihr aus, »ich will sehen, was ich tun kann. Morgen. Aber kommst du jetzt wieder zu mir? Bitte?«

Sie lächelte erleichtert und trat wieder zu ihm ans Klavier. John stieß ein zufriedenes Grunzen aus und begann die Schnüre ihres Kleides zu lösen, während sie seine Körpermitte erneut bearbeitete.

»Dann schreibst du morgen nach London?«, flüsterte sie.

»Ja, ich hab es doch gerade gesagt«, stöhnte er und streifte das Seidenkleid von Madelines Schultern. Sein

Atem ging stoßweise, nachdem er die Korsettschnüre gelockert und endlich ihre prallen Brüste freigelegt hatte. Er vergrub sein Gesicht in Madelines Busen, während sie sich vorsichtig auf ihm bewegte, schließlich musste sie rechtzeitig von ihm ablassen, denn ein Kind war das Letzte, was sie gebrauchen konnte. Aber John war heute so erregt, dass er kaum drei Stöße schaffte, bevor Madeline merkte, dass es schon zu spät war.

»John!« Erschrocken hielt sie inne. »Nicht!«

»Bleib bei mir.« Er umfasste ihre Hüften und klammerte sich an sie, während er die letzten Wellen des Glücks auskostete. Dann versank sein Gesicht atemlos zwischen ihren Brüsten, und er sagte: »Du weißt, dass ich mich immer um dich und das Kind kümmern werde.«

Madelines Mund war plötzlich trocken. Sie schüttelte den Kopf. »Aber ich will kein Kind.« Sie hob seinen Kopf an, um ihm in die Augen zu sehen.

»Ich aber.« John küsste sie wieder leidenschaftlich. Er murmelte: »Ich will, dass du mir ein Kind schenkst.«

»John, was redest du da?« Madeline wandte sich ab, damit er ihre Lippen nicht mit Küssen verschließen konnte. Bislang hatten sie immer gut aufgepasst. Auch wenn sie es nie angesprochen hatte, war Madeline davon ausgegangen, dass John keinen Bastard zeugen wollte, genau wie sie selbst. Selbst wenn er in schlechter Stimmung zu ihr kam und es nicht länger als wenige Minuten dauerte, hatte er sich doch immer rechtzeitig zurückgezogen.

Sie sah ihn verwirrt an. »Dafür hast du deine Frau. Ich bin nur für deinen Spaß zuständig.«

»Wie wahr!« Er fasste ihren Kopf und drehte ihn zu sich. Dann küsste er sie zärtlich. Als er von ihr abließ, sagte er ernst: »Ich befürchte nur, Mary kann mir keine Kinder schenken. Ich habe es weiß Gott versucht, und es war nicht leicht für mich, wie du dir denken kannst. Aber alle Bemühungen blieben erfolglos, und ich muss gestehen, dass ich mich kaum noch dazu überwinden kann.«

»Sei nicht so gemein«, antwortete Madeline halb im Scherz, halb aufrichtig. Sie dachte an Johns Frau, die wahrhaftig keine Schönheit war. Sie war klein und dürr und flachbrüstig wie ein Schuljunge, und Madeline hatte sich schon immer gefragt, wie aus einem so kleinen, zarten Körper jemals ein gesundes Kind herauskommen sollte. Aber Johns Frau war eine Großcousine der Königin und hatte viel Mitgift in die Ehe gebracht und eine Verbindung zum Königshaus. John war schon zweimal bei Victoria und Albert zu Gast gewesen und stand seit seiner Eheschließung in freundschaftlicher Verbindung zu ihnen. »Und was willst du damit sagen? Ich soll deine Kinder bekommen? Sie würden nie deine Erben sein können.«

»Ich weiß«, seufzte er und wandte sich erneut ihren Brüsten zu. John schien noch immer nicht zufrieden zu sein. Sein Atem wurde wieder schneller, und Madeline spürte, wie er sich an sie drängte.

John murmelte: »Unser Kind wird wunderschön werden. Und ich will Kinder haben, egal wie.«

Madeline gab seinen drängenden Küssen nach und dachte darüber nach. Wie stellte er sich das vor? Sie würde die Kindsmutter sein. Ein Gedanke, der ihr noch nie verlockend erschienen war. Aber vielleicht wäre es gar nicht so schlecht, dachte sie. Das war die Absicherung, die sie brauchte, um ihn an sich zu binden, wenn ihre Schönheit irgendwann nachließ.

In den nächsten Tagen sah sie ihren Geliebten nicht, erst am Donnerstag kam er wieder zu ihr.

Es war bereits spät und sie hatte sich gerade in ihr Schlafzimmer zurückgezogen, als sie eine Kutsche vorfahren hörte. Ein Blick aus dem Fenster sagte ihr, dass es John war. Also schickte sie ihre Zofe fort und wartete, bis er eintrat.

»Hast du nach London geschrieben?«, fragte sie, noch bevor er etwas sagen konnte.

»Natürlich.« Er warf seinen Zylinder auf einen Stuhl und zog den Rock aus. »Aber ich habe noch keine Antwort erhalten.«

Madeline sah ihn nachdenklich an. John war es durchaus zuzutrauen, dass er sie anlog. Sie hatte jedoch keine andere Möglichkeit, als ihm zu glauben und zu hoffen, dass sich jemand um die Morde kümmern und für Gerechtigkeit sorgen würde.

# Kapitel 4

*Oxford, heute*

Zoe hatte gar nicht gemerkt, dass es inzwischen dunkel geworden war. Den ganzen Nachmittag hatte sie in dem winzigen Büro gesessen, das sie sich mit einer anderen Doktorandin teilte, und versucht, mehr über den Tod Gerald Farwells herauszufinden. Inzwischen zweifelte sie daran, dass ihr Vorfahre wirklich ermordet worden war. Sie hatte mehrmals mit dem Pfarrer in Fleetwood telefoniert, der heute in der Gemeinde tätig war, die Gerald vor 170 Jahren geleitet hatte und den Zoe noch aus ihrer Kindheit kannte. Er hatte die alten Kirchenbücher für sie durchforscht, jedoch nur einen einzigen Eintrag zu seinem Tod finden können, der keinerlei Hinweise auf einen Mord enthielt. Allerdings war Geralds plötzlicher Tod tatsächlich merkwürdig. Sein Todesdatum war der dreizehnte November 1839. Am zwölften hatte er noch eine Trauung vollzogen. Er konnte also nicht schwer krank gewesen, sondern musste unvorhergesehen umgekommen sein. Gerald war damals 31 Jahre alt gewesen, vielleicht hatte er am Abend mit ein paar Freunden in einem Pub in Liverpool ein Glas zu viel getrunken und war auf dem Heimweg dann über den Rand der Hafenmauer gestolpert.

Zoe fuhr den Computer herunter und stand auf. Auch

die Liverpooler Archivare hatten ihr nicht weiterhelfen können. Bis auf den Eintrag in der Tageszeitung, den Charlottes Student gefunden und den Zoe inzwischen als Kopie vorliegen hatte, gab es auch dort keine Hinweise auf einen gewaltsamen Tod des Pfarrers.

Als sie auf den schmalen Flur des altehrwürdigen Universitätsgebäudes hinaustrat, hörte sie eilige Schritte. Charlotte Arlon kam auf sie zu.

»Hallo Zoe, so spät noch hier?«, fragte die Professorin, sie war offenbar ebenfalls auf dem Weg nach Hause. Charlotte trug einen beigefarbenen knielangen Rock aus einem dicken weichen Stoff, einen Rollkragenpulli und darüber einen breiten Wollschal. Ihr blondes Haar fiel sanft über ihre Schulter und unter den Arm hatte sie sich eine lederne Aktentasche geklemmt.

Zoe richtete sich auf und lächelte müde. »Ich war den ganzen Tag mit dem Mord an Gerald Farwell beschäftigt, aber es ist, als suchte ich nach einem Gespenst.«

Sie berichtete ihrer Professorin von ihren Gesprächen mit dem Pfarrer in Fleetwood und den anderen erfolglosen Versuchen, etwas Wesentliches herauszufinden.

»Mittlerweile zweifle ich ernsthaft daran, dass er wirklich ermordet wurde«, schloss sie. »Das Einzige, was ich habe, sind ein paar alte Zeitungsberichte, die meine Tante mir geschickt hat. Und daraus könnte man auch gut schließen, dass er einem tragischen Unfall zum Opfer gefallen ist.«

Charlotte sah sie einen Moment lang nachdenklich an. Dann sagte sie: »Vergessen Sie den Mord und kümmern Sie sich lieber um die Zeit nach seinem Tod. Das wird uns Aufschlüsse über die Gedanken der Menschen geben. Wie ist er zum Helden geworden? Wer hat diesen Mythos ausgelöst?«

Zoe berichtete ihr von den fantasiereichen Wunderbeschreibungen des *Liverpool Chronist* Marcus Brown und den beiden Biografien, von denen eine möglicherweise in Wooverlough Court zu finden war.

»Ich glaube, Sie müssen unbedingt dorthin«, erwiderte Charlotte und ihre Finger spielten mit dem Schloss ihrer eleganten Aktentasche aus dunkelbraunem Leder. »Wenn Sie dort nichts finden, müssen wir das Thema abschließen und uns nach einem neuen für Sie umschauen. Aber ich habe das Gefühl, dass in dieser Geschichte großes Potenzial steckt.« Sie warf ihr Haar über die Schulter und der Duft von Rosenblättern und Orangenschalen wehte zu Zoe herüber.

Zoe zögerte. Es war ihr unangenehm, Charlotte zu gestehen, dass sie in Wooverlough Court nicht mehr willkommen war, aber sie konnte sie schlecht anlügen. Und es war schließlich nicht Charlottes Problem, dass ihr konservativer Vater sie einfach auf die Straße gesetzt hatte, als er von ihrer Beziehung mit Mel erfuhr.

Zoe nickte. Einen Moment lang standen sich die beiden Frauen schweigend im Flur gegenüber.

Schließlich ergriff Zoe das Wort. »Ich will Sie nicht länger aufhalten. Wir können ja in den nächsten Tagen noch einmal darüber sprechen.«

»Ja.« Charlotte setzte sich in Bewegung.

Eingehüllt in den Duft exotischer Früchte und Blumen ging Zoe neben ihr her den schmalen Flur entlang zur Treppe.

Als sie aus dem alten Universitätsgebäude traten, war es

bereits dunkel. Es war kühl geworden und Charlotte zog den breiten Wollschal enger um die Schultern.

»Haben Sie schon mit Ihrem neuen Roman begonnen?«, fragte sie plötzlich.

»Ich schreibe noch nicht daran.« Zoe sah zu ihr hinüber. Charlottes Atem bildete kleine Wölkchen in der Luft. »Aber ich habe eine Idee, die mich beschäftigt und die ich mit mir herumtrage. Irgendwann bin ich so weit.«

»Ich bewundere Sie«, sagte Charlotte. Sie blieb stehen und betrachtete Zoe von der Seite. »Ich wünschte, ich könnte das auch. Eine Welt entstehen lassen, Menschen erschaffen, die es nur in meiner Fantasie gibt.«

Zoe sah Charlotte überrascht an. »Aber das können Sie bestimmt auch. Es ist gar nicht so schwer. Man muss sich nur hinsetzen und anfangen. Es ist in erster Linie Disziplin, dann …«

»Oh nein«, unterbrach Charlotte sie mit erhobener Hand. »Das sind die Worte eines Genies, dem sein Talent leichtfällt.«

Zoe lächelte. »Sie haben so viele Bücher geschrieben, Charlotte.«

»Nur Fachliteratur, keine Romane«, warf die Wissenschaftlerin ein.

»Ja, aber Sie könnten doch mit Leichtigkeit einen Roman schreiben.«

Ihre Professorin schüttelte lächelnd den Kopf. Sie gingen langsam weiter. Hinter den alten Fenstern der Universität brannten nur noch vereinzelte Lichter. Der Rasen, der von den ehrwürdigen Gebäuden gesäumt wurde, lag verlassen im Dunkeln.

Als sie an die Straße kamen, zögerte Charlotte.

»Müssen Sie nach Hause oder haben Sie vielleicht Lust, noch ein Glas Wein mit mir zu trinken?«, fragte sie.

Ein warmes Gefühl breitete sich in Zoes Bauch aus. »Sehr gerne.«

»Kommen Sie, da vorn an der Ecke ist ein kleiner Pub.« Charlotte deutete die regennasse Straße hinunter, und Zoe fragte sich, ob ihre Professorin wohl regelmäßig mit ihren Studenten dort einkehrte. Zu gern würde sie sich einbilden, dass sie für Charlotte Arlon eine besondere Doktorandin war. Aber sie wusste genau, dass Charlotte viel zu professionell war, um sich auf private Beziehungen zu ihren Promotionsstudenten einzulassen, welcher Art auch immer.

»Weißwein?«, fragte Charlotte, als sie den gemütlichen Pub betraten, der recht gut besucht war für einen Dienstagabend.

Zoe nickte und steuerte auf einen Tisch in einer Fensternische zu, während Charlotte zum Tresen ging. Wenig später kehrte sie mit zwei Weingläsern in der Hand zurück.

»Wie sind Sie zum Romanschreiben gekommen?«, fragte die Professorin, als sie den ersten Schluck getrunken hatte. »Ich meine, hatten Sie schon immer den Wunsch zu schreiben?«

Zoe schüttelte den Kopf, sodass die Haare ihres Pagenkopfs hin- und herflogen. »Es klingt vielleicht arrogant, aber ich hatte das Gefühl, etwas zu sagen zu haben.«

»Das ist gar nicht arrogant«, sagte Charlotte und lächelte. »Und Sie hatten ja recht. Wie oft hat sich *Der Übernächste* verkauft?«

»Das kann ich Ihnen gar nicht so genau sagen«, log Zoe, um nicht prahlerisch zu klingen. Sie konnte es ja selbst kaum glauben, dass in den letzten Jahren über zweihunderttausend Exemplare ihres Romans in England verkauft worden waren und dass er sogar in verschiedene andere Sprachen übersetzt worden war. »Und ich hatte damals ja auch nichts Besseres vor. Mein Vater hatte mich gerade aus der Familie verbannt und ich war zu stolz, um bei ihm um eine Unterstützung für mein Studium zu betteln. Also hab ich erst mal geschrieben.«

»Und seitdem sind Sie finanziell unabhängig«, mutmaßte Charlotte.

»Oh ja«, Zoe lächelte, »das ist ein riesiger Erfolg für mich. Mein Vater hat sicher nicht gedacht, dass ich auch ohne die Hilfe der Familie überleben kann. Ich glaube, das kam bei den Wooverloughs bisher nicht allzu oft vor.«

Charlotte lachte, und Zoe betrachtete eine Gruppe Studenten, die gerade hereingekommen waren.

»Verraten Sie mir, warum Ihr Vater nicht mehr mit Ihnen spricht?«, fragte Charlotte. »Oder ist das zu persönlich?«

Die Professorin musterte Zoe voller Interesse. Plötzlich fühlte sich Zoe von dem sanften Blick ihrer grünblauen Augen gefangen. Wieder dachte sie an ihren Ehemann, den Dekan. Was für ein Glück er hatte, diese außerordentlich schöne und intelligente Frau an seiner Seite zu haben. Wäre Charlotte nicht Zoes Professorin, sie hätte sich längst in sie verliebt.

»Ich ... ich war nicht so, wie er es sich wünschte. Als ich fünfzehn war, habe ich mich zum ersten Mal in ein Mädchen verliebt, und auch wenn ich danach zwei Jungs als Freunde hatte, war es niemals so wie bei meiner ersten großen Liebe.« Zoe spürte, wie sie rot wurde, und hoffte, dass Charlotte es in dem schummrigen Kneipenlicht nicht bemerkte. »Auch wenn ich es nie gewagt hätte, mich ihr zu offenbaren.«

Charlotte sagte nichts und sah sie nur abwartend an.

»Als ich es mir selbst endlich eingestand, dass ich mit einer Frau an meiner Seite in meinem Leben sicher glücklicher werde, war ich zwanzig.« Zoe trank einen Schluck Wein. »Und dann kam Mel. Ihre Eltern hatten kein Problem damit, dass ihre Tochter lesbisch war, aber ich wusste, dass das bei den Earls of Wooverlough nicht so leicht durchgehen würde. Als ich endlich den Mut fasste, meinen Eltern die Wahrheit zu sagen, waren Mel und ich schon fast zwei Jahre lang ein Paar. Daraufhin hat mein Vater mich vor die Wahl gestellt: die Familie oder Mel.«

»Wie bitte?«, sagte Charlotte entsetzt. »Er hat von Ihnen verlangt, dass Sie sich selbst verleugnen, um in der Familie bleiben zu dürfen?«

»Exakt«, bestätigte Zoe. »Wäre ich nicht mit Mel sehr glücklich gewesen, hätte ich vielleicht ernsthaft darüber nachgedacht. Ich war damals ja erst Anfang zwanzig.«

»Umso schäbiger von Ihrem Vater, das zu verlangen.« Charlotte schüttelte fassungslos den Kopf.

»Heute weiß ich, dass es gut war, dass alles so gekommen ist«, erwiderte Zoe. »Denn mir ist aufgefallen, dass es bei uns immer so war. Wenn meine Geschwister oder ich irgendetwas unternahmen, das meinen Eltern nicht gefiel, lag sofort die Drohung in der Luft, dass sie uns aus der Familie ausschließen würden. Dabei ging es ihnen hauptsächlich um unser gesellschaftliches Ansehen. Und wenn wir ihre Erwartungen erfüllten, wurden wir großzügig finanziell unterstützt. Aber wer das nicht tat, musste sehen, wo er blieb.«

Zoe schwieg, als die Studenten mit ihren gefüllten Gläsern an ihnen vorbei in den hinteren Teil des Pubs gingen.

Charlotte war ihnen ebenfalls mit ihrem Blick gefolgt, jetzt wandte sie sich wieder Zoe zu.

»Das kann ich gut verstehen. Ich komme zwar nicht aus einer so alten Familie wie Sie, aber auch bei uns wurde immer auf die Etikette geachtet. Und ich hatte immer den Druck, die Erwartungen meiner Eltern erfüllen zu müssen.«

Zoe lächelte. »Aber Ihnen ist es gelungen, nicht wahr?«

Charlotte sah Zoe nachdenklich an. »Ich denke, schon. Manchmal frage ich mich, ob das auch meine eigenen Erwartungen waren.«

Zoe trank einen Schluck Wein. Niemals hätte sie gedacht, dass Charlotte mit ihrem Schicksal hadern könnte. Sie sagte vorsichtig: »Sie haben viel erreicht, Charlotte.«

Die Professorin nickte nur und schwieg. Einen Moment lang hing sie ihren Gedanken nach, ehe sie fragte: »Und Mel, ist sie mit Ihnen nach Oxford gekommen?«

»Mel hat mich vor einem halben Jahr verlassen«, antwortete Zoe.

»Oh, das tut mir leid«, sagte Charlotte und wickelte nachdenklich eine Haarsträhne um ihren Zeigefinger.

»Ist schon okay«, winkte Zoe ab. »Es hat mich schwer getroffen, das muss ich zugeben. Wir waren fast acht Jahre zusammen und ich hatte nicht damit gerechnet. Zuerst war es ein Schock, aber inzwischen glaube ich, dass es so tatsächlich besser war. Wir haben nie wirklich zusammengepasst. Mel arbeitet an der Börse und lebt im Übermorgen.«

Charlotte lachte. »Haben Sie deshalb *Der Übernächste* geschrieben?«

Zoe hielt überrascht die Luft an. »Ja, wahrscheinlich. Da steckt ein großer Teil von Mel drin. Sie ist eine typische Vertreterin der Millennial-Generation, die ich in *Der Übernächste* beschreibe. Sie lebt in einer virtuellen Welt, kauft und verkauft virtuelle Größen und jettet ständig von Kontinent zu Kontinent. Und das ist alles so normal, so notwendig. Jeder muss im Morgen leben, besser noch im Übermorgen. Wer im Heute lebt, hat schon das Wichtigste verpasst.« Zoe hielt inne. »Sorry. Es ist mal wieder mit mir durchgegangen.«

»Nein, das ist hochinteressant«, widersprach Charlotte. »Und Sie leben im Gestern. Sie haben sich für Ihr Studium das Fach Geschichte ausgesucht. Meinte Mel aus diesem Grund, dass Sie nicht zusammenpassen?«

»Es war Mels Einstellung, die sich geändert hat. In ihrem Job kann man sich Mitleid oder Sympathie nicht leisten. Wer aus Mitgefühl zögert, wenn es beispielsweise darum geht, eine Firma aufzukaufen, zu zerschlagen oder jemanden auf die Straße zu setzen, hat verloren.« Zoe schüttelte den Kopf. »Für Mel ist es wichtig, in der ersten Reihe zu stehen. Zu wissen, was morgen, besser noch, was übermorgen angesagt sein wird«, sagte sie nachdenklich. »Ich glaube, sie hat ihre eigene Veränderung gar nicht bemerkt, nur dass ich mich in eine vollkommen andere Richtung entwickelt habe. Sie hat sich schließlich in eine andere verliebt. Mir ist es erst viel später aufgefallen, dass wir in unterschiedlichen Welten gelebt haben. Und um ehrlich zu sein, hatten wir uns schon lange nicht mehr viel zu sagen.«

Charlotte nickte. »Das ist nachvollziehbar. Und es ist bewundernswert und zeigt Ihre Stärke, Zoe. Sie haben sich nicht von Ihrer Freundin beeinflussen lassen, auch nicht von Ihren Eltern.«

»Ich wollte mich auf keinen Fall anpassen. Sonst wäre ich nicht mehr ich gewesen«, warf Zoe ein.

»Genau!«, rief Charlotte mit funkelnden Augen. »Und das zu wissen, ist absolut wertvoll, Zoe. Ich wusste es damals nicht.«

»Was meinen Sie?«, fragte Zoe überrascht.

Charlotte atmete tief durch. »Ich habe genau das Gegenteil von dem getan, was Sie taten. Ich habe immer alle Erwartungen erfüllt.«

Zoe sah Charlotte nachdenklich an. »Das muss nicht bedeuten, dass es falsch war. Sie können sich gar nicht vorstellen, wie oft ich mir gewünscht habe, die Erwartungen meiner Eltern einfach erfüllen zu können.«

»Aber Sie wussten genau, dass das nicht das Richtige für Sie ist«, stellte Charlotte fest. Sie sah nachdenklich in ihr Weinglas.

Zoe betrachtete sie aufmerksam. War es tatsächlich möglich, dass ihre Professorin gar nicht so glücklich war, wie es den Anschein hatte?

»Genau zu wissen, was man will, ist das größte Geschenk. Auch wenn der Weg zum Ziel vielleicht ein schwerer ist.« Charlotte trank einen Schluck. »Aber was, wenn man alle Erwartungen erfüllt hat, alles erreicht hat – und plötzlich doch nicht glücklich und zufrieden ist? Wenn man nur Leere spürt …?«

Zoe dachte einen Augenblick lang über diese Frage nach. »Nun«, sagte sie dann vorsichtig. »Es liegt in der Natur des Menschen, unzufrieden zu sein. Und permanentes Glück gibt es nicht. Dafür sind wir einfach nicht gemacht.

Aber wir können zumindest zufrieden und glücklich sein, denke ich. Und wenn einem das nicht gelingt, dann muss man etwas ändern.«

»Ja«, sagte Charlotte leise und drehte ihr Glas hin und her.

»Charlotte …« Einem plötzlichen Impuls folgend, griff Zoe nach den zarten, schlanken Fingern ihrer Professorin und hielt sie fest. »Es tut mir leid, wenn ich einen wunden Punkt bei Ihnen getroffen habe.«

Die Wissenschaftlerin lächelte müde und umschloss mit der anderen Hand Zoes Finger. Eine Zeitlang saßen sie schweigend da, während Zoe ein verräterisches Kribbeln im Bauch spürte. Sie kannten sich kaum und doch hatte sie in diesem Moment den Eindruck, Charlotte näher zu stehen als jedem anderen Menschen auf der Welt. War Zoe so einsam, dass sie sich dem erstbesten Menschen, mit dem sie sich intensiv unterhielt, gleich zugehörig fühlte? Oder lag tatsächlich etwas Besonderes zwischen ihnen, ein Zauber, den sie sich nicht erklären konnte?

Charlottes Finger streichelten Zoes Hand und ein Schauer überlief ihren Körper. Zoe betrachtete die vollen Lippen ihrer Professorin und die geschwungenen Wimpern, die im schwachen Licht des Pubs winzige Schatten auf Charlottes seidig weiche Wangen mit den zahlreichen Sommersprossen warfen.

Als ein paar junge Männer laut lachend die Kneipe betraten, löste Charlotte ihre Hände von Zoes. Sie trank ihren Wein aus. Plötzlich hatte Zoe Angst, sie würde gleich aufbrechen. Sie wollte diesen Moment noch nicht loslassen. Charlotte war ihr so nah gekommen, Charlotte, die Zoe schon seit Langem aus der Ferne bewunderte. Und auch wenn sie wusste, dass ihre Professorin bestimmt nach Hause musste, dass ihre Familie auf sie wartete, wollte sie sie noch nicht gehen lassen.

Zoe fragte, beinahe ängstlich: »Noch einen Wein?«

Und Charlotte nickte lächelnd.

Zoe atmete tief durch. Während sie sich mit den leeren Gläsern durch die Menge zur Bar vorkämpfte, hatte sie den Eindruck, auch Charlotte sei erleichtert gewesen, dass der Abend noch nicht endete.

Als sie fünf Minuten später zu ihr zurückkehrte und auf der Sitzbank neben ihr Platz nahm, beugte sich ihre Professorin aufgeregt zu ihr.

»Ich weiß, wie wir in die Bibliothek von Wooverlough Court gelangen könnten«, sagte sie mit einem schelmischen Grinsen.

Zoe sah sie neugierig an.

»Ich könnte mich an Ihren Vater wenden, den Earl of Wooverlough, und ihm unser Projekt darlegen. Und dann bitte ich ihn, dass er mich mit einer meiner Doktorandinnen in den Bibliotheken seines Anwesens forschen lässt.« Charlotte warf Zoe einen triumphierenden Blick zu. »Ich werde natürlich nicht erwähnen, dass Sie diese Studentin sind.«

Zoe musste lachen. »Er würde vermutlich zustimmen, aber sobald er sieht, wen Sie mitgebracht haben, fliegen wir beide raus.«

»Meinen Sie?« Charlotte hob die Augenbrauen. »Ich kann mir vorstellen, dass er ziemlich stolz auf Sie ist, trotz Ihrer … sexuellen Orientierung.« Ein rötlicher Schimmer hatte sich auf ihre Wangen gelegt, was ihr außerordentlich gut stand, fand Zoe.

Sie lachte und sagte: »Das glaube ich nicht.«

»Ach was«, Charlotte lehnte sich zurück, »Ihr Roman ist ein riesiger Erfolg. Ich glaube nicht, dass ihn das kaltlässt.«

Zoe hob die Schultern. »Gut möglich.«

»Also, was denken Sie? Hätten Sie Lust, ein paar Tage mit mir zu verreisen?« Charlotte sah Zoe so eindringlich an, dass Zoes Gefühle Purzelbäume schlugen.

Oh ja, sie konnte sich nichts Verlockenderes vorstellen, als mit ihrer wunderschönen Professorin zu verreisen! Sie antwortete, ein wenig zu begeistert, wie sie selbst merkte: »Wenn Sie die Zeit dafür fänden und bereit wären, sehr gerne.«

Charlotte lächelte und griff wieder nach Zoes Hand. Sie hielt sie einen langen Moment fest. Ihre Finger waren weich wie Samt, und Zoe wünschte, sie würde sie nie wieder loslassen.

»Abgemacht!«, sagte sie.

# Kapitel 5

*Liverpool, März 1839*

»Wie fühlst du dich?« John sah Madeline prüfend an.

»Ich bin nicht in anderen Umständen, wenn du das meinst«, erwiderte sie und stand aus dem Sessel im Salon auf, John war gerade zur Tür hereingekommen. Sie sah die Enttäuschung in seinem Gesicht.

Dann lächelte er und streckte die Hand nach ihr aus. »Komm mit nach oben, das werden wir ändern.«

»John, ich mache mir Sorgen um Molly«, sagte sie, während sie sich von ihm die Treppe zu ihrem Schlafzimmer hinaufziehen ließ.

Er drehte sich zu ihr um. »Die kleine Dirne?«

»Sie ist mehr als das«, sagte Madeline zornig. »Hör auf, so abfällig von ihr zu sprechen.«

»Ich sage nichts Falsches«, erwiderte er grinsend und öffnete die Tür zu Madelines Zimmer.

Sie seufzte, als sie sich auf das Bett fallen ließ. »Ich weiß einfach, dass etwas nicht stimmt. Seit einiger Zeit habe ich nichts von Molly gehört. Fanny hat gesehen, wie sie vor drei Tagen mit einem Freier nach Hause gegangen ist, der angeblich die ganze Nacht bezahlt hat.«

»So?«

John schob Madelines Röcke nach oben. Doch sie stieß ihn von sich.

»Lass das, ich versuche dir gerade …«

»Mein Gott, Madeline«, stöhnte John und knöpfte seine Hose auf. »Ich habe nicht viel Zeit. Wenn sie einen Freier für die ganze Nacht hatte – warum geht er dann mit seinem ganzen Geld nicht in ein gehobenes Bordell?«

»Weil manche Männer auf die Privatsphäre eines Mädchens Rücksicht nehmen. Nicht jeder demütigt seine Frau, indem er sich öffentlich zu seiner Geliebten bekennt.« Madeline sah ihn mit gehobenen Augenbrauen an.

»Ich achte sehr auf deine Privatsphäre«, sagte er und versuchte wieder nach Madeline zu greifen.

Doch sie entwand sich seinem Griff und trat ans Fenster. »Ganz Liverpool weiß von mir. Selbst deine Dienstboten kennen mich. Die einzige Person auf der Welt, die vermutlich keine Ahnung hat, ist deine Frau.«

John hob die Schultern. »Vielleicht erregt es mich, als sündiger Mann bekannt zu sein.«

»Dich erregt alles«, murmelte Madeline.

»Dann komm endlich her.« Er zog sie leidenschaftlich an sich.

Madeline tat ihm den Gefallen und erwiderte seine gierigen Küsse. Sie tastete sich unter sein Hemd und bis in seine Hose vor. Sie wusste, dass sie nicht mit ihm reden konnte, bevor er bekommen hatte, was er wollte.

Wenige Minuten später strich sie ihm sanft und zärtlich über den Rücken und sagte leise: »Du hast doch schon mal nach London geschrieben, als Gerda ermordet wurde …«

»Ja«, murmelte er, noch immer etwas atemlos. »Aber ich habe leider nie eine Antwort erhalten.«

»Du musst es noch einmal versuchen, und dieses Mal darfst du nicht so schnell aufgeben.« Madeline strich mit ihren Lippen über seine Wangen. »Ich mache mir so große Sorgen um Molly. Das ist nicht normal, dass sie sich seit drei Tagen nicht blicken lässt.«

John seufzte und rutschte auf die Bettkante. »Madeline, ich werde mich da nicht mehr einmischen. Es sind Dirnen, Molly genau wie alle anderen, und sie gehen nun einmal ein gewisses Risiko ein, wenn sie Männer nach Hause mitnehmen.«

Madeline richtete sich auf und starrte ihn fassungslos an.

»Bleib noch liegen«, sagte John, während er in seine Hose schlüpfte. »Dann ist es wahrscheinlicher, dass unsere Liebe Früchte trägt.«

Madeline schnaubte wütend. »Hast du schon einmal darüber nachgedacht, dass es vielleicht an dir liegen könnte und nicht an Mary oder mir, dass du noch keinen Erben hast?«

»Rede keinen Unsinn«, sagte er und schüttelte den Kopf. »Alle Generationen unserer Familie waren mit vielen Kindern gesegnet. Es wird auch bei mir nicht anders sein.«

Madeline ließ sich wieder in die Kissen sinken. Trotzig erwiderte sie: »Mit Mary versuchst du es schon seit zwei Jahren und auch ich bin immer noch nicht in anderen Umständen.«

»Es wird nicht mehr lange dauern, Madeline«, sagte er, zog sich seinen Rock über und warf einen prüfenden Blick in Madelines Spiegel. Im Hinausgehen warf er ihr noch eine Kusshand zu und dann war er auch schon verschwunden.

Madeline stand von ihrem Bett auf. Während sie sich gründlich wusch, dachte sie über Johns Worte nach, und Wut stieg in ihr auf. Er konnte dermaßen versnobt und herrisch sein. Als ob es sich Fanny oder Molly ausgesucht hätten, als Dirnen zu arbeiten! Molly war früher in einer Lagerhalle am Hafen angestellt gewesen, als der Vorarbeiter sie in sein Büro geholt und ihr angeboten hatte, statt Tee in Dosen abzufüllen, Liebesdienste für ihn zu leisten. Molly hatte entsetzt abgelehnt und daraufhin ihre Arbeit verloren. Als der Hunger zu groß geworden war, hatte sie schließlich doch ihren Körper verkauft. Madeline hatte sie kennengelernt, als sie schon ein Jahr lang auf der Straße gearbeitet hatte.

Madeline zog sich an und lächelte beim Gedanken an ihre liebe Freundin. Molly war inzwischen gar nicht mehr unglücklich mit ihrer Arbeit als Dirne. Wenn das Gewerbe nur sicherer wäre, vermutlich wäre Molly dann ganz zufrieden gewesen. Aber ihre Einkünfte unterlagen starken Schwankungen. Wenn gerade kein Schiff im Hafen lag, mit hungrigen Matrosen und Schiffsjungen an Bord, oder wenn es zu kalt war, sodass den Männern der Sinn eher nach heißem Bier stand als nach einer schnellen Befriedigung in einem zugigen Zimmer, dann reichten ihre Einnahmen kaum zum Leben.

Madeline stieg die Treppe hinunter zur Eingangshalle, setzte ihren Hut auf, zog den Mantel an und verließ ihr Haus. Sie machte sich auf den Weg zum Polizeirevier. Sollten die Faulpelze doch einmal etwas für ihr Geld tun! Aber als sie das Revier erreicht hatte, war die Tür verschlossen. Wunderbar, dachte Madeline. Die diensthabenden Polizisten saßen vermutlich in einer der vielen Spelunken und waren vollkommen betrunken. Einen Moment lang dachte sie nach. Ihr war nicht wohl dabei, aber es blieb ihr nichts anderes übrig, als sich selbst zu kümmern. Sie musste bei Molly zu Hause nachsehen, auch wenn ihre Freundin es nicht gernhatte, wenn Madeline sie in ihrer kleinen Wohnung aufsuchte.

Madeline lief die Queens Street entlang, die direkt zu den Docks hinunterführte. Molly hatte eine Zweizimmerwohnung in einem der Hinterhäuser. Madeline wich ein paar Möwen aus, die über den Gehweg spazierten, und ignorierte die Blicke der Menschen, die sie misstrauisch beäugten. Sie fiel mit ihrer eleganten Kleidung auf, die sie als Mitglied der Gesellschaft auswies, obwohl sie das gar nicht war. Dass sie als Dame ohne Begleitung unterwegs war, schickte sich nicht. Aber Madeline hatte schon lange gelernt, sich über die Regeln hinwegzusetzen.

Sie blieb vor dem Toreingang mit der Nummer acht kurz stehen und sah sich um, ehe sie den Hof dahinter durchquerte. Die alte Holztür, die ins Hinterhaus führte, stand offen. Als Madeline den Hausflur betrat, schlug ihr der Geruch von Eintopf und abgestandener, süßlicher Luft entgegen. Sie rümpfte die Nase und machte sich an den Aufstieg in die zweite Etage. Die Tür zu Mollys Wohnung war geschlossen. Die braune Farbe blätterte an mehreren Stellen ab. Madeline klopfte, erst zaghaft, dann fester. Es kam keine Antwort.

»Molly?«, rief sie und lauschte.

»Die ist seit Tagen nicht mehr hier gewesen«, hörte sie plötzlich eine Stimme. Sie fuhr herum und erblickte einen roten Haarschopf am unteren Ende der Treppe.

Madeline betrachtete die Frau, die sich gerade den

Schweiß von der Stirn wischte. Sie war vermutlich in den Dreißigern, recht rundlich und die Haut in ihrem Gesicht war schuppig.

»Ich mache mir Sorgen um sie«, rief Madeline ihr zu, während sie versuchte, den Türknauf zu drehen.

»Die ist abgeschlossen«, erklärte die Frau. »Ich hab's auch schon versucht.«

Madeline nickte. Sie rüttelte an der Tür, die nicht sonderlich stabil wirkte. »Hat jemand einen zweiten Schlüssel?«

Die Frau schüttelte den Kopf.

Madeline umfasste mit beiden Händen den Türknauf. Sie zog so fest sie konnte, doch das Schloss gab nicht nach.

»Helfen Sie mir bitte.« Madeline winkte die Frau heran.

Mit vereinten Kräften schafften es die beiden endlich, das Schloss aus dem dünnen Holzrahmen zu ziehen. Die Tür schwang auf.

»Puh! Was für ein Gestank«, sagte die Frau und rümpfte ihre Nase.

Madeline presste die Lippen aufeinander und betrat den kleinen Raum. Panik und Übelkeit stiegen gleichzeitig in ihr auf. Der Gestank ließ nichts Gutes ahnen. Sie unterdrückte den Impuls, sich auf dem Absatz umzudrehen und aus dem Haus zu stürmen. Stattdessen zog sie ein Spitzentuch aus ihrer Tasche, das sie sich auf Mund und Nase drückte.

Der Wohnraum war aufgeräumt. Die Kissen lagen ordentlich aufgereiht auf dem Sofa. Mit angehaltenem Atem öffnete Madeline die Verbindungstür, die zu Mollys Schlafzimmer führte. Als sie die Tür aufstieß, wich sie entsetzt zurück. Die Frau hinter ihr kreischte auf. Madeline starrte auf ihre tote Freundin, die auf dem Boden lag. Ihr Blick glitt an dem nackten Körper entlang bis zu den Handflächen, die mit Eisennägeln auf die Holzdielen genagelt worden waren. Auch in den Füßen steckten lange Nägel.

»Los!«, keuchte Madeline und schob die Frau aus dem Zimmer. »Halten Sie eine Polizeistreife auf der Straße an! Treiben Sie irgendjemanden von der Liverpool City Police auf.«

Die Frau stürzte aus der Wohnung und Madeline konnte sie die Treppe hinunterstolpern hören.

Sie schluckte und zog das Laken vom Bett. Nachdem sie es über ihre Freundin gebreitet hatte, ging sie in den benachbarten Raum und öffnete das Fenster, das in den Hinterhof führte. Sie atmete tief ein. Ihre Hände zitterten, die Beine fühlten sich weich an. Madeline ließ sich auf die schmale Fensterbank sinken. Sie atmete gegen die Übelkeit an. Während sie in den tristen Hinterhof starrte, verschwamm das Bild vor ihren Augen. Molly war tot! Die lebendige, fröhliche, laute Molly! Hoffentlich war sie schon tot gewesen, bevor man sie auf die Dielen genagelt hatte. Madeline unterdrückte ein Schluchzen.

Schritte hallten von den Wänden des Innenhofes wider. Der rote Haarschopf tauchte auf, und hinter ihr konnte Madeline zwei Polizisten erkennen, die jetzt zu ihr heraufsahen. Schnell wischte sie die Tränen fort. Wenige Augenblicke später standen die Uniformierten in der Tür.

»Sie haben eine Leiche gefunden?«, fragte der größere der beiden.

Madeline nickte und deutete auf die geschlossene Tür.

Der kleinere der Polizisten grinste sie unverhohlen an. »Sie war eine Kollegin?«

Madeline zog die Augenbrauen zusammen. »Nein, sie war meine Freundin.«

»Wieder eine«, rief der erste Polizist, der inzwischen die Tür geöffnet hatte. »Haben Sie die Decke drübergelegt?«

Madeline nickte.

»War sie eine Dirne?«, fragte er.

Madeline zögerte kurz, bevor sie die Frage bejahte. Molly war ihr Beruf nie peinlich gewesen, sie hatte kein Geheimnis daraus gemacht. Aber Madeline hatte das Gefühl, ihre Freundin vor diesen Männern schützen zu müssen.

Der Polizist zog das Laken weg. »Wie bei den anderen auch.«

»Gut beieinander«, stellte der Kleinere fest. »Scheint gesund gelebt zu haben. Nicht so dürr wie die Letzte.«

»Und noch nicht so alt«, warf der Erste wieder ein. »Schade drum.«

Madeline sah die beiden erschrocken an. »Hören Sie auf, so respektlos von ihr zu reden!«

Der größere Polizist winkte ab. »Die ist tot. Die bekommt nichts mehr mit.«

Die beiden Männer gingen zur Tür. »Wir schicken den Leichenwäscher her, der soll sie abholen, damit die Wohnung wieder vermietet werden kann.«

Madeline starrte sie fassungslos an. »Das ist Ihre einzige Sorge? Dass die Wohnung wieder vermietet werden kann? Sie wollen gar nicht herausfinden, wer für die Morde an Molly und den anderen Frauen verantwortlich ist?«

»Ma'am«, sagte der größere Polizist schamlos grinsend.

r mit dem Feuer spielt, darf sich nicht wundern, wenn ·brennt.«

»Etwas anderes fällt Ihnen dazu nicht ein? Sie faules, nichtsnutziges Pack!« Madeline traten Tränen der Wut in die Augen.

Die Polizisten lachten und machten sich auf den Weg. Der größere drehte sich noch einmal um. »Was erwarten Sie denn von uns? Das war eine Dirne!«

Madeline starrte den beiden Männern zornig hinterher. Dann sank sie schluchzend zu Boden.

# Kapitel 6

*Liverpool, November 1839*

Thomas schüttelte den Regen von seinem Zylinder, als er die Harbour Police Station betrat.

Green und Twicklehurst sahen von ihren dampfenden Tassen auf, als ihr Chef hereinkam.

»Wir haben viele Leute gefunden, die die toten Frauen kannten, aber ich glaube nicht, dass uns da irgendwas weiterhelfen kann«, sagte Green statt einer Begrüßung.

Twicklehurst reichte Thomas eine Tasse Tee. »Setzen Sie sich erst mal, Chef.«

Der Inspector ließ sich auf einen der Holzstühle fallen, die in der hinteren Ecke des Eingangsraumes standen.

»Hier ist die Akte, die wir zu den Dirnen haben.«

Constable Miller legte eine dünne Mappe auf den Tisch und schlurfte dann wieder nach hinten. Drew, der missmutig hinter Thomas gestanden hatte, schloss sich seinem Kollegen an, sodass die drei Männer aus London unter sich waren.

»Hm, sehr dürftig«, stellte Green fest, nachdem er die Mappe durchgeblättert hatte. »Na ja, immerhin haben sie die Todesfälle der Frauen in einen Zusammenhang gebracht. Hier gab es tatsächlich im letzten Jahr sieben tote Frauen – fünf Dirnen, ein Küchenmädchen und eine Hutmacherin«, er blätterte weiter, »und dieses Jahr vier Dirnen, ein Küchenmädchen und eine Näherin.«

»Unfassbar, dass niemand es für nötig hielt, der Sache nachzugehen.« Thomas schüttelte den Kopf. »Wenn der Pfarrer nicht gestorben wäre, hätten wir nie davon erfahren.«

»Glauben Sie, dass die Fälle der toten Frauen und der des Pfarrers etwas miteinander zu tun haben?«, fragte Twicklehurst.

Thomas hob die Schultern. »Auf den ersten Blick scheint es nicht so zu sein.«

Eine Weile lang tranken die Männer schweigend ihren Tee, während der Regen gegen die Scheiben der Police Station prasselte. Dann sagte Thomas: »Also, was haben Sie herausgefunden?«

Twicklehurst zog sein Notizbuch aus dem Mantel. »Wir haben über zwei der Opfer einige Informationen sammeln können, Gerda Schneider und Molly Abernathy. Sie verkehrten regelmäßig in einem Pub, Jacks Taverne, und waren dort sämtlichen Stammkunden bekannt. Gerda kam vor acht Jahren aus Deutschland hierher nach England und war eine gute Freundin von Molly Abernathy.«

Thomas nickte zum Zeichen, dass er seinem Constable zuhörte, und trank einen Schluck Tee.

»Der Wirt hat uns erzählt, dass die Mädchen durchaus gewarnt waren und die Sache wohl auch ernst genommen haben, schließlich wurden in den letzten zwei Jahren immer wieder Dirnen getötet. Sie haben sich gegenseitig informiert, wenn eine einen Freier mitgenommen hat, aber im Fall von Molly hat es nichts geholfen. Erst drei Tage später hat eine andere Freundin, eine gewisse Madeline Brown, sie tot in ihrer Wohnung gefunden.«

»Warum wurde nicht früher nach ihr gesucht?«, fragte Thomas und stellte den leeren Teebecher auf den Tisch. »Wenn doch bekannt war, dass sie einen Mann mitgenommen hat …?«

Twicklehurst zuckte mit den Schultern. »Das hat Jack uns nicht gesagt. Vielleicht sollten wir einmal mit dieser Fanny und mit Madeline Brown sprechen. Letztere scheint so etwas wie eine Luxusdirne zu sein. Sie muss wohl einen reichen Gönner haben, der sie aushält.«

»Und wo finden wir sie?«, fragte Thomas.

»Sie hat ein Haus in der London Road«, erwiderte Green.

Der Inspector seufzte. »Gut. Und was haben wir sonst noch?«

»Wie Jones, der Leichenwäscher, schon gesagt hat, sind ausnahmslos alle Frauen nach ihrem Tod an Händen und Füßen auf Holzdielen oder Bettgestelle genagelt worden.«

»Anders der Pfarrer«, warf Thomas ein. »Ich denke, wir werden also nach zwei verschiedenen Mördern suchen müssen. Hat man untersucht, ob die Frauen vor ihrem Tod körperlich mit einem Mann zusammengekommen sind?«

»Es sieht alles danach aus.« Green leerte seine Tasse und strich sich mit der Hand über den Bart. »Aber das müssten wir mit dem Arzt im Leichenhaus noch einmal abklären. Es ist jedenfalls auffällig, dass es sich bei allen Mordopfern um Dirnen oder andere leichte Mädchen handelt. Keine dieser Frauen war verheiratet.«

»Na schön, dann könnte einer der Mörder also ein Mann sein, der sich mit solchen Frauen vergnügt hat«, schlussfolgerte Thomas.

»Oder eine eifersüchtige Ehefrau?«, fragte Twicklehurst.

Thomas sah ihn einen Moment lang nachdenklich an.

Dann verzog er abwägend den Mund. »Auszuschließen ist das natürlich nicht, aber wir haben keinerlei Hinweise auf die Anwesenheit einer Frau. Es wurde jedoch mehrmals ein Mann erwähnt, der mit einer der hinterher ermordeten Dirnen mitgegangen sein soll.«

Twicklehurst klopfte nachdenklich mit seiner Bleimine auf das Notizbuch. »Sie könnte später gekommen sein.«

»Wäre eine Frau überhaupt in der Lage, die Damen zu erwürgen und dann auch noch in diese Position zu bringen?«, warf Green ein und griff nach der Teekanne.

»Nun, es müsste schon eine sehr kräftige Frau sein«, gab Twicklehurst zu.

»Oder eine sehr wütende«, ergänzte Thomas nachdenklich. »Aber nein. Ich glaube nicht, dass wir nach einem weiblichen Mörder suchen. Wo sind die Opfer angesprochen worden? Konnten Sie das herausfinden?« Er sah seine Constables fragend an.

Twicklehurst blätterte in seinen Notizen. »Wir wissen es nur von Molly Abernathy und der Näherin, einer Yvette Millner. Bei beiden passierte es offenbar in der Nähe des Hafens. Miss Abernathy muss ihren Freier am Princess Dock, direkt in der Bath Street, gefunden haben. Die Näherin wohnte ganz in der Nähe, in der Old Hall Road, und eine Nachbarin hat beobachtet, wie sie dort mit einem Mann eintraf. Ob er sie auch am Hafen angesprochen hat, ist unklar.«

»Dann gibt es also eine Zeugin, die einen möglichen Tatverdächtigen gesehen hat?«, fragte Thomas.

»Gut möglich«, erwiderte Twicklehurst. »Das ist zumindest die Information, die wir von Jack erhalten haben. Wir müssen die Nachbarin dringend ausfindig machen.«

»Sonst noch etwas?«

Die Constables schüttelten den Kopf und Thomas berichtete, was er über den verstorbenen Gerald Farwell herausgefunden hatte.

»Er scheint ein sehr frommes Leben geführt zu haben. Ich kann es nicht ganz begreifen, er scheint mir nicht … menschlich … und nicht …«, schloss er.

»Was meinen Sie genau?«, erwiderte Green.

»Ich frage mich, ob nicht jemand Drittes dahintersteckt. Jemand, der nach dem Mord alle persönlichen Dokumente vernichtet hat, um seine Spur zu verwischen.« Thomas schüttelte den Kopf und sah in den Regen hinaus, der noch immer nicht nachgelassen hatte.

»An wen denken Sie?«

Thomas stellte seine Teetasse ab. »Ich weiß es nicht. Vielleicht die Haushälterin, vielleicht aber auch jemand anderes, der es unbemerkt an der Frau vorbei geschafft hat. Sie hat erst am Morgen festgestellt, dass ihr Arbeitgeber nicht in seinem Bett geschlafen hat. Der Mörder könnte noch in der Nacht nach Fleetwood geritten und seine Spuren beseitigt haben.«

Twicklehurst schenkte allen Tee nach. »Also, wie gehen wir vor?«

»Ich möchte mit den Freundinnen der Dirnen sprechen, mit dieser Madeline Brown und mit Fanny, von der wir keinen Nachnamen haben und auch nicht wissen, wo sie wohnt.«

»Sie ist Stammgast in Jacks Taverne«, erklärte Green, »ist wohl immer gegen Abend dort.«

Thomas nippte an dem Tee und verzog das Gesicht. Er war inzwischen kalt und bitter geworden. »Und wir sollten auch mit der Nachbarin der Näherin sprechen. Außerdem muss ich noch einmal nach Fleetwood fahren, um mir ein besseres Bild von Gerald Farwell zu machen. Und dieses Mal begleiten Sie beide mich, vielleicht sehen Sie etwas, das mir entgangen ist.«

»Dieser Dirne Madeline Brown scheint es tatsächlich sehr gut zu gehen«, stellte Twicklehurst fest, als sie vor der imposanten Villa in der London Road standen.

Thomas betrachtete die breite Auffahrt, die Marmorsäulen am Eingang und die zu kunstvollen Figuren geschnittenen Buchsbäume im Vorgarten. »Ihr Liebhaber gibt offenbar viel Geld für sie aus.«

Die drei Männer stiegen die flachen Stufen hinauf und Thomas schüttelte das Wasser von seinem Regenschirm. Dann drehte er an der Klingel, die in der Tür eingelassen war. Sie konnten das laute Läuten durch das Haus hallen hören.

Ein Dienstmädchen öffnete ihnen.

»Inspector Young von der Metropolitan Police aus London«, stellte er sich vor. »Wir würden gern mit Miss Brown sprechen.«

Das Mädchen schaute sie mit aufgerissenen Augen an. Dann knickste es und trat zur Seite, damit die Männer hereinkommen konnten. Ohne ein Wort zu sagen, ließ sie Thomas, Green und Twicklehurst in der Eingangshalle stehen und verschwand in einem Flur hinter der Treppe.

Der Inspector sah sich in der großen Halle um. Der Boden war mit Perserteppichen bedeckt, an den Wänden waren Öllampen in Form von großen Lilien angebracht, weiße Marmorstatuen antiker Göttinnen standen in kleinen Nischen. Von der Eingangshalle gingen vier Türen ab, zwei nach rechts und zwei nach links. In der Mitte führte eine Treppe nach oben. Es duftete nach Jasmin und Rosen.

»Inspector Young?« Eine ältere Dame kam aus dem hinteren Teil des Hauses auf sie zu. »Ich bin Mrs Founton, die Haushälterin von Miss Brown. Sie ist ausgegangen, aber ich erwarte sie jeden Moment zurück. Vielleicht möchten Sie eine Tasse Tee trinken, während Sie auf sie warten?«

Die Männer lehnten dankend ab, schließlich hatten sie auf dem Revier gerade genug von dem heißen Getränk genossen.

»Wir sollten uns aufteilen«, sagte Thomas, an seine Constables gewandt. »Es erscheint mir nicht sinnvoll, hier zu dritt untätig herumzusitzen. Sie beide suchen jetzt nach dieser Fanny, und vielleicht finden Sie ja an einem der Tatorte noch irgendwelche Indizien. Ich werde inzwischen allein auf Miss Brown warten.«

Green und Twicklehurst nickten.

»Anschließend treffen wir uns in der Old Hall Road und sprechen mit der Nachbarin der Näherin, die den Freier der Ermordeten gesehen haben will.« Thomas zog seine Taschenuhr heraus. »Sagen wir, gegen zwölf? Bis dahin sollte ich mit Miss Brown gesprochen haben.«

Nachdem seine Constables gegangen waren, nahm Thomas im Salon Platz und wartete. Er ließ seinen Blick über das Pianoforte gleiten, das vor der Verandatür stand, und über den großen Garten dahinter. Auch wenn die Beete und der Rasen im Novemberregen grau und trostlos wirkten, erkannte Thomas, dass viel Pflege und Arbeit darin steckten. Der Salon war geschmackvoll eingerichtet und ließ den Nippes und die üppigen Zimmerpflanzen vermissen, die er in dem Wohnzimmer einer Dame vermutet hätte. Die Eigentümerin dieses Hauses schien nicht die unglückliche Neigung zu haben, jeden Winkel vollzustopfen. Es gab drei Sitzgruppen und kleine Schränkchen, auf denen ausgewählte Vasen und Figuren standen. Die Aquarelle an den Wänden erregten die Aufmerksamkeit des Inspectors. Sie zeigten die Gärten von Wooverlough Court mitsamt dem Herrenhaus, und auf einem davon erkannte Thomas sogar die beschauliche Kirche von Fleetwood.

Er trat ans Fenster und musste unwillkürlich an seine Frau Anni denken. Sie hatte sich immer einen Garten gewünscht, und Thomas hatte ihr versprochen, dass er ihr eines Tages ein Haus kaufen würde, das über einen kleinen Garten verfügte. Dazu war es nicht mehr gekommen … Plötzlich hatte er das Gefühl, beobachtet zu werden, und fuhr herum.

Und da stand sie. Die Frau als Dame zu bezeichnen, hätte nicht annähernd den Eindruck beschrieben, den der Inspector von ihr hatte. Es war eine erhabene Erscheinung. Sie war groß, fast so groß wie Thomas, und ihr dunkelblondes Haar war zu einer kunstvollen Frisur gesteckt. Ihre Gesichtszüge waren eben und gleichmäßig, die Haut zart und rosig. Besonders ihr Blick ließ Thomas einen Moment lang erstarren. Die funkelnden blauen Augen wirkten geheimnisvoll und sinnlich. Thomas hatte sich im Vorfeld kein Bild von Madeline Brown gemacht, aber so hatte er sie sich nicht vorgestellt.

Sie kam ein paar Schritte auf ihn zu. »Inspector? Sie wollen mich sprechen?« Ihre Stimme war dunkel und voll.

»Ja, Ma'am.« Thomas räusperte sich. »Ich möchte mit Ihnen über Molly Abernathy sprechen.«

Miss Brown hob die Augenbrauen. Sie schien plötzlich ungehalten. »Und da kommen Sie jetzt? Molly ist bereits im März gestorben.«

»Wir wurden nicht darüber informiert«, erklärte Thomas. »Und wir wüssten immer noch nichts von ihrem Tod, wenn wir nicht von Mr Whittey hierhergerufen worden wären, um den Mord an Pfarrer Gerald Farwell aufzuklären.«

Miss Brown deutete auf eines der Seidensofas, die im Salon standen. »Bitte.« Sie schien über etwas nachzudenken. »Mr Whittey hat Sie wegen des Mordes an Gerald Farwell hergerufen, sagen Sie?«

Thomas nickte, während er Platz nahm.

Miss Brown setzte sich in den Sessel, der ihm gegenüberstand.

Der Inspector zog sein Notizbuch hervor. »Sie waren eine Freundin von Molly Abernathy?«

»Ja«, bestätigte Miss Brown und presste ihre Lippen zusammen.

Thomas wartete darauf, dass sie weitersprach, aber sie schwieg. Etwas schien sie zu beschäftigen. Auf ihrer Stirn hatte sich eine tiefe Falte gebildet.

»Sie haben Ihre Freundin gefunden, ist das richtig?«

Miss Brown nickte.

»Berichten Sie mir bitte, wie Sie die Leiche vorgefunden haben.«

Sie sah ihn überrascht an. »Das interessiert Sie? Ich habe die Liverpool City Police damals aufgefordert, sich um die Morde an Molly und den anderen Frauen zu kümmern, aber denen waren diese Leichen offenbar keine Untersuchung wert.«

Thomas unterdrückte ein Seufzen. Er ärgerte sich über

die Ignoranz der hiesigen Polizei. »Hier wurde einiges versäumt. Deshalb bin ich umso interessierter an Ihrer Aussage.«

Miss Brown hob die Schultern und lehnte sich zurück. Ihre Brust zeichnete sich deutlich unter ihrem Ausschnitt ab. Thomas errötete und richtete schnell den Blick in sein Notizbuch. Er hatte es noch nie erlebt, dass sich eine Dame derart leger hinsetzte.

»Ich habe mir die ganze Zeit Sorgen gemacht, schon als das mit Gerda passiert ist. Sie wurde ebenfalls in ihrem Zimmer gekreuzigt. Und als Molly sich ein paar Tage lang nicht blicken ließ, wusste ich, dass etwas passiert sein musste. Ich habe Drew und seine Faulpelze darauf angesprochen, aber niemand hielt es für angebracht, nachzusehen. Und John … ein Freund von mir, hat sich geweigert, noch einmal nach London zu schreiben, um Sie mit dem Fall zu beauftragen.«

»John?«, fragte Thomas nach.

Sie winkte ab. »Als ich bei Mollys Haus ankam, war die Wohnung abgeschlossen. Eine der Frauen dort hat mir geholfen, die Tür aufzubrechen, und als ich ins Schlafzimmer kam, lag Molly tot am Boden.«

»Die Tür war verschlossen, sagen Sie?« Thomas sah von seinem Notizbuch auf.

Miss Brown nickte und spielte mit einer Haarsträhne, die sich aus ihrer Frisur gelöst hatte. »Wir haben einige Zeit gebraucht, bis wir sie geöffnet hatten.«

»Das bedeutet, dass, wer auch immer ihr das angetan hat, einen Schlüssel besaß?«, fragte Thomas.

Madeline Brown seufzte. »Er hatte den Schlüssel sicher von Molly. Sie hat ihn ja mitgenommen und muss ihm aufgesperrt haben. Dabei hat er beobachtet, wo sie den Schlüssel hingelegt hat, und nachdem er sie umgebracht hat, hat er hinter sich abgeschlossen …« Sie brach ab. Ihre Augen füllten sich mit Tränen.

Thomas nickte und wartete einen Moment, bis sich die Frau wieder gefangen hatte. Dann fragte er: »Ist Ihnen sonst etwas aufgefallen? War irgendetwas anders in Miss Abernathys Wohnung?«

Miss Brown beugte sich nach vorn. Die Beine unter den Röcken gespreizt, stützte sie sich wie ein Mann mit den Unterarmen auf die Oberschenkel. Thomas konnte nicht verhindern, in ihren Ausschnitt und auf die Rundungen ihrer vollen Brüste zu schauen.

Sie rief: »Woher soll ich das wissen? Ich war nie zuvor bei ihr. Molly war oft bei mir zu Gast und ich glaube, sie hat sich für ihre ärmliche Unterkunft geschämt. Das alles kann Drew Ihnen genauer sagen, schließlich war er ihr Stammgast.«

»So?« Thomas zwang sich, den Blick von Miss Browns Ausschnitt abzuwenden und stattdessen in ihre Augen zu schauen, die ihm so blau vorkamen wie der Himmel an einem heißen Sommertag. »Drew war Kunde bei ihr und dennoch hat er nichts unternommen, um ihren Tod aufzuklären?«

»Darüber habe ich mich ja so aufgeregt«, rief Miss Brown und sprang wutentbrannt auf. Ihre Röcke schwangen hin und her, sie betonten ihre schlanke Taille. »Zwei andere Nichtsnutze waren da, als ich nach der Polizei schicken ließ«, sie machte eine abfällige Handbewegung, »aber als Drew davon erfuhr, hat er gar nichts getan. Bestimmt hatte er viel zu viel Angst, dass seine Frau dahinterkommen könnte, dass er einen Teil seines Lohnes zu Dirnen trägt. Warum kann man Dirnen ungestraft ermorden? Dabei sollte man doch meinen, Drew seien ihre Dienste wichtig, schließlich geht er öfter zu einer von ihnen als in die Kirche!«

Thomas stand auf und trat zu Miss Brown, der Tränen der Empörung über die hübschen Wangen liefen. Sie wischte sie achtlos fort.

»Und Sie?«, fauchte sie. »Sind Sie auch der Meinung, dass diese Mädchen weniger wert sind als andere?«

»Nein.« Thomas sah sie fest an und sagte mit voller Überzeugung: »Jeder Mensch ist gleich viel wert. Und es gibt gute Gründe, warum Ihre Freundinnen als Dirnen gearbeitet haben.«

»Allerdings«, sagte sie angriffslustig. Dann erst schien sie zu bemerken, dass Thomas ganz ihrer Meinung war. »Sie sind der erste Mann, dem ich begegne, der diese Ansicht vertritt.«

»Das ist beschämend für mein Geschlecht«, antwortete der Inspector.

Sie sah ihn einen Moment lang prüfend an und schien zu überlegen, ob er die Wahrheit sagte oder sich einen Scherz erlaubte.

»Sollen wir wieder Platz nehmen?«, schlug er vor.

Miss Brown nickte, und Thomas ging zurück zum Sofa. Dieses Mal setzte sie sich neben ihn. Sie zog ein Bein angewinkelt auf die Sitzfläche, sodass Thomas ihren weißen Seidenstrumpf sehen konnte, der sich verführerisch an die schmale Fessel schmiegte. Der Anblick brachte ihn einen Moment lang durcheinander, was sie offenbar bemerkte. Ein freches Lächeln legte sich auf ihr Gesicht, und Thomas' Herzschlag beschleunigte sich.

Er atmete tief durch und fragte dann: »Hat Miss Abernathy Ihnen gegenüber irgendetwas erwähnt, das in den Tagen vor ihrem Tod seltsam war? Ist ihr jemand gefolgt, hatte sie oft denselben Kunden – oder vielleicht war jemand in ihrer Wohnung?«

Miss Brown schüttelte den Kopf. Die kleine Grübelfalte auf ihrer Stirn tauchte wieder auf. »Nein. Nur Drew, aber das habe ich Ihnen ja schon gesagt. Der hatte einen Narren an ihr gefressen. Aber dauernd konnte er sich die Besuche bei ihr nicht leisten, denn seine Frau hält das Geld zusammen. Ich glaube, dass Molly ihn oft umsonst mitgenommen hat. Und wenn ich so darüber nachdenke …«

»Was?«, fragte Thomas, als Miss Brown schwieg.

»Er war so oft bei ihr, dass er nicht viel bezahlt haben kann. Und er hätte ihr viel Ärger machen können, wenn er gewollt hätte …« Miss Brown verzog abfällig ihren hübschen Mund. Sie streckte das angewinkelte Bein ein wenig aus, sodass Thomas noch mehr von ihrem verführerischen bestrumpften Bein sehen konnte.

Der Inspector konzentrierte sich auf ihr Gesicht. »Sie meinen also, er hat Molly erpresst?«

Miss Brown zuckte mit den Schultern. »Na ja, es kommt mir nur seltsam vor.«

»Sonst kam Ihnen aber nichts seltsam vor?« Die Sache mit Drew würde Thomas überprüfen müssen.

Miss Brown schüttelte den Kopf.

»Die Aquarelle an den Wänden«, wechselte der Inspector das Thema und deutete auf die Bilder. »Haben Sie eine besondere Verbindung zu Wooverlough Court?«

Einen Moment lang schien Miss Brown verwirrt, dann schüttelte sie den Kopf.

»Die hingen schon hier, als ich eingezogen bin«, erklärte sie. »Sie wissen sicher, dass ich mich aushalten lasse?«

Sie sah ihn mit ihren blauen Augen an und Thomas sog überrascht die Luft ein. Niemals hätte er erwartet, dass eine Dame in ihrer Position so offen über ihre Lage sprach.

Er spürte, dass er errötete.

Miss Brown lachte und musterte ihn mit leicht gesenktem Kopf, was ihm einen prickelnden Schauer über den Körper jagte. »Ich werde zwar besser behandelt, aber im Grunde bin ich auch nicht anders als Molly.«

Sie fuhr sich mit der Zungenspitze über die vollen Lippen.

Thomas stand auf. »Ich danke Ihnen vorerst, Miss Brown.«

»Madeline.« Sie erhob sich ebenfalls. Ihr Blick heftete sich auf ihn. Mit einem leichten Lächeln sagte sie: »Ich freue mich, Sie kennengelernt zu haben.«

»Ja«, stammelte Thomas und wandte sich zur Tür. »Wenn Ihnen noch etwas einfällt, melden Sie sich jederzeit bei mir.«

»Wo finde ich Sie?«, fragte sie mit ihrer tiefen, wohlklingenden Stimme.

»Ich …« Er hielt inne. Beinahe hätte er ihr verraten, in welchem Hotel er und seine Constables wohnten. Dabei hatte er sowieso schon den Eindruck, dass sie mit ihm flirtete, und er wollte sie darin nicht ermutigen, auch wenn ihm diese überaus attraktive Frau durchaus gefiel. Er schob den Gedanken schnell beiseite und erklärte: »Hinterlassen Sie einfach eine Nachricht für Police Inspector Thomas Young bei der Harbour Police Station. Ich komme dort regelmäßig vorbei und melde mich dann bei Ihnen.«

»Ist gut, Thomas.« Sie schenkte ihm einen letzten koketten Blick und zwinkerte ihm beinahe unmerklich zu. Dann stieg sie mit wippenden Hüften die Treppe hinauf.

»Ach, eine Frage noch, Miss Brown«, hielt er sie auf.

Sie wandte sich um und lächelte ihn an. »Madeline.«

»Madeline«, sagte er und bemühte sich um einen nüchternen Tonfall. »Kennen Sie eine Fanny?«

Sie zog die Augenbrauen zusammen. »Natürlich. Sie ist eine Freundin. Auch eine Dirne, übrigens.«

»Können Sie mir sagen, wo wir sie finden?«

»Ich weiß nicht, wo sie wohnt«, sagte Madeline und hob bedauernd die Schultern. »Aber sie geht regelmäßig in Jacks Taverne.«

Thomas dankte ihr und verließ die Villa. Als er sich auf den Weg zur Old Hall Road machte, hatte er das Gefühl, dass sein Aufbruch etwas von einer Flucht gehabt hatte. Miss Brown hatte ganz offensichtlich mit ihm gespielt. Wollte sie ihn etwa durcheinanderbringen? Ihn von den wichtigen Fragen ablenken? Das war ihr tatsächlich gelungen!

Erst als er schon eine halbe Meile gelaufen war, fiel ihm auf, dass sie ihm einiges nicht gesagt hatte. Sie hatte ihn mit ihrer direkten Art derart in Verlegenheit gebracht, dass er die naheliegenden Fragen gar nicht gestellt hatte. Zum Beispiel hatte er sie nicht nach ihrem Liebhaber gefragt, der das Haus für sie unterhielt. Und auch auf die Frage nach ihrer eventuellen Verbindung zu Wooverlough Court hatte sie nur ausweichend geantwortet. Thomas hatte das untrügliche Gefühl, dass sie ihm noch viel mehr verschwiegen hatte.

# Kapitel 7

*Oxford, heute*

Zoe war inzwischen seit zwei Monaten in Oxford, mit ihrer Promotion aber noch nicht wirklich weitergekommen. Seit dem Abend mit Charlotte hatte sie ihre Professorin immer nur flüchtig gesehen, und sie ging davon aus, dass die Idee, gemeinsam nach Wooverlough Court zu fahren, nicht ernst gemeint und nur dem Wein damals geschuldet gewesen war. Zoe hielt ständig Ausschau nach Charlotte, und wenn sie der hübschen Professorin dann wie zufällig über den Weg lief, wärmte das Lächeln, das Charlotte ihr schenkte, sie noch viele Stunden nach ihrer Begegnung. Insgeheim hoffte Zoe auf eine Bemerkung zu ihrer gemeinsamen Reise, die jedoch nicht fiel. Einerseits war sie erleichtert darüber, nicht weiter bedrängt zu werden, auf den Herrensitz ihrer Familie zu fahren, andererseits enttäuschte es sie, nicht gemeinsam mit Charlotte verreisen zu können. Denn auch wenn sie sich albern vorkam und ihr bewusst war, wie unwahrscheinlich ihre Träume waren – an diesem Abend im Pub hatte sie den Eindruck gehabt, dass zwischen ihr und Charlotte eine besondere Verbindung bestand.

In Oxford hatte sich unterdessen herumgesprochen, dass Lady Zoe, Tochter des Earl of Wooverlough und Autorin von *Der Übernächste,* hier promovierte, und Zoe hatte bald keine Ruhe mehr. Es prasselten Einladungen von Literaturkreisen und Lesungsanfragen auf sie herein, und sie hatte in den letzten Wochen so viele Veranstaltungen absolviert, dass sie für kaum etwas anderes Zeit fand.

Jetzt war sie auf dem Weg zum Christ Church College, wo sie in dem großen Speisesaal aus *Der Übernächste* lesen und anschließend Fragen beantworten sollte. Sie war spät dran, als sie die breite Steintreppe mit den ausgetretenen Stufen hinaufstieg und sich durch die Grüppchen von Studenten und Besuchern kämpfte, die auf dem Weg zur nächsten Lehrveranstaltung waren. Als sie den großen Saal betrat, blieb sie einen Moment stehen und ließ die Atmosphäre auf sich wirken. An den Wänden hingen Porträts ehemaliger Dekane und Würdenträger, und durch die Buntglasscheiben der alten Fenster, die in diesem hohen Raum ganz oben angebracht waren, fiel gedämpftes Licht. Zoe kam sich auf einmal sehr klein vor. Die illustren Menschen aus vergangenen Zeiten, die an diesen langen Tischen und Bänken gegessen hatten, waren längst nicht mehr auf der Welt, aber dieser Speisesaal hatte sie alle überdauert. Eines Tages, wenn sich kaum noch jemand an Zoe und all die anderen erinnerte, die heute mit ihr hier waren, würde der Speisesaal vermutlich immer noch von Studenten benutzt werden, die hier aßen und sich unterhielten.

»Lady Zoe?«

Sie sah erschrocken auf. Zoe war so sehr in ihre Gedanken vertieft gewesen, dass sie den Mann gar nicht bemerkt hatte, der jetzt vor ihr stand. »Ja?«

»Ich bin Professor Paul Arlon, aber bitte nennen Sie mich Paul.« Er streckte ihr eine Hand entgegen.

Zoe schüttelte sie. »Bitte nur Zoe.«

»Ich freue mich sehr, dass Sie heute an unserem College lesen werden, Zoe.« Er lächelte, und sie betrachtete das gepflegte Gesicht, die Goldrandbrille und den zurückweichenden Haaransatz. »Bitte folgen Sie mir.«

Er deutete nach vorn, zum Professorentisch. Während Zoe hinter ihm herging, musste sie sich zwischen den engen Stuhlreihen hindurchquetschen. Erst jetzt fiel ihr auf, dass jeder Platz besetzt war. Als sie die Stirnseite der großen Halle erreicht hatten, wandte Paul sich um und zeigte auf die Mitte des Professorentisches.

»Wir haben Ihnen Wasser und eine Leselampe bereitgestellt, brauchen Sie sonst noch etwas?«

Zoe schüttelte den Kopf.

»Die Studenten würden sich sehr darüber freuen, wenn Sie im Anschluss noch Ihr Buch signieren würden.« Paul lächelte Zoe entwaffnend an.

»Selbstverständlich«, versprach sie und wollte gerade ihren Platz einnehmen, als Paul sie aufhielt.

»Meine Frau kennen Sie ja bereits?« Er drehte sich zu einer Person um, die im Hintergrund gestanden hatte, und Zoe sog erstaunt die Luft ein, als sie Charlotte erkannte.

»Oh.« Sie brauchte einen Moment, bis sie es begriffen hatte. Natürlich, Charlotte hieß Arlon, genau wie Paul. Und ihr Mann war der Dekan des literaturwissenschaftlichen Instituts. »Hallo.«

Charlotte lächelte, und ihre Blicke hielten sich eine Spur zu lang fest. Doch dann tippte Paul Zoe auf die Schulter und führte sie auf das Podest, auf dem sie lesen sollte, und der Zauber des Moments war verflogen. Deutlich aufgeregter als noch einen Moment zuvor nahm Zoe Platz.

Während sich ihr weitere Dozenten und Professorinnen des Colleges vorstellten und ihre Begeisterung für *Der Übernächste* zum Ausdruck brachten, wanderte Zoes Blick hinunter zu Charlotte und Paul. Jetzt hatte sie also Charlottes Ehemann kennengelernt, und sie musste sich eingestehen, dass die beiden ein perfektes Paar waren. Sie passten nicht nur äußerlich gut zusammen, sondern waren auch am College beide sehr erfolgreich. Paul wirkte äußerst freundlich und sympathisch. Zoe hätte zu gern einen unattraktiven Mann an Charlottes Seite gewusst, denn gegen ihn kam sie sich blass und unscheinbar vor. Es wurde Zeit, dass sie sich Charlotte aus dem Kopf schlug.

Und doch war sie sich während der gesamten Lesung Charlottes Anwesenheit nur allzu bewusst. Sie sah sie ganz in ihrer Nähe an der Wand stehen und interessiert der Diskussion lauschen, die sich am Ende ergab. Paul moderierte die Veranstaltung und hatte vertiefende Fragen vorbereitet. Nach eineinhalb Stunden beendete er die Lesung. Es gab langen Applaus, und sofort bildete sich eine Schlange von Studierenden, die ihre Bücher signieren lassen wollten.

»Zoe, ich muss mich leider verabschieden«, sagte Paul und reichte ihr die Hand. »Ich danke Ihnen für die großartige Veranstaltung.«

Zoe lächelte.

»Ich werde mich in den nächsten Tagen bei Ihnen melden, denn ich möchte mit Ihnen über ein Projekt sprechen, das kurzfristig starten könnte.« Er sah auf die Uhr.

»Sehr gern«, log Zoe, die befürchtete, es gehe um eine weitere Sache im Zusammenhang mit *Der Übernächste*, die sie nur wieder von ihrer Promotion ablenkte.

Paul lächelte verbindlich. »Ich würde Sie gern noch zum

Essen einladen, aber leider muss ich zu meiner nächsten Vorlesung, und im Anschluss habe ich noch ein wichtiges Treffen mit den Tutoren. Charlotte wird mich gern vertreten und Sie ausführen. Ich hoffe, das ist in Ordnung für Sie, sie hat mir auch versprochen, nicht über Ihre Promotion mit Ihnen zu sprechen. Heute sollen Sie sich entspannen.« Er zwinkerte ihr zu.

Zoe suchte mit den Augen nach ihrer Professorin. Sie lehnte noch immer an der Wand des Speisesaals. Als sich ihre Blicke trafen, lächelte Charlotte und Zoes Herzschlag beschleunigte sich.

Nachdem Paul gegangen war, nahm Zoe an einem der vorderen Tische Platz und wandte sich den Studierenden zu. Während sie ihre Fragen beantwortete, ihren Namen in die Bücher schrieb und Komplimente entgegennahm, fieberte sie dem Abend mit Charlotte entgegen. Obwohl sie sich beeilte, dauerte es doch über eine Stunde, bis sie alle begeisterten Leser zufriedengestellt hatte. Als der große Saal endlich leer war, trat Charlotte zu ihr. Zoe hatte immer wieder zu ihr hinübergeblickt, um nachzusehen, ob sie wirklich noch da war.

»Anscheinend bin ich nicht Ihr einziger Fan in Oxford«, sagte Charlotte.

Zoe lachte aus Verlegenheit. »Es tut mir leid, dass Sie so lange warten mussten.«

»Ich bin stolz, dass Sie bei mir promovieren.« Charlotte half ihr, ihre Sachen auf dem Pult zusammenzuräumen.

Zoe errötete. Sie wusste nicht, was sie darauf antworten sollte. Als sie alles in ihrer Tasche verstaut hatte, griff sie nach ihrer Jacke.

Charlotte führte sie zum Ausgang. Während sie die

breite Treppe hinuntergingen, fragte sich Zoe, ob Charlotte wirklich gern ihren Mann vertrat, um mit ihr auszugehen. Aber ihre Professorin schien sich tatsächlich auf den gemeinsamen Abend zu freuen, sie wirkte jedenfalls aufgekratzt und strahlte.

Es war inzwischen dunkel geworden, auf den Straßen herrschte der typische Verkehr der Rushhour. Die beiden Frauen unterhielten sich eine Weile über die Lesung, dann fragte Charlotte schließlich: »Haben Sie einen besonderen Wunsch, wo wir hingehen sollen?«

Zoe schüttelte den Kopf. »Charlotte, ich möchte Sie wirklich nicht von Ihrem Feierabend abhalten. Ich bin sehr glücklich, dass Sie sich bereit erklärt haben, mit mir …«

»Zoe«, unterbrach Charlotte sie und blieb stehen. Sie legte eine Hand auf Zoes Arm. »Ich tue das sehr gern.«

Zoe lächelte. »Dann freue ich mich.«

Charlotte hakte sich bei ihr unter und so schlenderten sie gemeinsam durch die Stadt.

»Ehrlich gesagt, habe ich es Paul sogar vorgeschlagen, an seiner Stelle mit Ihnen essen zu gehen«, gestand die Professorin.

Zoe schaute sie an. Wieder sahen sie sich tief in die Augen.

»Ich habe unseren gemeinsamen Abend in dem Pub vor ein paar Wochen nämlich sehr genossen.« Charlotte drückte Zoes Arm ein wenig fester, und Zoe überlief eine Gänsehaut.

»Ich auch«, sagte sie leise.

Sie schlenderten ziellos durch die Straßen, an Restaurants und Bars vorbei, und jedes Mal hoffte Zoe, Charlotte würde nicht vorschlagen, hineinzugehen. Zoe genoss es, dicht an sie geschmiegt neben ihr herzugehen. Selbst durch ihren Anorak und Charlottes teuren Wollwintermantel hindurch hatte Zoe das Gefühl, Charlottes Wärme spüren zu können. Erst als es anfing zu regnen, sahen sie sich nach einem Restaurant um. Sie waren zufällig in der Nähe des Pubs gelandet, in dem sie damals schon gewesen waren, und so beschlossen sie, wieder dort einzukehren. Sie bestellten zwei Salate und Weißwein an der Theke und nahmen an einem gemütlichen Tisch in einer Ecke Platz.

»Ich habe übrigens eine Antwort von Ihrem Vater erhalten«, sagte Charlotte, während sie den Schal um ihren Hals lockerte. »Er hat mich und meine Doktorandin herzlich nach Wooverlough Court eingeladen. Wir dürfen sogar auf dem Anwesen übernachten.«

»Tatsächlich?« Zoe lachte. »Dann ahnt er also nicht, wer diese Doktorandin ist.«

»Definitiv nicht, aber er kennt offenbar meine wissenschaftlichen Arbeiten. Er hat sich sehr darüber gefreut, dass sein Vorfahre der Gegenstand unserer Forschungen ist.« Charlotte zwinkerte Zoe schelmisch zu. »Dann müssen wir nur noch einen Termin vereinbaren.«

Zoe grinste. »Er nimmt sich und seine Familie äußerst wichtig. Da haben Sie genau den richtigen Punkt bei ihm erwischt.« Dann fragte sie vorsichtig: »Haben Sie denn überhaupt Zeit dafür? Ich meine, Sie können ja nicht mit jeder Ihrer Promotionsstudentinnen auf Recherchereise gehen.«

Charlotte trank einen Schluck Wein, dann antwortete sie: »Tatsächlich habe ich das noch nie getan. Sie sind die Erste. Aber Sie sind auch keine gewöhnliche Studentin für mich.«

»Wirklich?«, rutschte es Zoe heraus und sie hätte sich am liebsten sofort die Hand vor den Mund geschlagen. Wie bescheuert, sich wie ein aufgeregter Teenager zu verhalten!

»Wirklich«, bestätigte Charlotte jedoch und sah ihr tief in die Augen.

Zoes Herz schlug so heftig, dass sie glaubte, ihre Professorin müsse es hören können. Sie griff nun ebenfalls nach ihrem Glas und drehte es zwischen den Fingern.

Wieder trafen sich ihr Blicke.

Bildete Zoe sich das nur ein, oder flirteten sie miteinander?

»Wann passt es denn bei Ihnen am besten?«, fragte Charlotte nach einer Weile.

Zoe hob die Schultern. »Ich richte mich nach Ihnen. Ich habe deutlich weniger Termine als Sie, nehme ich an.«

»Oh ja, das kann gut sein.« Charlotte lächelte. »Obwohl Sie zurzeit sehr gefragt sind. Paul möchte Ihnen einen Kurs für kreatives Schreiben anbieten.«

»Oh«, entfuhr es Zoe. »Darüber möchte er also mit mir sprechen?«

Charlotte nickte. »Finden Sie das etwa keine gute Idee?«

Zoe atmete tief durch, dann schüttelte sie den Kopf. »Es ist nicht so, dass es mir keinen Spaß machen würde, aber ich denke, dass ich mich auf meine Promotion konzentrieren sollte. Andererseits …«

»… ist eine Stelle als wissenschaftliche Hilfskraft am Lehrstuhl durchaus interessant«, beendete Charlotte für sie den Satz.

Zoe lachte. »Sie kennen meine Gedanken.«

»Das ist wirklich eine große Chance«, sagte die Professorin. »Lassen Sie sich die nicht entgehen. Und Sie sind fleißig, sonst säßen Sie jetzt nicht hier. Sie werden beides schaffen, die Promotion und die Arbeit als Dozentin.«

»Und was ist mit meinem neuen Roman?«

»Den auch.« Charlotte strich sich eine Strähne aus dem Gesicht. »Aber zuerst fahren wir nach Wooverlough Court.«

Zoe betrachtete ihr blondes Haar, das im schummrigen Licht des Pubs schimmerte. »Was ist mit Ihren Kindern?«

Charlotte sah sie überrascht an. »Meine Kinder? Die sind schon fünfzehn und siebzehn. Ich denke, sie kommen ein paar Tage ohne mich zurecht.«

Zoe errötete. »Ach, so alt sind die beiden schon? Ich dachte, ich hätte gelesen, dass …«

»Ach das.« Charlotte machte eine wegwerfende Handbewegung, und der Brillant an ihrem Ehering funkelte. »Irgendjemand hat mal das Gerücht in die Welt gesetzt, ich hätte die Kinder erst bekommen, als ich nach Oxford kam. Aber da ist wirklich nichts dran.«

Zoe schluckte.

»Sie haben sich also über mich informiert?«, fragte Charlotte mit einem neckischen Lächeln auf den Lippen.

Zoe merkte, wie sie noch mehr errötete. »Na ja, ich habe eben geschaut, bei wem ich mich bewerbe …«

»Schon gut«, Charlotte lachte, »ich habe auch alles über Sie gelesen, was ich finden konnte.«

Zoe sah ihre Professorin erstaunt an. Hatte sie etwa auch Bilder von ihr und Mel im Netz gefunden? Dabei hatte sie bei ihrem ersten Gespräch gedacht, dass Charlotte keine Ahnung davon gehabt hatte, dass sie auf Frauen stand.

»Ich habe nur nicht die richtigen Schlüsse gezogen«, erklärte Charlotte, als hätte sie Zoes Gedanken erraten.

»Dann haben Sie also schon fast erwachsene Kinder?«, wechselte Zoe rasch das Thema.

»Ja, ich bekomme sie kaum mehr zu Gesicht. So ist es wohl, wenn Kinder älter werden. Sie gehen ihren eigenen Weg.« Charlotte machte eine Pause und schien nachzudenken. »Obwohl ich mich eigentlich nicht beschweren kann. Nathaniel und Fiona halten guten Kontakt zu uns, und ich bin stolz auf sie.«

Zoe dachte daran, dass die Kinder nur gute zehn Jahre jünger waren als sie selbst.

»Ich habe die beiden früh bekommen«, fuhr Charlotte fort. »Als Fiona auf die Welt kam, war ich einundzwanzig und noch mitten im Studium.«

Zoe lehnte sich zurück. »Es hat Ihre Karriere anscheinend nicht beeinflusst.«

Charlotte schüttelte den Kopf. »Ich war nicht mit dem Vater des Kindes verheiratet, das war ein Studienkollege. Er hat sich nie wirklich um Fiona gekümmert.«

»Und das zweite Kind? Nathaniel, richtig? Das kam, als Sie dreiundzwanzig waren?« Zoe trank noch einen Schluck Wein.

»Genau«, bestätigte Charlotte. »Meine Mutter hatte mir mit Fiona sehr geholfen, und dann habe ich in Harvard promoviert und auf einer Feier Paul getroffen. Er war damals schon Juniorprofessor …«

»Dann ist Paul der Vater Ihres zweiten Kindes?«

Charlotte nickte. »Ich bin froh über beide Schwangerschaften, auch wenn ich mich natürlich nicht bewusst dafür entschieden habe. Als es dann aber passiert war, war mir sofort klar, dass ich die Kinder auf jeden Fall bekommen wollte. Und es hätte nicht besser laufen können. Ich habe die wunderbarsten Kinder der Welt!« Sie hielt einen Moment inne und lächelte liebevoll in sich hinein. »Als Paul nach Oxford ging, habe ich mich ebenfalls hier beworben, und wir hatten Glück, dass auch ich eine Professur bekam. Meine Mutter ist mit uns hergezogen, obwohl die Kinder sie heute eigentlich nicht mehr brauchen.«

Einen Augenblick lang schwiegen sie.

»Sie sind sehr früh Mutter geworden, ohne Ihre Karriere zurückzustellen. Ich denke, damit sind Sie ein Vorbild für viele junge Frauen.« Zoe betrachtete sie von der Seite.

»Ich weiß nicht.« Charlottes schlanke Finger spielten mit ihrem Glas. »Es ist schwer, Arbeit und Familie unter einen Hut zu bringen. Auch heute noch. Und man hat als berufstätige Mutter immer ein schlechtes Gewissen, weil man sich nicht genug um die Kinder kümmern kann und zu wenig von ihnen mitkriegt.«

In diesem Moment kam ihr Essen und sie warteten, bis der Kellner wieder gegangen war.

»Ohne meine Mutter hätte ich das niemals geschafft«, nahm Charlotte das Thema wieder auf. »Und Paul hätte bestimmt nicht auf seine Karriere verzichtet.«

Zoe stocherte in ihrem Salat. Sie hatte das Gefühl, dass etwas Ungesagtes zwischen ihnen lag. Bevor sie weiter darüber nachdenken konnte, wechselte Charlotte erneut das Thema.

»Was haben Sie vor, Zoe, wenn Sie Ihre Promotion fertiggestellt haben? Wissenschaft oder Literatur?« Charlotte grinste und spießte eine Cocktailtomate auf die Gabel.

»Beides, wenn möglich«, erwiderte Zoe. »Ich glaube, es

würde mich langweilen, nur Romane zu schreiben. Aber ganz ohne Geschichten, die ich mir ausdenke, kann ich mir mein Leben auch nicht vorstellen.«

»Dann werden wir eines Tages Kolleginnen?«, fragte Charlotte.

»Ich hoffe doch sehr«, antwortete Zoe. »Und Sie? Was haben Sie vor? Wollen Sie in Oxford bleiben?«

»Das ist eine wichtige Frage, die Sie da stellen.« Sie legte ihre Gabel zur Seite. Dann schüttelte sie den Kopf. »Oh Zoe, ich habe offensichtlich alles erreicht, was ich erreichen konnte. Sie glauben nicht, wie langweilig das ist.«

Zoe betrachtete sie einen Augenblick lang. »Oh doch«, sagte sie dann leise. »Ich kann es mir vorstellen.«

»Wirklich? Ich habe manchmal den Wunsch auszubrechen. Irgendwas Verrücktes zu tun, mit dem niemand rechnet.« Sie schmunzelte einen Moment lang, bevor sie wieder ernst wurde. »Aber ich bin vermutlich undankbar. Mein Leben ist zu glatt gelaufen. Es gibt so viele Menschen auf der Welt, denen immer wieder Steine in den Weg gelegt wurden. Und ich langweile mich, weil alles zu einfach war. Schauen Sie sich selbst an, Sie wurden von Ihrem Vater verbannt und haben trotzdem ein unglaubliches Stück Literatur geschaffen. Das ist so bewundernswert. Und ich habe Sie schon verehrt, bevor ich Ihr Schicksal kannte.«

Zoe sah Charlotte nachdenklich an. »Es strebt der Mensch, solang er lebt. Und wenn es nichts mehr gibt, wonach er streben kann, wird's langweilig.«

»Vielleicht wäre das ein Thema für Ihr neues Buch«, lachte Charlotte.

Zoe erwiderte ihr Lachen. »Ich glaube, eher nicht.«

»Wie wäre es Ende des Monats?«, sagte Charlotte so unvermittelt, dass Zoe zunächst nicht verstand, dass ihre Professorin von dem Besuch bei Zoes Eltern sprach.

»Da spricht nichts dagegen«, antwortete sie dann.

»Ich freue mich sehr darauf, Zoe.« Charlotte sah sie an, und dieses Mal war sich Zoe sicher, dass mehr in ihrem Blick lag als das gewöhnliche Interesse einer Dozentin für ihre Studentin.

# Kapitel 8

*Liverpool, November 1839*

Als Thomas in die Old Hall Road kam, standen die Constables am Straßenrand und warteten schon auf ihn. Der Regen hatte aufgehört, aber die Wolken verdeckten noch immer die Sonne, sodass es den ganzen Tag nicht richtig hell geworden war.

»Haben Sie etwas Interessantes an einem der Tatorte gefunden?«, fragte der Inspector seine Männer.

Green schüttelte den Kopf.

»Das wäre ja auch zu schön gewesen«, murmelte Thomas enttäuscht. Einmal mehr stieg Wut auf die ignoranten Liverpooler Polizisten in ihm auf. Die hätten Beweise sichern und nach Hinweisen auf den Mörder suchen müssen. Jetzt war natürlich nichts mehr zu finden.

»Aber wir haben diese Nachbarin aufgespürt, Mrs Smith. Sie hat den Mann tatsächlich gesehen, den die Näherin Yvette Millner an dem Abend ihres Todes mitgenommen hat.« Twicklehurst deutete auf das gegenüberliegende Haus, das Kontor einer indischen Handelsfirma. »Da drüben hat Yvette Millner im Hinterhaus gewohnt, und die Frau, die sie gesehen hat, wohnt direkt hier.« Er zeigte auf das Haus, vor dem sie standen. »Ich habe ihr gesagt, dass wir nur noch auf Sie warten und dann ein paar Fragen haben. Wie ist es bei Ihnen gelaufen, Chef? Haben Sie mit Miss Brown gesprochen?«

Thomas räusperte sich. »Ja, allerdings. Aber ich fürchte, ich habe mich von ihr an der Nase herumführen lassen.«

»Sie? Inwiefern?«, fragte Twicklehurst und grinste.

»Sprechen wir nicht weiter darüber«, brummte Thomas. »Ich habe in ihrem Salon einige Aquarelle gesehen, die Wooverlough Court zeigen und die Kirche von Fleetwood. Ich bin mir ziemlich sicher, dass es eine Verbindung zwischen ihr und dem Pfarrer gibt.«

»Und was hat sie zu der toten Dirne gesagt, die sie gefunden hat?«, wollte Green wissen.

Thomas berichtete, was er von Madeline Brown erfahren hatte. »Ich glaube, sie verschweigt mir etwas. Genau wie auch die Haushälterin des Pfarrers und der Earl mir nicht alles gesagt haben, was sie wissen«, schloss er und wandte sich dann dem baufälligen Haus zu, vor dem sie standen.

Er klopfte an die Tür.

Wenig später öffnete ihm ein ungefähr zehnjähriger Junge. Sein Gesicht war schmutzig vom Staub der Straßen. Er drehte sich um und schrie: »Mutter!«

Im nächsten Moment erschien eine kleine gedrungene Gestalt in einem einfachen Baumwollkleid, die Haare zu einem schmucklosen Knoten zusammengefasst. »Ach Sie, kommen Sie durch«, sagte sie wenig begeistert und schlurfte den engen Flur entlang.

Thomas warf seinen Constables einen fragenden Blick zu und Green zog die Schultern hoch.

Die Männer folgten der Frau in ein Zimmer, das anscheinend als Wohnzimmer, Küche und Schlafraum gleichzeitig diente. Neben dem alten Ofen stand ein Bett, an der gegenüberliegenden Wand bildeten zwei abgenutzte Sessel und einige wacklige Stühle eine Sitzecke. Es stank nach kalter Asche.

»Bitte nehmen Sie Platz«, sagte die Frau und räumte ein paar Bauklötze beiseite, die auf den Stühlen gelegen hatten.

Thomas setzte sich in einen der Sessel, Green und Twicklehurst nahmen auf Stühlen Platz. Der Inspector schlug den Mantelkragen hoch, es war feucht in diesem Raum. Sein Blick glitt über die grünen Schimmelflecken an den Wänden.

»Ich kann Ihnen leider keinen Tee anbieten«, sagte die Frau entschuldigend und nahm in dem zweiten Sessel Platz. »Ich bekomme erst am Samstag Geld, um neuen zu kaufen.«

»Das macht nichts«, versicherte ihr Thomas schnell, er beschloss, sofort auf den Punkt zu kommen. »Sie haben Yvette Millner also gesehen, in der Nacht, in der sie ermordet wurde?«

Die Nachbarin nickte. »Ich hab auf meinen Mann gewartet. Es war Samstag und er hatte seinen Lohn bekommen, kam aber nicht nach Hause, sondern ging wie immer gleich in den Pub damit. Ich hab mich so aufgeregt, dass ich nicht schlafen konnte. Hab mir Sorgen gemacht. Das Geld reicht nicht mal, um die Kinder satt zu bekommen.« Sie atmete tief ein und Thomas meinte, ihre Wut spüren zu können. »Jedenfalls stand ich am Fenster, und da sah ich sie die Straße runterkommen mit einem Mann. War nicht ungewöhnlich, ich wusste, was das für eine war. Die hat andauernd …« Ihr Blick wanderte zu ihrem Jungen, der jetzt auf dem Bett saß und mit ein paar Murmeln spielte.

»Na, Sie wissen schon. Musste sich eben was dazuverdienen. Der Kerl schlich sich immer an der Wand entlang, als wollte er nicht gesehen werden.«

»Konnten Sie ihn dennoch erkennen?«, fragte Thomas.

Sie schüttelte den Kopf. »Und dann kam noch ein Zweiter, den ich auch nicht erkennen konnte.«

»Ein weiterer Mann?«

»Ja.«

»Haben Sie auch gesehen, wann die Männer wieder gegangen sind?« Thomas war auf seinem Sessel ein Stück nach vorn gerückt. Möglicherweise war einer der Männer der Mörder gewesen oder sogar beide. Es war nicht auszuschließen, dass es sich um zwei Komplizen handelte.

»Nee, das hab ich nicht mehr mitbekommen, weil Joe dann endlich nach Hause kam. Der war bis obenhin abgefüllt. Die Sperrstunde war längst vorbei und ich hab ihn am Schlafittchen gepackt und ihn zur Rede gestellt, aber er ist sofort eingeschlafen. Da bin ich dann auch ins Bett. Und als ich am nächsten Morgen mitbekommen habe, dass da was passiert war, hab ich mich gleich an die beiden Kerle erinnert. Ich bin zur Polizeiwache, weil ich dachte, die interessiert das, aber da lag ich falsch.«

Thomas versuchte sich die Enttäuschung darüber, dass Mrs Smith die Männer nicht hatte erkennen können, nicht anmerken zu lassen. »Können Sie sich erinnern, um wie viel Uhr Sie Miss Millner zurückkehren sahen?«

»Das war um Mitternacht rum, weil die Kirchturmuhr eben geschlagen hatte, und ich dachte noch, die Sperrstunde ist doch längst vorbei, wo bleibt der versoffene Kerl bloß?« Sie runzelte die Stirn. »Und nicht lange danach sah ich den zweiten Mann kommen.«

Thomas nickte und sah seine Constables fragend an.

Green übernahm. »Sonst ist Ihnen nichts aufgefallen in dieser Nacht?«

Sie schüttelte wieder den Kopf.

»Oder in den Tagen und Nächten zuvor? Irgendwas, das ungewöhnlich war?«, hakte Green nach.

»Nee, nichts.«

»Können Sie ungefähr sagen, wie groß die Männer waren, die Sie in der Nacht gesehen haben, oder welche Statur sie hatten? Waren sie kräftig oder eher schlank?«, fragte Twicklehurst.

»Keine Ahnung, ich hab sie wirklich nicht richtig gesehen. Aber der erste war ziemlich groß, glaub ich.« Sie dachte angestrengt nach. »Ja, und der zweite war eher klein. Mehr weiß ich nicht.«

»Erinnern Sie sich an die Kleidung der Männer?«, fragte Thomas.

Sie überlegte wieder. »Auf jeden Fall dunkel, sonst hätt ich sie besser erkennen können. Wir haben ja die Gaslampe, drüben am Lagerhaus. Ohne die hätt ich sie gar nicht bemerkt. Jedenfalls den zweiten nicht, beim ersten war ja die Frau dabei. Die war mit ihren bunten Kleidern nicht so schnell zu übersehen, nicht mal in der Nacht.«

Thomas stand auf. »Ich danke Ihnen, und sollte Ihnen noch etwas einfallen, melden Sie sich bitte umgehend auf dem Revier.«

Die Polizisten verabschiedeten sich.

»Was jetzt?«, fragte Green, als sie wieder auf der Straße standen.

»Noch einmal zum Pfarrhaus.« Thomas schaute sich

nach einer Kutsche um. »Vielleicht sehen Sie ja etwas, das mir entgangen ist.«

Als sie in der Droschke saßen, die sie nach Fleetwood brachte, stellte Thomas fest: »Es ist sehr wahrscheinlich, dass einer der beiden Männer, die diese Frau gesehen hat, der Mörder war.«

»Vielleicht hat der Pfarrer ja irgendwas mitbekommen, das er nicht mitbekommen sollte«, überlegte Twicklehurst. »Er hat einen der Morde beobachtet und musste deshalb sterben.«

»Aber an dem Abend, als er am Hafen war, wurde keine Frau ermordet. Wie lange liegt der Mord davor zurück?«, fragte Thomas.

Twicklehurst blätterte in seinem Notizbuch. »Das muss die Näherin gewesen sein. Genau, das war im Oktober.«

Der Inspector zog die Augenbrauen zusammen. »Dann wäre der Pfarrer doch längst zur Polizei gegangen, inzwischen war mehr als ein Monat verstrichen.«

»Das ist interessant«, sagte Twicklehurst, der noch immer in sein kleines Buch vertieft war.

»Was meinen Sie?« Thomas versuchte, das Schaukeln der Kutsche zu ignorieren. Die Straßen hier waren in schlechtem Zustand und die Mietdroschke eher unbequem.

»Zwischen den Morden liegen immer ungefähr sechs bis acht Wochen, Sir. Der erste fand im Januar statt, der zweite im März, dann jeweils einer Ende April, im Juli, im September und im Oktober.« Er steckte das Buch wieder in seine Tasche.

»Das ist eine interessante Beobachtung«, sagte Thomas und sah Twicklehurst anerkennend an. »Der Mörder scheint einem zeitlichen Rhythmus gefolgt zu sein. Vielleicht gelingt es uns ja mit dieser Erkenntnis, zumindest den nächsten Mord zu verhindern.«

Als sie Fleetwood erreicht hatten, setzte der Regen von Neuem ein, und die drei Polizisten beeilten sich, den Garten des Pfarrhauses zu durchqueren und an der Tür zu läuten. Mrs Slotsky öffnete ihnen und Thomas stellte ihr seine beiden Constables vor. Dann fragte er: »Wollten Sie nicht zu Ihrer Schwester fahren?«

Das Gesicht der Haushälterin blieb ausdruckslos, als sie antwortete: »Der Earl hat befohlen, dass ich vorerst noch hierbleibe.«

»Thomas überlegte, warum dem Earl die Anwesenheit der Haushälterin wohl so wichtig war. Vielleicht wollte er das Pfarrhaus gut versorgt wissen. »Wir möchten uns noch einmal umsehen«, sagte er zu ihr. »Diesmal würde ich auch gern das Schlafzimmer des Verstorbenen und sämtliche anderen privaten Räume sehen.«

Mrs Slotsky nickte und führte sie ohne ein weiteres Wort nach oben. Die beiden Constables schickte Thomas in das Arbeitszimmer des Pfarrers. Er selbst ließ sich von Mrs Slotsky das Schlafzimmer zeigen. Der Inspector wunderte sich darüber, dass der Pfarrer diesen kleinen und dunklen Raum als Schlafzimmer gewählt hatte, wo das Pfarrhaus doch so groß und hell war, dass es sicher schönere Zimmer darin gab. Es war ein ungemütlicher und unpersönlicher Ort. Auf dem Nachttisch neben dem schmalen Bett lag eine Bibel, an der Wand hing ein Kreuz. Sonst gab es keinerlei Zierrat in dem Raum.

Thomas drehte sich zu der Haushälterin um, die noch immer in der Tür stand, als wollte sie aufpassen, dass er auch ja nichts durcheinanderbrachte.

»Mrs Slotsky«, sagte er. »Warum ist hier alles so nüchtern und kahl? Der Pfarrer muss sich in seiner Freizeit doch auch einmal entspannt haben.«

Die Haushälterin antwortete nicht, sondern sah ihn nur abwartend an.

»Er kann doch nicht nur gebetet und gearbeitet haben.«

Immer noch Schweigen.

»Hatte er denn nicht einmal Bücher, die seiner geistigen Zerstreuung dienten, oder vielleicht Tagebücher, in denen er seine Gedanken festhielt?«

Mrs Slotsky schüttelte den Kopf. »Nicht, dass ich davon wüsste.«

»Wer waren seine Freunde, mit wem hat der Pfarrer viel Zeit verbracht?«

»Er war immer für seine Gemeinde da, und darüber hinaus war er kein geselliger Mensch«, antwortete die Haushälterin. »Manchmal war er zum Essen bei seinem Bruder auf Wooverlough Court. Aber nur selten. Und in letzter Zeit hat ihn gelegentlich Miss Brown besucht.«

»Miss Brown?«, fragte Thomas ungläubig. »Sie meinen Madeline Brown?«

Mrs Slotsky nickte.

»Woher kannte Mr Farwell denn Miss Brown?«

»Sie sind zusammen aufgewachsen.« Mrs Slotsky sah ihn überrascht an. »Ich dachte, das wüssten Sie.«

Thomas schüttelte den Kopf.

Mrs Slotsky fuhr fort: »Miss Browns Vater fuhr zur See und war gut befreundet mit dem dritten Earl, der sich in der Abwesenheit ihres Vaters um das Mädchen gekümmert hat. Madeline ist bei dem Pförtnerehepaar aufgewachsen. Ihr Vater kam hin und wieder vorbei. Sie war im selben Alter wie der Pfarrer und der gegenwärtige Earl.«

Thomas hatte das Gefühl, endlich eine wichtige Information erhalten zu haben. Aber warum hatten weder der Earl noch Miss Brown etwas davon erwähnt?

»Dann standen Miss Brown und der Pfarrer also seither in gutem Kontakt?«, fragte der Inspector.

Mrs Slotsky zog die Augenbrauen zusammen. »Eigentlich nicht. Ich habe sie nie hier gesehen, erst in letzter Zeit kam sie manchmal vorbei.«

»Was bedeutet ›in letzter Zeit‹?«, wollte Thomas wissen.

Die Haushälterin zuckte mit den Schultern. »Es ist vielleicht ein halbes Jahr her, dass sie hierherkam und nach ihm fragte. Damals war der Pfarrer aber nicht zu Hause, und nachdem sie eine Weile gewartet hatte, ging sie wieder. Einige Tage später kam sie erneut. Danach habe ich sie noch ein, zwei Mal hier gesehen, und ich hatte nicht den Eindruck, dass der Pfarrer sie besonders mochte. Einmal hat er sich sogar vor ihr versteckt.«

»Warum?«

»Das weiß ich nicht.« Sie errötete. »Er hat nicht bemerkt, dass ich ihn dabei beobachtet habe, und ich habe natürlich nie darüber gesprochen.«

Thomas nickte nachdenklich. »Und Sie sind sicher, dass er sie nicht mochte? Kann es nicht eher sein, dass der Pfarrer zarte Gefühle für Miss Brown hegte und sich aus diesem Grund vor ihr versteckt hielt? Vielleicht um sie heimlich zu beobachten?«

Mrs Slotsky sah ihn beinahe empört an. »Das sagte ich Ihnen doch schon beim letzten Mal – so einer war er nicht. Der Pfarrer hat sich nie verliebt, das passte nicht zu seiner religiösen Haltung. Er hat sein Leben ganz in den Dienst Gottes und seiner Gemeinde gestellt. Eine Frau hätte da nur gestört.«

»Sir?« In diesem Moment erschien Green in der Tür zum Schlafzimmer. »Wir sind mit dem Arbeitszimmer fertig.«

Thomas nickte. »Ich bin hier auch so weit. Mrs Slotsky, gibt es noch weitere private Räumlichkeiten des Pfarrers?«

»Nur noch den Salon und die Bibliothek. Alles andere sind Wirtschaftsräume und Gästezimmer.«

»Gästezimmer?«, sagte der Inspector. »Hatte der Pfarrer etwa regelmäßig Besucher?«

Sie schüttelte den Kopf und bedeckte eine der Kommoden wieder mit dem weißen Laken, das Thomas entfernt hatte. »Die stammen noch von seinem Vorgänger. Der alte Pfarrer hatte vier Kinder und das waren deren Zimmer. Solange Gerald Farwell hier ist, haben wir noch nie einen Übernachtungsgast gehabt.«

»Seit wann ist Pfarrer Farwell denn schon hier in der Gemeinde?«, fragte Thomas, während er vom Schlafzimmer in den Flur trat.

»Seit vier Jahren«, antwortete die Haushälterin.

Thomas sah sie überrascht an. »Erst seit so kurzer Zeit? Ich dachte, er sei schon deutlich länger in Fleetwood.«

Mrs Slotsky nickte. »Es ist immer so, dass der Erstgeborene den Titel, das Anwesen und die Ländereien erbt. Der Zweite erbt die Pfarrei. Hier in Fleetwood war es aber so, dass der ehemalige Pfarrer, Andrew Farwell, der Onkel von Gerald Farwell, sich erst vor vier Jahren zur Ruhe gesetzt hat, sodass Gerald das Amt erst spät übernehmen konnte.«

»Tatsächlich?«, sagte Thomas und stieg langsam die

Treppe hinunter. »Und für den Vorgänger haben Sie auch schon gearbeitet?«

»Ja«, sie lächelte, »ich habe gern für Andrew Farwells sechsköpfige Familie gekocht. Nicht, dass ich es nicht auch sehr geschätzt habe, für den jetzt verstorbenen Pfarrer zu arbeiten. Aber es war schon schön, als noch mehr Leben hier im Haus war.«

»Und Gerald Farwell, was hat er in den Jahren davor getan? Immerhin muss er ja schon fast dreißig Jahre alt gewesen sein, als er die Stelle hier antrat«, wollte Twicklehurst wissen, der sich inzwischen zu ihnen gesellt hatte.

»Er war siebenundzwanzig«, entgegnete Mrs Slotsky, während sie den beiden Polizisten die Treppe hinunter folgte. »Nun, ich weiß nicht, was er vor meiner Zeit getan hat. Ich nehme an, dass er lange studiert hat. Er hatte es schließlich nicht eilig, sein Onkel war ja noch hier. Aber das kann Ihnen sicher der Earl genauer sagen.«

Sie ließen sich noch den Salon und die Bibliothek zeigen, in der es ausschließlich religiöse Literatur gab. Nichts, was von Interesse für die Untersuchung gewesen wäre.

»Ich danke Ihnen, Mrs Slotsky.« Thomas verneigte sich förmlich, als sie aus dem Salon kamen. Dann verließen die drei Polizisten das Haus. Inzwischen war es dunkel geworden. Thomas hatte die Droschke draußen warten lassen.

»Wir sollten dem Earl noch einmal einen Besuch abstatten«, sagte Thomas, während er in die Kutsche kletterte. »Ich habe das Gefühl, dass er mir heute Vormittag eine Menge verschwiegen hat.«

Als sie vor Wooverlough Court hielten, fuhr gerade ein Zweispänner um die Hausecke.

»Wir scheinen nicht die einzigen Besucher zu sein«, stellte Thomas fest und stieg aus der Kutsche.

Der Butler war erstaunlich schnell an der Tür, was den Verdacht des Inspectors bestätigte, dass er vor Kurzem noch einem anderen Gast die Haustür geöffnet hatte. Er führte die drei Polizisten in den Raum, in dem Thomas auch heute Morgen auf den Earl gewartet hatte, und tatsächlich befand sich dort ein junger Mann, der auf einem der Lehnstühle am Kamin saß.

»Guten Tag«, begrüßte Thomas den Mann, den er auf kaum zwanzig Jahre schätzte. »Ich bin Inspector Thomas Young von der Metropolitan Police.«

»Oh«, der junge Mann sah ihn erschrocken an, »von der Polizei?« Dann stieß er ein nervöses Lachen aus. »Ah, Sie sind vermutlich wegen meinem armen Onkel Gerald hier?«

»Und wer sind Sie?«, fragte Thomas und deutete auf den Stuhl, von dem der junge Mann soeben aufgestanden war.

»Oh, Verzeihung«, der Mann nahm zögernd wieder Platz, »ich bin Lucas Farwell, der Neffe des Earl of Wooverlough.«

»Sind Sie ein Sohn von Andrew, dem ehemaligen Pfarrer von Fleetwood?« Thomas setzte sich auf den anderen Stuhl am Kamin. Die beiden Constables blieben mitten im Empfangsraum stehen.

»Ja, richtig.« Er lachte wieder kurz auf. Dann fuhr er sich nervös durch das braune Haar. »Ich bin im Pfarrhaus aufgewachsen. Ein Jammer, was mit dem armen Onkel Gerald geschehen ist.«

Ein Jammer? Ja, dachte Thomas erstaunt, so konnte man es auch nennen.

In diesem Moment erschien der Butler und bat sie alle, ihm zu folgen. Er führte sie in den Salon, den Thomas schon von seinem Besuch am Vormittag kannte.

Dieses Mal stand eine kleine, zarte Frau neben dem Earl, die er als seine Gattin, die Countess of Wooverlough, vorstellte. Während Thomas sich verneigte, wunderte er sich darüber, wie wenig attraktiv die Countess war. Sie trug ein Teekleid aus blauer Seide und ihr Haar war nach neuester Mode gescheitelt und mit kleinen Zöpfen nach hinten gebunden. Aber ihre große Nase und die nah zusammenstehenden Augen ließen ihr Gesicht geradezu grotesk erscheinen.

»Lucas«, sagte der Earl zu seinem Neffen, »ich hatte nicht damit gerechnet, dich so schnell hier zu sehen. Ich vermute, dein Vater hat dich hierhergeschickt, nicht wahr?«

Der Junge errötete. Seine Finger spielten fahrig mit den Rüschen an den Enden seiner Hemdsärmel.

»Ich nehme an, du bleibst über Nacht? Dann haben wir ja später noch genug Zeit, uns zu unterhalten, und ich kann mich zunächst um die Herren von der Metropolitan Police kümmern. Meine Liebe«, wandte er sich an die Countess, »kümmere du dich um Lucas, bis ich mit den Herren fertig bin.«

Der Earl deutete auf eine Tür in der hinteren Ecke. »Bitte folgen Sie mir, Inspector.«

Thomas, Green und Twicklehurst gingen mit dem Adeligen in einen Nebenraum. Thomas blieb überrascht in der Tür stehen. Er hatte mit einem zweiten, kleineren Salon gerechnet, aber sie fanden sich in einer riesigen Bibliothek wieder. Der Geruch alter Bücher schlug ihnen entgegen. Der Earl führte sie an hohen Regalen vorbei zu einer gemütlichen Sitzecke am Kamin. Die beiden Constables hielten sich diskret im Hintergrund.

»Ich hatte nicht mit einem so schnellen erneuten Besuch von Ihnen gerechnet, Inspector. Darf ich annehmen, dass Sie Neuigkeiten für mich haben?« Der Earl ließ seinen Blick zu einem der bodentiefen Fenster und hinaus in den Garten wandern, als läge die Antwort auf alle Fragen irgendwo da draußen.

Thomas trat neben ihn. »Leider noch nicht, Sir. Ich habe lediglich einige weitere Fragen. Ich verspreche Ihnen, ich werde Sie nicht lange von Ihrem Neffen fernhalten.«

»Ach was«, winkte der Earl ab und griff nach einer silbernen Zigarrenkiste mit aufwendigen Verzierungen. »Das ist kein besonders angenehmer Besuch. Der Junge lebt zurzeit in Oxford und hat sein Theologiestudium fast beendet. Er muss sich sofort in die Kutsche gesetzt haben, als er hörte, dass die Pfarrstelle frei geworden ist. Nur darauf ist er aus, glauben Sie mir. Die ganze Sippe hat Gerald nie leiden können.«

»Ach, so ist das?«, sagte Thomas und wechselte einen schnellen Blick mit seinen Constables. »Dann kommt der Tod seines Onkels ja genau zur richtigen Zeit.«

»So könnte man es sagen«, bestätigte der Earl und reichte Thomas die Zigarren, der jedoch ablehnte. »Bitte nehmen Sie doch Platz.«

Der Earl setzte sich selbst in einen der Ledersessel und stellte die Zigarrenkiste zurück auf den Tisch.

Thomas musterte den Mann eindringlich. »Eure Lordschaft, bei allem Respekt, aber warum haben Sie mir heute Morgen verschwiegen, dass Sie Miss Brown sehr gut kennen? Sie hat eine der toten Frauen gefunden, die in letzter Zeit in Liverpool ermordet wurden.«

»Madeline?« Der Earl strich sich durch den Bart. »Ich ging nicht davon aus, dass das relevant ist. Schließlich haben die toten Dirnen nichts mit dem Mord an meinem Bruder zu tun.«

Thomas runzelte die Stirn. »Das zu beurteilen ist nicht Ihre Angelegenheit, Eure Lordschaft, sondern obliegt ausschließlich der Polizei.«

»Nun, ich habe gar nicht an Miss Brown gedacht, als Sie heute Morgen hier waren«, sagte der Earl und lächelte eine Spur zu freundlich, wie Thomas fand. »Sonst hätte ich sie selbstverständlich erwähnt.«

In diesem Moment erschien der Butler, um Brandy und Whiskey zu servieren.

»In welchem Verhältnis standen Ihr Bruder und Miss Brown zueinander?«, fragte Thomas, der sich in seinem Sessel zurücklehnte.

»In gar keinem«, antwortete der Earl und sein Blick wanderte zu Green und Twicklehurst hinüber. »Gerald hat wirklich absolut frei von sinnlichen Begierden gelebt, Inspector. Er hat sich nie für Frauen interessiert, das war schon seit unserer Kindheit so.«

»Aber Sie sind alle drei zusammen hier aufgewachsen. Sie müssen doch zumindest befreundet gewesen sein?« Thomas strich über den Brokatstoff des Sessels.

Der Earl schüttelte den Kopf. »Gerald war in einem Internat und nur in den Ferien hier. Deshalb hatten wir nicht viel miteinander zu tun.«

Thomas machte sich eine Notiz in seinem Buch, dann fragte er: »In letzter Zeit hat Miss Brown Ihren Bruder ein paarmal besucht. Können Sie sich vorstellen, was sie von ihm wollte?«

Einen Moment lang sah es so aus, als würde der Earl wütend werden, doch dann lächelte er wieder.

»Das Obst!«, sagte er, scheinbar unvermittelt.

»Wie bitte?« Thomas sah ihn fragend an.

Der Earl trank seinen Whiskey in einem Schluck aus. »Im Pfarrgarten gibt es eine Unmenge an Obst und ich nehme an, dass er Miss Brown angeboten hat, es zu ernten. Meine Herrn, wenn das alles war …« Er stand auf.

Thomas erhob sich ebenfalls. »Nur noch eine Frage, Eure Lordschaft.«

»Was denn noch?«, sagte der Earl mit barscher Stimme, und Thomas hatte plötzlich den Eindruck, dass der Adelige ihn wie eine lästige Fliege abschütteln wollte.

»Ihr Bruder war erst seit vier Jahren hier für die Gemeinde tätig. Was hat er zuvor gemacht?«

»Seine Ausbildung. Sie verstehen, erst das Studium in Oxford, dann das Priesterseminar, Exerzitien, Studienreisen … Er wusste ja, dass unser Onkel noch im Amt war, und hat die Zeit genutzt, um sich vorzubereiten.«

Thomas nickte und verließ mit Twicklehurst und Green die Bibliothek. Der Butler führte sie die langen Gänge zurück in die imposante Eingangshalle, in der inzwischen der Kronleuchter entzündet war.

Als sie aus dem Anwesen traten, war es draußen vollkommen dunkel. Ein leichter Nieselregen lag in der Luft. Es roch nach Kaminrauch. Im Schein der Fackeln, mit denen ihnen zwei Diener den Weg beleuchteten, gingen sie zu ihrer Droschke und stiegen schweigend ein. Erst als sich die Kutsche in Bewegung gesetzt hatte, fragte Green: »Haben Sie ihm das abgenommen? Glauben Sie wirklich, dass Miss Brown im Pfarrgarten Obst geerntet hat?«

Thomas schüttelte den Kopf. »Miss Brown hat einen sehr großen und gepflegten eigenen Garten hinter ihrem Haus. Ich wüsste nicht, warum sie ihr Obst aus Fleetwood holen sollte, wo doch genug vor ihrer Tür wächst.«

»Warum hat der Earl gelogen?«, überlegte Twicklehurst. »Er muss den wahren Grund gewusst oder zumindest geahnt haben. Aber er will nicht, dass wir ihn erfahren.«

»Genau«, stimmte Green ihm zu. »Und dieser Neffe wirkt eigenartig auf mich. Es sah nicht so aus, als hätte der Tod seines Onkels ihn schwer getroffen.« Er beugte sich zum Fenster der Droschke und warf einen Blick zurück auf das erleuchtete Anwesen, das hinter ihnen im Nieselregen verschwand.

»Der Earl hat erwähnt, dass die Familie seines Onkels Andrew seinen Bruder Gerald nicht besonders leiden konnte«, warf Thomas ein.

»Verdächtigen Sie ihn, Sir?«, fragte Twicklehurst.

Thomas zuckte mit den Schultern und starrte in die Dunkelheit hinaus. »Der junge Mann studiert noch. Es sollte ein Leichtes sein, herauszufinden, ob er am Todestag in Oxford gesehen wurde. Er könnte natürlich rasch hierhergekommen sein, den Mord verübt haben und dann noch vor Sonnenaufgang nach Hause zurückgekehrt sein. Es dauert allerdings mindestens sechs Stunden, um mit der Kutsche von Oxford nach Fleetwood zu gelangen.«

»Mit dem Pferd ginge es schneller. Ein geübter Reiter kann es in vier Stunden schaffen, denke ich«, bemerkte Green.

»Aber woher sollte er wissen, dass sein Onkel nachts am

George's Basin herumspazierte?«, wandte Thomas ein und schlug seinen Mantelkragen hoch. Nach der angenehmen Wärme am Kamin des Earls kam es ihm in der ungemütlichen Kutsche umso kälter vor.

Auf seine Frage hatte niemand eine Antwort. Sie schwiegen eine Weile lang.

»Der Mann kommt mir trotzdem äußerst verdächtig vor«, sagte Green schließlich. »Er reist gleich am nächsten Tag an, um sich die Pfarrei unter den Nagel zu reißen. Das scheint mir wirklich herzlos zu sein.«

Twicklehurst nickte und lehnte sich auf der harten Droschkenbank nach vorn. »Es scheint fast so, als würde niemand aufrichtig um Gerald Farwell trauern. Selbst der Earl ist nicht wirklich erschüttert. Er ist höchstens empört darüber, dass es jemand gewagt hat, ein Familienmitglied der Earls of Wooverlough zu ermorden.«

Green unterdrückte ein Gähnen. Dann sagte er: »Oder wir haben den verzweifelt Trauernden einfach noch nicht gefunden.«

Thomas erkannte die Müdigkeit seiner Männer und musste zugeben, dass auch er vollkommen erschöpft war. Der Tag war anstrengend gewesen. Am liebsten hätte er es für heute gut sein lassen, aber er wusste, wie wichtig die ersten Stunden nach einem Mord für die Aufklärung waren. Im Falle der toten Dirnen kam es auf einen verlorenen Tag mehr oder weniger nicht an, aber das Verbrechen an dem Pfarrer war noch nicht lange her. Hier mussten die Spuren verfolgt werden, solange sie frisch waren. Green und Twicklehurst sollten heute unbedingt noch einmal bei Jacks Taverne vorbeigehen und nach dieser Fanny Ausschau halten, während Thomas sich ein weiteres Mal

Madeline Brown vorknöpfen wollte. Und dieses Mal würde sie ihn nicht an der Nase herumführen.

Miss Brown kam mit einem erstaunten Lächeln die Treppe herunter, als das Hausmädchen den Inspector in die Eingangshalle ihres Anwesens brachte. Thomas war in der Mitte des großen Raumes stehen geblieben, der mit schwarzweißen Kacheln gefliest und mit grünen Zimmerfarnen dekoriert war. In den Nischen an der Wand standen Marmorstatuen.

»Guten Abend, Miss Brown.« Er deutete eine Verbeugung an.

»Madeline«, verbesserte sie ihn und berührte seinen Arm. »Kommen Sie mit in den Salon.«

Thomas beschloss insgeheim, bei der förmlichen Anrede zu bleiben, um der Frau deutlich zu signalisieren, dass er keinerlei persönliches Interesse an ihr hatte.

»Sie haben mich heute Mittag belogen, als Sie behauptet haben, dass Sie keine Verbindung zu Wooverlough Court und den Earls of Wooverlough hätten«, sprach er gleich das Thema an, das ihn gerade am meisten bewegte.

»Wieso?« Sie riss ihre blauen Augen weit auf und ging zum Kamin, in dem ein wärmendes Feuer loderte. »Ich habe doch tatsächlich keine Verbindung zu ihnen.«

»Bitte, bleiben Sie bei der Wahrheit, Miss Brown«, erwiderte Thomas und zog sein Notizbuch hervor, um ihr zu zeigen, dass er gründlich recherchiert hatte. »Das wirkt sich sonst alles negativ auf Sie aus. Ich habe erfahren, dass Sie auf Wooverlough Court aufgewachsen sind, oder wollen Sie das etwa bestreiten?«

»Natürlich nicht«, sagte sie, beinahe empört. »Ich habe

doch nichts anderes behauptet. Als Sie mich nach einer Verbindung fragten, ging ich selbstverständlich davon aus, dass sie familiäre Bande meinten. Und die existieren nicht.«

»Sie sind nicht so naiv, wie Sie sich gerade darzustellen versuchen – was Ihnen übrigens nicht sonderlich gut gelingt –, und außerdem kann man sehr wohl von einer Art familiärer Verbindung sprechen.« Thomas steckte sein Notizbuch wieder ein und trat einen Schritt auf Miss Brown zu, die nachdenklich in die Flammen sah. »Soweit ich weiß, hat Ihr Vater Sie in die Obhut des dritten Earl of Wooverlough gegeben, und Sie sind gemeinsam mit seinen Söhnen, dem gegenwärtigen vierten Earl und dem verstorbenen Pfarrer Gerald Farwell, aufgewachsen.«

»Sehr gut, Thomas«, sagte sie schelmisch und ging nun ihrerseits auf ihn zu, allerdings viel näher, als der Anstand es zugelassen hätte. Sie stand jetzt so nah vor ihm, dass er meinte, den süßen Duft ihrer Haut riechen zu können. »Sie haben Ihre Aufgaben gut gemacht. Aber dann haben Sie sicherlich auch erfahren, dass ich beim Pförtner und seiner Frau gelebt habe und nicht mit den beiden Lords auf Wooverlough Court.«

Thomas atmete tief durch. »Miss Brown«, sagte er scharf, »Sie haben mir diese Verbindung bewusst verschwiegen.«

»Und wenn schon.«

Sie lehnte sich leicht zurück und sah ihn verführerisch aus halb geschlossenen Augen an. Der Schein des Feuers flackerte über ihr Gesicht und ließ ihre Lippen schimmern. Thomas konnte sich gut vorstellen, dass sie den Männern den Kopf verdrehte. Aber er brauchte einen klaren Verstand und würde sich von Miss Brown kein zweites Mal um den Finger wickeln lassen.

»Wie war Ihre Beziehung zu Gerald Farwell kurz vor seinem Tod, Miss Brown?« Thomas hielt ihrem Blick stand. »Hatten Sie ein Verhältnis mit ihm?«

»Mit Gerald?« Miss Brown spuckte den Namen verächtlich aus. Ihr koketter Blick war plötzlich verschwunden. »Nie im Leben. Und wenn er der letzte Mann auf der Welt gewesen wäre, ich hätte ihn niemals … Nein, ich hatte kaum noch Kontakt zu ihm, seit er wieder hier in der Gegend war.«

»Dennoch haben Sie ihn in den letzten Monaten das ein oder andere Mal besucht?« Thomas beobachtete ihre Reaktion ganz genau.

Fast unmerklich zogen sich ihre Augenbrauen zusammen, ehe sie erklärte: »Ich habe mich nur auf dem Gelände des Pfarrhauses aufgehalten. Der Pfarrer selbst war nicht der Grund meines Besuches.«

»Und warum haben Sie sich so sehr für das Pfarrhaus interessiert?«, erkundigte sich Thomas. Sein Blick wanderte zu dem Aquarell an der Wand, auf dem das Haus des Pfarrers abgebildet war.

»Aus rein sentimentalen Gründen«, antwortete sie und ihre Miene wurde wieder sanft, ehe sie leise murmelte: »Wir waren als Kinder häufig dort und ich habe mich umgesehen.« Sie trat wieder näher an ihn heran.

»Wonach?« Er ging einen Schritt in Richtung Tür, um mehr Abstand von ihr zu gewinnen.

»Nach meiner verlorenen Kindheit vielleicht?« Sie zuckte mit den Schultern und folgte ihm. »Nach meiner Unschuld, der Unberührtheit des Kindes, das ich einst war? Ich weiß es nicht. Haben Sie das nicht auch manchmal, Thomas? Dass Sie sich nach einer Zeit zurücksehen, in der alles leichter war, in der die Sorgen nicht größer waren als die Frage, was es zum Abendessen geben wird?«

Thomas musste unwillkürlich an seine Frau Anni denken und daran, wie hell ihm die Zukunft erschienen war, als er sie noch an seiner Seite hatte.

»Aber wie man hört, brauchen Sie sich doch keine allzu großen Sorgen zu machen, oder?«, fragte er. »Sie haben einen freigiebigen … Mäzen.«

»Ja«, gab sie unumwunden zu und setzte sich aufs Sofa. »Ich bin jedoch voll und ganz von ihm abhängig, ohne seine Ehefrau zu sein. Wenn er morgen genug von mir hat, wenn ich ihm zu alt, zu hässlich oder langweilig geworden bin, habe ich gar nichts mehr.«

Der Inspector hielt inne, von ihrer Ehrlichkeit überrascht.

»Kommen Sie zu mir, Thomas.« Sie deutete auf den Platz neben sich.

Thomas dachte daran, wie unbehaglich er sich heute Mittag neben ihr gefühlt hatte, als sie so unumwunden ihre Reize spielen ließ. Vermutlich waren Frauen wie Miss Brown oder auch die Dirne Molly es gewohnt, Polizisten auf diese Weise milde zu stimmen.

»Miss Brown, ich finde Sie sehr attraktiv, aber ich werde mich durch Ihre Reize nicht von meiner Arbeit ablenken lassen«, sagte Thomas und sah ihr ernst in die Augen, während er sich neben sie setzte. »Sie werden sich nicht aus der Sache herausziehen können, indem Sie mit mir flirten.«

Sie lachte. »Ich flirte mit Ihnen, Thomas?«

»Jetzt tun Sie es schon wieder, Miss Brown.«

»Tatsächlich?« Sie schien amüsiert zu sein. »Aus welcher Sache versuche ich mich denn herauszuziehen?«

»Das wissen Sie nur allzu gut.« Der Inspector rutschte auf dem Sofa so weit wie möglich nach außen. Dann drehte er sich zu ihr. »Sie haben mir gegenüber verschwiegen, dass Sie das Opfer, Gerald Farwell, gut kannten. Und Sie haben auch mehr als nur eine der toten Frauen gekannt. Vielleicht ist das alles nur ein Zufall, aber vielleicht steckt ja mehr dahinter.«

Sie lächelte ihn nur an, ohne etwas zu erwidern.

»Miss Brown, wie war Ihr Verhältnis zu Gerald Farwell, als Sie noch Kinder waren? Mochten Sie ihn? Oder konnten Sie ihn damals schon nicht leiden?«

»Wer sagt, dass ich ihn nicht leiden konnte?«

»Sie selbst«, erinnerte Thomas sie. »Sie schienen regelrecht entsetzt, als ich Sie fragte, ob Sie eine Affäre mit ihm hatten.«

»Ich mochte ihn tatsächlich nie besonders«, gab Madeline zu. »Er war schon als Kind anders als wir.«

»Wir?«

»Der gegenwärtige Earl of Wooverlough und ich. Wir waren Kinder, verstehen Sie, aber Gerald war selbst damals schon irgendwie erwachsen.« Sie zog wieder ein Bein aufs Sofa und lehnte sich aufreizend zurück. »Er war jedoch selten auf Wooverlough Court, weil er ja schon früh auf ein Internat geschickt wurde.«

Der Inspector machte sich eine Notiz. »Ich danke Ihnen, Miss Brown.«

»Sind Sie verheiratet?«, fragte sie unvermittelt, bevor Thomas aufstehen konnte.

Ein Schatten legte sich über seine Miene. Er schluckte.

»Oh, tut mir leid.« Madeline streckte ihre Hand aus und berührte ihn sacht am Arm. Plötzlich schien sie aufrichtig erschrocken. »Ich wollte Sie nicht an etwas erinnern, das Sie traurig macht.«

»Daran brauchen Sie mich nicht zu erinnern, ich denke ohnehin jeden Tag an diesen schwersten Verlust meines Lebens.« Er wusste selbst nicht, warum er ihr plötzlich von Anni erzählte. »Meine Frau ist gestorben, bei der Geburt unseres ersten Kindes. Das ist jetzt drei Jahre her, aber sie fehlt mir immer noch unsäglich.«

»Oh«, Madeline sah ihn einen Moment lang traurig an, »und das Kind?«

Thomas schüttelte den Kopf.

»Das tut mir sehr leid«, sagte sie wieder. »Meine Mutter ist ebenfalls bei meiner Geburt gestorben und mein Vater fuhr zur See. Der alte Earl war ein guter Freund meines Vaters, er hat sich um mich gekümmert. Aber ich habe meine Mutter vermisst, auch wenn ich sie nie gekannt habe.«

Thomas nickte nur. Er vermisste Anni so sehr, dass es ihm die Luft zum Atmen nahm.

»Dann kennen Sie die Einsamkeit genauso wie ich«, stellte sie schließlich fest. »Ich durfte mein Leben lang nie richtig zu jemandem gehören. Nicht zu meinen Pflegeeltern, dem Pförtnerehepaar, das vom Earl dafür bezahlt wurde, mich bei sich aufzunehmen, noch zur Familie der Wooverlough oder zu einem Ehemann, der sich offen zu mir bekennen würde.«

»Fühlen Sie sich denn einsam?«, fragte Thomas überrascht. Er hatte bisher den Eindruck gehabt, dass Madeline

Brown eine starke Frau war, die mit ihrer Situation zufrieden war.

»Manchmal«, antwortete sie lächelnd. »Oft, ehrlich gesagt. Und ich bin nur eine Frau ... Wenn mein Liebhaber meiner überdrüssig wird, stehe ich vollkommen schutzlos da. Dann bleibt mir nichts anderes übrig, als wie die anderen Mädchen auf der Straße nach Männern Ausschau zu halten.«

»Sie könnten sich eine Arbeit suchen, in einer Fabrik«, schlug Thomas vor.

»Stellen Sie sich das nicht so einfach vor«, erwiderte Madeline. »Jeder weiß, wer ich bin. Und was ich bin. Jemand wie ich wird nur angestellt, um im Büro des Vorarbeiters *besondere Dienste* zu verrichten.«

Thomas seufzte. »Eigentlich ist doch jeder von uns nur auf der Suche nach ein klein wenig Glück, nach Sicherheit, einem Menschen, dem man etwas bedeutet, mit dem man sein Leben teilen kann und der für einen da ist.«

»Und genau das scheint immer schwieriger zu erreichen zu sein, je älter wir werden.« Sie strich über den weichen Stoff des Sofas.

»Haben Sie schon einmal darüber nachgedacht, Ihr Leben zu ändern? Sich einen Mann zu suchen, der Sie liebt und der zu Ihnen steht?«, fragte Thomas und überlegte, wie das Gespräch in eine so andere Richtung hatte abgleiten können.

»Sie können sich nicht vorstellen, wie oft«, gab Madeline zu. »Aber das geht nicht, denn ich gehöre meinem Gönner. Er benutzt mich, er hält mich hier wie einen hübschen Vogel im goldenen Käfig.«

»Wer ist dieser Mann?«

Madeline machte eine wegwerfende Handbewegung. »Das ist nicht wichtig. Ich bin ihm sehr dankbar, denn durch das alles hier«, sie deutete quer durch den Raum, »kann ich ein Leben führen, wie es mir sonst nie möglich wäre. Aber von den wenigen Stunden abgesehen, die er mich besucht, bin ich allein. Und es gibt niemanden, der sich für meine Sorgen interessiert, niemanden, mit dem ich über die kleinen und großen Ärgernisse sprechen kann. Die Dirnen beneiden mich, die ehrbaren Frauen verachten mich. Ich gehöre nirgendwo dazu, bin immer allein. Manchmal glaube ich, dass mich das in den Wahnsinn treibt.«

»Nun, Sie kommen mir nicht besonders wahnsinnig vor.« Thomas lächelte.

»Sie kennen mich auch nicht richtig, Thomas.« Sie rutschte näher zu ihm heran und beugte sich nach vorn. Und noch ehe er wusste, wie ihm geschah, legten sich ihre seidig weichen, vollen Lippen auf seine. Einen Moment lang atmete er den Duft ihrer Haut ein, spürte ihre Wärme, und sein Körper geriet in einen gefährlichen Strudel. Während ihre Lippen sich immer leidenschaftlicher küssten, begann sich das Zimmer um ihn zu drehen, und auch wenn er wusste, dass er diese Annäherung auf keinen Fall zulassen durfte, war er nicht imstande, Madeline von sich zu stoßen. Erst als ihre Körper sich so nahe gekommen waren, dass er die weichen Rundungen ihrer Brüste durch den Stoff seines Gehrocks spürte, als er merkte, dass er dabei war, die Kontrolle zu verlieren, wand er sich aus ihrer Umarmung.

»Es tut mir leid, Madeline. Ich glaube Ihnen, dass Sie einsam sind, und dass ich es ebenfalls bin, haben Sie gerade nur allzu deutlich gespürt, aber ich darf mich nicht auf Sie einlassen.« Er richtete seinen Rock und strich sich über die Ärmel. Dann verließ er fluchtartig ihr Haus.

Draußen angekommen, atmete er tief durch. Was hatte Miss Brown nur an sich, dass sie ihn immer wieder durcheinanderbrachte? Dabei war sie eine Verdächtige oder zumindest eine Zeugin in dem Fall, in dem er ermittelte. Madeline hatte nicht nur viele der toten Frauen gekannt, nein, sie war mit Gerald Farwell zusammen aufgewachsen. Im Moment war sie die einzige Verbindung zwischen den ermordeten Frauen und dem toten Pfarrer.

Statt nach einer Droschke zu rufen, beschloss der Inspector, zu Fuß zum Hotel zu gehen. Er brauchte frische Luft, um wieder zu Verstand zu kommen. Wie hatte er sich nur so gehen lassen können? Er war nicht besser als Drew und das ganze Pack. Dabei war Thomas doch gewarnt gewesen. Miss Brown hatte schon am Nachmittag mit ihm geflirtet und ihre Absichten eindeutig gezeigt. Und doch hatte er sich wieder von ihr umgarnen lassen, ja es kam ihm fast so vor, als hätte er es darauf angelegt. Seit dem Tod von Anni hatte er keine andere Frau auch nur angesehen, aber vielleicht wurde es Zeit, langsam wieder an eine Ehe zu denken. Doch eine wie Madeline Brown war definitiv nicht die Richtige für ihn! Eine Frau wie sie würde ihm nur das Herz brechen. Nein, er tat gut daran, sich von ihr und ihresgleichen fernzuhalten.

Thomas lief so lange durch die Straßen, bis er wieder einigermaßen klar im Kopf war. Als er an Jacks Taverne vorbeikam, beschloss er, hineinzugehen und nachzuschauen, ob Green und Twicklehurst noch dort waren. Er war neugierig, ob sie die Dirne Fanny dort angetroffen hatten und was sie von ihr in Erfahrung bringen konnten.

Der Inspector betrat den großen Gastraum. Stimmengewirr schlug ihm entgegen, irgendjemand spielte auf einem Schifferklavier. Durch die Menschenmenge kämpfte er sich zur Bar, konnte aber Green und Twicklehurst nirgendwo entdecken.

»Was darfs denn sein?«, fragte ihn ein Mann im mittleren Alter.

Thomas stellte sich vor und erfuhr, dass er mit dem Wirt persönlich sprach. Die beiden Constables seien bis gerade eben noch hier gewesen, sagte der, sie seien aber vor einer Viertelstunde in ihr Hotel aufgebrochen.

Der Inspector dankte ihm und wollte gerade gehen, als er noch einmal innehielt. »Kennen Sie Madeline Brown?«, fragte er den rotwangigen, rundlichen Wirt.

»Madeline? Na sicher.« Jack zog an seiner Zigarre, die ihm im Mundwinkel wippte. »Eine tolle Frau. Sie hat sich mächtig darüber aufgeregt, dass die Polizei sich nicht um die Morde an den armen Frauen gekümmert hat. Sie hat nicht lockergelassen und selbst rumgefragt. Hat keine Ruhe gegeben.«

»Tatsächlich?«, fragte Thomas.

»Oh ja.« Der Wirt griff nach einem Bierglas und polierte es nachdenklich. »Sie hat sich ziemlich ins Zeug gelegt und alle verhört, die etwas hätten wissen können. Aber geholfen hat es nichts. Es hat trotzdem wieder eine erwischt.«

»Ich danke Ihnen«, sagte Thomas und wandte sich zur Tür.

»Ich hoffe, sie hat keinen Ärger?«, rief Jack ihm nach. »Sie ist wirklich eine liebe und gütige Frau, die sich um andere kümmert. Wer in Not ist, kann sich an Madeline wenden und bekommt bei ihr immer eine warme Mahlzeit. Sie rümpft nie die Nase und schaut auf niemanden herab.«

Thomas verabschiedete sich und trat auf die Straße. Er fragte sich, warum Madeline Brown ihm nichts davon erzählt hatte, dass sie im Fall der toten Frauen eigene Ermittlungen aufgenommen hatte. Wie von selbst führten ihn seine Schritte wieder in die London Road. Er redete sich ein, dass er Miss Brown nur auf diese Sache ansprechen wollte, und zwar jetzt sofort. Aber als er ihr Haus sah, schlug sein Herz schneller. Er wusste, dass es ein anderer Grund war, der ihn zu ihr zurückgeführt hatte. Die Fenster ihrer Villa waren noch hell erleuchtet. Jetzt, so spät am Abend zu ihr zu gehen und mit ihr zu sprechen war unschicklich und eigentlich überflüssig. Alles, was es zu fragen gab, konnte bis morgen warten. Nein, Thomas dachte an ihre seidigen Lippen, an die weichen Kurven ihres Körpers, an ihren sinnlichen Blick. Er sehnte sich so sehr danach, wieder von einer Frau berührt zu werden, und Madeline hatte keinen Hehl daraus gemacht, dass sie ihn mit offenen Armen empfangen würde …

In diesem Moment sah er, wie die Tür geöffnet wurde und ein Mann herausschlüpfte. Thomas blieb hinter einer Hausecke stehen. Seine Brust schnürte sich zusammen. Das musste ihr Liebhaber sein. Als Madeline Browns Besucher in den Lichtkegel einer Gaslampe trat, konnte Thomas erkennen, wer ihr Gönner war: Es war der vierte Earl of Wooverlough.

# Kapitel 9

*Oxford, heute*

»Und? Wie war Ihre erste Stunde? Sind Sie mit den Studierenden zurechtgekommen?« Paul kam lächelnd in den gemütlichen Seminarraum, der mit alten Ledersesseln und Holzregalen voller Bücher ausgestattet war.

Zoe sah auf. »Sehr gut, denke ich.«

Paul nickte und rückte seine Goldrandbrille zurecht. »Das freut mich. Der Andrang für Ihren Schreibkurs ist gewaltig, wir sollten ihn unbedingt im nächsten Trimester wiederholen.«

»Ja, viele junge Menschen haben den Wunsch zu schreiben, und ein wenig Handwerkszeug zu lernen, ist nicht verkehrt«, erwiderte Zoe, während sie ihre Unterlagen zusammenpackte.

In diesem Moment vibrierte ihr Telefon in ihrer Tasche. Sie zog es heraus und lächelte, als sie den Namen las. Im nächsten Moment schämte sie sich für ihre Freude.

»Also, einverstanden?«, sagte Paul und sah sie fragend an. »Im nächsten Trimester wieder? Die Konditionen für Sie bleiben dieselben, ich denke, da können Sie sich nicht beschweren.«

Zoe nickte, während sie versuchte ihr schlechtes Gewissen ihm gegenüber zu unterdrücken. Sie mochte Paul und es war nicht richtig, dass sie in mehr als unanständiger Weise von seiner Frau träumte. Sie musste sich zusammenreißen. Es war schäbig, sich zu wünschen, Charlotte würde diesen netten und liebenswürdigen Mann für sie verlassen.

»Ja, das hört sich gut an«, sagte sie zu ihm. »Aber ich muss vorher unbedingt mit Charlotte abklären, ob das in Ordnung ist. Immerhin kostet mich der Kurs einiges an Zeit, die mir für meine Doktorarbeit fehlt.«

»Charlotte wird sicher nichts dagegen haben.« Paul nickte ihr noch einmal zu und verließ dann den Raum, der Zoe eigens für ihre Creative-Writing-Kurse zur Verfügung gestellt worden war.

Sie öffnete die Nachricht ihrer Professorin.

*Wie war es? Ich hab an dich gedacht.*

Zoe musste lächeln und schrieb zurück: *Sehr gut. Ich hab auch an dich gedacht. Paul will den Kurs im nächsten Trimester wieder anbieten.*

Die Antwort kam umgehend. *Muss ich mir Sorgen machen? Ich werde noch eifersüchtig. Ich will dich nicht mit Paul teilen.* Und ein lachender Smiley.

Zoe antwortete: *Du wirst immer meine Nummer eins sein. Ich freue mich riesig auf morgen.*

Die Antwort war ein Kuss-Smiley. Aber das hatte nichts zu bedeuten. Zoe konnte diese Nachrichten jederzeit Paul zeigen, daran war nichts Verwerfliches. Sie schüttelte sich, als könnte sie damit alle schlechten Gefühle abwerfen.

Wenig später lief sie mit einem Kribbeln im Bauch die wuchtige Steintreppe vor dem Eingang des Colleges hinunter. Morgen würden sie endlich nach Wooverlough

Court aufbrechen. Eigentlich hatten sie schon am letzten Wochenende dorthin fahren wollen, aber Zoe musste für die Vorbereitung ihres Kurses die letzten Tage durcharbeiten, sodass sie ihre Reise um eine Woche verschieben mussten.

Zoe strich sich die Haare hinter die Ohren, die ihr immer wieder ins Gesicht fielen, und zog den Reißverschluss ihrer Jacke zu, bevor sie auf die Straße trat. Sie dachte an die vielen kleinen Textbotschaften, die sie in den letzten Wochen mit ihrer Professorin ausgetauscht hatte. Sie waren immer persönlicher und intimer geworden. Zoe kannte Charlotte noch nicht lange genug, um beurteilen zu können, wie normal dieser ungezwungene Umgang für sie war. Zoe kam dieser neckische Ton eher ungewöhnlich vor. Sie war noch nie sonderlich gut darin gewesen, zu flirten oder ihre Gefühle auszudrücken, aber mit Charlotte fiel es ihr leicht. Der Gedanke daran, dass ihre Professorin verheiratet war, noch dazu mit Zoes neuem Chef, belastete sie immer mehr. Sie wusste, dass sie besser die Finger von dieser Sache lassen sollte. Andererseits redete sie sich ein, dass Charlotte sich sowieso nie auf ein Verhältnis mit Zoe einlassen würde und dass sie sich mit ihrer kleinen Schwärmerei höchstens selbst das Herz brach.

Als sie nach Hause kam und ihren Koffer packte, wählte sie jedes Kleidungsstück mit äußerster Sorgfalt aus. Sie wollten zwei Nächte auf Wooverlough Court verbringen und die Tage dort ausnutzen, um die Bibliotheken zu durchstöbern. Zoe musste sich eingestehen, dass sie sich längst in Charlotte verliebt hatte. Auch wenn es absolut unwahrscheinlich war, dass sich Zoes Träume jemals erfüllen würden. Und nur dieser Gedanke rechtfertigte ihre kleine Flirterei und ließ sie Paul noch einigermaßen würdevoll gegenübertreten. Denn Zoe wollte diesem netten Mann niemals wehtun.

Sie wählte die neue Unterwäsche aus, die sie sich erst letzte Woche gekauft hatte, und einen grünen Rollkragenpullover. Ganz oben in ihren Koffer legte sie die Unterlagen mit den dürftigen Informationen, die sie bislang über Gerald Farwell zusammengetragen hatte. Bevor sie zu Bett ging, nahm sie ein ausgiebiges Bad.

Am nächsten Morgen wachte sie vor Aufregung schon früh auf und konnte sich in Ruhe auf die Fahrt in ihre Heimat vorbereiten. Als Charlotte sie pünktlich um acht Uhr abholte, stand Zoe bereits mit ihrem kleinen Koffer am Straßenrand und wartete.

»Hey, ich dachte, ich muss dich aus dem Bett holen«, sagte Charlotte lachend und breitete ihre Arme aus. »Komm her, meine Liebe.«

Sofort kribbelte Zoes ganzer Körper vor Aufregung. Sie versank in Charlottes Umarmung und vergrub ihre Nase in ihrem weichen Haar, das nach Zimt und Vanille duftete.

»Ich freue mich so sehr auf unser gemeinsames Wochenende«, flüsterte die Professorin und hielt Zoe fest.

»Ich auch.« Zoe spürte die weiche Haut von Charlottes Wange an ihrer und ihre kleinen, festen Brüste, und ein kitzelndes Verlangen breitete sich in ihr aus. Sie musste sich zusammenreißen, die samtene Haut und die vollen Lippen nicht mit Küssen zu bedecken.

Dann löste sich Charlotte von ihr. Zoe glaubte einen Moment lang, in ihrem Blick dieselbe Leidenschaft brennen zu sehen. Sie hielten einen Moment reglos inne. Dann lächelte Charlotte.

»Wir sollten los«, sagte sie und Zoes Atem stockte, als sie ihre Hand ausstreckte und mit ihren Fingerkuppen sanft über Zoes Wange fuhr. »Wir wollen hier schließlich kein Schauspiel für die Studenten bieten.«

Zoe atmete tief durch. Ihre Stimme klang rau, als sie leise antwortete: »Wir haben ja noch genug Zeit.«

Charlotte zwinkerte, ging zu ihrem Auto und stieg ein.

Während sie durch Oxford fuhren, schwiegen sie. Erst als sie die Stadt hinter sich gelassen und die Autobahn erreicht hatten, fragte Charlotte: »Hast du dich inzwischen in Oxford eingelebt?«

Zoe betrachtete ihre Professorin von der Seite, das wie immer dezente Make-up und die hübschen geschwungenen Wimpern.

Sie antwortete: »Ich fühle mich wohl hier.«

Charlotte hatte den Blick konzentriert auf die Straße gerichtet. »Dann vermisst du Cambridge nicht?«

Zoe wiegte den Kopf hin und her. »Doch, schon, das ein oder andere vermisse ich natürlich. Vor allem meine Freunde und den Teagarden in Grantchester, wo ich im Sommer stundenlang gesessen und gelernt habe, auch wenn einen die Wespen da nie in Ruhe lassen.« Sie grinste. »Aber ich habe in Oxford schon einige Freundschaften geschlossen, und ich hab so viel zu tun, dass ich kaum dazukomme, an Cambridge zu denken.«

»Und Wooverlough Court?«, fragte Charlotte. »Vermisst du das nicht auch?«

Zoe atmete tief ein. »Ich weiß nicht.« Sie stieß die Luft aus. »Okay, ich vermisse meine Kindheit. Es war schön, als ich klein war und noch keine eigenen Vorstellungen hatte, die meinen Eltern nicht gefielen.«

»Warst du eigentlich auf einem Internat?« Charlotte sah sie kurz an, bevor ihr Blick wieder zur Straße zurückging.

»Als ich zwölf war, ja.« Zoe dachte an Birnbroom, die Schule, in der sie vier Jahre ihrer Kindheit verbracht hatte. »Ich war gern dort. Das war die Zeit, als ich erwachsen wurde, oder ich dachte zumindest, dass ich es würde.« Sie schmunzelte. »Damals habe ich gemerkt, dass es noch mehr gibt als die beschauliche Welt von Wooverlough Court.«

»War es dort auf dem Internat, dass du dich zum ersten Mal in eine Frau verliebt hast?«, fragte Charlotte und strich sich eine Haarsträhne hinters Ohr.

»Ja«, Zoe betrachtete die schlanken Finger am Lenkrad und stellte sich vor, wie sie sich auf ihrer nackten Haut anfühlen würden, »das war dort. Aber ich habe es nicht gleich verstanden und, wie gesagt, ich habe mich ihr nie offenbart. Sie war eine Klassenkameradin und ich glaube, es war gut, dass sie es nie erfahren hat.«

»Und wen hatten deine Eltern für dich ausgesucht?«

Zoe lachte. »Ach, du weißt schon, die Saison ... Auch wenn die Queen schon Mitte des letzten Jahrhunderts verkündet hat, das sei nicht mehr zeitgemäß, gibt es immer noch eine Menge Bälle und andere festliche Ereignisse, bei denen ein heiratsfähiges Mädchen aus der Oberschicht in die englische Gesellschaft eingeführt wird. Ich wurde in London herumgeschleppt, in dem Jahr bevor ich nach Cambridge ging. Es gab einige Kandidaten, mit denen mein Vater mich gern verheiratet hätte. Eine Zeitlang war ich auch mit einem von ihnen liiert ...«

»Aber dann kam Mel?« Charlotte lächelte leicht.

»Ja, ich ging nach Cambridge, wo ich ihr begegnet bin.

Das war ein ziemlicher Schock für meine Eltern, als ich es ihnen gesagt habe. Allerdings erst zwei Jahre später.« Zoe dachte nicht gern an diese Zeit zurück.

Sie fuhren eine Weile weiter, ohne zu reden. Je näher sie Wooverlough Court kamen, desto mehr wuchs Zoes Angst vor dem Wiedersehen mit ihren Eltern. Wie würde ihr Vater reagieren? Seit sie ihr Zuhause vor über vier Jahren verlassen hatte, herrschte eisiges Schweigen zwischen ihnen. Aber der Earl achtete sehr auf die Etikette und bewahrte vor fremden Menschen stets die Contenance, deshalb rechnete Zoe nicht mit einer Szene, solange ihre Professorin dabei war.

»Charlotte, ich … Sei bitte nicht schockiert, wenn mein Vater …« Sie brach ab. Er hatte inzwischen einige Jahre Zeit gehabt, sich an den Gedanken zu gewöhnen.

»Glaubst du, er wirft dich wieder raus?«, fragte Charlotte und sah Zoe kurz von der Seite an.

Zoe zuckte mit den Schultern. Würde ihr Vater sich vielleicht sogar mit ihr aussöhnen wollen? Aber er hatte in all den Jahren nie den Kontakt zu ihr gesucht, und von ihrer Mutter hatte Zoe nur zweimal gehört, im Zusammenhang mit der Veröffentlichung ihres Buches. Damals wollte ihre Mutter sie für eine Wohltätigkeitsveranstaltung nach Liverpool holen, aber Zoe hatte abgesagt. Wie auch immer, sie war seit mehr als vier Jahren nicht mehr auf Wooverlough Court gewesen.

»Du musst keine Sorge haben«, sagte Charlotte. »Ich stelle mich einfach schon mal auf die schlimmsten Szenen ein.« Sie lachte.

Zoe ging nicht auf die Fröhlichkeit ihrer Professorin ein, und auch Charlotte wurde wieder ernst.

»Zoe, wir lassen uns unser gemeinsames Wochenende nicht von deinen Eltern vermiesen, oder? Nur Mut! Es wird schon nicht so schlimm werden.«

Dann schwiegen sie eine Weile, während Zoe versuchte, sich auf die bevorstehende Begegnung mit dem Earl und der Comtess vorzubereiten. Es herrscht nicht viel Verkehr und sie kamen ohne Verzögerung durch.

»Meine Güte!«, rief Charlotte, als sie schließlich die Auffahrt nach Wooverlough Court hinauffuhren und das Anwesen in der Ferne vor ihnen auftauchte. »Das ist ja gigantisch.«

Zoe presste die Lippen fest aufeinander. Erinnerungen stiegen in ihr auf. Wie oft war sie als Kind diese Strecke gefahren, ohne dass ihr bewusst gewesen war, wie privilegiert sie war. Sie betrachtete das Anwesen mit den Augen einer Fremden. Wooverlough Court war ein aus hellem Sandstein erbautes Herrenhaus mit unzähligen kleinen Türmchen, Sprossenfenstern, Hunderten von Zimmern, die nie jemand genau gezählt hatte, und unglaublich vielen Kaminen. Im Laufe der Jahrhunderte war das Anwesen mehrmals erweitert worden, was die gesamte Anlage sehr verwinkelt erscheinen ließ. Zoe hatte es als Kind geliebt, nach Geheimgängen und versteckten Zimmern zu suchen, die es hier überall gab.

Auf Wooverlough Court hatten immer schon viele Feste stattgefunden. Zoes Eltern waren gesellschaftlich sehr aktiv gewesen, und für Zoe war es normal gewesen, dass bekannte Sänger und Schauspieler, aber auch Politiker und Mitglieder des Königshauses hier ein und aus gegangen waren. An Feiertagen und in den Ferien waren sie mit ihren Gästen durch den Park nach Fleetwood hinuntergewandert und hatten ihnen die Kirche und das Pfarrhaus gezeigt, in dem einst schon Gerald der Gütige gelebt und gepredigt hatte. Damals hatte Zoe die Legende um ihren Ahnen nie hinterfragt, aber heute fiel ihr auf, dass niemand in der Familie je darüber gesprochen hatte, warum Gerald eigentlich so gütig gewesen war.

»Es gibt sogar einen Geheimgang, der vom Anwesen zum Pfarrhaus führt«, erinnerte sich Zoe jetzt.

»Wirklich?« Charlotte sah sie begeistert an. »Wie spannend.«

»Ja, das war für uns Kinder aufregend. Aber wir durften nicht allein darin spielen. Der Gang war lang und feucht und rutschig. Und natürlich gab es kein elektrisches Licht. Manchmal haben wir uns aber trotzdem hineingeschlichen.« Sie musste kichern, als sie daran dachte.

Charlotte betrachtete sie mit einem warmen Blick. »Du hast bestimmt wundervolle Erinnerungen an dieses alte Haus.«

»Oh ja«, bestätigte Zoe. Wie schön wäre es, wenn sie nur die guten behalten und die weniger schönen vergessen könnte.

»Bereit?« Charlotte drehte sich zu ihr und lächelte sie sanft an. Sie hatte den BMW neben einem Bentley und einem Mercedes geparkt, die rechts neben dem Eingang standen.

Zoe nickte. »Auf in den Kampf!«

Charlotte öffnete die Wagentür und stieg aus. Auf dem Vorplatz standen ein paar Pfützen vom Regen der letzten Tage. Aber der trockene Sommer hatte auch auf Wooverlough Court seine Spuren hinterlassen. Große braune Flecken hatten sich auf dem früher so saftigen Rasen ausgebreitet. Zoe hatte schon auf dem Weg zum Haus bemerkt, dass einige Fichten abgestorben und die Blumenbeete lichter geworden waren. Auch wenn zu dieser Jahreszeit sowieso alles trostlos aussah, waren die Auswirkungen des Sommers deutlich wahrzunehmen.

Als sie ihre Koffer ausgeladen hatten und auf das alte Haus zugingen, wanderte Zoes Blick an der Backsteinfassade empor. Man konnte ihre unterschiedlichen Baustile deutlich erkennen. Zoe folgte Charlotte die Eingangsstufen hinauf und beobachtete, wie ihre Professorin auf den goldenen Klingelknopf drückte.

Kurz darauf wurde die Tür von Waterford, dem Butler, geöffnet, der in demselben Jahr auf Wooverlough Court begonnen hatte, als Zoe nach Birnbroom gegangen war.

Charlotte stellte sich vor und erklärte, dass sie und ihre Mitarbeiterin vom Earl erwartet würden. Waterfords Blick ruhte eine Sekunde lang auf Zoe, ohne dass er etwas erwiderte. Dann bat er die beiden Frauen in die Halle hinein.

»Ich werde Seiner Lordschaft Bescheid geben, dass Sie eingetroffen sind, Frau Professor Arlon.« Damit ging er lautlos davon.

Charlotte ließ ihren Blick durch die Eingangshalle wandern. Als er auf Zoe traf, lächelte sie.

»Professor Arlon!«

Zoe hörte die Stimme ihres Vaters, bevor sie ihn herankommen sah. Er trat aus dem Dunkel eines Flures auf sie zu. Der Earl hatte sich kaum verändert in den letzten Jahren. Er war noch immer ein gut aussehender Mann und inzwischen sechzig Jahre alt. In sein dunkelblondes Haar hatten sich ein paar grauen Strähnen gemischt, die ihm jedoch gut standen. Er war schlank und sportlich und seine

Bewegungen flink, wie bei einem deutlich jüngeren Mann. Zoe wusste, dass er jede Sportart betrieb, die man sich nur vorstellen konnte. Von Tennis und Golf über Joggen und Reiten war alles dabei. Außerdem hatte er vor fünfzehn Jahren auf Wooverlough Court einen großen Fitnessraum mit hochwertigen Trainingsgeräten einrichten lassen.

Zoe, die sich absichtlich im Hintergrund gehalten hatte, wartete, bis der Earl ihrer Professorin die Hand geschüttelt hatte, dann erst stellte sie sich neben die beiden.

Einen Moment lang schien ihr Vater zu erstarren. Dann huschte ein Ausdruck der unterschiedlichsten Gefühle über sein Gesicht, die Zoe nicht genauer bestimmen konnte. War es Wut oder Freude, Zorn oder Erleichterung, Schuld oder Anklage?

»Zoe?« Einen Augenblick lang wirkte er perplex.

»Meine Doktorandin – aber ich denke, Sie kennen sich bereits?« Charlotte schenkte Zoes Vater ein umwerfendes Lächeln, und Zoe konnte sehen, wie er nachdachte: Ob Charlotte wohl gewusst hatte, dass sie seine Tochter war? Ob sie ihn ärgern wollte? Oder war es Zoes Idee gewesen? Einen Moment lang machte Zoe sich auf einen Wutausbruch gefasst, aber dann glätteten sich die Zornfalten auf seiner Stirn.

»Herzlich willkommen«, sagte er emotionslos und drehte sich zu Zoes Mutter um, die nun ebenfalls die Eingangshalle betrat.

Als die Comtess Zoe bemerkte, rief sie überrascht: »Du? Was um Himmels willen …?« Ihr Blick wanderte zu ihrem Mann, als müsste sie ihn um die Erlaubnis bitten, ihre Tochter begrüßen zu dürfen. Doch dann ging sie einfach zu ihr und schloss sie in die Arme.

Zoe genoss die Nähe zu ihrer Mutter mehr, als sie es erwartet hätte. Unwillkürlich stiegen Tränen in ihr auf, die sie ärgerlich hinunterschluckte. Sie hatte sich fest vorgenommen, nicht sentimental zu werden. Und doch tat es gut, ihre Mutter nach all den Jahren wieder umarmen zu können.

Ohne ein Wort zu sagen, ließ die Comtess ihre Tochter wieder los und trat neben ihren Mann. Zoes Mutter hatte schon immer viel Zeit und Mühe in ihr Aussehen investiert, und das kam ihr heute mit ihren dreiundfünfzig Jahren zugute. Ihre kleinen Fältchen vertuschte ein geschicktes Make-up, und die jugendliche Kurzhaarfrisur und das Ergebnis von mehreren Schönheitsoperationen ließen sie um einiges jünger wirken.

»Waterford wird sich um Ihr Gepäck kümmern, Frau Professor Arlon. Möchten Sie zunächst auf Ihre Zimmer gehen, um sich etwas frisch zu machen, oder sofort mit der Arbeit beginnen?«, wandte sich der Earl an Charlotte.

Die Professorin wechselte einen schnellen Blick mit Zoe und erklärte dann: »Wir würden gern möglichst rasch beginnen.«

Zoes Vater nickte. »Erlauben Sie uns, dass wir Sie zum Lunch einladen? Um ein Uhr im Esszimmer. Zoe kennt ja den Weg dorthin. Ich denke, auch die Bibliotheken muss ich Ihnen nicht zeigen, oder?«

Zoes Vater wandte sich zur Treppe. »Wenn Sie irgendetwas benötigen, Getränke, Licht, Handschuhe oder Ähnliches, läuten Sie bitte.«

»Vielen Dank«, rief Charlotte ihm nach.

Er drehte sich noch einmal um. »Und bitte seien

Sie vorsichtig, die Bücher sind allesamt sehr wertvoll. Aber auch das brauche ich Ihnen nicht zu sagen, nicht wahr?«

Charlotte nickte und schenkte ihm ein strahlendes Lächeln, bevor er ins obere Stockwerk verschwand.

»Ich freue mich, dass du gekommen bist.« Die Comtess fasste Zoes Arm und drückte ihn kurz. »Ich wünsche mir so sehr, dass ihr euch wieder vertragt.« Dann ging auch sie die Treppe hinauf und ließ Charlotte und Zoe in der Eingangshalle zurück.

»Wie geht es dir?«, fragte Charlotte leise, als sie allein waren.

Zoe atmete tief durch. »Es ist … eigenartig, wieder hier zu sein.«

Charlotte nickte und schwieg einen Moment, bevor sie fragte: »Also, wo sollen wir beginnen?«

»Es gibt zwei Bibliotheken auf Wooverlough Court. Die ursprüngliche erstreckt sich über den gesamten Ostflügel, sie ist die größte und berühmteste hier auf dem Anwesen. Als ich noch klein war, kamen oft Wissenschaftler hierher, um darin nach bestimmten Themen zu suchen.«

»Meinst du, wir sollten dort beginnen?«

Zoe nickte. Sie führte Charlotte in die Tiefe des Hauses, zahlreiche Stufen hinauf und Gänge entlang, durch verschiedene Türen und kleine Treppen hinunter. Jeder Winkel des Gebäudes war für Zoe mit Erinnerungen getränkt. Sie sog den Duft der Räume tief in sich ein, Bilder von längst vergangenen Weihnachtsfesten kamen ihr in den Sinn, sie sah ihre Geschwister vor sich, die sich durch die langen Flure jagten, hörte die Stimme ihrer Kinderfrau hinter ihnen her kreischen. Zoe musste mehr als einmal aufsteigende Tränen hinunterschlucken. Die Erinnerung an ihre Kindheit stimmte sie wehmütig.

Sie ließen sich Zeit, während sie durch das große Gebäude gingen, und Charlotte bestaunte die kunstvollen Deckengemälde und Fresken, die Aussicht aus den Fenstern und die wertvollen Antiquitäten. Manchmal öffnete Zoe die Tür zu einem der zahlreichen Wohnräume und sah hinein. In einigen dieser Zimmer waren Laken über die Möbel gehängt worden, offenbar herrschte nicht mehr so viel Leben im Haus wie früher. Zoes Geschwister waren inzwischen alle ausgezogen, und ihr Vater war oft geschäftlich unterwegs.

Zoe drehte sich zu Charlotte um und erklärte: »Und dann gibt es noch die Hopson-Bibliothek. Der erste Earl hat diese Bibliothek im frühen achtzehnten Jahrhundert von einem Verwandten geerbt. Sie muss damals ebenfalls sehr umfangreich gewesen sein. Der Earl hat extra den Südflügel dafür umbauen lassen, um die Bücher dort unterzubringen.«

»Davon habe ich gelesen«, sagte Charlotte.

Zoe öffnete eine Tür und sie betraten den abgedunkelten Raum dahinter. Sofort schlug ihnen der Duft von altem Leder, Kerzenwachs und Holzpolitur entgegen.

»Oh Zoe!« Charlotte schlug die Hand vor den Mund. »Diese Bibliothek ist gewaltig.«

Zoe nickte und führte ihre Professorin in die Mitte des Raumes. Das Eichenparkett knarrte unter ihren Schritten. Gemeinsam betrachteten sie die hohen Bücherregale, die mit wertvollen alten Folianten gefüllt waren. Vor den großen Fenstern waren Rollos angebracht, um das Sonnenlicht abzuhalten, das den Büchern Schaden zufügen würde.

Auf alten Beistelltischen waren Messgeräte aufgestellt, die die Luftfeuchtigkeit bestimmten. Die Wände waren von oben bis unten mit Bücherregalen bedeckt, und weitere Regalreihen unterteilten den Raum in kleine Abschnitte. An verschiedenen Stellen standen lederbezogene Tische mit Stühlen rundherum. An der Südseite des Raumes gab es einen riesigen Kamin mit großen und alten Sesseln davor. Über eine Wendeltreppe gelangte man auf die Galerie, die weitere Tausende von Büchern beherbergte. Hinter den Fenstern lag der Garten, der durch einen Spalt in den Vorhängen zu erkennen war.

»Wohin führt die Tür dort hinten?«, fragte Charlotte und deutete in eine Ecke des Zimmers.

»Da geht es in den großen Salon, der sich im ältesten Teil des Gebäudes befindet. Der Südflügel auf der anderen Seite wurde erst ein paar Jahre später errichtet«, erklärte Zoe. »Also gut, wie gehen wir vor?«

»Hier gibt es sicher irgendwo eine Kartei. Lass uns nachsehen, ob unter dem Stichwort Gerald Farwell oder Gerald der Gütige etwas darin zu finden ist.« Charlotte sah sich um und Zoe hatte den Eindruck, dass ihre ohnehin schon strahlenden Augen noch mehr leuchteten. »Bei einer so alten und gut erhaltenen Bibliothek geht mir als Historikerin richtig das Herz auf.«

Sie stürzten sich in die Arbeit und wühlten sich durch Karteikästen und lange Verzeichnisse. Tatsächlich entdeckten sie rasch die beiden Biografien, von denen Zoe eine bereits in Oxford gefunden hatte. Sie überflogen die Texte, um nicht allzu viel Zeit zu verlieren, und beschlossen, sie vor ihrer Abreise zu kopieren, um sie sich später in Oxford in Ruhe anzusehen. Aber diese Texte schienen ihnen keinen Aufschluss über Geralds Wundertaten zu geben.

Die zwei Stunden bis zum Lunch verflogen im Nu, und ehe sie es sich versahen, klopfte Waterford an die Tür.

Sie folgten ihm ins Esszimmer. Nichts schien sich in dem alten Haus verändert zu haben. Die Bilder, die an den Wänden hingen, die Teppiche und die Möbel, all das war Zoe so vertraut, als wäre sie bis gestern noch hier gewesen. Der Geruch des Hauses versetzte sie in ihre Kindheit, und Bilder von ihrem ersten Schultag tauchten vor ihr auf und legten sich über die von dem großen Streit mit ihrem Vater und wie er sie mitten in der Nacht hinausgeworfen hatte. Sie hatte sich ihren Eltern gegenüber damals bei einem Dinner geoutet, was dem Earl augenblicklich den Appetit verdorben hatte. Er hatte sie angebrüllt und ihr vorgeworfen, undankbar zu sein. Wenn sie nicht wieder zur Vernunft komme und ihm verspreche, einen angesehenen Mann zu heiraten, solle sie ihre Koffer packen und sich nie wieder hier blicken lassen.

»Sofort?«, hatte Zoe erwidert.

Und ihre Mutter hatte entsetzt gerufen: »Aber doch nicht jetzt, Godfrey, es ist ja schon fast elf.«

»Jetzt sofort!« Die Stimme ihres Vaters klang ihr noch heute im Ohr. Eisig, kalt und unerbittlich. Danach hatte er kein Wort mehr mit ihr gesprochen.

Zoe hatte ihren Koffer gepackt und sich die restlichen wenigen Habseligkeiten nachschicken lassen. Sie war noch in derselben Nacht zurück nach Cambridge und zu Mel gefahren, und ihr Stolz hatte es nicht zugelassen, dass sie in den nächsten Tagen in Wooverlough Court anrief. Erst einen Monat später hatte sie, auf Mels Drängen hin, versucht, noch einmal mit ihrem Vater zu reden. Aber ihre Mutter erklärte ihr, dass er sie nicht sprechen wolle, außer sie habe ihre Einstellung geändert. Das hatte Zoe bis heute nicht, und deshalb hatte sie auch nie wieder mit ihm gesprochen. Ihrer Mutter warf sie vor, dass sie sich nicht auf ihre Seite gestellt hatte. Ihr Schweigen hatte Zoe fast mehr geschmerzt als die offene Wut ihres Vaters.

Als sie das Esszimmer betraten, saßen ihre Eltern bereits am Tisch. Der Raum war eigentlich viel zu groß und formell für ihr kleines Mittagessen. Zoe erinnerte sich daran, dass hier bei Dinner-Gesellschaften bis zu vierzig Personen Platz an der langen Tafel fanden. Jetzt war der Tisch jedoch kürzer und nur für vier Personen gedeckt. Zoe und Charlotte nahmen an den Längsseiten der Tafel Platz. Zoe saß auf dem Stuhl, auf dem sie viele Jahre lang gesessen hatte, aber es fühlte sich fremd an. Ihr Blick wanderte zu den Ahnenporträts an den Wänden, zu der großen Anrichte aus Rosenholz, auf der morgens das Frühstück stand. Sie wusste, dass sie heute ein anderer Mensch war als das Mädchen, das hier aufgewachsen war.

»Sind Sie schon vorangekommen?«, fragte der Earl höflich, an Charlotte gewandt.

»Oh ja, wir haben eine Biografie gefunden, die nirgends sonst zu bekommen ist. Ich hoffe, Sie sind damit einverstanden, dass wir einige Seiten daraus fotokopieren?«, fragte sie.

»Aber ja, selbstverständlich.« Der Earl nickte Waterford zu, der den Wein einschenkte. »Waterford kann sich um die Kopien kümmern. Seien Sie nur vorsichtig mit dem wertvollen Buch.«

Eine Windböe blies ein paar Äste und Blätter gegen die hohen Fenster.

»Natürlich«, versicherte Charlotte ihm. »Und wir konnten auch einige Aufsätze in Jahrbüchern und anderen Anthologien finden, die der vierte Earl of Wooverlough über seinen Bruder Gerald verfasst hat«, fuhr sie fort, während ein Hausmädchen, das Zoe nicht kannte, Suppe servierte. »Aber der Tod von Gerald Farwell ist erstaunlich wenig dokumentiert.«

Der Earl sah fragend auf. »Warum interessieren Sie sich dafür?«

Charlotte griff nach dem Suppenlöffel. »Einer meiner Studenten ist zufällig auf einen Bericht in der Liverpooler Tageszeitung von 1839 gestoßen, in dem behauptet wird, Gerald Farwell wäre ermordet worden.«

Zoes Vater nickte. »Das ist richtig. So kenne ich die Geschichte auch.«

»Tatsächlich?« Charlotte lehnte sich vor. »Wir konnten nämlich nichts weiter über diesen Mord finden. Was wissen Sie darüber?«

»Nicht viel, fürchte ich. Es war ein Märtyrertod, das ist alles, was meine Eltern mir erzählt haben.« Zoes Vater tauchte seinen Löffel in die Suppe.

»Und warum wurde er so verehrt?«, mischte sich Zoe in das Gespräch ein. Sie erntete einen scharfen Blick ihres Vaters.

Charlotte griff jedoch Zoes Frage auf. »Ist es nicht merkwürdig, dass kaum etwas über die Heldentaten Geralds bekannt ist? Warum wurde er Gerald der Gütige genannt?«

»Aufgrund seiner Güte, möchte ich meinen«, erwiderte Zoes Vater und zwinkerte Charlotte zu. »Nein, im Ernst, ich weiß auch nichts Genaueres. Aber er soll sich sehr um die Armen und Schwachen gekümmert und Wunder vollbracht haben.«

»Wunder?«, fragte Zoe. »Was für Wunder?«

»Ich habe nicht die leiseste Ahnung.« Der Earl griff nach seinem Weinglas und trank einen Schluck. »Mein Vater hat diese Geschichten noch gewusst. Aber ich habe mich nie besonders dafür interessiert, und dann vergisst man das alles, was einem als Kind erzählt wurde.« Er lächelte Charlotte entschuldigend an.

»Ja, davon habe ich auch gehört«, bestätigte die Comtess, die bis jetzt schweigend ihre Suppe gegessen hatte, nun die Worte ihres Mannes. »Gerald der Gütige hat den Menschen in Liverpool Zuversicht und Hoffnung geschenkt. Er hat sich immer aufopferungsvoll um die Schäfchen in seiner Gemeinde gekümmert und selbst nie geheiratet, um ganz für andere da sein zu können. Aber nun genießen Sie Ihre Suppe.«

Zoes Mutter aß weiter, und für eine Weile verstummte das Gespräch und nur das gedämpfte Klappern der Löffel war zu hören.

»Wir haben uns sehr über dein erfolgreiches Büchlein gefreut, Zoe«, sagte ihre Mutter, als sie ihren Teller leer gegessen hatte. »Es ist gut, dass du dir ein Hobby gesucht hast.«

Zoe hielt inne. Ihr Löffel schwebte über der Suppe. Ein Hobby?

Doch noch bevor sie etwas erwidern konnte, sagte Charlotte: »Nun, wenn man *Der Übernächste* als Büchlein bezeichnet, wird man dem Werk nicht ganz gerecht, Comtess.« Der Blick der Professorin huschte zu Zoe und sie zwinkerte ihr zu. Die Wut, die in Zoe aufgestiegen war, verrauchte sofort.

»Zoe hat sich schon als Kind gern Geschichten ausgedacht«, erklärte ihre Mutter. »Manchmal hat sie uns echte Märchen aufgetischt.«

»Ich bewundere Ihre Tochter sehr für diese Begabung. Mein Mann ist der Dekan unseres literaturwissenschaftlichen Instituts, und er war so begeistert davon, dass Zoe bei mir promoviert, dass er sie sofort abgeworben hat.« Charlotte bedachte Zoe mit einem Blick, in dem Zoe glaubte, Stolz erkennen zu können. Die Professorin fuhr fort: »Er hat Zoe eine Dozentenstelle angeboten, sie gibt einen Kurs in Creative Writing. Sie müssen wissen, dass sich die Doktoranden um solche Stellen geradezu reißen, es gibt nämlich nicht sehr viele davon am College und nur die Besten haben Chancen.«

Jetzt errötete Zoe.

Ihr Vater sah sie mit neuer Aufmerksamkeit an. »Tatsächlich? Das freut mich.« Dann wandte er sich wieder an Charlotte. »Von Ihnen habe ich schon einiges gelesen. Daher war ich sehr erfreut, als Sie mir schrieben, dass Sie über meinen Vorfahren forschen möchten.«

Das Hausmädchen servierte Pudding und anschließend hob die Comtess die Tafel auf. »Bitte, Frau Professor Arlon, der Earl und ich würden uns sehr darüber freuen, wenn Sie und Zoe uns heute Abend auch beim Dinner Gesellschaft leisten würden.«

»Oh, das ist sehr liebenswürdig, Comtess. Aber wir wollen Ihnen nicht zur Last fallen«, wehrte Charlotte ab. »Wir können im Dorfpub etwas essen, oder, Zoe?«

»Ja«, erwiderte Zoe und folgte Charlotte zur Tür. »Nachdem wir den ganzen Tag mit den Büchern verbracht haben, wird uns ein Spaziergang ins Dorf sicher guttun.«

»Das kommt gar nicht infrage«, sagte die Comtess. »Außerdem kommen heute ein paar Freunde von uns zu Besuch, die Sie mit Sicherheit gern kennenlernen möchten.«

»Wir erwarten Sie um acht«, fügte der Earl hinzu.

»Gut, dann sehr gern.« Charlotte öffnete die Tür, und Zoe konnte die Enttäuschung in ihren Augen erkennen, die sie auch selbst verspürte. Damit war ihr Abend zu zweit wohl geplatzt.

»Charlotte, darf ich Ihnen Ihre Assistentin für ein paar Minuten entführen?«, fragte Zoes Vater. »Ich würde mich gern unter vier Augen mit meiner Tochter unterhalten.«

»Natürlich«, sagte die Professorin und warf Zoe einen fragenden Blick zu.

Doch die nickte nur und sagte: »Ich komme gleich nach, Charlotte. Geh ruhig schon in die Bibliothek.«

Ihr Vater wartete, bis alle anderen Anwesenden das Esszimmer verlassen hatten, und kam dann ohne Umschweife zum Thema.

»Ich hatte nicht damit gerechnet, dich hier noch einmal wiederzusehen«, sagte er. »Ich hoffe also, dass du deine Phase als Lesbe«, er spuckte das Wort förmlich aus, »überwunden hast. Die Zusammenarbeit mit so erfolgreichen Menschen wie Frau Professor Arlon ist eine große Chance für dich, vergeude sie nicht. Wenn du ihr gegenüber erwähnen würdest, dass du glaubst, lesbisch zu sein«, wieder legte er so viel Verachtung wie nur möglich in das Wort, »wärst du wohl die längste Zeit in Oxford gewesen.«

»Wir leben nicht mehr im Mittelalter«, entfuhr es Zoe, die sich an die Anrichte gelehnt hatte.

»Lass es einfach«, fuhr ihr Vater ihr über den Mund. »Ich nehme an, dass du allmählich zur Vernunft gekommen bist. Such dir einen netten jungen Mann, und wenn dir das nicht gelingt, dann wende dich an mich. Ich habe viele Bekannte, die ihre Söhne nur allzu gern in unserer Familie wüssten. Ich könnte dir den ein oder anderen vorstellen, auswählen musst du ihn selbst.«

Zoe biss sich auf die Unterlippe, um die Worte, die aus ihrem Mund herauswollten, zurückzuhalten. Sie durfte sich nicht mit ihrem Vater streiten, nicht bevor sie alle Bücher durchgesehen und sich Kopien gemacht hatten. Sonst wäre alles umsonst gewesen, und sie wollte Charlotte auf keinen Fall enttäuschen.

»Deine Mutter würde sich jedenfalls sehr freuen, wenn sie deine Hochzeit ausrichten dürfte«, schloss ihr Vater und lächelte. Er wandte sich zur Tür. »Und ich natürlich auch.«

Mit diesen Worten verließ er das Esszimmer.

Zoe ließ sich auf einen der Stühle fallen und atmete gegen ihre Wut an. Er hatte nichts verstanden! Einen kurzen Moment lang hatte sie geglaubt, ihr Vater hätte sich verändert, wäre verständnisvoller geworden, aber das war ein Irrtum. Sie wunderte sich, dass er sie immer noch verletzen konnte. Schließlich kannte sie ihn nur zu gut.

Nachdem sie sich wieder beruhigt hatte, machte sie sich auf den Weg in die Bibliothek, wo Charlotte sie schon erwartete. Sie stand auf einer Leiter und durchstöberte eins der oberen Regale. Als Zoe eintrat, stieg sie zu ihr herunter.

»Was ist los?«, fragte Charlotte, als sie Zoes bedrückte Miene sah.

Zoe schüttelte den Kopf und ging quer durch den Raum. Sie schob den Vorhang zur Seite und sah eine Weile lang aus dem Fenster in den grauen Dezembertag. Es war noch immer stürmisch. Der Wind trieb ein paar Blätter vor sich her, über die weiten Wiesen des Parks. Dann erzählte Zoe ihrer Professorin, was ihr Vater gesagt hatte.

»Ich bin nicht weiter darauf eingegangen, um unsere Recherchen nicht zu gefährden. Wenn ich ihm meine Meinung gesagt hätte, dann hätte er mich sofort rausgeschmissen und dich vermutlich gleich mit.«

»Wie kann er nur so verbohrt sein?«, fragte Charlotte. »Er ist wohl immer noch nicht im 21. Jahrhundert angekommen.«

»Oh nein, der steckt im 19. Jahrhundert fest und ist so altmodisch wie alles in diesem großen und verwunschenen Haus mit seinen geheimnisvollen Ecken und Winkeln.« Plötzlich drehte sie sich zu Charlotte um. »Da fällt mir etwas ein, was ich dir ja noch gar nicht erzählt habe.« Sie kniff die Augen zusammen und überlegte. »Ich habe als Kind hier auf Wooverlough Court tatsächlich mal eine geheime Bibliothek gefunden.«

»Was?« Charlotte lachte. »Wie bist du denn darauf gestoßen?«

Zoe nickte aufgeregt. »Ich muss noch sehr jung gewesen sein, und ich habe seit Jahren nicht mehr daran gedacht.«

»Was war das für eine Bibliothek?«, fragte Charlotte und legte das Buch auf den Tisch, das sie gerade durchgeblättert hatte.

Zoe lehnte sich gegen die Fensterbank. »Sie war kleiner als die anderen beiden Bibliotheken, und es gab darin viele handgeschriebene Bücher.«

»Habt ihr sie vielleicht in dem geheimen Gang entdeckt, den du vor Kurzem erwähnt hast? In dem ihr als Kinder nicht spielen durftet?«, fragte Charlotte neugierig.

Zoe zuckte mit den Schultern. »Das kann ich beim besten Willen nicht mehr sagen. Ich weiß nur noch, dass dieser Gang in einer Art Priesterhöhle endete. Sie liegt in der Nähe des Pfarrhauses in Fleetwood, in einer unterirdischen Felsenhalle.« Zoe wandte sich vom Fenster ab. »Aber heute kommt mir das alles seltsam vor. Warum sollte es einen Geheimgang zum Pfarrhaus geben, wo es auf Wooverlough Court doch noch nie einen Katholiken gab? Schließlich war meine Familie schon immer anglikanisch.«

»Nun, manchmal reichte es, wenn der Architekt Katholik war. Selbst die Bauherren wussten nicht immer von solchen Priesterverstecken in ihrem Haus«, erwiderte Charlotte. »Ich habe mal eine ganze Abhandlung zu diesem Thema verfasst.«

»Ich weiß«, lächelte Zoe. Sie kannte jede Publikation ihrer Professorin. »*Priesterlöcher – Untersuchungen über die Verstecke für Priester zur Zeit der Katholikenverfolgung.*«

Charlotte grinste. »Ein sperriger Titel, das gebe ich zu.«

»Aber das könnte eine Erklärung sein«, räumte Zoe ein.

»Meinst du, wir könnten diesen Geheimgang finden, der zum Pfarrhaus führt? So einen würde ich schrecklich gern mal erforschen.« Charlottes Augen funkelten. »Und hast du irgendeine Ahnung, wo diese dritte Bibliothek sein könnte? Auch die sollten wir uns dringend mal ansehen. Vielleicht liegt dort ja noch mehr Material über Gerald Farwell verborgen.«

In Zoe breitete sich eine wohlige Wärme aus, als sie

Charlottes Begeisterung bemerkte. »Okay, aber lass uns zuerst noch in der Hopson-Bibliothek nachschauen, einverstanden?«, schlug sie vor.

Nachdem sie festgestellt hatten, dass diese kleine und sehr wertvolle Bibliothek lange vor Gerald Farwell entstanden war und somit auch kein Hinweis über ihn darin vorhanden sein konnte, gaben sie ihre Suche in diesen Räumlichkeiten schnell auf.

Als Zoe die Tür der Hopson-Bibliothek hinter sich geschlossen hatte, hielt sie einen Augenblick inne. Sie hatte die ganze Zeit darüber nachgedacht, wo sich die geheimnisvolle dritte Bibliothek befinden könnte, aber es wollte ihr einfach nicht einfallen. Wenigstens meinte sie sich nun vage daran zu erinnern, dass zumindest der Zugang zu diesem unterirdischen Tunnel irgendwo im Weinkeller des Hauses lag.

»Auf diesem Weg kam der Pfarrer unbeobachtet mit seinem Messwein ins Pfarrhaus«, sagte Charlotte, nachdem Zoe ihr diese Überlegungen mitgeteilt hatte. Sie grinste. »Komm, lass uns in diesem Weinkeller mal nachsehen!«

Rasch verließen Zoe und Charlotte den Flur vor der Hopson-Bibliothek und eilten durch das riesige stille Haus einige Treppen nach unten. Als sie den Keller erreicht hatten, führte Zoe Charlotte erst durch die Dienstbotenräume, die sich dort befunden hatten und die heute leer standen. Die alte Küche, die noch bis in die Sechzigerjahre benutzt worden war, faszinierte Charlotte am meisten. Aber auch die Dienstbotenhalle, die Speisekammern und Hauswirtschaftsräume waren noch so, wie sie damals vom Personal bewohnt worden waren. Heute gab es eine moderne

Küche im Erdgeschoss und die alten Kellerräume wurden längst nicht mehr genutzt.

»Hier ist der Weinkeller«, sagte Zoe und betätigte den alten Lichtschalter. Kurz darauf ging das Licht an, begleitet von einem lauten Klacken.

Alles war noch so, wie Zoe es von früher kannte. Sie betrachtete die Weinregale, die sich über die gesamte Länge des Raumes erstreckten. Es war immer schon ein wenig unheimlich hier unten gewesen. Der Weinkeller war alt und verwinkelt, es gab viele dunkle Ecken. Die Decke war ein niedriges Tonnengewölbe mit mehreren Rundbögen. Der Raum benötigte dringend einen neuen Anstrich, überlegte Zoe. Die weiße Farbe blätterte an vielen Stellen ab. Auf der rechten Seite befand sich eine große Glaskabine, die an eine Sauna erinnerte. Darin wurden unter Einhaltung exakter Temperaturen die teuersten Weine aufbewahrt. Zoe konnte sich noch gut daran erinnern, wie sie vor vielen Jahren nach den Plänen ihres Vaters hier eingebaut worden war.

Zoe blieb mitten im Raum stehen und überlegte. »Es muss irgendwo an der Wand einen unauffälligen Ring geben, wie sie zum Anbinden von Pferden verwendet wurden. Ich glaube, damit konnte man einen Mechanismus in Bewegung setzen, der den Zugang öffnete.«

»Schau mal, meinst du den?« Charlotte deutete auf einen Eisenring, der im hinteren Bereich des Kellers an der Wand angebracht war.

Zoe nickte. Sie umfasste den staubigen Ring und zog daran. Nach einigem Hin und Her ließ er sich endlich drehen, und eines der Weinregale begann sich plötzlich zu bewegen.

»Na bitte.« Zoe schob das Regal noch ein Stück zur Seite und legte einen dunklen Eingang frei.

»Das ging ja schnell. Ich hatte schon befürchtet, wir müssten ewig suchen.« Charlotte klang aufgeregt. Selbst im Dämmerlicht des Kellers konnte Zoe das Leuchten in ihren Augen sehen.

Zoe streckte vorsichtig den Kopf in die finstere Öffnung. Der Geruch von Schwefel, Moder und Weihrauch schlug ihr entgegen. »Ich wundere mich selbst, dass es so leicht ging. Wenn man nichts von dem Zugang weiß, kann man ihn nicht so schnell entdecken. Ich glaube, es gab Generationen von Wooverloughs, die keine Ahnung von der Existenz dieses Tunnels hatten.«

Charlotte nickte. »Aber in diesem feuchten Loch werden sie die geheime Bibliothek sicher nicht versteckt haben. Die müssen wir wohl woanders suchen. Dabei könnte sie für unsere Forschung wichtig sein.«

»Lass uns den Tunnel auf jeden Fall ansehen«, erwiderte Zoe. »Vielleicht birgt er ja andere spannende Erkenntnisse.« Sie stellte die Taschenlampe an ihrem Smartphone ein und gab Charlotte ein Zeichen, ihr zu folgen.

Die beiden Frauen mussten zunächst zwei Stufen nach unten steigen, ehe der Gang geradeaus und eben in die Dunkelheit führte. Er war so niedrig und schmal, dass sie nur gebückt und nicht nebeneinander gehen konnten. Die Wände waren aus Ziegelsteinen gemauert, und der Boden schien trocken zu sein, obwohl viel Feuchtigkeit in der Luft hing. Die Schritte der beiden Frauen hallten dumpf von den Wänden wider.

»Ist das unheimlich«, stellte Charlotte fest, die hinter Zoe herging.

Zoe wandte sich um und griff kurzentschlossen nach ihrer Hand. Vorsichtig tasteten sie sich weiter, der schwache Lichtstrahl von Zoes Smartphone wies ihnen den Weg. Charlottes Hand fühlte sich warm und weich an, und Zoe genoss die Nähe ihrer Professorin.

Irgendwann blieb sie stehen. Vor ihnen tauchte ein Lichtschein auf.

»Ich glaube, wir haben es gleich geschafft«, sagte Zoe. »Das da vorn müsste der Eingang zu dieser Höhle sein.«

»Sehr gut, ich bekomme langsam Rückenschmerzen von der gebückten Haltung«, flüsterte Charlotte. »Früher waren die Menschen kleiner, die haben wohl besser hier durchgepasst.«

Zoe verlangsamte unwillkürlich ihre Schritte, als der Gang schließlich in ein großes unterirdisches Gewölbe mündete. Es war in einen Felsen gehauen und hatte auf der gegenüberliegenden Seite hoch oben einige Fenster, die von Pflanzen völlig zugewuchert waren. An der kuppelartigen Decke waren die Überreste eines aufwendigen Gemäldes zu erkennen, und an der linken Wand stand eine Art Altar mit einem steinernen Kreuz.

Charlotte sah sich erstaunt um. »Ich habe ja schon viel gesehen, zumal ich mich bei meinen Forschungen oft mit dem Thema Priesterverstecke beschäftigt habe. Aber diese Höhle hier ist außerordentlich interessant, schon allein durch ihre Größe. Was ist das überhaupt für ein Raum? Es scheint eher eine Krypta als ein Priesterversteck zu sein.«

Zoe ließ den Blick über den Boden schweifen, der mit Moos bedeckt war. Skelette toter Tiere, Laub und Äste lagen überall verstreut. Ohne Charlottes Hand loszulassen, bückte sie sich. »Schau mal, da sind Ketten am Fels befestigt. Und dort hinten stehen ein paar alte Kisten.«

Gemeinsam gingen sie zu den hölzernen Truhen, die ebenfalls von einer feuchten Moosschicht überzogen waren. Einige ihrer Bretter waren so verfault, dass sie sich leicht lösen ließen. Zoe leuchtete in den Innenraum einer der Kisten und runzelte die Stirn, als sie den Gegenstand sah, der auf ihrem Boden lag.

»Ist das eine Peitsche?«

»Sieht so aus«, erwiderte Charlotte. Gemeinsam betrachteten sie den Inhalt der Kiste, die außer der Peitsche noch einen merkwürdigen Hammer und ein paar große rostige Nägel enthielt.

»Was hat das ganze Zeug in einer Krypta zu suchen?«, fragte Zoe.

»Keine Ahnung.« Charlotte sah sie ratlos an. »Ob hier früher wohl mal Andachten stattgefunden haben?«

Zoe schüttelte den Kopf. »Wir sollten den Pfarrer der Gemeinde fragen, ob er etwas weiß. Ich kenne ihn noch gut aus meiner Kindheit. Das Ganze hier ist wirklich unheimlich.«

Zoe drehte sich zu der Wand gegenüber dem Tunneleingang. In den Felsen waren drei Fensteröffnungen geschlagen worden, und auf der rechten Seite gab es einen Ausgang, der jedoch von einem rostigen Gitter verschlossen wurde. Zoe rüttelte daran, aber es ließ sich nicht öffnen. Dichter Efeu rankte sich um die Gitterstäbe.

»Mist, hier kommen wir nicht raus«, stellte sie fest. »Ich habe überhaupt keine Lust, den langen Weg durch den Tunnel zurückzulaufen. Außerdem habe ich kaum noch Akkuladung.«

»Warte mal«, Charlotte deutete auf eines der Fenster, »wenn wir die Pflanzen hier entfernen, müssten wir eigentlich durch die Öffnung hier passen.«

Zehn Minuten später hatten sie ein Schlupfloch freigelegt. Zoe zog sich an der steinernen Wand hoch und kletterte durch das Fenster. Sie suchte zwei griffige Stellen im Felsen und klammerte sich daran fest, während sie langsam über den wuchernden Efeu, Rhododendronbüsche und anderes wild wachsende Gestrüpp nach unten rutschte. Dann ließ sie los und sprang etwa einen Meter tief ins Dickicht.

Sie war in einem Brombeerstrauch gelandet und versuchte, sich aus den stechenden Ranken zu befreien.

»Sei vorsichtig, Charlotte!«, rief sie nach oben.

Charlotte hatte sich inzwischen ebenfalls in die Fensteröffnung gesetzt.

»Lass dich fallen, ich versuche, dich aufzufangen!«

Zoe bekam die Taille ihrer Professorin zu fassen und ließ sie sanft zu Boden gleiten. Einen Moment lang waren sie sich ganz nah. Charlottes duftende Haare berührten Zoes Gesicht. Sie schloss die Augen und sog den Rosenduft ein. Dann zwang sie sich, ihre Professorin loszulassen.

»Danke.« Charlotte drehte sich um und lächelte.

Zoe versank in den grünblauen Augen, die sie intensiv betrachteten. Die seidigen Lippen schimmerten. Zoes Atem beschleunigte sich, ihre Gesichter waren nur wenige Zentimeter voneinander entfernt. Charlotte war ihr so nah, dass es nur eine winzige Bewegung brauchte, und ihre Münder würden sich treffen. Aber was, wenn Zoe sich die Zärtlichkeit in Charlottes Blick, das Verlangen, das sie bei ihr zu erkennen glaubte, nur einbildete? Was, wenn sie für Charlotte nichts weiter als eine Studentin von vielen war?

Zoe wandte sich abrupt ab und ignorierte den Schmerz der Dornen, die durch ihre Hose stachen. Sie kämpfte sich durch das Gestrüpp, bis sie auf eine verwilderte Wiese gelangte.

»Wo sind wir?«, fragte Charlotte, die Zoe gefolgt war.

»Hinter dem Garten des Pfarrhauses.« Zoe betrachtete den Kirchturm, der über die Baumwipfel ragte.

Ihre Winterschuhe waren durchnässt und mit Schlamm verkrustet, als sie endlich das große, aus roten Backsteinen gebaute Haus des Pfarrers mit seinen symmetrisch angelegten Fenstern und dem Wappen der Wooverloughs über der Eingangstür erreicht hatten. Sie klingelten und warteten eine Weile, aber nichts rührte sich.

Als sie sich gerade auf den Weg zurück nach Wooverlough Court machen wollten, fuhr ein Auto in die Einfahrt des Pfarrhauses.

»Lady Zoe?« Der Pfarrer stieg aus und kam ihnen freudig lächelnd entgegen.

»Pfarrer Martin!«, rief Zoe und reichte dem alten Mann die Hand. »Wir haben Sie gesucht.«

»Tatsächlich? Ich wusste gar nicht, dass Sie zurück auf Wooverlough Court sind«, sagte der Pfarrer. »Ich freue mich so sehr, Sie endlich einmal wiederzusehen. Wie geht es Ihnen?«

Zoe berichtete vom aktuellen Stand ihres Forschungsprojektes und stellte ihm ihre Professorin vor.

»Kommen Sie mit hinein und trinken Sie eine Tasse Tee mit mir«, sagte Pfarrer Martin und deutete auf das dunkle Pfarrhaus.

Zoe schüttelte den Kopf. »Wir sind ganz schmutzig. Und meine Eltern erwarten uns zum Dinner.«

Der Pfarrer breitete bedauernd die Arme aus.

»Das holen wir bald nach«, versprach Zoe. »Aber können Sie uns vielleicht eine Auskunft geben? Wissen Sie etwas über die Krypta hinter dem Pfarrgarten?«

»Davon habe ich noch nie gehört«, sagte der alte Mann und sah sie verwirrt an.

»Das ist nicht schlimm«, erwiderte Zoe. »Wir werden einfach meinen Vater fragen.«

Kurz darauf verabschiedeten sie sich von dem Pfarrer. Als sie auf dem Weg zurück nach Wooverlough Court waren, wurde es allmählich dunkel.

»Seltsam«, stellte Zoe fest, als sie den Park des Anwesens erreicht hatten und ihnen die hellen Lichter des Hauses entgegenstrahlten. »Der Pfarrer scheint die Krypta nicht zu kennen, und auch in meiner Familie wurde sie kaum erwähnt. Als Kinder sind wir durch den Geheimgang damals gar nicht so weit gekommen.«

»Ich frage mich, wofür diese Felsenhalle genutzt wurde – mit all den seltsamen Gegenständen, die wir dort gefunden haben.« Charlotte hakte sich bei Zoe unter. Sie fröstelte. »Komm, lass uns schneller gehen. Wie schade, dass wir jetzt mit deinen Eltern zu Abend essen müssen. Ich hätte die Zeit gern mit dir allein verbracht.«

In Zoes Bauch breitete sich ein Kribbeln aus. Sie strich über Charlottes Unterarm. »Ja, das geht mir genauso.«

# Kapitel 10

*Liverpool, Juli 1839*

Madeline starrte ihren Gönner wütend an. Er stand neben ihrem Bett in ihrem Schlafzimmer, während er sich ankleidete, und sie fühlte sich so machtlos. In den letzten Tagen war sie immer wieder auf dem Polizeirevier gewesen, und sie hatte John bekniet, noch einmal nach London zu schreiben, um bessere Ermittler anzufordern. Aber er ging nicht darauf ein und vertröstete sie mit der Aussage, dass er ja bereits nach London geschrieben habe, wo man anscheinend nicht an der Sache interessiert sei. Immer öfter kam er bei Madeline vorbei, um endlich einen Stammhalter zu zeugen. Auch heute war er wieder unangemeldet aufgetaucht, und hatte von ihr erwartet, dass sie sofort alles stehen und liegen ließ, um mit ihm in ihr Schlafzimmer zu gehen. Madeline hatte sich fügen müssen, obwohl ihre Gedanken um die toten Dirnen kreisten. Johns Ignoranz machte Madeline immer wütender. Als Frau konnte sie in dieser Sache kaum etwas ausrichten, aber John war ein Mann und er verfügte über das notwendige Ansehen und genügend Einfluss. Warum schrieb er nicht noch einmal nach London?

»Ich verstehe nicht, warum du so auf diese Sache fixiert bist«, sagte John jetzt.

Madeline lag noch im Bett, sie wusste, dass John darauf bestand, dass sie noch liegen blieb. »Es sind in letzter Zeit so viele junge Mädchen umgebracht worden und niemanden scheint das wirklich zu interessieren.«

»Madeline, das waren alles leichte Mädchen, was erwartest du?«, fragte John, während er sein Hemd glattstrich.

Madeline richtete sich auf, um ihn besser ansehen zu können. »Ich erwarte, dass das Leben dieser Frauen geschützt wird. Ja, es geht mir um Gerechtigkeit. Sie hatten alle ein schweres Leben, und dass sie ermordet werden, ohne dass jemand dafür zur Rechenschaft gezogen wird, ist unrecht. Aber es geht auch um die vielen anderen Frauen, die gerade in Gefahr sind.« Madeline rutschte auf die Bettkante.

»Noch nicht aufstehen«, sagte John und streckte seine Hand aus. »Warte noch ein wenig.«

Madeline seufzte. John schien die Sache mit dem Kind wirklich ernst zu nehmen. Er hatte sie in den letzten Wochen noch viel öfter als zuvor besucht und war ausschließlich daran interessiert, mit ihr zu schlafen. Früher hatte er sich regelmäßig danach erkundigt, was sie den Tag über getan hatte, und ihr von seinen Unternehmungen berichtet. Aber seit er es sich in den Kopf gesetzt hatte, dass Madeline sein Kind bekommen sollte, schien er sie nur noch als einen gebärfähigen Körper wahrzunehmen. Und trotz allem hatte Madeline erst letzte Woche wieder ihre Monatsblutung bekommen. Sie fragte sich inzwischen, ob sie selbst für den ausbleibenden Kindersegen verantwortlich war oder ob es nicht vielmehr an einer Schwäche des Earls lag. Doch sie hütete sich, es ihm gegenüber zu erwähnen.

»Die Frauen sollen sich einfach nicht mehr in Gefahr

begeben«, sagte John jetzt. »Sie sind doch selbst schuld, wenn sie fremde Männer mitnehmen.«

»Was soll das denn heißen?« Madeline zog die Augenbrauen zusammen. »Was würdest du denn tun, wenn es keine Dirnen wie mich gäbe? Dann müsstest du deine Lust ausschließlich bei Mary befriedigen.«

»Du bist keine Dirne.« John trat an Madelines Frisiertisch und betrachtete sich prüfend im Spiegel. Er strich sich die Haare glatt. »Das weißt du ganz genau. Du bist meine Mätresse. Und das ist ein Unterschied.«

»Und wenn du mich nicht hättest? Was dann?«

John hob leicht die Schultern, während er seine Krawatte band. »Dann wäre eine andere an deiner Stelle. Meine Güte, Madeline! Es gibt sehr gut geführte Bordelle, in die ein Gentleman gehen kann. Und die Herren, mit denen ich zu tun habe, verkehren ausschließlich in den besten Freudenhäusern. Aber ich bitte dich, eine Dirne von der Straße auflesen? Wer tut denn so etwas?«

»Männer, die nicht so viel Geld haben, um in teure Bordelle zu gehen«, erwiderte Madeline.

»Da siehst du es. Nur Abschaum nimmt Frauen von der Straße.«

»Nur weil jemand wenig Geld hat, ist er kein Abschaum.«

»Madeline«, stöhnte John. »Davon verstehst du nichts.«

Sie biss zornig die Zähne zusammen. John war so voreingenommen. Am liebsten hätte sie ihn angeschrien, aber sie wusste, dass das nichts brachte. Also atmete sie tief durch, um sich zu beruhigen. »Wie auch immer. John, es kann nicht sein, dass jemand diese Frauen ermordet und ungeschoren davonkommt.«

»Das ist nicht unser Problem, mein Liebes. Darüber sollen sich andere die Köpfe zerbrechen. Du bleibst den Orten fern, an denen diese Frauen gestorben sind, hast du verstanden? Am besten, du gehst nach Einbruch der Dunkelheit gar nicht mehr aus.«

Madeline verzog das Gesicht. John wollte sie hier einsperren? Sie unterdrückte ein Seufzen. Mit ihm zu diskutieren, war sinnlos, so viel wusste Madeline. Am besten war es, ihm nicht zu widersprechen. Er behandelte sie wie sein Eigentum. In den ersten Jahren hatte sie das nicht besonders gestört, aber in jüngster Zeit wurde er immer herrischer. Und seine respektlose Art ihren Freundinnen gegenüber machte ihn ihr zunehmend unsympathisch. Wenn sie nur nicht so abhängig von ihm wäre!

John fuhr fort: »Ich muss los, ich versuche, heute Abend noch einmal zu kommen.«

Als sich die Tür hinter ihm geschlossen hatte, stand Madeline auf und wusch sich. Sie war wütend auf John, auf die Polizisten und die Londoner Metropolitan Police, die John eine Absage erteilt hatte. Dabei sah es nicht so aus, als würde das Morden aufhören. Ende April war wieder ein Mädchen gefunden worden, auf dieselbe Weise grausam zur Schau gestellt wie Molly, Gerda und die anderen.

Madeline trocknete sich ab. Dann kam ihr ein Gedanke. Sie würde zu Jacks Taverne gehen und selbst versuchen, etwas herauszufinden. Wenn die Polizei sich nicht darum kümmerte, dann musste es eben Madeline in die Hand nehmen. So schnell sie konnte, kleidete sie sich an. Währenddessen überlegte sie, wie man die Frauen am besten schützen konnte. Einer anderen Dirne Bescheid zu geben, wenn man einen Freier mit nach Hause nahm, genügte offenbar nicht.

Madeline setzte ihren Hut auf und trat in die Hitze hinaus auf die London Road. Das Sonnenlicht flirrte über dem Asphalt. Eine junge Frau schob einen Kinderwagen vor sich her. Der Schweiß rann ihr über die Stirn. Es war elf Uhr am Vormittag und die Sonne stand schon hoch am Himmel.

Als Madeline bei Jack ankam, war auch sie nass geschwitzt. Sie strich sich die Haare unter den Hut und betrat den dämmrigen Pub.

»Madeline?«, fragte der Wirt, der gerade dabei war, den Boden zu fegen. »Hast du schon davon gehört?«

Madeline wurde es eiskalt, trotz der Hitze draußen. Mit diesen Worten hatte Jack sie schon viel zu oft begrüßt.

»Wovon denn?«, fragte sie und hielt den Atem an.

»Die kleine Edwina ist heute Morgen tot aufgefunden worden.« Jack schüttelte traurig den Kopf.

»Edwina?« Madeline setzte sich auf den nächstbesten Schemel. »Oh nein! Sie war doch noch so jung. Viel zu jung.«

Alle hatten das gedacht, als das Mädchen vor wenigen Wochen in Liverpool aufgetaucht war, um sich Geld für eine Überfahrt mit dem Schiff zu verdienen. Sie träumte wie so viele von einem neuen Leben in Amerika. Edwina war kaum älter als vierzehn gewesen, auch wenn sie behauptet hatte, zweiundzwanzig Jahre alt zu sein. Es gab leider viele Männer, die kindliche Mädchen mochten, und so hatte Edwina vom ersten Tag an genug Kundschaft gehabt.

»Sie hat Fanny gesagt, dass sie einen Freier hat, und als Fanny dann nichts mehr von ihr gehört hat, ist sie nachsehen gegangen. Es war wie bei allen anderen auch. Die Tür war verschlossen, und Fanny hat sofort die Polizei informiert. Die Polizisten haben heute Morgen die Tür aufgebrochen und Edwina gefunden.« Jack stützte sich auf den Besenstiel.

»Wieder festgenagelt an Händen und Füßen?«, sagte Madeline und wischte sich die Tränen fort, die ihr unwillkürlich in die Augen gestiegen waren.

Jack nickte. »Wie immer.«

»Hat Fanny den Mann gesehen?«, wollte Madeline wissen.

Der Wirt zuckte mit den Schultern und bückte sich nach dem Kehrblech. »Ich habe noch nicht mit ihr gesprochen, habe es von Jones erfahren, der gerade auf dem Weg zur Leichenhalle war.«

»Ich muss mit Fanny reden«, sagte Madeline entschlossen und wandte sich zum Ausgang.

»Sei vorsichtig«, rief Jack ihr nach.

Als die junge Frau auf die heiße, staubige Straße trat, drängte sich eine Gruppe Auswanderer an ihr vorbei in die Schenke. Madeline sah ihnen nach und dachte daran, dass Edwina, Molly, Gerda und so viele andere Frauen nie wieder in Jacks Taverne gehen würden. Aber das Leben ging weiter, es war, als hätte es all diese Frauen nie gegeben. Und vielleicht kam ihr Mörder ja jeden Abend hierher und amüsierte sich, weil er sich in Sicherheit wähnte.

Madeline atmete tief durch und lief mit schnellen Schritten die Straße hinunter.

Sie fand Fanny vor der ehemaligen Fabrik, die inzwischen als Wohnhaus diente. Fanny hatte hier ein kleines Zimmer im Erdgeschoss. Als Madeline kam, saß ihre Freundin vor dem Haus auf einer Mauer. Sie winkte Madeline schon aus der Ferne zu.

»Hast du es gehört?«, fragte sie, als Madeline sich neben sie in den Schatten stellte. Eine Gruppe Matrosen ging an den beiden vorbei und zwinkerte ihnen zu.

Madeline nickte und ignorierte die Männer. »Es ist schrecklich. Ich frage mich, wie viele Frauen noch sterben müssen.«

»Ich ... wenn ich sie gestern doch nur aufgehalten hätte!« Fanny vergrub ihr Gesicht in den Händen und seufzte. »Sie hat mit mir gesprochen, bevor sie in ihre Wohnung gegangen sind.«

»Dann hast du also den Mann gesehen, den sie mitgenommen hat?«, fragte Madeline.

Fanny schüttelte den Kopf. »Nicht wirklich. Er muss hinter der Hausecke gewartet haben.«

Sie schluchzte und Madeline strich ihr sanft über den Rücken.

»Du hättest nichts tun können. Es ist nicht deine Schuld«, sagte sie und wartete, bis ihre Freundin sich wieder etwas beruhigt hatte. »Mach dir bitte keine Vorwürfe. Wir brauchen ein besseres System, um uns gegenseitig zu schützen.«

»Es gibt keinen Schutz für uns.« Fanny liefen Tränen über die Wangen.

Madeline hätte ihr gern widersprochen, aber sie wusste, dass Fanny recht hatte. Sie reichte der jungen Frau ein Taschentuch. »Und du kannst dich wirklich an nichts mehr erinnern, was diesen Mann betrifft?«

Fanny tupfte sich die Wangen trocken. »Ich denke, er war eher groß und dünn. Aber ich kann mich auch täuschen. Ich habe einfach zu wenig auf ihn geachtet. Ich war damit beschäftigt, selbst noch einen Freier zu finden. Ich habe meine Miete noch nicht zusammen, und Hunger habe ich auch.«

»Fanny, du kannst jederzeit einen Teller Suppe bei mir bekommen, das wisst ihr doch alle. Niemand muss hungern oder ein zusätzliches Risiko eingehen.« Sie drückte Fannys Arm noch einmal. »Wenn dir noch etwas einfällt, sag mir Bescheid, ja?«

Madeline verabschiedete sich. Ihr verschwitztes Kleid klebte ihr unangenehm auf der Haut, aber sie hatte noch einiges vor, ehe sie nach Hause gehen und sich waschen konnte. Sie machte sich auf den Weg zu Mollys Hinterhaus und klingelte bei der Nachbarin, die ihr an jenem schrecklichen Tag geholfen hatte, als sie Mollys Leichnam gefunden hatte.

»Ja?«, fragte die Frau, die ihr Kind auf der Hüfte trug.

»Erinnern Sie sich an mich?«, sagte Madeline und lächelte freundlich. »Wir waren zusammen in Mollys Wohnung, als …« Madeline brach ab und deutete nach oben.

»Oh ja«, ein Schatten huschte über das Gesicht der Frau, »stimmt. Haben Sie inzwischen erfahren, wer das getan hat?«

Madeline schnaubte. Wieder stieg hilflose Wut in ihr auf. »Leider nicht. Der Mord muss schon zwei Nächte zuvor geschehen sein. Sie hatte sich seit dem Abend nicht mehr bei mir gemeldet. Das ist ungewöhnlich. Haben Sie an dem Abend vielleicht zufällig irgendetwas beobachtet?«

»Nein, was sollte ich schon beobachtet haben?« Die Frau zog die Mundwinkel nach unten und war im Begriff, die Tür wieder zuzuschlagen.

»Haben Sie Molly Abernathy zurückkehren sehen? Hatte sie einen Mann dabei?«

»Nein, ich habe nichts gesehen.« Sie schien einen Moment lang nachzudenken. »Ich bin aber auch immer mit den Kindern beschäftigt. Sie müssten den alten Mr Johannson fragen, der sitzt den ganzen Tag oben an seinem Fenster.« Die Frau deutete auf das Haus auf der gegenüberliegenden Straßenseite.

Madeline bedankte sich und machte sich auf den Weg zum Nachbarhaus. Als sie an die baufällige Tür klopfte, machte niemand auf. Sie drehte den Knauf und trat ein. Der Hausflur war dunkel und es stank nach abgestandener Luft, Rauch und Kohl.

»Guten Tag!«, rief Madeline laut das Treppenhaus hinauf. Nichts war zu hören.

»Hallo?«, versuchte sie es noch einmal. »Mr Johannson?«

»Der wohnt ganz oben«, sagte da eine Stimme neben ihr. Madeline zuckte zusammen. Der Mann war anscheinend gerade durch die niedrige Tür rechts von ihr gekommen, die zu einem Ladenlokal im Erdgeschoss des Hauses führte.

»Verzeihung, Miss. Ich wollte Sie nicht erschrecken.« Er steckte die Hände in die Taschen seines grauen Kittels. »Sind Sie eine Bekannte von Mr Johannson?«

»Nein«, antwortete Madeline. »Ich bin auf der Suche nach jemandem, der mir eine Auskunft geben könnte.« Sie holte tief Luft, ehe sie fortfuhr: »Meine Freundin Molly Abernathy ist im März in ihrer Wohnung da drüben auf der anderen Straßenseite ermordet worden. Davon haben Sie sicher gehört, oder?«

Der Mann nickte.

»Haben Sie Molly an jenem Abend vielleicht gesehen? Und haben Sie gesehen, mit wem sie nach Hause ging?«

Der Mann strich sich über den dichten Bart. »Ich fürchte, ich kann Ihnen da nicht weiterhelfen. Ich habe hier unten eine Schusterei und bin abends nicht mehr in meinem Laden. Mr Johannson wohnt ganz oben, die letzte Treppe links, der weiß sicher mehr.«

Madeline dankte dem Schuster und stieg die Treppe hinauf. Als sie im obersten Stock angekommen war, klopfte sie an die linke Tür.

Sie hörte schlurfende Schritte, dann wurde die Tür geöffnet. Ein alter Mann sah sie misstrauisch an. Sein weißes Haar stand ihm wirr vom Kopf ab und er trug einen schmutzigen abgenutzten Hausmantel.

Madeline trug dem alten Herrn ihr Anliegen vor. Er hörte ihr aufmerksam zu, während er sich mit zittrigen Fingern am Türrahmen festhielt. Als Madeline geendet hatte, schien er einen Moment lang nachzudenken.

»Im März?«, sagte der Alte mit krächzender Stimme. »Das ist verdammt lange her. Daran kann ich mich nicht mehr erinnern.«

»Damals war die Polizei in dem Haus gegenüber«, erklärte Madeline.

Er runzelte die Stirn und lehnte sich an die Wand. Madeline fragte sich, warum er sie nicht in seine Wohnung bat, dann hätte er sich setzen können. Es wäre jedoch unhöflich gewesen, diesen Vorschlag selbst zu machen.

Die Miene des Mannes hellte sich auf. »Na klar. Die haben in ihre Trillerpfeifen geblasen, dass ich sofort ans Fenster gelaufen bin. Kurz darauf haben sie eine Leiche weggetragen. Das war die Dirne von drüben. Das hab ich aber erst hinterher gehört.«

Madeline nickte. »Und haben Sie sie zwei Tage davor nachts in ihre Wohnung kommen sehen?«

Mr Johannson kniff die Augen zusammen und überlegte wieder. »Ich habe in einer der Nächte davor mal einen Mann mitten in der Nacht aus dem Haus schleichen sehen. Ja, das könnte passen.«

Madeline versuchte einen Blick an dem alten Mann vorbei in die dunkle Wohnung zu werfen. Vermutlich hatte er von hier oben keine Einzelheiten erkennen können. Trotzdem fragte sie: »Wie sah er denn aus?«

»Er war dunkel gekleidet und hat sich in den Schatten herumgedrückt. Ich weiß noch, wie ich dachte, dass das seltsam war. Ich wusste ja, was das für eine war, und hab nachts öfter mal Kerle aus dem Haus kommen sehen, und manche haben sich umgeschaut, weil's ihnen unangenehm war, aber der wollte sich komplett unsichtbar machen.«

Madeline trat aufgeregt einen Schritt vor. »Beschreiben Sie bitte diesen Mann. Sie sagen, er war dunkel gekleidet?«

Mr Johannson nickte. »Ja, auf jeden Fall. Aber mehr kann ich Ihnen nicht sagen. Es war finster und von hier oben konnte ich das nicht genau sehen.«

Madeline bedankte sich bei Mr Johannson und verließ das Haus.

Nachdem John sie am Abend besucht hatte und wieder gegangen war, zog sie sich ein dunkles Kleid an und beschloss, sich selbst auf die Lauer zu legen. Sie versteckte sich hinter einem Torbogen in einer der Straßen, die zu den Docks hinunterführten, und beobachtete von dort aus die Mädchen, die am Straßenrand standen und auf Freier warteten. Immer wieder sprachen Männer die Frauen an und manche von ihnen gingen mit diesen Männern mit. Jedes Mal fragte sich Madeline, ob das der Mörder sein könnte, doch sie fand nichts, was darauf hindeutete.

Madeline gähnte. Bald hörte sie die Kirchturmglocke ein Uhr schlagen. Sie musste sich eingestehen, dass sie planlos gehandelt hatte. Was versprach sie sich davon, nachts Dirnen zu beobachten? Woran sollte sie einen Mann erkennen, der möglicherweise Frauen umbrachte, wenn er sich doch in nichts von den anderen unterschied?

Während sie durch die dunklen Straßen nach Hause zurückging, dachte sie an die dürftigen Beschreibungen von Mr Johannson und Fanny. Wenn beide den Mörder gesehen hatten – was nicht wirklich sicher war –, dann zeichnete sich die Person offenbar dadurch aus, dass sie besonders darauf achtete, sich im Schatten aufzuhalten und nicht gesehen zu werden. Madeline seufzte. Sie konnte schlecht jede Nacht draußen herumlaufen und Ausschau nach einem Mann halten, der sich an Mauern entlangdrückte, um im Verborgenen zu bleiben.

Ein paar Männer gingen schwankend und grölend an Madeline vorbei und sie wechselte schnell die Straßenseite. Sie seufzte. Es musste doch irgendeinen Anhaltspunkt geben. Irgendetwas, das ihr einen Hinweis auf den Mörder und seine perfide Vorgehensweise geben könnte. Madeline überlegte, wann die Morde stattgefunden hatten. Und dann fiel ihr etwas Ungewöhnliches auf: Sie schienen nach einem bestimmten Muster, immer im Abstand von etwa zwei bis drei Monaten, zu erfolgen. Madeline musste sich also nur zum richtigen Zeitpunkt auf die Lauer legen.

Am nächsten Tag ging sie aufs Polizeirevier. Drew grinste breit und bleckte die braunen Zähne. »Miss Brown, was kann ich für Sie tun?«

Madeline ignorierte sein dümmliches Grinsen. »Ich möchte die genauen Todesdaten der Mädchen wissen.«

Drew stöhnte laut auf. »Was wollen Sie denn damit?«

»Ich muss nur etwas überprüfen. Der Earl of Wooverlough hat mich geschickt.« Sie streckte das Kinn nach vorn.

Drew sah sie zweifelnd an, kramte dann jedoch eine dünne Akte hervor.

Als Madeline wenig später den Bogen mit den Daten in der Hand hielt, fand sie ihren Verdacht bestätigt. Es war auffällig, dass immer ungefähr acht Wochen zwischen den Morden lagen.

Jetzt wusste sie, dass sie sich zu früh zu den Docks begeben hatte. Der Mord an Edwina war erst zwei Tage her. Und wenn der Mörder weiterhin seinem Muster folgte, würde er in etwa acht Wochen wieder zuschlagen. Madeline beschloss also abzuwarten.

*Liverpool, September 1839*

Zwei Monate später begab sich Madeline wieder auf ihren Beobachtungsposten. In den Abendstunden waren die Straßen noch belebt. Auswanderer genossen ihre letzten Stunden an Land, Trunkenbolde schweiften umher, ein paar Geschäftsleute kehrten auf dem Heimweg noch eilig in einem Pub ein, und am Straßenrand standen Dirnen und ihre Freier. Die Nacht war warm und viele Auswandererfamilien schlenderten durch die Straßen, um nicht in ihren schäbigen Unterkünften ausharren zu müssen. Der Klang von Schiffshörnern drang immer wieder durch die Nacht und erinnerte an die Sehnsüchte der Menschen, die auf ihre Überfahrt warteten.

Madeline wurde langsam müde. Die Sperrstunde war vorbei und die Straßen leerten sich. Sie hatte den ganzen Abend nichts Verdächtiges entdecken können und überlegte gerade, ob sie nach Hause gehen sollte, als sie einen Schatten auf der anderen Straßenseite bemerkte. Zuerst glaubte sie, sich getäuscht zu haben – vielleicht war es ja nur ein streunender Hund gewesen. Madeline drückte sich tief in ihr Versteck, eine Nische hinter einer Toreinfahrt. Der Schatten näherte sich und einen kurzen Moment lang konnte sie eine Gestalt erkennen.

Sie kniff die Augen zusammen und stutzte. Dieser Mann kam ihr bekannt vor, aber sie konnte ihn trotz der Finsternis nicht deutlich genug sehen. Die magere, große Gestalt – war das nicht Gerald, der Pfarrer von Fleetwood? Im nächsten Moment hatte die Dunkelheit ihn verschluckt und er war am Ende der Straße verschwunden.

Madeline musste sich geirrt haben, schließlich gab es für den Pfarrer keinen Grund, sich mitten in der Nacht in Liverpool am Hafen aufzuhalten.

Erschöpft ging sie nach Hause. Als sie in die London Road kam, sah sie schon von Weitem, dass in ihrem Schlafzimmer Licht brannte. Vermutlich hatte die Zofe schon alles für ihre Herrin vorbereitet, damit sie schnell zu Bett gehen konnte.

Doch Madeline hatte sich getäuscht. Das Hausmädchen

erklärte ihr, dass Seine Lordschaft oben auf sie warte, und schloss leise die Eingangstür hinter ihr.

Madeline biss sich auf die Lippe. Sie hatte nicht mehr mit John gerechnet. Jetzt würde sie sich vermutlich eine Standpauke von ihm anhören müssen, da er ihr ausdrücklich verboten hatte, nach Einbruch der Dunkelheit auf die Straße zu gehen. Sie setzte ihren Hut ab und stieg die Treppe hinauf.

»Madeline!« John stand am Fenster, als Madeline in ihr Schlafzimmer kam. »Wo um alles in der Welt hast du gesteckt?«

»Ich war spazieren«, sagte sie trotzig. Schließlich war sie nicht seine Ehefrau und nicht verpflichtet, zu Hause zu sitzen und darauf zu warten, dass er sie eventuell mit seiner Anwesenheit beehrte.

»Um diese Zeit? Unsinn! Madeline, ich dulde nicht, wenn du einen anderen Mann … Aber warum trägst du ein schwarzes Kleid? Du bist doch nicht in Trauer.« John fasste ihre Oberarme und drehte sie wie eine Puppe hin und her.

Madeline beschloss, dass es am besten sei, ihm die Wahrheit zu sagen. Vielleicht wurde ihm dann ja endlich bewusst, dass sie wirklich besorgt war. Also berichtete sie ihm, was sie von Fanny und Mr Johannson erfahren hatte und wie sie die Zeiträume deutete, die zwischen den Morden lagen. John hörte sich ihre Ausführungen schweigend an.

Schließlich schüttelte er den Kopf und seufzte. »Madeline, ich habe dir verboten, dich an den Orten aufzuhalten, wo die Mädchen ermordet wurden. Das ist zu gefährlich.«

»Aber mir bleibt doch gar nichts anderes übrig, wenn du mir nicht helfen willst!« Sie blitzte ihn zornig an.

John zog sie an sich und umarmte sie. »Madeline, wer

auch immer für diese Morde verantwortlich ist, muss wahnsinnig sein. Gestört! Und jede Frau, die nachts allein auf der Straße unterwegs ist, ist höchst gefährdet.« Er beugte sie über sie und fuhr mit den Lippen über Madelines Hals. »Ich will nicht, dass dir etwas passiert, Liebes.«

Seine Lippen suchten ihren Mund und er küsste sie gierig. Madelines Hände strichen über seinen Rücken, dann hinunter zum Hosenbund. Sie konnte seine Erregung deutlich spüren. John drängte sie zum Bett und Madeline ließ sich in die weichen Kissen fallen.

Sie dachte wieder an den Schatten, den sie vorhin gesehen hatte. Ob das wirklich der Pfarrer Gerald Farwell gewesen war? Es war kein allzu langer Fußweg von Fleetwood nach Liverpool. Ein geübter Fußgänger konnte in weniger als zwei Stunden hier sein. Oder er hatte sich eine Mietdroschke genommen. Aber was hatte Gerald mitten in der Nacht am Hafen zu suchen?

Am nächsten Morgen war John längst fort, als Madeline erwachte. Sie nahm ein kühles Bad und ließ sich ankleiden. Dann setzte sie sich zum Frühstück ins Esszimmer. Sie hatte gerade die Zeitung aufgeschlagen, als ihr der Butler eine Besucherin meldete. Wenige Minuten später betrat Fanny das Zimmer. Ihre Haare waren zerzaust, sie hatte sie ungekämmt zusammengebunden. Dunkle Schatten lagen unter ihren Augen.

»Madeline, ich habe Angst.« Sie starrte sie mit geweiteten Augen an.

»Was ist geschehen?«, fragte Madeline und trank einen Schluck Tee.

»Heute Nacht wurde das Mädchen ermordet, das direkt

neben mir wohnt.« Sie ließ sich auf den Stuhl fallen, der Madeline gegenüber am Esstisch stand. »Auch sie wurde an Händen und Füßen festgenagelt.«

Madeline schlug sich die Hand vor den Mund. Plötzlich war ihr übel. »Kanntest du sie?«

Fanny schüttelte den Kopf. »Nein, ich habe sie nur selten gesehen. Madeline, ich fürchte mich. Was sollen wir nur tun?«

Madeline war kalt geworden. Sie stützte den Kopf in die Hand. Das alles war ein schrecklicher Alptraum, der nie zu enden schien.

»Die Polizei hat sich nicht einmal herbemüht. Der Leichenwäscher kam, um sie abzuholen.« Fanny hatte Tränen in den Augen.

Madeline dachte an die letzte Nacht und den Schatten, den sie gesehen hatte. War es möglich, dass Gerald …? Nein, der Pfarrer war zwar immer schon ein seltsamer Mensch gewesen, aber er war nicht an Frauen interessiert. Niemals würde er zu einer Dirne gehen – und warum sollte er sie ermorden? Aber vielleicht hatte er den Mörder ja gesehen?

Sie schob ihren Teller von sich und stand auf. Der Appetit war ihr mit einem Mal vergangen. Sie beschloss, Gerald zu befragen. Möglicherweise konnte er ihr wertvolle Hinweise geben.

»Was hast du vor?«, fragte Fanny ängstlich.

»Ich mache einen Ausflug nach Fleetwood, um einen alten Bekannten zu besuchen.« Sie läutete nach dem Hausmädchen. »Und du bleibst hier, Fanny. Du solltest jetzt nicht allein nach Hause gehen.«

# Kapitel 11

*Liverpool und Wooverlough Court,*
*November 1839*

Nachdem er Madelines Gönner vor ihrer Haustür erkannt hatte, eilte Thomas verwirrt in sein Hotel und beschloss, Madeline am nächsten Tag noch einmal aufzusuchen, um sie zur Rede zu stellen. Er ärgerte sich nicht nur darüber, dass er beinahe auf ihr Spiel hereingefallen wäre. Denn da machte er sich nichts vor: Wenn der Earl nicht zu ihr gekommen wäre, hätte Thomas sich Miss Brown ganz sicher auf unschickliche Weise genähert. Nein, vielmehr beschäftigten ihn die Gründe der jungen Frau, ihm so vieles zu verschweigen. Nicht zuletzt die Identität ihres Geliebten, und Thomas war überzeugt davon, dass sie mehr wusste, als sie ihm gesagt hatte. Jede Information hatte er ihr aus der Nase ziehen müssen. Auch dass sie selbst versucht hatte, etwas über den Mörder der Dirnen herauszufinden, hatte er erst von Jack in der Taverne erfahren. Miss Brown schien in diesem Fall der Dreh- und Angelpunkt zu sein. Sie war die Verbindung zwischen den Morden, die auf den ersten Blick nicht zusammenzuhängen schienen.

»Miss Brown, Sie haben mir gestern etwas Wichtiges verschwiegen«, sagte er, als er wieder in ihrem Salon stand.

»So?« Madeline bedeutete ihm, sich auf das Sofa zu setzen, und ließ sich dann neben ihm nieder. »Was denn, Thomas?«

»Ihr Liebhaber ist der Earl of Wooverlough.«

»Ich dachte, das wäre Ihnen bekannt«, erwiderte sie mit einem neckischen Augenaufschlag.

Thomas ließ seinen Blick durch den Raum wandern. Er wunderte sich, dass er nicht gestern schon darauf gekommen war. Das ganze Haus trug die Handschrift der Wooverloughs. Die Bilder des Anwesens hingen nicht nur hier, weil Madeline Brown dort aufgewachsen war, sondern auch, weil diese Villa ihrem Gönner, dem Earl of Wooverlough, gehörte.

»Ich halte eben viel von Diskretion, Thomas.« Sie lächelte.

»Nein, Madeline«, erwiderte Thomas ernst. »Es geht um einen Mord. Um mehrere Morde, und Ihr Schweigen ist keine Diskretion, sondern eine erhebliche Behinderung meiner Arbeit.«

Sie hob die Schultern. »Was wollen Sie jetzt mit mir anstellen?« Sie zwinkerte ihm verführerisch zu.

»Und außerdem«, fuhr Thomas unbeirrt fort, »habe ich von anderer Seite erfahren, dass Sie es bereits selbst in die Hand genommen haben, die Aufklärung der Morde an diesen Frauen voranzutreiben.«

Madeline schwieg.

»Warum haben Sie mir nicht davon erzählt?«

Sie zuckte wieder mit den Schultern. »Weil Sie mich ja doch nicht ernst genommen hätten. Ich hatte John darum gebeten, nach London zu schreiben, weil Drew und seine Männer nichts unternommen hatten. Aber er sagte, in London sei man an der Aufklärung nicht interessiert.«

Thomas sah sie verständnislos an. »Der Earl of Wooverlough hat uns nie kontaktiert.«

Sie stieß verächtlich die Luft aus. »Dieses … Das hatte ich schon fast vermutet. Dabei hat er mir ernsthaft versichert, nach London geschrieben zu haben. Ich kann es nicht fassen, dass er mich dermaßen belogen hat.«

Sie wirkte aufrichtig betroffen.

»Das tut mir leid, Madeline«, sagte Thomas. »Aber Sie müssen mir gegenüber ehrlich sein.«

Sie nickte.

»Wollen Sie mir jetzt alles erzählen?«

Madeline seufzte. »Na schön, ich war davon ausgegangen, dass John sich wirklich an die Londoner Behörden gewendet hat, und war enttäuscht und wütend, als nichts geschah. Ich bin viele Male zu Drew und seinen Männern gegangen, aber die waren viel zu sehr damit beschäftigt, sich um ihre Arbeit zu drücken. Als meine Freundin Molly ermordet wurde und immer noch nichts unternommen worden war, habe ich mich selbst darum gekümmert.«

»Und was haben Sie herausgefunden?«, fragte Thomas.

Sie griff nach einem Kissen, das neben ihr lag, und strich gedankenverloren über die Troddeln daran. »Nichts. Und dann hat John es mir verboten.«

Thomas lehnte sich in dem Sofa zurück. »Sie wirken auf mich nicht wie eine Frau, die sich etwas verbieten lässt.«

»Nun, ich bin von ihm abhängig«, sagte sie und zupfte verlegen an ihrem Kleid. »Und jetzt noch einmal mehr … John hat es sich nämlich in den Kopf gesetzt, ein Kind zu bekommen. Mary, seine Frau, hat sich als dafür nicht geeignet erwiesen. Deshalb hat er sich auf mich besonnen und … nun ja, jetzt bin ich tatsächlich in anderen Umständen, und seitdem wacht er sehr streng über mich. Schließlich soll ich sein Kind nicht in Gefahr bringen.«

Thomas verspürte einen schmerzhaften Stich in der Brust. Unweigerlich musste er an seine Frau Anni denken, die bei der Geburt ihres gemeinsamen Kindes gestorben war. Mit Schrecken dachte er daran, dass auch Madeline diesem Risiko ausgesetzt war. Auch wenn er ihr nicht vertraute, lag sie ihm dennoch mehr am Herzen, als gut für ihn war. Und sie war in Gefahr, ihr Leben zu verlieren wegen eines Mannes, der sich nicht einmal offiziell an sie binden wollte. Keine Frau hatte so etwas verdient.

»Wie lange sind Sie schon die Geliebte des Earls?«, fragte er.

Madeline atmete tief durch. »Ich hatte Ihnen ja schon gesagt, dass ich mit ihm auf Wooverlough Court aufgewachsen bin. Wir standen uns immer sehr nahe, aber es war von vornherein klar, dass John einmal eine Frau von Rang und Namen heiraten würde. Ich erwähne das nur, damit Sie wissen, dass mir nie falsche Versprechungen gemacht wurden.«

Thomas runzelte die Stirn, sagte aber nichts.

Sie fuhr fort: »Als ich sechzehn wurde, kamen wir uns näher. Das Pförtnerpaar, das mich aufgenommen hatte, war natürlich entsetzt. Schließlich hatten sie die Verantwortung für mich, und wenn der alte Earl es herausgefunden hätte …«

»Verstehe.« Thomas streckte dezent die Beine aus. Das Sofa war nicht für seine Größe gemacht.

»Also schlugen sie dem Earl vor, mich auf ein Internat zu schicken. Was sie nicht bedacht hatten, war, dass John ja in Cambridge lebte, und er überredete seinen Vater, mich auf ein Pensionat ganz in der Nähe zu schicken. Wir konnten uns fortan noch viel öfter sehen, und diese Zeit hat uns sehr eng zusammengebracht.«

»Und seine Heirat? Hat Ihnen die nichts ausgemacht?«

»Nein, wieso auch? Ich wusste ja, dass er Mary nicht wirklich liebte. Wenn sie hübsch wäre … aber das ist sie nicht.«

»Wie ging es dann weiter, als Sie vom Pensionat zurückkamen?«

»Der alte Earl starb sehr überraschend, und damit hatte sich das Problem sowieso gelöst. Wir kehrten hierher zurück, und da die alte Comtess schon früh gestorben war und der Witwensitz leer stand, bin ich hier eingezogen.«

Thomas nickte. »Und der Bruder Ihres Geliebten wurde Pfarrer in Fleetwood?«

Madeline winkte ab und erklärte: »Das war erst viel später. Gerald war ja etwas jünger als wir. Als wir Kinder waren, wollten wir nichts mit ihm zu tun haben, er war eben zu klein und hat uns immer im Weg gestanden. Dann kam er auf eine Klosterschule, und wir waren erwachsen, als wir uns alle wiedersahen. Er hatte sich sehr verändert.«

»Inwiefern?«, fragte Thomas.

»Als Kind war er nervig, albern und anstrengend gewesen. Aber als ich ihn dann viele Jahre später wiedertraf, war er ganz anders als die jungen Männer in seinem Alter. Ich bin mir nicht sicher, ob Sie verstehen, was ich meine. Er war Anfang zwanzig und hatte gerade angefangen, in Oxford zu studieren. Er war sehr ernst und geradezu verbissen auf seine Sache konzentriert.«

»Worauf konzentrierte er sich?«, fragte der Inspector nach.

»Auf Gott, die Kirche und seinen Glauben.« Madeline zögerte kurz, bevor sie weitersprach. »Er kam mir nicht mehr menschlich vor, sondern irgendwie entrückt.«

Thomas dachte einen Moment lang über ihre Worte nach. Das deckte sich mit den Aussagen der anderen Zeugen, die ihm von Gerald Farwell erzählt hatten. Und auch sein eigener Eindruck, den er im Haus des Opfers gewonnen hatte, ließ darauf schließen. »Madeline, lassen Sie uns noch einmal über die toten Frauen sprechen.« Thomas nahm sein Notizbuch heraus. »Sie haben einige der Frauen gekannt, die zu Mordopfern wurden, nicht nur Molly Abernathy, nicht wahr?«

Madeline atmete tief durch. »Ich kannte die meisten von ihnen. Manche hatte ich nur ein paarmal gesehen, aber ich habe mich ihnen verbunden gefühlt. Aus diesem Grund war ich auch so wütend, als niemand etwas unternommen hat.«

Der Inspector sah sie eindringlich an. »Gibt es noch irgendetwas, das Sie mir verschwiegen haben? Bitte denken Sie jetzt gut nach, lügen Sie mich nicht noch einmal an.«

Eine steile Falte bildete sich auf Madelines Stirn. Dann schüttelte sie den Kopf. »Ich glaube nicht, Thomas. Wenn mir noch etwas einfällt, sage ich Ihnen Bescheid. Versprochen.«

Thomas stand auf. Er hatte das ungute Gefühl, dass sie nicht die Wahrheit sagte. Aber er wollte sie nicht weiter unter Druck setzen. Er würde nach Wooverlough Court hinausfahren und den Earl zur Rede stellen. Auch er hatte die Beziehung zu Madeline Brown verschwiegen, und es wurde Zeit, dass alle mit offenen Karten spielten.

Nachdem Thomas Madelines Villa verlassen hatte, rief er nach einer Kutsche, die ihn nach Wooverlough Court brachte. Dort teilte ihm der Butler mit, dass der Earl ausgegangen sei und erst am Nachmittag zurückerwartet werde. Thomas beschloss, die Zeit zu nutzen und noch einmal das Pfarrhaus aufzusuchen. Irgendetwas musste er übersehen haben, es erschien ihm unwahrscheinlich, dass es keinerlei Hinweise auf ein Privatleben des Pfarrers gab. Vielleicht hatten sie bislang nur an den falschen Stellen gesucht.

Thomas ging durch den weitläufigen Park des Anwesens zum Pfarrhaus. Die sanften grünen Hügel der Anlage waren mit Laub und kleinen Ästen bedeckt, die der Sturm, der in der letzten Nacht über das Land gefegt war, hinterlassen hatte. Es war kalt und ein feiner Nieselregen lag in der Luft. Thomas schlug den Mantelkragen hoch und zog den Hut tief in die Stirn.

Als er bei dem Pfarrhaus ankam, wirkte es verlassen. Kein Licht brannte an diesem grauen Wintertag hinter den Fenstern, und aus dem Kamin stieg kein Rauch. Thomas klopfte, aber niemand öffnete ihm. Die Haushälterin war anscheinend wirklich zu ihrer Schwester gereist, wie sie es geplant hatte. Da die Tür verschlossen war, ging er um das Haus herum zur Hintertür, die jedoch ebenfalls verschlossen war. Er sah zunächst unter den Blumenkübeln nach und fand am Ende unter einem Stein auf der Fensterbank den Schlüssel zur Küche. Vorsichtig sperrte er die Hintertür auf und trat ein.

Einen Moment lang hielt er inne und lauschte. Das Haus wirkte tatsächlich verlassen. Kein Laut war zu hören. Der Geruch von kalter Asche hing in der Luft. Vermutlich waren sämtliche Dienstboten bis auf Weiteres zu ihren Familien heimgekehrt oder taten ihren Dienst im Herrenhaus, solange niemand wusste, wann der neue Pfarrer einziehen würde.

Es war dämmrig im Haus und Thomas drehte das Gaslicht in der Eingangshalle an. Er sah sich in seinem zuckenden Schein um. Hier war nichts, was ihm weiterhelfen konnte. Thomas betrat den Salon im Erdgeschoss. Und wieder fiel ihm auf, dass das Zimmer relativ nüchtern und unpersönlich eingerichtet war. Sein Blick wanderte über das schlichte Sofa, die Sessel, den Kamin und die Kommoden. Nirgendwo stand eine schmückende Porzellanfigur, nicht einmal eine leere Vase zierte den Kaminsims. An der Wand hingen keine Gemälde, nur ein einfaches Kreuz, und neben dem Fenster stand ein verwelkter Zimmerfarn. Thomas sah hinaus in den Garten und dachte über Madelines Worte nach. Gerald Farwell schien wirklich nur für seinen Glauben gelebt zu haben. Er war allen weltlichen Dingen entrückt gewesen. Aber war das überhaupt möglich?, fragte sich Thomas, während er den gepflegten Garten betrachtete, der sich hinter dem Pfarrhaus erstreckte. Konnte ein Mensch tatsächlich ohne jegliche Zerstreuung leben? Er wandte sich um und lehnte sich gegen die niedrige Fensterbank. Wieder sah er sich im Zimmer um. Es gab keine Sherry- oder Whiskeyflaschen, keine Bücher oder Zeitungen. Wie hatte der Pfarrer seinen Feierabend verbracht? Wirklich nur mit Gebet und Meditation?

Thomas ging zu einer der beiden Kommoden und öffnete ihre Schubladen. In der obersten lagen eine Bibel, ein Gebetbuch und eines mit christlichen Sprüchen. In den beiden unteren Schubladen fand er alte vergilbte Tischdecken, die wohl seit Jahren nicht mehr benutzt worden waren. Auch in der anderen Kommode war nichts Nennenwertes aufbewahrt.

Wieder trat er ans Fenster und sah in den Garten hinaus, als würde er die Antworten auf seine Fragen dort draußen finden. Da stutzte er plötzlich. Hinter den Gemüsebeeten, am Ende des gut gepflegten Rasens war eine niedrige Mauer zu erkennen, die das Grundstück begrenzte und in der eine halb abgebrannte Fackel steckte. Wofür diente diese Fackel? Thomas' Neugier war geweckt. Da er noch genug Zeit hatte, bis der Earl auf Wooverlough Court zurückerwartet wurde, beschloss er, sich diese Fackel einmal genauer anzusehen.

Er verließ das Haus und ging dann quer über die Wiese zur Mauer. Als er dort angelangt war, stellte er fest, dass die Fackel offenbar vor Kurzem noch benutzt worden war. Das Holz war noch nicht weich geworden, wie man es hätte erwarten können, wenn es längere Zeit dem feuchten Novemberwetter ausgesetzt gewesen wäre. Er lehnte sich vor, um auf die andere Mauerseite sehen zu können. Dort lagen die Überreste mehrerer heruntergebrannter Fackeln. Er ließ seinen Blick über das Dickicht schweifen. Wohin war der Fackelträger verschwunden? Plötzlich entdeckte er einen schmalen zugewucherten Pfad, der zwischen den Sträuchern, Brombeerranken und Birkentrieben kaum zu erkennen war. Wer nicht danach suchte, würde ihn vermutlich gar nicht finden.

Der Inspector schwang sich über die niedrige Mauer und schlug sich auf dem kleinen Pfad durch das dichte Gebüsch. Immer wieder verfing sich sein Mantel in den Ranken und Dornen. Nach etwa zwanzig Schritten endete der Weg vor einer Felswand. Zuerst glaubte Thomas, in einer Sackgasse gelandet zu sein, doch dann entdeckte er ein Gitter, das von einem Haselnussstrauch halb verdeckt war. Er bog die Äste zur Seite und hielt überrascht inne. Vor ihm lag eine Gittertür, hinter der eine Art Höhle zu erkennen war. Thomas betrachtete das große Schloss an der Tür. Was wurde hier gelagert, dass man es derart sicher verwahren musste?

Zu gern hätte Thomas sich einmal in dieser Höhle umgesehen, aber er hatte keine Idee, wie er ihre Tür öffnen konnte. Sein Blick wanderte die Felswand hoch, in die einige Fensteröffnungen eingehauen waren. Vielleicht gelang es ihm, sich dort hinaufzuziehen und so in die Höhle zu klettern. Die Öffnungen waren groß genug, sodass er hindurchpassen müsste. Allerdings lagen sie so hoch, dass er sie mit den Händen nicht erreichen konnte.

Rasch kehrte er zum Pfarrhaus zurück und fand im Schuppen dahinter, gleich neben dem Abort für die Dienerschaft, eine kleine Trittleiter. Mit ihrer Hilfe gelang es ihm schließlich, zu einem der Fenster hinaufzusteigen und sich durch die Öffnung zu zwängen. Wenig elegant plumpste er auf der anderen Seite auf den Steinboden. Er rappelte sich auf und sah sich in dem dämmrigen Licht um. Es schien sich um eine Art Andachtsraum zu handeln. An der Stirnseite der Höhle befand sich ein Altar mit einem schweren Eisenkreuz und mehreren goldenen Leuchtern, auf denen heruntergebrannte Kerzen steckten. Auf der anderen Seite standen ein paar große Holztruhen, daneben führte ein Gang in die Tiefe des Felsens hinein. Thomas spähte in den finsteren Gang, konnte aber nichts erkennen. Wenn er nur eine Fackel oder eine Öllampe mitgenommen hätte! Er wandte sich wieder der Höhle zu. Was war wohl in den Truhen? Thomas öffnete eine von ihnen vorsichtig. Der Deckel ließ sich erstaunlich leicht aufklappen. Der Inspector schrak zurück, als er die Peitschen, Eisenketten und Stachelkugeln sah, die in der Kiste lagerten. Schwere Schlösser waren an den Ketten befestigt. Thomas musste unwillkürlich an die seltsamen Verletzungen auf dem Rücken und der Brust des toten Pfarrers denken. Waren diese Folterwerkzeuge hier etwa die Erklärung dafür? Manche von ihnen sahen abgenutzt aus und schienen schon einige Jahre alt zu sein. War es möglich, dass der Pfarrer von jemandem geschlagen und ausgepeitscht worden war? Aber er war ein kräftiger Mann gewesen, warum hatte er sich nicht zur Wehr gesetzt? Thomas richtete sich auf. Plötzlich kamen ihm Berichte in den Sinn, die er über mittelalterliche Mönche gehört hatte. Sie hatten sich zur Selbstkasteiung ausgepeitscht. Hatte Gerald Farwell sich diese Verletzungen etwa selbst zugefügt? Hatte er sich dabei womöglich in Ketten gelegt? Wieder wanderte Thomas' Blick zu den Peitschen und Ketten und es schauderte ihn unwillkürlich. Was für ein unheimlicher Ort! Er wandte sich ab und betrachtete das dunkle Loch im Felsen. Thomas hätte zu gern gewusst, wohin dieser Gang führte. Er würde wohl mit einer Laterne noch einmal hierherkommen müssen. Aber für heute hatte er genug gesehen. Er verließ die Höhle, wie er hereingekommen war, verstaute die Leiter wieder im Schuppen und marschierte durch den Park zurück nach Wooverlough Court.

Inzwischen war der Earl zu Hause angekommen und bereit, den Inspector in seinem Arbeitszimmer zu empfangen.

Thomas begann sofort, den Mann unter Druck zu setzen. »Eure Lordschaft, bei allem Respekt, aber ich verstehe nicht, warum Sie meine Ermittlungen die ganze Zeit behindern, wo Sie doch ein großes Interesse an der Aufklärung des Mordes an Ihrem Bruder haben müssten.«

»Zügeln Sie sich, Grundgütiger!«, fuhr der Adlige auf. In seinem Gesicht zeigte sich Ärger. »Ich behindere Sie doch nicht.«

»Und was ist mit Madeline Brown?«, sagte Thomas mit einem vorwurfsvollen Blick.

»Sie hat nichts mit meinem Bruder zu tun. Ich werde Ihnen doch nicht mein ganzes Leben darlegen, nur weil irgendein Schwachsinniger Gerald umgebracht hat. Dabei war es sicher ein dahergelaufener Räuber.«

»Ich habe Ihnen schon einmal gesagt, dass Sie es bitte mir überlassen, das zu beurteilen. Erst haben Sie mir verschwiegen, dass Sie Miss Brown überhaupt kennen, und dann muss ich herausfinden, dass sie seit Jahren Ihre Geliebte ist.« Thomas sah den Adeligen drohend an. »Was verschweigen Sie mir noch?«

»Nichts.« Das Gesicht des Earls war vor Zorn rot angelaufen. »Und mein Privatleben ist für Ihre Ermittlungen nicht von Belang.«

»Ganz im Gegenteil. Miss Brown hat die meisten Mordopfer gekannt. Ihren Bruder, Molly Abernathy und noch einige andere der getöteten Frauen.« Thomas atmete tief durch. »Sie scheint im Zentrum dieser Ermittlungen zu stehen und ich muss alles über sie erfahren.«

»Mehr weiß ich nicht«, sagte der Earl und griff demonstrativ zu einem Stapel Unterlagen, der auf seinem Schreibtisch lag. »Wenn das dann alles war …?«

»Wie war das Verhältnis zwischen Ihrem Bruder und Miss Brown?«, fragte Thomas, der sich nicht so schnell abfertigen lassen wollte.

Der Earl hob die Schultern. »Gut, nicht erwähnenswert.«

»Bitte denken Sie gründlich nach, Eure Lordschaft.« Thomas unterdrückte einen Seufzer.

»Hören Sie, Inspector«, nun stand der Earl auf, blieb jedoch hinter seinem Schreibtisch stehen und beugte sich zu Thomas herab, »Miss Brown hat mit Sicherheit nichts mit dem Tod meines Bruders zu tun. Ich verstehe nicht, warum Sie so viel Zeit mit ihr verschwenden, anstatt sich auf die Suche nach dem Mörder zu machen.«

Thomas erhob sich ebenfalls. »Wussten Sie, dass Ihr Bruder erhebliche Verletzungen am gesamten Körper hatte, teilweise mehrere Jahre alt?«

Der Earl sah ihn überrascht an. »Gerald? Nein, das wusste ich nicht. Er war immer äußerst friedfertig und hat sich nie mit anderen Menschen gestritten, wenn Sie das meinen.«

»Ich war gerade im Garten des Pfarrhauses und habe eine Höhle gefunden. Darin befinden sich Peitschen und Ketten. Kann es sein, dass Ihr Bruder sich selbst gegeißelt hat?«, fragte Thomas.

Seine Lordschaft sah ihn entsetzt an. »Warum sollte er das getan haben? Nein, das hat er bestimmt nicht.«

»Gut.« Thomas nickte dem Adeligen zu. »Wenn Ihnen noch etwas einfällt, melden Sie sich bitte.«

Er verließ das Anwesen und war sich sicher, dass der Earl ihm immer noch nicht alles anvertraut hatte, was er über diese Sache wusste.

# Kapitel 12

*Fleetwood, heute*

Charlotte und Zoe gingen schweigend durch den Park zurück nach Wooverlough Court. Zoe genoss Charlottes Nähe und ließ ihre Gedanken treiben. Sie hatten noch nichts wirklich Spektakuläres gefunden, was ihnen Aufschluss über Gerald Farwells Heldentaten gegeben hätte.

»Glaubst du nicht, dass es besser wäre, ein anderes Thema für meine Promotion zu suchen?«, fragte Zoe, als Wooverlough Court mit seinen zahlreichen Türmen und Erkern zwischen den Bäumen vor ihnen auftauchte.

Ihre Professorin sah sie nachdenklich an. »Ich würde noch nicht aufgeben, Zoe. Mich hat Gerald Farwell immer schon interessiert, und ich bin fest davon überzeugt, dass es gute Gründe für die Entstehung dieses Heldenmythos gibt.«

»Vielleicht basiert er ja nur auf Gerüchten, die mündlich überliefert wurden?«, überlegte Zoe.

Charlotte beobachtete ein paar Amseln, die auf der Wiese vor der Villa nach Würmern pickten. Dann fragte sie: »Aber hätten sich diese Gerüchte so lange gehalten? Das bezweifle ich. Nein, da muss mehr dahinterstecken. Und wenn etwas über Gerald zu finden ist, dann hier, in den sagenumwobenen Bibliotheken der Wooverloughs.«

»Wie schade, dass uns der Geheimgang nicht zu der verborgenen Bibliothek geführt hat.« Zoe kniff die Augen zusammen. »Ich habe wirklich keine Ahnung, wo sie sich befindet.«

»Du bist zauberhaft, wenn du angestrengt nachdenkst«, sagte Charlotte. In ihrem Blick lag eine Sanftheit, die Zoe den Atem nahm. Winzige braune Sprenkel zeichneten sich in ihren grünblauen Augen ab, die ihnen eine ungewöhnliche Strahlkraft verliehen. Ihre Wangen waren vom Marsch durch die kalte Winterluft gerötet. Zoes Herz schlug schneller. Sie betrachtete das Gesicht ihrer Professorin, das ihr schon so vertraut geworden war. Zoe hatte Charlotte seit Jahren fachlich bewundert. Doch seit sie sie persönlich kannte, war sie von ihrer Ausstrahlung und Selbstsicherheit fasziniert.

Charlotte streckte ihren Arm aus, um Zoe zu sich zu drehen. Zoes Atem stockte. Wärme breitete sich in ihr aus. Charlotte hielt sie jetzt mit beiden Händen fest, und während ihr Gesicht sich Zoes näherte, hielt Zoe vor Aufregung einen Augenblick die Luft an. Im nächsten Moment trafen sich ihre Lippen, zuerst sanft und zögernd, dann immer leidenschaftlicher. Zoe schloss ihre Augen und spürte die weichen, vollen Lippen auf ihren. Der Duft von Charlottes Haut stieg ihr in die Nase und vermischte sich mit ihrem zarten Parfüm. Charlottes Hände wanderten auf Zoes Rücken und drückten sie fest an sich. Zoe schloss ihre Arme um Charlotte. Lange standen sie so da, ohne voneinander lassen zu können. Es begann zu dämmern, als sie sich schließlich aus ihrer Umarmung lösten und widerstrebend ihren Weg zum Anwesen fortsetzten.

Sie sprachen kein Wort, Zoe war gefangen in einem

warmen Glücksgefühl, das großartig und gleichzeitig kaum auszuhalten war. Sie wünschte sich nichts weiter, als mit Charlotte den Abend allein verbringen zu können. Aber ihre Eltern erwarteten sie zum Dinner.

Wenig später betrat Zoe hinter Charlotte das Haus durch einen der Seiteneingänge, und sie musste sich zwingen, nicht nach Charlottes Hand zu greifen. Aber sie wusste, dass ihr Vater sie sofort nach Oxford zurückschicken würde, wenn er von ihrer Beziehung erfuhr. Und da die wissenschaftliche Arbeit über Gerald Farwell ihrer Professorin viel bedeutete, wollte Zoe ihre Recherche nicht gefährden.

Als sie in ihrem Zimmer hastig in ihr schlichtes schwarzes Abendkleid schlüpfte, war ihr Herz noch immer in Aufregung, und ihr ganzer Körper sehnte sich nach Charlottes Berührung. Wenig später klopfte sie an Charlottes Tür. Ihre Professorin öffnete ihr in einem zauberhaften grünen Kleid aus leichter Seide. Der knielange Rock umspielte Charlottes Beine, das figurbetonte Oberteil hatte einen tiefen Ausschnitt.

»Du siehst umwerfend aus«, begrüßte Charlotte sie und sprach damit auch Zoes Gedanken aus. »Kommst du noch einen Moment herein?« Ihre Augen funkelten.

Zoe stieß die Luft aus und schüttelte den Kopf. »Meine Eltern erwarten uns, wir sollten uns nicht verspäten.«

Charlotte lächelte und sie betrachtete Zoe zärtlich. »Nachher?«

Zoe nickte.

Als sie in den Salon kamen, waren die meisten Gäste bereits eingetroffen. Die Zeit bis zum Dinner verging mit langweiligem Geplauder. Immer wieder suchten Zoes Augen Charlottes Blick, aber ihre Professorin wurde vom Earl regelrecht in Beschlag genommen. Zoes Vater berichtete Charlotte über seine eigenen bescheidenen Nachforschungen zur Historie seiner Familie, und Zoe verstand langsam, warum er mit ihrem Besuch einverstanden gewesen war: Er versprach sich neue Erkenntnisse von ihrer Recherche. Während sie an ihrem Sherry nippte und sich mit einem der Gäste über das Wetter unterhielt, dachte sie darüber nach, ob ihre Promotion tatsächlich den Riss kitten konnte, der schon seit vielen Jahren mitten durch ihre Familie ging. Andererseits wusste Zoe nicht, ob sie überhaupt daran interessiert war, wieder auf Wooverlough Court willkommen zu sein, wenn sie dafür ihre Identität verleugnen musste.

In diesem Moment kündigte der Butler das Dinner an, und die Gäste begaben sich ins Esszimmer. Große Kandelaber standen auf der langen Tafel, die mit dem Familienporzellan eingedeckt war, und in den Kristallgläsern spiegelte sich das Kerzenlicht, sodass ein festliches Gefühl in Zoe aufstieg. Während sie Platz nahm, wanderte ihr Blick wieder zu Charlotte, deren Tischkarte direkt neben der Karte des Earls aufgestellt war. Zoes Vater rückte ihr gerade den Stuhl zurecht, und in diesem Moment begriff Zoe: Es war nicht nur das Interesse an der Forschung, das ihren Vater an der Professorin faszinierte. Er schien ein großes Gefallen an ihr gefunden zu haben.

Zoe wandte sich schnell ab. Ihr Tischnachbar, ein neureicher Snob, der mit mehreren Autohäusern zu viel Geld gekommen war, fragte sie gerade nach *Der Übernächste,* und auch wenn er offenbar keine Seite des Buches gelesen hatte, wirkte er sehr interessiert daran. Während sie seine Fragen beantwortete, wanderte ihr Blick immer wieder zu Charlotte und ihrem Vater. Der Earl beugte sich zu der Professorin, um ihr etwas ins Ohr zu flüstern. Charlotte lachte, und Zoe spürte einen Stich. Sie sah zu ihrer Mutter hinüber, die am anderen Ende der Tafel saß und das etwas zu vertrauliche Geplänkel ihres Gatten nicht zu bemerken schien.

Nach dem Essen begab sich die ganze Gesellschaft wieder in den Salon, wo die Diener mit dem Kaffee auf sie warteten. Der Earl hatte Charlotte seinen Arm angeboten und führte sie zu einem der Sofas. Er setzte sich so nah neben sie, dass Charlotte unwillkürlich etwas zur Seite rückte. Zoe biss sich auf die Lippen, als sie beobachtete, wie der Earl den Kopf zurückwarf und über etwas lachte, was Charlotte gerade gesagt hatte.

»Er flirtet mit ihr.«

Zoe zuckte zusammen und sah sich um. Ihre Mutter stand hinter ihr.

»Oh, meinst du?« Sie fühlte sich ertappt. Wie lange hatte sie die beiden schon angestarrt?

»Natürlich, das kann doch jeder sehen«, antwortete ihre Mutter leise. »Sie ist sehr schön.«

Zoe nickte.

»Er tut es ständig.«

Zoe sah ihre Mutter an. »Was? Flirten?«

»Ja.« Die Comtess lächelte. »Und meistens bleibt es nicht dabei.«

Zoe schwieg, peinlich berührt.

»Er will mit ihr schlafen, das ist offensichtlich.«

Zoe schluckte. Was sollte sie dazu sagen? Noch nie hatte

sie so deutliche Worte aus dem Mund ihrer Mutter gehört. Gleichzeitig erschrak sie über die Gefühlskälte. Es war, als spräche die Comtess über zwei Fremde, nicht über ihren Gast und über ihren eigenen Ehemann.

»Macht es dir nichts aus?«, fragte Zoe.

Ihre Mutter sah sie an. »Es tut nichts zur Sache, was ich dabei empfinde.«

Neben ihnen lachten ein paar Gäste und die Comtess führte Zoe etwas beiseite zum Fenster.

»Aber wie kannst du das ertragen?«, fragte Zoe ihre Mutter. »Warum lässt du dir das gefallen?«

Die Comtess hob die Schultern. »Was soll ich tun? Mich scheiden lassen und zum Gespött der Gesellschaft werden? Ich bekäme nicht einmal viel Geld, das hat er alles vor unserer Hochzeit geregelt. Das erste Mal, dass ich gehen wollte, ist viele Jahre her. Damals wart ihr noch klein. Ich war schon beim Anwalt und wollte die Scheidung einreichen. Dann habe ich von den Konsequenzen erfahren, die ein solcher Schritt mit sich gebracht hätte.«

Zoe sah ihr eigenes Spiegelbild in der Fensterscheibe. Sie wandte sich wieder zu ihrer Mutter. »Wir leben im einundzwanzigsten Jahrhundert, Mutter. Du hättest doch selbst Geld verdienen und mit uns ein eigenes Leben führen können.«

Ihre Mutter schnaubte. Dann huschte ihr Blick kurz durch den Salon, als ob sie sich vergewissern wollte, dass sie auch niemand belauschte. Aber alle Gäste waren in angeregte Unterhaltungen vertieft.

»Meine Chancen standen mehr als schlecht, ich hätte euch niemals mitnehmen dürfen«, sagte sie leise. »Immerhin ist dein Bruder der Erbe des Titels, und dein Vater hätte alles dafür getan, ihn auf Wooverlough Court zu behalten. Und du und deine Schwester? Wärt ihr denn mit mir gekommen, wenn ich kaum Geld gehabt hätte? Ich hätte euch keine Ferien in der Karibik mehr bieten können, keinen Führerschein zum Abi und auch keine teure Kleidung.«

»Glaubst du, dass wir nur an solchen Dingen interessiert sind?«, fragte Zoe erschrocken.

Der Blick ihrer Mutter wurde weich. »Damals glaubte ich es. Und selbst heute bin ich mir bei deinen Geschwistern sicher, dass sie eher materiell orientiert sind. Dich habe ich unterschätzt. Sehr unterschätzt.«

Sie fasste nach Zoes Arm und drückte ihn. »Du bist so stark, Zoe, wie ich es nie für möglich gehalten hätte. Nein, dich hat das Geld tatsächlich nie interessiert. Das habe ich schmerzlich erfahren, als dein Vater dich hinausgeworfen hat. Ich hatte damals fest damit gerechnet, dass du einlenken und wieder zu uns zurückkehren würdest.«

Sofort stiegen die Erinnerungen an jenen Abend in Zoe auf, als ihr Vater sie weggeschickt hatte. Noch während sie damals hastig ihre Jacke überzog, hatte sie fest damit gerechnet, dass ihre Mutter sich für sie einsetzen würde. Dass sie im nächsten Moment die Stimme ihres Vaters aufhalten würde, der von seiner Frau zur Vernunft gebracht worden war. Aber nichts dergleichen war geschehen. Schweigen hatte ihren Abgang begleitet.

»Deshalb hast du nichts unternommen, um mich umzustimmen?«, fragte Zoe und atmete tief ein. »Ich war sehr verletzt, als ich nichts von dir gehört habe. Du hast dich nie erkundigt, wie es mir geht …«

»Ich dachte, du kommst schon zurück, wenn es dir schlecht geht. Und das hast du jetzt ja auch getan.«

»Aber es geht mir nicht schlecht«, entgegnete Zoe und ihre Augen wanderten wieder zu Charlotte. Zufällig sah sie gerade auf und ihre Blicke trafen sich. Einen Moment lang blieb die Welt um sie herum stehen und es gab nur noch Charlotte und Zoe. Dann beanspruchte der Earl wieder die Aufmerksamkeit der Professorin und der Zauber des Augenblicks war verflogen. »Ich bin nur für meine Doktorarbeit und für Charlotte hier. Sie interessiert sich sehr für Gerald.«

Die Comtess betrachtete Zoe nachdenklich. »Ich verstehe. Dann bedeutet sie dir mehr als …«

Zoe spürte, dass sie errötete. »Ja, aber ich weiß nicht, wie es mit uns weitergehen wird. Sie ist verheiratet und hat zwei Kinder.«

»Oh.« Ihre Mutter sah zu Charlotte hinüber.

»Ist es für dich in Ordnung, dass ich lesbisch bin?«, fragte Zoe vorsichtig.

Die Comtess lächelte. »Ach herrje, Zoe! Natürlich würde ich mich freuen, wenn es zu einer schicken Hochzeit mit einem angesehenen Mann der gehobenen Gesellschaft käme und ich irgendwann Enkelkinder von dir bekäme. Ja, ich gebe zu, dass auch mich die Wahrheit anfangs sehr mitgenommen hat. Aber inzwischen hatte ich viel Zeit zum Nachdenken, und ich muss gestehen, dass ich dich bewundere. Du bist deinen Weg gegangen, einen Weg, den ich nie gewagt hätte zu gehen – und damit meine ich nicht deine Liebe zu Frauen, sondern dass du dein Glück über die Erwartungen anderer stellst. Du hast großen Erfolg als Schriftstellerin und ich bin unglaublich stolz auf dich. Ich möchte, dass du wirklich glücklich bist.«

Zoe hatte Tränen in den Augen. Sie schloss ihre Mutter in die Arme. »Danke.«

»Mein Schatz«, flüsterte die Comtess. »Ich bin froh, dass du wieder hier bist.«

Zoe löste sich von ihrer Mutter und strich ihr sanft über die Wangen. »Vielleicht bekommst du nie Enkelkinder, aber zumindest ein weiteres Buch von mir.«

Zoes Mutter lachte. »Na, wenigstens etwas.«

In diesem Moment kamen die ersten Gäste auf sie zu, um sich zu verabschieden, und eine halbe Stunde später waren alle gegangen. Die Dienstboten huschten durch den Salon, um die leeren Gläser einzusammeln. Mitternacht war bereits vorbei.

»Godfrey, ich danke Ihnen und der Comtess für diesen wunderschönen Abend«, sagte Charlotte und schenkte dem Earl ein umwerfendes Lächeln. Zoe spürte wieder den Stich der Eifersucht, als sie hörte, dass Charlotte ihren Vater mit seinem Vornamen ansprach. Das erlaubte er nur sehr wenigen Menschen.

»Es war uns ein Vergnügen«, erwiderte er und fasste nach Charlottes Arm, den er sich in die Ellenbeuge legte. »Sie müssen mir gestatten, Sie nach oben zu begleiten.«

»Das ist wirklich nicht nötig«, insistierte die Professorin und warf Zoe einen hilfesuchenden Blick zu.

Der Earl wischte ihren Einwand mit einer Handbewegung fort. »Gute Nacht!«, rief er Zoe und seiner Frau über die Schulter zu und verließ mit Charlotte den Salon.

»Siehst du«, sagte ihre Mutter so leise, dass die Dienstboten sie nicht hören konnten. »Sie wird Schwierigkeiten haben, ihn loszuwerden. Viele unserer weiblichen Hausgäste lassen ihn mit in ihr Zimmer kommen.«

Zoe stieß wütend die Luft aus, und ihre Mutter legte beschwichtigend den Finger auf die Lippen.

»Aber das Personal bekommt doch alles mit«, sagte Zoe mit leiser Stimme. »Und nicht nur sie, auch die Gäste. Er blamiert dich, er führt dich vor. Warum lässt du dir das gefallen? Nur wegen des Geldes?«

»Ach, Zoe.« Ihre Mutter seufzte. »Ich bin nicht so stark wie du. Ich kann das Gerede der Gesellschaft nicht ertragen.«

»Aber sie reden doch sowieso. Meinst du, sie kriegen es nicht mit, dass er dich in deinem eigenen Haus betrügt?«, fragte Zoe wütend.

Ihre Mutter hob resigniert die Schultern. »Es ist sein Haus, nicht meins. Und ja, natürlich wissen es die Leute, aber ich bin nicht die Einzige, die mit einem betrügerischen Ehemann auskommen muss. Damit kann ich besser leben, als wenn ich als geschiedene Comtess nicht mehr zu den wichtigsten gesellschaftlichen Ereignissen eingeladen werden würde. Ich könnte nicht mehr dabei sein, verstehst du?«

Zoe beobachtete die Dienstboten, die inzwischen alle Gläser abgetragen hatten und nun dabei waren, die Vorhänge zuzuziehen. Sie beugte sich zu ihrer Mutter vor und sagte leise: »Es ist völlig egal, ob ich es nachvollziehen kann oder nicht. Du bist diejenige, die sich dabei wohlfühlen muss. Und wenn du jemals meine Hilfe brauchst, melde dich.«

Die Comtess drückte Zoes Hand und wünschte ihrer Tochter eine Gute Nacht. In Gedanken versunken ging Zoe die Haupttreppe hinauf. Als sie in ihr Zimmer trat, fuhr sie zusammen. Die Nachttischlampe war angeknipst und auf ihrem Bett lag … Charlotte. Die Schuhe hatte sie abgestreift, das grüne Kleid war ein wenig nach oben gerutscht.

»Habe ich dich erschreckt?«, fragte sie mit einem verführerischen Lächeln.

Zoe schüttelte den Kopf. Ihr Herz klopfte wie wild in ihrer Brust. Ihre Stimme war heiser, als sie sagte: »Ich hatte nicht damit gerechnet, dass du meinen Vater so bald loswürdest.«

Charlotte verdrehte die Augen. »Dein Vater ist wirklich hartnäckig. Aber kommst du jetzt zu mir?«

Zoe schlüpfte aus ihren Schuhen und setzte sich auf die Bettkante. Charlotte rückte näher an sie heran. Zärtlich strich sie über Zoes Nacken und fuhr langsam mit ihren Fingern durch ihr Haar. Gänsehaut breitete sich über Zoes Körper aus.

Charlotte flüsterte ihr ins Ohr: »Ich habe das noch nie mit einer Frau getan.«

Ihre Hände umfassten Zoes Gesicht und ihre Lippen legten sich auf Zoes. Wieder versank Zoe in ihrem Kuss, der immer leidenschaftlicher und drängender wurde. Zoe rutschte nach hinten und ließ sich auf das große Bett fallen. Charlotte sank neben sie. Zoes Hände streichelten zärtlich über Charlottes Rücken. Sie fand den Reißverschluss ihres Kleides und zog ihn auf. Sanft glitt der grüne Stoff von Charlottes Schultern. Sie setzte sich auf und streifte das Kleid ab. Zoe sog scharf die Luft ein, als sie ihre schwarze Spitzenwäsche sah. Charlottes warme Finger hoben nun auch Zoes Kleid an, schoben sich die Oberschenkel hinauf, stülpten das Kleid vorsichtig über Zoes Hüften und zogen es schließlich sanft über ihren Kopf.

»Bist du dir sicher, dass du das tun willst?«, fragte Zoe mit zitternder Stimme.

»So sicher, wie ich mir nur sein kann«, flüsterte Charlotte ihr ins Ohr.

Zoe griff nach Charlottes Hand und küsste sie zärtlich. »Ich habe mir gewünscht, dass das passiert, vom ersten Moment an, als ich dich gesehen habe.«

Charlotte lächelte sie voller Zärtlichkeit an. Doch hinter dem Lächeln erkannte Zoe auch Angst und Unsicherheit. Sie wusste, wie ihre Professorin sich jetzt fühlen musste, schließlich hatte sie vor vielen Jahren selbst in genau diesem Haus gelegen und sich gefragt, wie sie mit ihren Gefühlen, die so anders waren, als die Gesellschaft sie forderte, umgehen sollte. Um diesen zauberhaften Moment nicht zu zerstören, riss sie sich von dem Gedanken los und nahm sich vor, Charlotte in dieser Nacht keine Zeit zu geben, über die Zukunft nachzudenken. Sie zog sie an sich und küsste sie mit aller Leidenschaft, die sie in sich trug.

»War das hier eigentlich früher dein Zimmer?«, fragte Charlotte eine Stunde später, nachdem sie wieder zu Atem gekommen waren.

Zoe schüttelte den Kopf. »Meine Geschwister und ich haben in einem anderen Teil des Hauses gewohnt, oben unterm Dach. Dort habe ich den Großteil meiner Kindheit verbracht. Erst als ich sechzehn wurde, bin ich nach unten in den Familienflügel gezogen. Dieser Raum hier war, glaube ich, immer schon ein Gästezimmer. Wir durften damals nie hier spielen, um niemanden zu stören.«

Charlotte richtete sich plötzlich auf. »Könnte es sein, dass die verborgene Bibliothek sich unterm Dach befindet, in der Nähe eurer alten Kinderzimmer? Vielleicht hast du als Kind früher darin gespielt«, sagte sie und griff damit wieder das Thema auf, das sie heute so sehr beschäftigt hatte.

Zoe dachte einen Moment lang nach, während sie eine von Charlottes Haarsträhnen um ihren Finger wickelte. »Ja, das könnte sein. Aber leider kann mich nicht mehr genau erinnern.«

Charlotte löschte das Licht. Es war inzwischen fast vier Uhr morgens. »Schlaf gut, meine süße Zoe. Morgen werden wir dort oben mal ein bisschen herumstöbern.«

Als Zoe am nächsten Morgen erwachte, war Charlottes Duft das Erste, das sie begrüßte, und Zoe durchfuhr wieder ein unvorstellbares Glücksgefühl. Sie sah auf die Uhr und stellte fest, dass es bereits halb elf war. Sanft küsste sie Charlotte auf die Stirn, auf die seidig weichen Wangen und die verführerischen Lippen.

Charlotte räkelte sich und öffnete die Augen. Sofort trat wieder diese Zärtlichkeit in ihren Blick, die Zoe Gänsehaut verursachte. Einen Moment lang sahen sie sich nur an, berauscht von dem Glück, die andere neben sich zu wissen. Das schwache Tageslicht, das durch die alten Vorhänge schien, ließ Charlottes Haare leuchten.

Dann nahm Charlotte Zoes Morgenmantel und schlüpfte in ihr eigenes Zimmer.

Wenig später fanden sie sich im Speisezimmer zu einem späten Frühstück ein. Außer ihnen war niemand anwesend, vermutlich hatte Zoes Vater seinen Morgenkaffee bereits getrunken, ihre Mutter ließ sich ihr Frühstück immer auf ihr Zimmer bringen.

Anschließend machten sie sich auf den Weg in den Westflügel, in dem die Kinderzimmer die gesamte oberste Etage einnahmen, um dort nach der geheimen Bibliothek suchen.

Als Zoe die alte Holztür am Ende der Treppe öffnete, blieb sie überwältigt stehen. Der Geruch nach Bohnerwachs rief zahlreiche Erinnerungen in ihr wach. Augenblicklich fühlte sie sich in ihre Kindheit zurückversetzt.

»Das hier, das ist für mich wie Nachhausekommen«, stellte sie fest, selbst überrascht darüber. »Hier war all die Jahre meine Heimat, nicht unten in dem riesigen Haus.«

Charlotte legte einen Arm um Zoes Schultern und schmiegte sich für einen Augenblick an ihre Freundin.

»Wo war dein Schlafzimmer?«, fragte die Professorin.

Zoe deutete beinahe ehrfurchtsvoll auf die letzte Tür rechts, dann führte sie Charlotte durch den dunklen und staubigen Flur. Die alten Holzdielen knarrten unter ihren Schritten.

In dem kleinen Zimmer waren die Möbel mit weißen Laken zugedeckt. Zoe zog die Tücher ab und ließ sie zu Boden gleiten. Dann sah sie sich um. Genau so, nur etwas größer, hatte sie ihr Kinderzimmer in Erinnerung. Sie betrachtete das weiße Bettgestell, die bunte Tagesdecke, den alten Kleiderschrank aus Eichenholz. Ein kleiner Tisch und zwei Kinderstühle standen auf einem Flickenteppich in der Mitte des Zimmers, eine Kommode direkt neben der Tür. Zoe trat ans Fenster und sah hinaus. Ja, das war der Ausblick aus ihrem Zimmer! Heute fiel ihr auf, wie überwältigend er war. Die Sicht war weit und verlor sich hinten am Horizont. Unter ihr breiteten sich die Gärten und die großzügige Parkanlage des Anwesens aus.

»Atemberaubend!«, stellte auch Charlotte fest, die neben sie getreten war.

Nachdenklich legte Zoe die Laken wieder über die Möbel. Als Nächstes wandten sie sich dem Spielzimmer zu, das neben Zoes Zimmer lag. Auch an diesen Raum hatte Zoe viele schöne Erinnerungen, und sie stieß einen kleinen Freudenschrei aus, als sie ihr altes viktorianisches Puppenhaus, das Kindergeschirr und ihr Schaukelpferd entdeckte. Der Reihe nach schauten sie sich jedes Zimmer in der oberen Etage an, den Schlafraum der Nanny und die anderen Kinderschlafzimmer. Aber nirgendwo war ein Zugang zu irgendeinem Geheimzimmer zu finden.

»Und wo führt diese Tür hin?«, fragte Charlotte schließlich und deutete auf eine alte Schwingtür.

»Soweit ich weiß, sind da unten die alten Dienstbotenzimmer«, erwiderte Zoe und drehte das Licht in dem schmalen Treppenhaus dahinter an. »Ja, genau. Da wohnten früher die Bediensteten der Gäste. Aber sie wurden nur sehr selten benutzt.«

»Hast du als Kind hier gespielt?«

Zoe betrachtete den Linoleumboden. »Nein, das durften wir nicht. Aber dort gab es einen Durchgang zum Mitteltrakt des Hauses, da sind wir öfter durchgeflitzt, wenn wir unserer Kinderfrau entkommen wollten.«

»Dann lass uns das doch mal anschauen«, sagte Charlotte und fasste nach Zoes Hand.

Gemeinsam stiegen sie die Treppe hinunter und gingen einen langen Flur entlang, dessen Wände mit alten Holzpaneelen verkleidet waren.

Zoe blieb stehen. Plötzlich hatte sie ein Bild vor ihrem inneren Auge. Ein Holzpaneel wie diese hier an den Wänden, das bei leichtem Druck auf die linke obere Ecke zurückwich. »Hier könnte es gewesen sein.«

»Meinst du, mitten im Flur?« Charlotte sah sie skeptisch an. »Wäre das nicht ein wenig zu … offensichtlich?«

Zoe strich mit den Fingern über die alte Wandverkleidung. »Hierher kommt selten jemand. Es könnte allerdings auch in dem alten Saal sein – der ist da vorn.« Sie deutete auf eine Tür, die sich so nahtlos in die Holzvertäfelung einfügte, dass man sie leicht übersehen konnte.

Zoe führte Charlotte in den großen Raum.

»Das war früher einmal der Ballsaal«, erklärte sie. »Aber seit der Ostflügel im frühen achtzehnten Jahrhundert angebaut wurde, hat man den Saal hier nur noch selten benutzt. Ich glaube, in diesem Raum sind die Damen bei schlechtem Wetter gewandelt und die Kinder haben mit Bällen, Seilen und Reifen gespielt.« Sie sah sich um. »Jedenfalls sind die Wände hier auch mit Holzpaneelen vertäfelt. Es kann gut sein, dass hinter einem davon der Geheimgang liegt.«

»Oder die verborgene Bibliothek?«, fragte Charlotte.

Zoe betrachtete die Wände und antwortete: »Ja, aber ich bin mir nicht ganz sicher. Es gab hier eine Menge verborgener Türen und ich habe sie mir nicht alle gemerkt.«

»Na, dann hoffen wir einfach mal, dass sich dein Gedächtnis nicht täuscht.« Charlotte zwinkerte ihr zu, ehe sie sich auf die Suche machten.

Nachdem Zoe sich eine Weile an den Paneelen entlanggetastet hatte, wusste sie plötzlich, dass sie die richtige Stelle gefunden hatte. Sie stand vor einem Holzbrett neben der Tür, als ihre Erinnerung zurückkehrte. Mit angehaltenem Atem drückte sie gegen die linke Ecke, als ein leises Klicken ertönte.

»Charlotte!«, rief sie aufgeregt.

»Hast du es gefunden?« Die Professorin lief durch den Raum zu ihr.

Zoes Hände zitterten, während sie die Holzverkleidung vorsichtig zurückschob. Als sie den Geruch nach Moder, Staub und feuchtem Papier wahrnahm, wusste sie, dass sie das richtige Versteck gefunden hatten. Ehrfurchtsvoll betraten sie den hellen Raum hinter der Geheimtür. Er war nicht besonders groß, nicht mehr als fünf Quadratmeter, und seine Wände waren mit alten Regalen bedeckt. Unter dem Fenster, das zum Obstgarten hinausging, stand ein Schreibtisch.

»Es scheint, als hätten deine Vorfahren hier jede Menge Tagebücher aufbewahrt«, sagte Charlotte und blies den Staub von einem der Bücher, der zentimeterdick darauf gelegen hatte. Ihre Wangen leuchteten vor Aufregung. »Hier stehen meterweise Tagebücher aus alten Jahrhunderten.«

»Genauso hatte ich es in Erinnerung.« Zoe drehte sich um die eigene Achse, um die hohen Regale genauer zu betrachten.

»Zoe, wie hieß eigentlich der Earl, damals als Gerald Farwell hier Pfarrer war?« Charlotte zog weitere Bücher heraus und blätterte darin. »Das muss ja der ältere Bruder von Gerald gewesen sein.«

»Der hieß John«, antwortete Zoe. »Ja, lass uns zuerst nach Tagebüchern von diesem John Wooverlough suchen.«

»Ich wage ja nicht zu hoffen, dass hier auch Aufzeichnungen von Gerald selbst liegen«, erwiderte Charlotte.

Sie machten sich an die Durchsicht der Bücher, mussten

aber immer wieder Pausen einlegen, weil der Staub sich unangenehm auf ihre Lungen legte.

»Hier, ich hab sie gefunden!«, rief Charlotte schließlich triumphierend. »John scheint ein eifriger Tagebuchschreiber gewesen zu sein.«

Sie zog die Bände nacheinander aus dem Regal, während Zoe ihr über die Schulter sah.

»Das ist ja eigenartig«, stellte sie fest. »Sie enden im Sommer 1839. Aber dieser Earl ist doch erst in den Achtzigerjahren des neunzehnten Jahrhunderts gestorben, oder nicht?«

Zoe nickte. Sie ließ ihren Blick wieder über die Regale gleiten und blieb an einer Holztruhe hängen, die ganz unten auf einem der Bretter stand.

Vorsichtig zog sie die Kiste heraus und klappte den Deckel auf. »Schau mal, hier sind weitere Tagebücher. Und ein Brief.« Sie faltete das alte Dokument auseinander und las den Brief laut vor:

*London, Herbst 1845*

*Eure Lordschaft,*

*inzwischen sind fünf Jahre vergangen, seit Sie Miss Brown erpresst und zu einem Leben gezwungen hatten, das sie nicht führen wollte. Damals haben wir uns geeinigt, und wie es scheint, haben beide Parteien ihr Wort gehalten. Da Miss Brown heute rundum glücklich ist und mit allem, was damals geschah, abgeschlossen hat, haben wir entschieden, Ihnen sämtliche Aufzeichnungen zukommen zu lassen, die*

*,on den tragischen Ereignissen sicherheitshalber ıgefertigt haben. Madeline schrieb alles in Tagebüchern auf, und meine eigenen Notizen sind in den schwarzen Büchern enthalten. Um unser friedliches Ansinnen zu bezeugen, dass wir die Sache nunmehr auf sich beruhen lassen wollen, geben wir also alles in Ihre Hand, Mylord. Ich weiß, dass auch Sie keine Schritte mehr unternehmen werden, und wenn Sie unsere Aufzeichnungen gelesen haben, werden Sie unser Handeln damals vermutlich besser verstehen. Entscheiden Sie selbst, ob Sie unsere Berichte aufbewahren wollen, damit sie als Zeugnis für spätere Generationen dienen können, oder ob sie alles den Flammen übergeben und die Geschichte für immer vergessen sein soll.*

*Sollten Sie Madeline erneut behelligen, werde ich nicht davor zurückschrecken, Zeugen anzuführen, die beschwören können, dass Ihr Sohn nicht Ihr rechtmäßiger Erbe ist. Und die Wahrheit über seine Mutter dürfte Ihrem Ansehen ebenso schaden wie ihm selbst. Außerdem werde ich dann diese ganze Geschichte öffentlich bekannt machen, bei der Ihre Familie eine so furchtbare und teuflische Rolle spielte. Wenn Sie uns jedoch, wie vereinbart, auch künftig nicht weiter nachstellen, werden Miss Brown und meine Wenigkeit das Thema nicht weiter vertiefen. Es vergeht kein Tag, an dem sie nicht an Howard denkt.*

*Ergebenst,*
*Thomas Young, Detective Inspector*
*Metropolitan Police, London*

»Das könnte es sein!«, rief Zoe und atmete erleichtert aus. Sie deutete auf die Holztruhe. »Hier in diesen Büchern könnten wir die Antworten auf unsere Fragen finden.«

»Was wohl in all den Büchern steht?«, überlegte Charlotte laut und beugte sich über die alte Truhe.

»Das werden wir gleich wissen«, erklärte Zoe und griff nach dem ersten verstaubten Band in der Kiste. Sie begann, laut zu lesen.

# Kapitel 13

*Liverpool und Fleetwood, September 1839*

Als Madeline in Fleetwood ankam, stand die Sonne hoch am Himmel und sie spürte, wie ihr der Schweiß den Rücken hinunterlief. Es wurde Zeit, dass der Herbst kam und es allmählich kühler wurde. Sie zog den Fächer aus ihrer Tasche und wedelte sich Luft zu. Dann stieg sie aus der Droschke und blieb vor dem Pfarrhaus stehen, das verschlafen in der Mittagssonne lag. Sie wusste, dass Gerald selten in seinem Haus anzutreffen war, und beschloss, zunächst in der Kirche nach ihm zu suchen. Auf dem kleinen Friedhof, der um die Kirche herum angelegt war, standen viele alte und teilweise schon verwitterte Grabsteine. Langsam ging Madeline auf das schlichte weiße Gebäude mit dem Glockenturm zu. Um sie herum summten die Bienen, und Schmetterlinge flatterten im Wind. Der Duft der wilden Rosen, die an einem Spalier an der Kirchenmauer wuchsen, stieg ihr in die Nase.

Madeline hatte gerade die Hand ausgestreckt, um die schwere Eichentür zu öffnen, als sie innehielt. An der Tür war mit einem Nagel ein großes Plakat angebracht, auf dem zur September-Andacht eingeladen wurde. Madeline starrte entsetzt auf den Nagel. Mit einem Mal sah sie Molly vor sich, festgenagelt auf den Dielen ihres Zimmers.

Trotz der Hitze war ihr plötzlich kalt. Es waren genau solche Nägel gewesen, mit denen ihre Freundin festgenagelt worden war. Madeline zog die Hand zurück und schüttelte den Kopf. Vermutlich waren ihre Nerven so strapaziert, dass sie Zusammenhänge sah, die es gar nicht gab. Widerstrebend öffnete sie die Tür und betrat die Kirche. Es dauerte einen Moment, bis sich ihre Augen an das Dämmerlicht gewöhnt hatten. Es roch nach Kerzenwachs, Rauch und Blumen.

»Pfarrer Farwell?«, rief sie und lauschte dem Echo ihrer Stimme. »Gerald?«

Es blieb ruhig. Sie durchquerte das Kirchenschiff. Niemand war zu sehen. Zaghaft klopfte sie an die Tür zur Sakristei. Auch dieser Raum war leer. Madeline verließ die Kirche wieder und ging zurück zum Pfarrhaus. Sie wollte sich gerade bei seinem Hausmädchen nach dem Pfarrer erkundigen, als ihr die Krypta hinter dem Garten des Pfarrhauses einfiel. Diese alte Felsenhalle stammte angeblich aus dem Mittelalter, war aber seit vielen Jahren nicht mehr benutzt worden. Madeline erinnerte sich daran, dass John und sie früher dort gespielt hatten, bis Gerald den Raum zu seiner Andachtsstätte erklärt hatte. Er war schon als Jugendlicher oft dorthin gegangen, um zu beten.

Madeline spazierte also über den Kiesweg des Pfarrgartens bis zur Mauer am Ende der Wiese. Die Rosen und Sonnenblumen blühten in voller Pracht, und am Himmel hatten sich ein paar Schönwetterwölkchen unter das tiefe Blau gemischt. Der sanfte Sommerwind umspielte ihren Strohhut, und einen Moment lang genoss Madeline den Frieden der Natur. Sie setzte sich auf die niedrige Mauer und schwang, wenig damenhaft, die Beine hinüber. Dann folgte sie dem schmalen Pfad dahinter. Immer wieder blieben Brombeerranken und Kletten an ihrem Kleid hängen. Vorsichtig versuchte sie, den fliederfarbenen Leinenstoff von den Dornen zu befreien, ohne den Stoff zu beschädigen. Als Kind waren ihr diese Beschwernisse gar nicht aufgefallen.

Madeline kämpfte gerade mit einem besonders hartnäckigen Zweig, als sie plötzlich zusammenfuhr. Schmerzensschreie zerstörten die Stille des Sommertages. Hastig riss sie sich von dem Brombeerzweig los und folgte dem Stöhnen. Die Schreie wurden immer lauter. Und dann war ein Geräusch zu hören. Es klang wie das Knallen einer Peitsche. Ketten klirrten. Madelines Herz schlug wild gegen ihre Rippen, sie schauderte. Kurz dachte sie darüber nach, zu fliehen. Aber vielleicht brauchte da jemand ihre Hilfe. Hektisch sah sie sich nach einem starken Ast um, den sie als Waffe benutzen konnte, aber außer den Dornenbüschen und dünnen Zweigen war hier nichts zu finden. Madeline huschte durch das Dickicht, immer den Schmerzensrufen nach, die sie zu der alten Krypta führten. Wenig später fand sie sich vor dem Gittertor wieder, das weit offen stand. Madeline starrte auf das Bild, das sich ihr bot. Einen Moment lang begriff sie nicht, was das alles zu bedeuten hatte. Gerald kniete nackt vor dem Altar mit dem großen Kreuz, eine schwere Eisenkette um den Hals, und peitschte sich auf den Rücken. Durch die kräftigen Hiebe platzte seine Haut auf und das Blut spritzte. Madeline schlug sich entsetzt die Hand vor den Mund. Voller Schrecken beobachtete sie die Szene, unfähig sich zu rühren. Ihr war übel.

»Schmutziger Sünder!«, stöhnte Gerald zwischen den

Peitschenhieben. »Oh Herr, nimm mein Opfer an, reinige mein Fleisch von der Sünde!«

Dann hallten erneut Schmerzensschreie durch die Krypta. Madeline stand wie gelähmt da.

»Vermaledeiter Sünder! Verwerflicher! Schwacher!«, stöhnte Gerald und ließ den Lederriemen immer wieder mit voller Wucht über seinen Rücken fahren.

Madeline wandte den Blick ab. Wie entsetzlich! Sie sah sich in der Krypta um. Niemand sonst war hier, nur der Pfarrer. Aber wieso tat er das? Warum verletzte er sich?

Sie drehte sich weg und hastete durch die Schlingpflanzen zurück zur Gartenmauer. Als sie ihr Ziel erreicht hatte, zitterte sie so heftig, dass sie mehrere Anläufe brauchte, bis sie sich endlich auf die andere Seite geschwungen hatte. Dann stolperte sie eilig zurück zum Haus, auf die Straße und zu ihrer Droschke. Fluchtartig sprang sie hinein und erteilte dem erschrockenen Fahrer die Anweisung, sie nach Liverpool zurückzubringen.

Als John am Abend in den Salon kam, hatte Madeline sich noch immer nicht beruhigt. Sie sah Gerald vor sich, seine aufgeplatzte Haut, das Blut, das auf den Boden der Krypta spritzte. Und in ihren Ohren klangen noch immer die Schreie. Je länger sie darüber nachdachte, umso überzeugter war sie, dass alle ihre Beobachtungen irgendwie miteinander zusammenhingen. Das schockierende Verhalten des Pfarrers, der Nagel an der Kirchentür, die Person in der Nacht auf der Straße, die Gerald so ähnlich gewesen war, das tote Mädchen am Morgen …

»Was ist los?«, fragte John, als er ihr blasses Gesicht bemerkte, und setzte sich neben sie auf das Sofa.

»Gerald«, presste Madeline hervor. »Ich glaube, er hat etwas mit den Morden an den Frauen zu tun.«

Der Earl zuckte zurück. Einen Moment lang sah er sie verständnislos an. Dann sagte er: »Rede keinen Unsinn, Madeline.« In seinen Augen blitzte Wut auf. »Ich verbiete dir, so etwas auch nur zu denken.«

Madeline schlug die Hände vors Gesicht und sank auf dem Sofa zurück. »Ich habe heute etwas Schreckliches gesehen.« Sie berichtete John, was sie beobachtet hatte. Als sie geendet hatte, stand er auf und ging unruhig im Zimmer auf und ab. Lange Zeit sagte er nichts, dann blieb er stehen und sah sie ernst an.

»Zunächst einmal gehört es sich nicht, meinem Bruder hinterherzuspionieren«, begann er in einem strengen Ton.

»Das habe ich doch gar nicht getan«, unterbrach Madeline ihn empört. »Ich habe nur auf ihn gewartet, um ihn etwas zu fragen. Und dann habe ich mich an die Krypta erinnert, und zufällig war er dort, aber ... Es war schrecklich, John.«

Der Earl hob die Hand. »Wir sind keine Kinder mehr, und dort herumzustreunen ziemt sich nicht. Man könnte ja fast meinen, du wärst zu einem Stelldichein gewesen.«

»Was für ein Unsinn ...«

»Nein, Madeline, jetzt rede ich.« John ging einen Schritt auf das Sofa zu, auf dem Madeline nach wie vor saß. »Und was du gesehen hast, ist nur eine Selbstkasteiung. Eine gängige Praxis unter Geistlichen.«

»Ja, unter Geistlichen des Mittelalters vielleicht. Aber wir leben im neunzehnten Jahrhundert!«

»Lass mich bitte aussprechen.« John baute sich drohend vor ihr auf, die Hände in die Hüften gestützt. »Du weißt, wie wichtig der Glaube für Gerald ist. Er nimmt das alles sehr ernst und deshalb geißelt er sich.«

»Und warum schreit er, dass er ein schmutziger Sünder sei?«, fragte Madeline und rutschte weiter auf dem Sofa zurück.

»Was weiß ich? Das ist seine Privatangelegenheit und geht uns nichts an. Vermutlich hatte er unreine Gedanken, vielleicht hat er davon geträumt, dir unters Kleid zu schauen.« John grinste anzüglich und streckte seine Hand nach Madeline aus.

Sie wich ihm aus. »Nein, John, ich habe Gerald gestern Abend in der Stadt gesehen. Und heute Morgen wurde wieder eine tote Frau gefunden. In der Kirchentür steckt genauso ein Nagel, wie er auch bei den toten Frauen verwendet wurde – und Gerald bezeichnet sich selbst als schmutzigen Sünder.«

»Du hättest gestern Abend gar nicht draußen unterwegs sein dürfen!« John setzte sich wieder neben sie auf das Sofa und griff nach ihren Oberarmen. »Ich habe dir doch deutlich gesagt, dass ich das nicht möchte.«

Madeline versuchte, seine Hände abzuschütteln, was ihr jedoch nicht gelang. »Aber es unternimmt ja niemand sonst etwas. Wenn ich nicht die Augen offen halte, kann dieser Wahnsinnige ungestraft weiter morden.« Tränen der Wut traten in ihre Augen. Warum verstand John sie nicht?

»Das ist nicht deine Angelegenheit«, sagte der Earl und sein Griff um ihre Oberarme verstärkte sich, sodass sie vor Schmerz zusammenfuhr. »Ich verbiete dir, abends aus dem Haus zu gehen. Du bleibst hier oder ich werde dich bewachen lassen.«

»Willst du mich etwa einsperren?«, fragte sie entsetzt und verzog dann sarkastisch den Mund. »Das, John, ist sogar unter *deiner* Würde.«

»Wenn es deiner Sicherheit dient und der meines Kindes, bin ich dazu bereit.« Er drehte sie um. »Und jetzt leg dich hin und denk nicht mehr an Gerald und die toten Dirnen.«

Madeline starrte ihn an. »Ich werde nicht mit dir schlafen, solange du mich nicht ernst nimmst.«

»Das entscheide immer noch ich!«

Er stieß sie aufs Sofa und stürzte sich auf sie. Madeline schrie auf und versuchte, ihn von sich abzuschütteln, aber John war stärker. Madeline krümmte sich vor Schmerz, doch er drang wie besessen in sie ein. Sie stemmte ihre Hände gegen seine Brust, aber John drückte sie zurück in die Sofakissen. Sein Gesicht wirkte plötzlich hart und gefühllos, sein Stöhnen schien sie zu verhöhnen.

Tränen liefen ihr über die Wangen. Schließlich stand John auf und sie wandte angewidert ihr Gesicht ab.

Während er seine Kleidung zurechtrückte, erklärte er: »Ich werde von jetzt an anders mit dir umgehen müssen, Madeline. Ganz eindeutig habe ich dir zu viele Freiheiten gewährt und du hast vergessen, wem du gehörst.«

Madeline zog zitternd die Röcke über ihre Oberschenkel und versuchte, die Schmerzen zu ignorieren. »Ich gehöre dir nicht, du bist nicht mein Ehemann. Gott sei Dank!«

»Nein, das stimmt, aber das alles hier ist meins.« Er machte eine weit ausgreifende Handbewegung und knöpfte dann sein Hemd zu. »Und solange du diese Annehmlichkeiten genießen willst, gehörst auch du mir.« Er zog seinen Rock über und strich sich über das Haar. »Und das bedeutet, dass du genau das tun wirst, was ich von dir verlange.« Als er an der Tür war, drehte er sich noch einmal um. »Und wenn ich erfahre, dass du dich wieder nachts auf der Straße herumtreibst, werde ich dich einschließen und bewachsen lassen.«

# Kapitel 14

*Wooverlough Court, heute*

Zoe und Charlotte saßen noch immer in der verborgenen Bibliothek an einem alten Tisch, der in der Mitte des Raumes stand.

»Oh mein Gott!« Zoe klappte das Buch mit Madelines Aufzeichnungen zu und sah auf. »Was für ein grausamer, brutaler Kerl!«

»Beide Brüder scheinen brutal gewesen zu sein. Sie haben jegliche Form von Gewalt geradezu genossen.« Charlotte dachte einen Moment nach. »Unvorstellbar, dass die Polizei nichts unternommen hat. Aber damals gab es in den kleineren Städten noch nicht viele Polizeibehörden und es lag wirklich viel im Argen.«

Zoe seufzte. »Es tut mir leid, Charlotte. Aber ich kann bei diesem Licht nicht mehr weiterlesen. Es ist zu dunkel geworden.«

»Ich habe sowieso langsam Hunger«, erwiderte die Professorin und lehnte sich in ihrem Stuhl zurück. »Wir sollten für heute Schluss machen und den Rest dann morgen früh lesen, bevor wir wieder nach Hause fahren.«

Zoe nickte, sie war mit ihren Gedanken noch immer bei dem, was sie gerade gelesen hatten. »Das war eine handfeste Vergewaltigung. John hat Madeline schrecklich behandelt.«

»Und was denkst du über Gerald? Warum hat er sich selbst kasteit?«

»Keine Ahnung«, sagte Zoe und klopfte sich den Staub von den Händen. »Aber die Peitschen und Ketten, die wir heute in der Krypta gefunden haben, stammen definitiv von ihm.«

Zoe stand auf und legte das Buch, das sie zuletzt gelesen hatten, zurück in die Holztruhe. Irgendjemand hatte sich die Mühe gemacht, Madelines Tagebücher und die Aufzeichnungen des Inspectors in eine chronologische Reihenfolge zu bringen.

»Komm, wir nehmen die Kiste mit, dann können wir morgen früh in meinem Zimmer weiterlesen, da gibt es besseres Licht.«

Charlotte half Zoe, die schwere Truhe hochzuheben, und gemeinsam trugen sie sie über die alten, teilweise schon recht verschlissenen Teppiche, durch die langen Flure, an den Antiquitäten vorbei, die sich seit Generationen im Besitz der Wooverloughs befanden, bis zu Charlottes Zimmer. Sie stellten sie an die Wand und Charlotte schloss die Tür hinter ihnen. Dann kam sie auf Zoe zu und nahm sie in die Arme.

Einen Moment lang hielten sie sich fest. Zoe genoss den Duft von Charlottes Haaren und ihrer Haut, sie spürte ihre Wärme.

»Zoe, ich habe Angst vor dem, was ich getan habe«, flüsterte Charlotte.

»Was meinst du?«, erwiderte Zoe und löste ihren Kopf von Charlottes Hals, um sie anschauen zu können.

Die Professorin schluckte. »Ich meine uns. Das, was wir getan haben.«

Zoe erstarrte. Sie hatte in den letzten Stunden ihren Alltag geschickt ausgeblendet, hatte versucht zu vergessen, dass in Oxford ein Ehemann, zwei Kinder und ein ganzes Leben auf Charlotte warteten.

Zoe setzte sich auf die Kante des alten Eichenbettes, das schon mehr als einhundertfünfzig Jahre alt war.

Charlotte griff nach dem antiken Stuhl, der neben dem Fenster gestanden hatte, und nahm dicht vor ihr Platz. Sie umfasste Zoes Hände. »Ich bin von alldem überrascht worden. Ich hätte nie geglaubt, dass mir so etwas passieren könnte. Dass ich eine Frau dermaßen attraktiv finden würde und mich so sehr nach ihr sehen würde wie nach dir.«

»Aber?«, fragte Zoe und biss sich auf die Lippen.

Charlotte seufzte. »Ich habe bisher eine sehr glückliche Ehe geführt. Die Leidenschaft war versiegt, aber im Grunde stimmte alles.« Sie hielt inne, dann korrigierte sie sich. »Nein, es stimmt immer noch alles. Paul ist liebenswert, attraktiv und erfolgreich. Er hat mich nie betrogen, jedenfalls nicht, dass ich davon wüsste.«

Zoe nickte. »Verstehe. Du liebst ihn noch.«

»Ja.« Charlottes Augen füllten sich mit Tränen. »Das tue ich. Und ich weiß nicht, was genau ich für dich empfinde. Oh Gott …« Sie brach ab und verbarg ihr Gesicht in den Händen.

Zoe wartete ab. Panik stieg in ihr auf, der Raum begann sich um sie zu drehen. Gerade eben war sie noch so glücklich gewesen, aber sie hatte es sich auch verboten, weiter zu denken als bis zum Ende ihres gemeinsamen Aufenthalts auf Wooverlough Court. Sie hätte wissen müssen, dass es für Charlotte nicht so einfach war wie für sie selbst. Sie hatten sich von ihrer Leidenschaft überrumpeln lassen.

»Bitte, Zoe«, sagte Charlotte. Sie hatte ihre Hände wieder vom Gesicht genommen und sah sie eindringlich an. »Ich möchte nicht, dass du denkst, es wäre ein Fehler gewesen. Dafür habe ich dich viel zu gern.« Charlotte lachte ein wenig, wurde aber gleich wieder ernst. »Und auch wenn du es vielleicht nicht glaubst – ich habe Paul ebenfalls noch nie betrogen. Bis gestern.«

Zoe presste die Lippen zusammen. Gleich würde Charlotte ihr sagen, dass es für sie keine gemeinsame Zukunft gab. Und was hatte Zoe denn überhaupt gedacht? Wie hatte sie auch nur den kleinsten Hoffnungsschimmer haben können, dass Charlotte ihren Mann verließ?

»Und deshalb sollte dir klar sein, dass du etwas ganz Besonderes für mich bist, weil ich es überhaupt so weit habe kommen lassen.« Charlotte küsste Zoes Hände. »Ich frage mich, ob meine Ehe wirklich so glücklich ist, wie ich dachte. Warum ist das mit dir passiert? Warum habe ich vom ersten Augenblick an, als ich dich kennenlernte, diese starke Anziehung von dir empfunden? Ich habe noch nie so für eine Frau gefühlt. Ich habe nicht einmal darüber nachgedacht.«

Zoe atmete tief durch. »Oh, Charlotte, wenn wir uns verlieben, kommt es doch eher auf den Charakter des Menschen an. Vielleicht ist das Geschlecht gar nicht so wichtig?«

»Ist das so? Vor wenigen Wochen hätte ich dir lebhaft widersprochen. Aber jetzt denke ich über mich selbst anders. Bin ich die, die ich glaubte zu sein?« Charlotte schüttelte den Kopf.

»Musst du das denn so genau wissen?«, fragte Zoe hilflos.

Charlotte lächelte sie traurig an. »Oh ja, denn es hängen Entscheidungen davon ab. Und wenn ich jetzt etwas festlege und später feststelle, dass ich mich nicht darin wiederfinde, habe ich einen Schaden angerichtet, den ich nicht wiedergutmachen kann.«

»Das verstehe ich nicht. Wie kann deine Liebe Schaden anrichten?«

»Oh Zoe, das kann sie.« Charlotte seufzte und stand auf. Inzwischen war es draußen dunkel geworden. Sie mussten aufbrechen, wenn sie im Pub noch etwas zu essen bekommen wollten. Andererseits erschien Zoe das gerade vollkommen unwichtig.

Sie stand vom Bett auf. »Erklärst du es mir?«

Charlotte nickte und drehte sich zu ihr um. »Ich habe mich immer als heterosexuelle Frau gesehen, und das tue ich eigentlich nach wie vor. Aber warum werde ich verrückt, wenn ich dich sehe? Warum beginnt mein Herz zu rasen, wenn ich an dich denke? Und warum verzweifle ich, wenn ich keine Nachricht von dir bekomme?«

»So geht es mir auch«, sagte Zoe und lächelte.

»Und mit dir zu schlafen, war vollkommen neu für mich und so intensiv, wie ich es mit keinem Mann jemals erlebt habe.« Sie lehnte sich an die Fensterbank. »Ich bin keine Frau, die für Affären taugt. Ich verliebe mich mit Haut und Haar oder ich leide. Ich will auch niemanden belügen, weder dich noch Paul.«

Zoe nickte. So hatte sie Charlotte auch eingeschätzt, ehrlich und verlässlich. Und sie hasste sich selbst dafür, sie in eine solche Situation gebracht zu haben.

»Aber im Moment weiß ich nicht, was ich tun soll«, sagte die Professorin und Zoe hörte den verzweifelten Unterton in ihrer Stimme. »Wenn ich mit Paul spreche, muss ich mich zwangsläufig entscheiden. Entweder ich trenne mich von ihm oder von dir. Du verdienst es nicht, nur eine unbedeutende Affäre zu sein.«

»Oh Charlotte«, Zoe ließ sich auf den Stuhl sinken, »ich verstehe, dass diese Entscheidung nicht einfach für dich ist.«

Charlotte hob die Hand. »Aber nicht, weil ich euch beide will. Sondern weil ich Angst habe. Verstehst du? Meine Gefühle für dich sind groß, schon seit Wochen. Ich habe auf deine Nachrichten gewartet, mich zu dir geträumt. Und wenn ich in diesem Moment meinem Herzen folgen würde, dann würde ich dich nicht wieder loslassen. Niemals.«

»Aber du hast Angst, dass du irgendwann feststellst, doch keine Lesbe zu sein? Sondern eine ganz normale heterosexuelle Frau, die sich versehentlich in eine Studentin verliebt hat?«, unterbrach Zoe sie.

»Ich habe dir ja erzählt, wie mein Leben verlaufen ist, nicht wahr?«

Zoe nickte.

»Ich habe alles erreicht, was ich wollte«, fuhr Charlotte fort. »Und noch wichtiger: Ich habe das getan, was alle von mir erwarteten. Meine Eltern, meine Familie, meine Freunde, Paul und die Gesellschaft. Warum habe ich mich jetzt, an diesem Punkt in meinem Leben, in dich verliebt?« Charlotte drehte sich um.

»Vielleicht bin ich ja nur ein weiteres Projekt von dir. Du hast einfach ausprobiert, wie es wäre, mit einer Frau zu schlafen. Und mal nicht nach den Regeln der Gesellschaft zu leben …« Zoe spürte Tränen in sich aufsteigen.

»Oh nein, mein Liebling«, Charlotte ging zu ihr und hockte sich hin, sodass sie ihr in die Augen sehen konnte, »das meine ich nicht. Aber ich habe bisher nie Anzeichen bei mir bemerkt, lesbisch zu sein. Wenn ich jetzt dem – zugegeben sehr starken – Drang folge, mein Leben an deiner Seite zu leben und mein bisheriges Familienleben aufzugeben, was unweigerlich zu viel Leid und Problemen führen und mindestens drei Menschen sehr verletzen würde, dann muss ich mir absolut sicher sein, dass es die richtige Entscheidung ist und nicht einer Laune geschuldet.«

Zoe schloss die Augen. Sie war plötzlich müde. Natürlich konnte sie all das, was Charlotte sagte, nachvollziehen. Aber sie wollte nicht darüber nachdenken, sondern lieber noch in dem kurzen Glück schwelgen, das zwar trügerisch, aber wundervoll war.

»Ich würde Paul verletzen und meine Kinder ebenfalls«, fuhr Charlotte fort. »Und ja, ich denke auch an mich. Schaffe ich es, dem Druck standzuhalten? Dem Getuschel, dem Skandal? Oxford wie auch Cambridge sind noch sehr traditionell, rückständig und entsetzlich spießig. Die Professoren dort sind die besten ihres Fachs, und in ihren Kreis aufgenommen zu werden, ist nicht leicht. Hinauszufliegen geht dagegen sehr schnell. Und bislang war meine gesamte berufliche Karriere auf Oxbridge ausgerichtet. Ich habe alles dafür getan, dorthin zu kommen und ganz oben zu landen. Und ich bin ganz ehrlich: Ich weiß nicht, ob ich die Kraft habe, in dieser konservativen Welt zu einer lesbischen Liebe zu stehen.«

Zoe stand auf und zog Charlotte ebenfalls hoch. Dann

schlang sie ihre Arme um sie. »Ich verstehe das nur zu gut. Als ich von meinem Vater aus unserem Haus geworfen wurde, stand ich genau vor den gleichen Fragen. Ich habe darüber nachgedacht, ob es sich lohnt, diesen Kampf zu kämpfen. Mein Zuhause zu verlieren, zum Gegenstand des Geredes zu werden und Menschen zu enttäuschen, die mir nahestanden.«

Charlotte hielt sie fest. Ihr Gesicht hatte sie an Zoes Wange gedrückt, sodass Zoe ihre Atemzüge hören konnte.

Zoe fuhr leise fort: »Aber ich wusste, dass ich nicht vor mir selbst davonlaufen kann. Dass ich mich nicht verleugnen kann. So etwas geht vielleicht eine gewisse Zeit lang, aber dann muss man zu seinen Gefühlen stehen.«

Charlotte seufzte. »Und ich weiß es eben nicht. Ich weiß nicht, wer ich bin. Verleugne ich mich, wenn ich mit dir zusammen bin – oder wenn nicht?«

Eine Weile lang hielten sie einander umschlungen. Dann löste Zoe sich vorsichtig aus Charlottes Umarmung.

»Lass uns ins Dorf gehen und etwas essen«, sagte sie leise und schluckte die Tränen hinunter, die in ihren Augen brannten.

»Einverstanden«, sagte Charlotte und hob zärtlich Zoes Kinn an. »Gib mir Zeit, okay? Ich muss mir erst darüber klar werden, was das alles für mich bedeutet. Ich muss mir sicher sein, was ich will.« Sie lächelte. »Auch wenn ich inzwischen achtunddreißig Jahre alt bin, hatte ich noch nie das Gefühl, weniger über mich zu wissen als im Augenblick.«

Der Dorfpub war gemütlich und bot eine gute englische Küche an. Normalerweise hätte Zoe den Abend genossen. Sie saßen neben dem Kamin, und das prasselnde Feuer spiegelte sich in Charlottes Augen. Keine der beiden Frauen redete viel, aber das Schweigen zwischen ihnen war angenehm. Zoe wusste, dass Charlotte über ihr Gespräch nachdachte, und momentan gab es nichts weiter dazu zu sagen.

Hinterher gingen sie durch den dunklen Park zurück, aber Zoe kannte den Weg noch gut. Charlotte fasste unsicher nach ihrer Hand und Zoe umschloss ihre zarten Finger. Als sie das Anwesen erreicht hatten, trafen sie in der Eingangshalle auf Zoes Eltern, die gerade zu einer Party nach Liverpool aufbrachen.

»Sind Sie denn mit Ihrer Recherche ein Stück weitergekommen?«, fragte ihr Vater Charlotte, während er seinen Mantel anzog.

Die Professorin berichtete ihm von der Holztruhe, die sie gefunden hatten, und bat ihn darum, die Aufzeichnungen vorübergehend nach Oxford mitnehmen zu dürfen.

»Selbstverständlich«, sagte er und zwinkerte ihr zu. »Aber Sie müssen mir versprechen, alles wieder zurückzubringen. Und zwar persönlich.«

»Sehr gerne.« Charlotte lächelte etwas gezwungen.

Der Earl nickte seinem Chauffeur zu, der schon vor der Haustür im Wagen saß, und sagte dann: »Zoe, ich würde dir gern mal meinen Freund Lord Norton vorstellen. Er hat letztes Jahr seine Frau bei einem Reitunfall verloren.«

»Eine tragische Geschichte«, warf die Comtess ein.

»Ich habe davon gelesen«, sagte Zoe zurückhaltend.

»Jedenfalls ist er ein sehr netter, umgänglicher Mann mit zwei schönen Landhäusern. Er hat eine Position im Aufsichtsrat einer der führenden Banken Londons.« Zoes

Vater trat zur Eingangstür. »Ich würde euch einfach mal zusammen hierher einladen. Ganz unverbindlich.«

»Ich … ich bin mir nicht sicher, ob das eine gute Idee ist«, erwiderte Zoe und ihr Blick wanderte zu Charlotte. »Nur weil ich momentan nicht in einer festen Beziehung bin, bedeutet das nicht, dass ich gleich heiraten möchte.«

»Verstehe.« Ihr Vater öffnete die Tür. »Nun, es war ja auch nur ein Vorschlag. Aber einen prominenten und erfolgreichen Ehemann zu haben, hat noch nie geschadet.«

Zoe wünschte allen eine Gute Nacht und ging die Treppe hinauf in ihr Zimmer. Dort ließ sie sich aufs Bett fallen. Was für ein Tag! Was für ein Gefühlschaos! Sie konnte Charlotte verstehen, und doch war sie enttäuscht und traurig. Plötzlich fühlte sie sich entsetzlich müde. Sie gähnte und war im nächsten Moment auch schon eingeschlafen.

In der Nacht wurde sie durch ein Geräusch geweckt. Sie lauschte einen Moment lang in die Stille. Als sie sich gerade wieder umdrehen und weiterschlafen wollte, hörte sie Schritte vor ihrem Zimmer. Sie stand auf und warf sich den Morgenmantel über. Vorsichtig öffnete sie die Tür.

»Zoe?«

Vor ihr stand ihre Mutter.

»Habe ich dich geweckt?« Ihre Stimme klang unsicher, als hätte sie einige Gläser Wein getrunken.

»Was machst du hier?«, fragte Zoe und blinzelte in das schwache Licht des Flurs. »Wie spät ist es?«

Ihre Mutter zuckte mit den Schultern und kicherte. »Mitten in der Nacht.«

»Pst!« Zoe griff nach ihrer Hand und zog sie den Flur

entlang zur Treppe. »Wir wecken sonst Charlotte auf. Komm, ich mache dir eine Tasse Tee.«

»Tee?« Ihre Mutter sah sie mit gerümpfter Nase an. »Gin wäre besser.«

Zoe führte sie vorsichtig die Treppe hinunter. Sie war der Meinung, dass ihre Mutter für diese Nacht genug Gin getrunken hatte, wollte sich aber lieber nicht auf eine Diskussion einlassen. Als sie die moderne Küche im Erdgeschoss erreicht hatten, die ihre Mutter vor einigen Jahren hatte installieren lassen, zog Zoe einen Küchenstuhl heran und ließ die Comtess darauf Platz nehmen. Dann setzte sie Teewasser auf und nahm zwei Becher aus dem Schrank. Auf der großen Uhr, die über der Tür hing, konnte sie sehen, dass es halb fünf Uhr morgens war.

»Wann seid ihr denn nach Hause gekommen?«, fragte sie ihre Mutter. Vielleicht konnte sie so den Grund für den nächtlichen Besuch vor ihrem Zimmer herausfinden.

»Ich bin allein zurückgefahren«, sagte ihre Mutter mit einer wegwerfenden Handbewegung. Ihre Stimme überschlug sich. »Mit einem Taxi.«

Zoe sah sie überrascht an. »Und wo ist Papa?«

Wieder zuckte die Comtess mit den Schultern. »Hat sich in Luft aufgelöst. Verschwunden.«

Zoe goss das Wasser über die Teebeutel und ging mit den dampfenden Tassen zum Tisch. »Wie – verschwunden? Irgendwo muss er doch sein.«

»Na sicher ist der irgendwo.« Die Comtess zog eine zynische Grimasse. Ihr Lippenstift war in den Mundwinkeln zerlaufen. »In irgendeinem Bett wird er schon zu finden sein.«

»Du meinst …?«

Noch eine wedelnde Handbewegung. »Kein Grund zur Aufregung, Zoe. Ich hatte nur keine Lust, in sämtlichen Schlafzimmern nachzusehen.«

»Aber«, Zoe runzelte die Stirn und versuchte, die Frage so zu formulieren, dass sie ihre Mutter möglichst wenig verletzte, »stört es dich denn nicht, dass eure Gastgeber jetzt wissen, dass er dich mit einer anderen Frau betrügt?«

»Sie wissen es ja nicht«, sagte die Comtess und nahm den Becher Tee in die Hand. »Sie haben doch keine Ahnung, was er macht. Er könnte auch spazieren gegangen sein.«

»Vielleicht ist er das ja wirklich«, überlegte Zoe, die an ein Fünkchen Gutes in ihrem Vater glauben wollte.

»Ja, Zoe, bestimmt«, sagte ihre Mutter mit vor Sarkasmus triefender Stimme. »Aber weißt du, was? Es ist mir egal. Vollkommen egal.«

Eine Weile sah Zoe ihre Mutter nachdenklich an. Schließlich schüttelte sie den Kopf. »Das glaube ich dir nicht. Warum bist du dann vor meinem Zimmer aufgetaucht und wolltest mit mir sprechen? Was hattest du mitten in der Nacht dort zu suchen?«

»Na schön.« Die Comtess blies so fest auf ihren Tee, dass die dampfende Flüssigkeit überschwappte. »Ja, ich wollte mit dir sprechen. Aber nicht wegen deines Vaters. Ich wollte dich sehen. Du warst einfach viel zu lange nicht hier, und jetzt verkriechst du dich in der Bibliothek und ich habe gar nichts von dir.«

Zoe stand auf, um ein Blatt Küchenrolle zu holen, das sie unter die Tasse ihrer Mutter legte. »Ich bin auch froh, dich wiederzusehen. Aber ich wusste nicht, ob du mit mir Zeit verbringen wolltest oder ob es dir eher unangenehm war, dass ich gekommen bin.«

Die Comtess biss sich auf die Unterlippe. »Es ist mir niemals unangenehm, wenn meine Tochter zu Besuch kommt.«

Sie streckte ihre Hand aus und legte sie auf Zoes. Sie sah sie mit müdem, traurigem und vom Alkohol benebeltem Blick an.

Zoe schloss einen Moment lang die Augen. »Stört es dich denn überhaupt nicht, dass du nur die Marionette deines Mannes bist? Und warum änderst du das nicht? Ist dir dein Ansehen in der Gesellschaft etwa so wichtig?«

Die Comtess zögerte eine Weile. Dann sagte sie leise: »Ja.«

Zoe atmete tief durch und lehnte sich zurück, ehe sie leise feststellte: »Wichtiger als deine Tochter.«

Ihre Mutter umklammerte die Tasse mit dem Tee. »Du hast mich in eine schwierige Situation gebracht, Zoe. Glaubst du denn nicht, ich würde mir nicht von Herzen wünschen, dass du nicht … so wärst? Dass alles normal wäre und ich nicht auf dich verzichten müsste? Aber du bist eben, wie du bist, und ich muss mich entscheiden. Wenn ich mich gegen meinen Mann stelle, muss ich damit rechnen, dass er sich von mir trennt. Dann verliere ich mein Leben und habe nichts mehr, außer ein paar Besuchen bei dir. Du dagegen behältst dein Leben, und du wirst mich nicht bei dir aufnehmen und auch nicht wollen, dass ich dich jeden Tag anrufe, um dir die Ohren vollzuheulen, weil ich mich einsam fühle.«

»Glaubst du wirklich, dass Papa dich rausschmeißt, nur weil du mich unterstützt?«, fragte Zoe, die sich selbst nicht sicher war. »Wäre das nicht ein bisschen drastisch?«

Ihre Mutter zuckte mit den Schultern und trank einen Schluck Tee.

Zoe überlegte und sagte dann: »Vater ist ein Tyrann, der unerbittlich über sein kleines Königreich herrscht. Aber das funktioniert nur, solange alle seine Herrschsucht ertragen. Dabei frage ich mich wirklich, was an diesem Leben hier besser sein soll als an meinem glücklichen Studentenleben in Oxford. Papa betrügt dich auf übelste Weise, in deinem eigenen Haus und auf Partys, auf die ihr beide eingeladen seid. Er flirtet vor seinen Gästen und seinem Personal mit anderen Frauen. Dabei ist es ihm vollkommen egal, wenn über ihn und seine Affären geredet wird.« Zoe schüttelte verständnislos den Kopf. »Warum wehrst du dich nicht?«

Die Comtess saß stumm neben ihr am Küchentisch und trank ihren Tee.

Irgendwann stand sie auf. »Ich gehe ins Bett. Danke, Zoe, für deine Gesellschaft. Ich wünsche mir von Herzen, wir könnten öfter so miteinander reden.«

Zoe lächelte müde. Ihre Mutter war viel zu schwach, um sich ihrem Mann entgegenzustellen. Das war der Grund dafür, dass er seine Tyrannei aufrechterhalten konnte.

Zoe sah ihrer Mutter nach, die mit schleppenden Schritten die Küche verließ. Dann stand sie vom Küchenstuhl auf. Es lohnte sich nicht mehr, ins Bett zu gehen. Zoe räumte die leeren Teetassen in die Spüle und machte sich dann auf den Weg zurück in ihr Zimmer. Als sie in die Eingangshalle kam, ging gerade die Haustür auf und ihr Vater kam herein.

Er stutzte, als er sie sah, und dann sagte er: »Guten Morgen, Zoe, du bist ja noch wach!« Er schlüpfte aus seinem

Wintermantel. »Na, dann sehe ich mal zu, dass ich ins Bett komme.«

Zoe nickte. Am liebsten hätte sie mit ihm darüber diskutiert, wie er seine Frau behandelte. Aber sie befürchtete, dass er die Comtess dann zur Rede stellen und sie selbst aus dem Haus werfen würde. Nein, diesen Kampf musste ihre Mutter kämpfen. Sollte sie allerdings Hilfe brauchen, dann wäre Zoe an ihrer Seite.

# Kapitel 15

*Liverpool, November 1839*

»Guten Tag, Senior Police Officer Whittey«, sagte Thomas mit einer leichten Verbeugung und reichte dem weißhaarigen Mann die Hand. »Ich bin so schnell wie möglich gekommen, nachdem ich von Drew erfahren habe, dass Sie mich sprechen wollen.«

Der Officer deutete auf den Ledersessel, der ihm gegenüber vor dem vollen Schreibtisch stand. »Inspector Young, bitte nehmen Sie Platz.«

Thomas sah sich in dem Büro um. Seit seinem letzten Besuch vor ein paar Tagen waren weitere Aktenstapel dazugekommen. Alles deutete darauf hin, dass Whittey ein gut beschäftigter Mann war. Die Schränke, die an allen vier Wänden des kleinen Raums standen, waren mit Aktenordnern gefüllt, und auf einem Tisch in der Ecke lagen Stöße von dicht beschriebenem Papier.

»Mir ist zu Ohren gekommen, dass Sie den Earl of Wooverlough belästigen«, sagte Whittey und zog die Augenbrauen hoch. »Ich habe Sie aus London hergeholt, damit Sie den Raubüberfall bestätigen, und nicht, um Gespenster zu jagen.«

»Ich versuche, den Mord an Gerald Farwell aufzuklären«, entgegnete Thomas. »Und ich bezweifle, dass es sich um einen Raubüberfall mit Todesfolge handelt. Deshalb kann ich Ihren Bericht auch nicht ruhigen Gewissens unterzeichnen.«

Whittey nahm die Pfeife, die auf dem Tisch gelegen hatte, und begann sie zu stopfen. »Seien Sie bitte äußerst diskret, was die Wooverloughs betrifft«, sagte er. »Sie sind eine der einflussreichsten Familien hier, und wir können es uns als Behörde nicht leisten, sie gegen uns aufzubringen.«

Thomas schob unauffällig ein paar Akten zur Seite, um den Senior Police Officer besser sehen zu können. »Ich wundere mich, dass der Earl meine Untersuchungen als Belästigung empfindet. Er selbst sollte doch das größte Interesse an der Aufklärung des Mordes haben.«

»Das bedeutet aber nicht, dass Sie ihn verhören können, als wäre er ein Verdächtiger.« Whittey griff nach den Streichhölzern. »Die Wooverloughs sind über jeden Verdacht erhaben. Bitte lassen Sie sie von Ihren Ermittlungen unberührt.«

Thomas musste dem Drang widerstehen, den Pfeifenrauch mit der Hand wegzuwedeln. In dem mit Akten vollgestopften Zimmer hatte er auch so schon das Gefühl, kaum atmen zu können. Wie hielt Whittey es hier nur den ganzen Tag aus?

»Ich muss mir ein Bild des Verstorbenen machen«, sagte er, »und da ist seine Familie eine wichtige Quelle. Und nur weil der Earl der Bruder des Opfers ist, bedeutet das nicht automatisch, dass er unschuldig ist.«

»Doch, Young, das bedeutet es. Die Wooverloughs sind unschuldig, davon ist auszugehen.« Whittey zündete die Pfeife an.

Thomas lächelte so freundlich, wie es ihm in dieser Situation möglich war. »Bei allem Respekt, Senior Police Officer, aber ich kann niemanden von vornherein ausschließen. Zumal es auffällige Verbindungen zu den Morden an den Dirnen gibt.«

»Die Dirnen? Was haben die denn mit dem Tod von Pfarrer Farwell zu tun?« Whittey zog an seiner Pfeife.

»Miss Brown, die Geliebte des Earls, hat diese Frauen fast alle gekannt und sie ist mit Gerald Farwell zusammen aufgewachsen. Das erscheint mir äußerst interessant.«

Mr Whittey sah Thomas streng an. »Auch Miss Brown lassen Sie bitte in Ruhe. Der Earl hat sich bei mir beschwert, dass Sie sich an Madeline Brown und ihm selbst festzubeißen scheinen, während der wahre Mörder seines Bruders frei herumläuft.« Er klopfte seine Pfeife im Aschenbecher aus.

»Warum haben Sie nicht schon viel früher Hilfe aus London angefordert, bei der Vielzahl von Mordfällen in den letzten Jahren? Es sind inzwischen über zehn Frauen umgebracht worden.« Thomas lehnte sich auf seinem Stuhl nach vorn. »Mr Whittey, das war ein unerklärliches Versäumnis. Sie und Ihre Männer haben die Augen verschlossen. Hier in Liverpool läuft ein Serienmörder herum, aber erst als ein Mitglied der Gesellschaft ermordet wurde, haben Sie etwas unternommen.«

»Hören Sie, Young, ich werde mir von Ihnen keine Vorwürfe anhören. Und ich gebe Ihnen einen guten Rat: Der Earl ist eng befreundet mit Sir Robert Peel, dem Begründer Ihrer Polizeibehörde. Ich weiß, dass er nicht zögern wird, offiziell bei Sir Peel Beschwerde einzulegen, wenn Sie sich weiter auf ihn und Miss Brown konzentrieren.

Dann können Sie einpacken, Inspector. Er wird Sie suspendieren lassen.«

Thomas stand auf. »Ich bin der Wahrheit verpflichtet und werde so lange ermitteln, bis ich den Verantwortlichen gefunden habe.«

Als Thomas ins Polizeirevier zurückkam, hatte er sich immer noch nicht beruhigt. Die Unterwürfigkeit, die der Senior Police Officer dem Earl gegenüber an den Tag legte, brachte ihn zur Weißglut. Und wieso waren die Morde an den Frauen so lange ignoriert worden?

»Sir«, Twicklehurst stand auf, als Thomas die kleine Polizeiwache am Hafen betrat, »was gibt es Neues?«

Der Inspector berichtete den beiden Constables von seinen Entdeckungen am gestrigen Tag in Fleetwood und von seinen Gesprächen mit dem Earl und Whittey.

»Wir sind in einer Sackgasse gelandet«, stellte Green fest. »Und wenn wir uns jetzt auch noch vom Earl und von Miss Brown fernhalten müssen …«

»Wir werden uns Drew und seine Männer noch einmal vornehmen«, sagte Thomas mit grimmigem Gesichtsausdruck. »Wo sind die überhaupt?«

»Sie waren heute Morgen kurz hier und sind dann gleich wieder verschwunden. Soll ich in den umliegenden Pubs nach ihnen suchen?«, fragte Twicklehurst.

Thomas nickte verärgert und wandte sich dann der kleinen Kochplatte im hinteren Raum der Polizeiwache zu, um Tee aufzusetzen.

Er hatte gerade den starken Tee in der Blechkanne fertig, als Twicklehurst mit Drew und Miller zurückkehrte. Wie Thomas vermutet hatte, stanken die beiden Polizisten nach Schnaps, und ihre Dienstkleidung ließ zu wünschen übrig. Die Hemden hingen ihnen aus der Hose, die Röcke waren fleckig und die Hosen so staubig, dass sie dringend eine Wäsche brauchten. Thomas schenkte den beiden Tee ein und befahl ihnen, die Tassen zu leeren. Dann setzte er sich ihnen gegenüber an den wackeligen Holztisch.

»So, jetzt möchte ich noch einmal alles über die Morde an den Frauen hören«, begann er. »Denken Sie nach. Was fällt Ihnen ein?«

Drew sah ihn mit müden Augen an. »Was soll uns dazu noch einfallen?«

»Wir wissen nichts, Sir!«, erklärte Miller, der ängstlich zu Thomas' Constables hinübersah.

Der Inspector seufzte. »Sie haben also die Frauen gefunden und nichts unternommen? Sie haben keine Nachbarn befragt und sich in den Wohnungen der Mädchen auch nicht umgesehen? Gab es denn keinerlei Zeugen? Niemanden, der etwas beobachtet hat?« Er dachte an die Nachbarin der Näherin, die den Schatten gesehen hatte. Vermutlich hätte es noch viele andere Hinweise gegeben, wenn die Polizisten ihre Arbeit ordentlich erledigt hätten.

»Nur Miss Brown«, sagte Miller jetzt.

»Miss Brown?«, fragte Thomas erstaunt. »Was meinen Sie?«

Der Mann gähnte und hob dann die Schultern. »Sie hat sich wie eine Furie aufgeführt. Mitten in der Nacht, als ich Nachtwache hatte, kam sie in meine Hütte gestürzt und hat behauptet, sie hätte einen Mord beobachtet und dass der Pfarrer …« Miller verstummte, als Drew den Finger an die Lippen legte.

»Sie wollen sagen, dass Madeline Brown den Mord an

dem Pfarrer beobachtet hat?«, hakte Thomas nach, der plötzlich gar nichts mehr verstand. Warum hatte Madeline ihm nichts davon erzählt?

Miller schüttelte den Kopf und sah zu Drew hinüber, der jetzt unruhig auf seinem Stuhl hin und her rutschte. »Nicht den Mord an dem Pfarrer. Sie hat den Mord an einem der Mädchen gesehen. Im Oktober. Die tote Näherin.«

Thomas sprang auf und stützte sich mit beiden Händen auf die Tischkante. Er beugte sich vor und sah den Mann ungeduldig an. Herrje, diesem Kerl musste man alle Informationen einzeln aus der Nase ziehen! »Miss Brown hat also den Mörder gesehen?«

Miller nickte, machte aber keine Anstalten fortzufahren. Plötzlich schien er sich sehr unwohl zu fühlen.

Thomas gab seinen Constables ein Zeichen, die sich bedrohlich neben dem Polizisten aufbauten.

Doch bevor sie Hand anlegen konnten, sprudelten die Worte nur so aus ihm heraus: »Es war mitten in der Nacht, ich schlief friedlich auf dem Boden meiner Hütte, als Miss Brown mich wachrüttelte. Sie war völlig außer sich und behauptete, Pfarrer Farwell sei unser Mörder und habe gerade eben ein Mädchen erwürgt.«

Drew schnaubte.

Thomas fuhr herum. »Warum haben Sie uns nichts davon gesagt? Ich habe doch wahrlich oft genug nachgefragt.«

»Wir hatten eine Anweisung von oben«, erklärte Drew und zog die Nase hoch. »Als wir am nächsten Tag nachgesehen haben, war die Frau tatsächlich tot und …«

»Am nächsten Tag?« Thomas schüttelte fassungslos den

Kopf. »Da kommt eine Zeugin und meldet ein Schwerverbrechen, und Sie lassen sich ganze vierundzwanzig Stunden Zeit, bis Sie nachsehen?«

Drew zog eine Grimasse. »Na ja, er war eben allein in seiner Wachhütte … Er konnte ja schlecht alles stehen und liegen lassen. Und wir sind sofort nachschauen gegangen, als er uns am nächsten Morgen davon erzählt hat.«

»Er war wohl eher so besoffen, dass er nicht gerade gehen konnte«, fauchte Thomas, den die Unfähigkeit der Polizisten immer wütender machte. »Haben Sie Pfarrer Farwell zur Rede gestellt?«

»Selbstverständlich, Sir«, erwiderte Drew. »Aber er hat steif und fest behauptet, dass er die ganze Nacht im Bett lag. Da haben wir die Sache fallen gelassen.«

Thomas wandte sich ab, um nicht die Beherrschung zu verlieren.

Miller fügte hinzu: »Das Wort eines Kirchenmannes stand gegen das einer Dirne. Und es war doch vollkommen unwahrscheinlich, dass der Pfarrer diese Frauen getötet hat.«

»Am Ende kam noch Whitteys Anordnung, die Wooverloughs in Ruhe zu lassen«, ergänzte Drew. »Was hätten wir da machen sollen?«

»Und dann wird der Pfarrer getötet und Sie sehen keinen Zusammenhang?« Thomas lachte bitter auf. »Sind Sie denn nicht mal eine Sekunde lang auf die Idee gekommen, mir davon zu berichten?«

Beide Polizisten schüttelten den Kopf. Drew murmelte: »Das schien uns nicht wichtig zu sein.«

Thomas schnaubte und wandte sich zur Tür. »Twicklehurst und Green, Sie nehmen die Aussagen der beiden hier zu Protokoll, und dann schauen Sie, was ihnen noch alles einfällt. Ich muss etwas mit Miss Brown klären.«

Als er bei Madelines Haus ankam, öffnete das Hausmädchen, noch bevor Thomas angeklopft hatte. Sie führte ihn in den Salon, wo Madeline auf dem Sofa saß.

»Sie haben mir verschwiegen, dass Sie schwere Anschuldigungen gegen den Pfarrer erhoben haben«, sagte Thomas statt einer Begrüßung.

Madeline schloss die Augen. »Ich hielt es nicht für relevant.«

Thomas atmete tief durch. Seine Stimme war ungehalten, als er sprach. »Sie sind mitten in der Nacht in eine der Wachhütten gestürmt und haben behauptet, einen Mord beobachtet zu haben. Sie haben sogar den Mörder erkannt. Es war der Mann, der später selbst getötet wurde. Und das hielten Sie nicht für relevant?«

Madeline ließ den Kopf zurücksinken und legte die Hand an die Stirn. »Hören Sie, Thomas, mir geht es heute nicht gut. Können wir vielleicht ein anderes Mal darüber sprechen?«

»Nein, das können wir nicht.« Er setzte sich in den Sessel, der gegenüber dem Sofa stand. Madeline sah wirklich elend aus. »Was fehlt Ihnen denn?«

»Meine Schwangerschaft bekommt mir nicht.« Sie legte die Beine aufs Sofa und Thomas wandte sich diskret ab.

»Ach ja.« Wie hatte er das vergessen können? »Sie sind ... ähm ... Sie ...« Er brach ab, als er merkte, dass er rot geworden war.

»Ja, ich bin in anderen Umständen. Das hatte der Earl sich schon seit Langem gewünscht. Auch wenn ich ihm keinen offiziellen Erben gebären kann.« Madeline strich sich müde übers Gesicht. »Und ich habe gedacht, dass ich ihn auf diese Weise langfristig an mich binden kann. Allerdings bin ich inzwischen anderer Meinung. Ich will ihn loswerden, aber er lässt mich nicht gehen.«

»Wie meinen Sie das?« Thomas lehnte sich in seinem Sessel nach vorn.

»Er sieht mich als sein Eigentum an und glaubt, ich müsste ihm Tag und Nacht zu Diensten sein.«

Thomas betrachtete Madeline. Sie war die schönste Frau, die er kannte, aber diese Schönheit war sicher auch ein Fluch. Wäre sie weniger hübsch, hätte sie heute vielleicht einen liebenden und fürsorglichen Ehemann, statt in einer unwürdigen Beziehung an einen gefühllosen Earl gekettet zu sein. Thomas stellte ärgerlich fest, dass Miss Brown ihn schon wieder meisterhaft vom Thema abgelenkt hatte.

»Zurück zum eigentlichen Grund meines Besuchs«, sagte er hastig. »Was haben Sie in jener Nacht gesehen?«

Sie stützte den Ellbogen auf die Sofalehne und legte ihren Kopf in die Hand. »Vermutlich habe ich mir das alles nur eingebildet. Im Nachhinein stellte sich heraus, dass Gerald die ganze Nacht im Bett gelegen hatte.«

»Gab es dafür einen Zeugen?«

»Natürlich nicht.« In Madelines Augen loderte Wut auf. »Aber das Wort des Pfarrers zählt mehr als das einer Frau. Und erst recht mehr als das einer Dirne.«

»Wie sicher sind Sie sich, Madeline, dass Sie wirklich Gerald Farwell bei dem Mord beobachtet haben?«

Sie sah ihn lange an, ohne zu antworten. Wahrscheinlich überlegte sie, wie viel sie ihm verraten durfte. Wurde sie etwa unter Druck gesetzt? Wenn Whittey seinen Leuten befohlen hatte, die Wooverloughs in Ruhe zu lassen, dann hatte sicher der Earl persönlich seiner Geliebten den Mund verboten.

»Ich habe ihn gesehen«, sagte Madeline schließlich. »So klar, wie ich Sie jetzt hier vor mir sehe, Thomas.«

# Kapitel 16

*Liverpool, Oktober 1839*

In den nächsten Wochen ertrug Madeline Johns Besuche nur noch widerwillig. Immer wenn sie die Kutsche vorfahren hörte, wäre sie am liebsten davongelaufen. Aber sie wusste, dass es keine Rettung für sie gab, denn das Leben, das die Dirnen der Stadt führten, war noch viel weniger erstrebenswert, und ein anderer Ausweg aus ihrer schwierigen Situation fiel ihr nicht ein. John hatte stets dafür gesorgt, dass die Speisekammern gefüllt und genügend Personal, Holz und Komfort vorhanden waren. Und doch ertappte sie sich immer wieder dabei, wie sie stundenlang darüber nachgrübelte, welche Möglichkeiten sich boten, diesem Schicksal zu entkommen. John hatte sämtliche Zärtlichkeit abgelegt, kam, um möglichst schnell seine Lust zu befriedigen, und befahl Madeline, alles dafür zu tun, um bald sein Kind zu tragen. Und tatsächlich war im September Madelines Blutung ausgeblieben. Diese Gegebenheit nahm sie mit gemischten Gefühlen zur Kenntnis und berichtete sofort John davon, der zufrieden schnaubte. Wenn sie jedoch gehofft hatte, dass er nun nicht mehr so oft kommen würde, musste sie schnell erkennen, dass das ein Trugschluss war. Und gleichzeitig fühlte sie sich nun noch mehr an ihn gefesselt.

Stundenlang grübelte sie über ihre Beobachtungen nach, die sie vor dem Mord an der Näherin gemacht hatte. War es wirklich Gerald gewesen, den sie an dem Abend gesehen hatte? Je mehr Zeit verging, umso sicherer war sie sich. Diese Begegnung und dazu seine Sebstkasteiung und der verdächtige Nagel in der Kirchentür, brachten Madeline zu der Überzeugung, dass der Pfarrer mehr mit den Morden zu tun hatte, als John glauben wollte. Sie erwähnte ihrem Gönner gegenüber nichts mehr von ihren Vermutungen. Aber es machte sie beinahe verrückt, wenn sie daran dachte, dass Gerald bereits sein nächstes Opfer ins Visier nahm, während die Polizisten in ihren Wachhütten schliefen. Nachts wälzte Madeline sich unruhig in ihrem Bett und lauschte in die Stille hinaus. Sie wartete geradezu darauf, die Schreie der Frau zu hören, die als Nächstes erwürgt wurde. Nein, Madeline würde nicht tatenlos dabei zusehen. Die Polizisten kümmerten sich nicht darum, also musste sie selbst versuchen, den Verbrecher dingfest zu machen.

Diesmal konnte sie gezielt vorgehen, da sie einen konkreten Verdacht hatte. Madeline rechnete die Wochen nach, die seit dem Mord an Edwina, Anfang September, vergangen waren. Mitte Oktober beschloss sie, dass es an der Zeit war, ihre nächtlichen Kontrollgänge wiederaufzunehmen. Wenn der Mörder erneut zuschlagen würde, musste es irgendwann in den nächsten Tagen geschehen. Also ließ sie sich mit einer Droschke zu der Landstraße fahren, die von Fleetwood nach Liverpool führte, und legte sich, hinter einem Mauervorsprung verborgen, einige Abende lang auf die Lauer. Doch nichts geschah. Nacht für Nacht schlich sie sich, durchfroren und müde, in den frühen Morgenstunden wieder zurück in ihr Bett, wo John sie meist noch vorfand, wenn er später bei ihr vorbeikam.

Inzwischen waren mehr als zwei Wochen vergangen, und auch heute saß sie seit neun Uhr abends an der Landstraße. Gerade eben hatte die Kirchturmuhr elf geschlagen, ihr war entsetzlich kalt und sie wurde langsam müde. Um sich etwas aufzuwärmen, trat sie von einem Bein aufs andere und bewegte ihre Finger in dem Muff, der um ihren Hals hing. Der Geruch von Kaminfeuern lag in der Luft. In der Ferne hörte sie vereinzelte Schiffssirenen und vorbeiklappernde Pferdehufe. Sie starrte in die Dunkelheit.

Da war ein Schatten auf der anderen Straßenseite zu erkennen. Madeline hielt den Atem an. Einem Moment lang glaubte sie, sich geirrt zu haben, aber dann sah sie es ganz deutlich. Jemand drückte sich an der Mauer entlang. Sie wich noch weiter in die Ecke zurück, in der sie sich verbarg. Ihr Versteck lag gegenüber der alten Poststation, im Licht der Laternen, die hier auf beiden Seiten der Straße standen, hatte sie einigermaßen gute Sicht. Als die Gestalt nun in die Nähe des Lichtscheins kam, zog sie sich den Hut tiefer ins Gesicht. Dennoch konnte Madeline allein durch die vertraute Haltung, den Gang und die hagere Statur sicher sein, dass es sich um Gerald handelte. Er huschte beinahe lautlos über das Kopfsteinpflaster. Madeline ließ ihm einen Vorsprung von etwa zwanzig Fuß, bis sie die Verfolgung aufnahm. Schnell merkte sie, wie unüberlegt sie gehandelt hatte. Sie hatte nicht daran gedacht, dass die Straße über lange Abschnitte durch vollkommene Dunkelheit führte. Stellenweise konnte sie nicht einmal die Hand vor Augen sehen, geschweige denn die Gestalt vor sich. Die Straße führte jedoch in die Stadt, und Madeline hoffte, seine Spur dort nicht zu verlieren. Und mit einem Mal erschienen ihr ihre eigenen Schritte so laut wie Kanonendonner.

Sie blieb stehen und schlüpfte aus den Schuhen. Dann lief sie in ihren teuren Strümpfen über das Pflaster. Jetzt war sie so leise wie eine Katze. Sie atmete erleichtert auf, als sie an einer kleinen Fabrik vorbeikamen, an der eine Fackel brannte, und sie einen kurzen Blick auf die Gestalt vor sich werfen konnte. Noch war sie ihm also auf den Fersen und er schien sie bislang nicht bemerkt zu haben. Sie versuchte, einen großen Bogen um die Laterne zu machen, was ihr aber nicht ganz gelang. Sie konnte nur hoffen, dass Gerald sich nicht ausgerechnet in diesem Moment umdrehte und sie sah.

Madeline eilte, so schnell es ging, weiter. Ihr Herz klopfte wie wild in ihrer Brust. Als sie endlich die ersten Lichter der Stadt sah, fiel ihr ein Stein vom Herzen. Gerald war noch immer vor ihr, wenn auch schwer auszumachen, da er sich geschickt in der Finsternis verbarg. Sein Weg führte zum Hafen, wie Madeline es angenommen hatte. Die Frauen waren immer in der Nähe der Docks angesprochen worden. Eine Weile drückte er sich im Schatten eines Kontors herum. Seemänner kamen vorbei, ohne ihn zu bemerken. Ein Fuhrmann führte sein Gespann die Straße entlang. Die Pferdeäpfel dampften in der Kälte. Plötzlich hörte Madeline das Lachen von Frauen. Kurze Zeit später sah sie eine Gruppe Menschen um die Ecke biegen.

Sie hielt den Atem an. Ob er auf eine dieser Frauen zugehen würde? Aber sie passierten ungestört das Kontor und nichts geschah. Die Kirchturmuhr schlug halb eins. Lange Zeit regte sich nichts mehr, und Madeline fragte sich schon, ob der Mann, den sie für Gerald Farwell hielt, weitergegangen war, ohne dass sie es bemerkt hatte. Sie konnte ihn in der Schwärze der Nacht nicht mehr ausmachen.

Doch dann bog plötzlich eine weibliche Gestalt um die Hausecke. Ihre Röcke wehten im Wind. Und in diesem Moment löste sich der hagere Schatten von der Mauer des Kontors.

Madeline beobachtete mit pochendem Herzen, wie sie sich leise unterhielten. Sie hörte das Mädchen lachen. Angst stieg in ihr auf. Sie widerstand dem Drang, zu den beiden hinzulaufen und dem Mädchen zuzurufen, sie solle verschwinden. Aber wenn sie Gerald überführen wollte, musste sie abwarten und sehen, was sie noch herausfinden konnte. Sie brauchte Sicherheit, ob es wirklich der Pfarrer war, der die Frauen umbrachte.

Während Madeline weiter wartete, trat sie unruhig von einem Bein aufs andere. Ihre Zehen waren schon taub vor Kälte. Die junge Frau und der Schatten unterhielten sich noch immer. Schließlich schlenderten sie den Gehweg hinunter, die Frau im Licht, lachend und schäkernd, ihr Begleiter im Dunkeln, leise und beinahe unsichtbar. Madeline war sich sicher, dass er noch immer auf der Hut war. Wenn sie jetzt unvorsichtig wurde, würde er sich umsehen und sie entdecken.

Sie folgte den beiden in einigem Abstand. Sie bogen in die Old Hall Road ein und wechselten auf die andere Straßenseite. Der Mann, von dem Madeline annahm, dass es Gerald Farwell war, huschte sofort wieder in den Schatten. Madeline wartete, bis sie ein Stück weit entfernt waren, und eilte dann ebenfalls hinüber. Sie beschleunigte ihre

Schritte, um wieder näher zu ihnen aufzuschließen, und sah gerade noch, wie sie in einen Hauseingang einbogen. Madeline blieb stehen und wartete, bis sie sicher war, dass die beiden im Haus verschwunden waren, dann schlüpfte sie leise hinterher. Sie hörte das Kichern der Frau, eine Etage höher. Vorsichtig schlich sie die schmale Treppe hinauf. Der Putz an den Wänden bröckelte ab, sodass die fauligen Holzbalken darunter zu sehen waren.

Auf dem Treppenabsatz im ersten Stock blieb Madeline stehen. Sie lauschte in die Dunkelheit hinein. Die Stimmen waren jetzt gedämpft. Wieder vernahm sie das Kichern, es kam aus der Wohnung links von ihr. Vorsichtig streckte Madeline die Hand aus und drückte gegen die Tür. Sie war nicht verschlossen. Mit angehaltenem Atem blickte sie in das kleine Zimmer dahinter. Es schien sich um einen Wohn- und Schlafraum zu handeln. Auf dem Bett neben dem Fenster kniete die junge Frau und sah neckisch zu ihrem Begleiter auf. Madeline konnte nur den Rücken des Mannes sehen. Er schien zu zögern.

»Komm her«, gurrte das Mädchen und streckte ihre Hand nach ihm aus.

Madeline sah, wie er näher zu ihr ging, sie auf das Bett stieß und sich auf sie legte. Madeline wandte sich ab und hörte ihn wenig später lustvoll stöhnen. Das Mädchen seufzte entzückt auf.

Als Madeline wieder hinsah, hatte er sich schon von ihr zurückgezogen und brachte seine Kleidung in Ordnung. Madeline hielt den Atem an. Was würde jetzt geschehen? Und noch während sie das dachte, war er mit blitzschnellen Bewegungen wieder auf die Frau zugesprungen. Madeline konnte nicht genau sehen, was er tat, aber das Röcheln ließ keinen Zweifel zu. Jetzt stürmte Madeline in das Zimmer und stürzte sich von hinten auf den Mann. Ihr Angriff kam wohl so überraschend, dass er einen Moment von der jungen Frau abließ, die keuchend nach Luft schnappte. Er drehte sich um und versuchte Madeline abzuschütteln, die sich an seinen Schultern festgekrallt hatte. Und da sah sie ihn: Es war eindeutig und ohne Zweifel Gerald Farwell, der Pfarrer von Fleetwood und Johns Bruder!

Nun hatte er es geschafft und Madeline so kräftig zurückgestoßen, dass sie gegen einen Stuhl stieß. Aber er folgte ihr und streckte seine Hände aus, um sie am Hals zu packen. Madeline kreischte, doch er drückte seine Hand auf ihren Mund, sodass ihr Schrei erstickte. Dann glitten seine Finger um ihre Kehle und drückten zu. Madeline bekam keine Luft mehr. Das Zimmer begann, sich um sie zu drehen. Einen Moment lang glaubte sie, nie wieder atmen zu können. Er presste so fest zu, dass ihr schwarz vor Augen wurde. Mit letzter Kraft riss sie ihr Bein nach oben und traf ihn mit voller Wucht. Er ließ kurz von ihr ab, und das reichte Madeline, um vor ihm zu fliehen und durch die Tür zu verschwinden. Sie wollte schreien, um Hilfe rufen, aber ihr Rachen war so eng, dass sie keinen Laut hervorbrachte. Sie taumelte aus dem Haus, lehnte sich gegen eine Mauer und rang nach Luft. Erschöpft sackte sie in sich zusammen, doch sie wusste, dass sie jetzt keine Zeit hatte. Sie gönnte sich nur wenige Augenblicke, um wieder zu Atem zu kommen, und rappelte sich dann mit letzter Kraft hoch.

Mühsam schleppte sie sich die Straße entlang. Hier waren in regelmäßigen Abständen Wachhäuschen aufgestellt, in denen die Polizisten der Nachtwache ihren Dienst taten. Als sie eines dieser Häuschen vor sich sah, beschleunigte sie ihre Schritte. Ihre Lungen brannten, der Hals schmerzte und ihre Beine waren weich. Mit ungeheurer Anstrengung schleppte sie sich die letzten Meter auf die Wache zu. Als sie die Klinke herunterdrückte, war die Tür jedoch verschlossen. Sie hämmerte gegen das Holz, aber aus dem Inneren des Häuschens war kein Laut zu vernehmen. Als sie schon glaubte, dass die Hütte tatsächlich leer sei, und gerade gehen wollte, sah sie durch das Fenster einen Schatten. Wankend erhob sich ein Polizist von seiner Bank, und es dauerte unendlich lange, bis er aufgeschlossen hatte.

»Miss Brown«, murmelte er und riss die geröteten Augen auf. »Was ist denn?«

»Ein Mord! Sie müssen mitkommen. Da geschieht gerade ein Mord!«, keuchte sie heiser.

Er schüttelte den Kopf und fuhr sich mit beiden Händen über das Gesicht.

Madeline wich zurück, als sie seinen Alkoholatem roch.

Er fragte: »Wer ist tot?«

»Noch keiner, und wenn Sie sich beeilen, können wir es hoffentlich verhindern.«

»Langsam.« Er schien noch immer nicht zu begreifen. »Was ist passiert?«

»Gerald Farwell ist der Mörder. Er hat gerade versucht, eine Frau zu erwürgen. Ich musste sie zurücklassen, weil er auch mich töten wollte. Jetzt kommen Sie endlich!«

Der Mann, der Miller hieß, wenn Madeline sich richtig erinnerte, hob die Hand. Das brachte ihn aus dem Gleichgewicht, sodass er strauchelte und gegen die Rückwand der Wachhütte fiel.

Panik stieg in Madeline auf, sie wusste, dass das Leben

der Frau in größter Gefahr war. »Verdammt, jetzt bewegen Sie sich endlich!«

»Ich kann meine Wachhütte hier nicht unbeaufsichtigt lassen«, sagte er und deutete hinter sich. »Ich bin für diesen Straßenabschnitt zuständig.«

»Aber Sie sind doch dafür da, Verbrechen zu verhindern. Wozu sollten Sie sonst hier Wache halten?« Madelines Stimme klang schrill, sie hörte selbst die Angst, die in ihr wütete.

»Ich kann hier nicht fort«, beharrte der Mann, und um seine Worte zu unterstreichen, ließ er sich wieder gegen die Wand sinken und schloss die Augen.

Madeline fluchte und rannte davon. Die Straßen waren ausgestorben. Sie überlegte fieberhaft. Wenn das Mädchen überhaupt noch lebte, dann nur, weil Gerald Angst bekommen hatte und geflüchtet war. Aber Madeline war sich absolut nicht sicher, ob der Pfarrer sein schreckliches Werk nicht doch beendet hatte. Sie musste dringend noch einmal zurück. So sehr ihr auch vor dem graute, was sie dort vorfinden würde. Aber vielleicht konnte sie die arme Frau noch retten.

Madeline rannte also durch die dunklen Straßen zurück in die Old Hall Road. Bei jedem Geräusch zuckte sie zusammen, da sie fürchtete, es könnte Gerald sein. Ängstlich starrte sie in die dunklen Gassen und meinte immer wieder, seinen Schatten hinter einer Häuserecke zu erkennen. Als sie endlich vor dem Haus angekommen war, sah sie sich nach einem Knüppel oder Stock um, den sie zu ihrer Verteidigung nutzen konnte. Sie fand jedoch keinen geeigneten Gegenstand und konnte nur hoffen, dass der Pfarrer inzwischen verschwunden war.

Madeline atmete tief ein, als sie das Haus betrat und die Treppe hinaufstieg. Es herrschte eine bedrückende Stille. Widerstrebend streckte Madeline die Hand aus, um die Tür zu öffnen, doch sie war verschlossen. Sie rüttelte und klopfte daran, aber nicht das leiseste Geräusch war zu hören. Madeline zögerte. Sie wollte nicht nach Hause gehen, solange sie nicht wusste, wie es der Frau ging. Vielleicht brauchte sie Hilfe und konnte sich nur nicht bemerkbar machen. Madeline trat zurück und nahm Anlauf. Mit voller Wucht warf sie sich gegen das dünne Holz der Tür. Aber erst nach drei weiteren Versuchen gelang es ihr endlich, die Tür aus den Angeln zu sprengen. Einen Augenblick lang hielt sie inne, als die Wohnung im Dunkeln vor ihr lag. Schließlich nahm sie allen Mut zusammen und trat ein. Es war so finster, dass sie kaum etwas erkennen konnte. Madeline stolperte, und ihr entfuhr ein leiser Schrei, als sie zu Boden fiel. In diesem Moment spürte sie, woran sie hängen geblieben war. Es war ein menschlicher Fuß. Sie brauchte sich nicht weiter vorzutasten, um zu wissen, dass er auf dem Dielenbrett festgenagelt worden war. Madeline stand auf und ging vorsichtig zum Fenster. Sie fand eine Kerze und Streichhölzer. Als sie endlich das Feuer entzündet hatte, schlug sie entsetzt die Hand vor den Mund. Da lag sie, festgenagelt auf den Dielen.

Dieses Mal war Madeline Zeugin des Verbrechens gewesen, sie hatte Gerald dabei beobachtet, wie er den Mord begangen hatte – aber niemand würde ihr glauben. Tränen traten ihr in die Augen. Er hatte sein Werk vollendet. Warum war Madeline nur fortgegangen? Sie war geflohen und hatte das Mädchen ihrem Schicksal überlassen.

Madeline schluchzte auf. Hilflos betrachtete sie das tote

Mädchen. Lange stand sie in dem schäbigen Zimmer, in dem einst eine junge Frau gelebt, gehofft und geliebt hatte. Von einem Moment auf den anderen hatte man ihr das Leben genommen. Madeline stieg langsam über die Tote und ging zur Tür. Wie im Traum ging sie die Treppe hinunter und trat auf die Straße hinaus. Ihr war schwindlig. Sie lehnte sich gegen die Hauswand, atmete tief durch und schloss die Augen. Irgendwo in der Nähe klapperten Pferdehufe durch die Nacht. Ein Hund bellte und eine Frau schluchzte. Das Leben ging weiter, nur das Herz des jungen Mädchens dort oben war stehen geblieben.

Es dauerte lange, bis Madeline bewusst wurde, dass sie weinte. Dass es ihre Schluchzer waren, die die Stille der Nacht zerrissen. Was für eine Verschwendung von Leben! Und wie ohnmächtig sie doch war! Warum tötete Gerald diese Frauen? Und wieso stellte sich ihm niemand entgegen? Niemand außer Madeline, und sie war zu schwach. Was sollte sie jetzt tun? Dort oben lag eine Leiche und Madeline kannte ihren Mörder. Sollte sie noch einmal zu diesem Nichtsnutz von Polizisten gehen und ihm sagen, dass die Frau jetzt tot war? Der Mann hatte sich schon vorhin kaum dafür interessiert und tat es jetzt vermutlich genauso wenig, wie sämtliche anderen Wachhabenden dieser Stadt.

Madeline wandte sich ab und entfernte sich von dem schrecklichen Ort. Ihre Füße trugen sie nach Hause, ohne dass sie es sich vorgenommen hatte. Sie stieg die Treppe hinauf und legte sich in ihr Bett. An Schlaf war jedoch nicht zu denken. Madeline starrte in die Dunkelheit. Sobald sie die Augen schloss, sah sie wieder die Frau vor sich, festgenagelt auf den Dielenbrettern. Oder sie sah Gerald, der sich auf sie stürzte und sie würgte. Madeline fühlte sich unendlich hilflos und einsam. Es gab niemanden auf der Welt, mit dem sie reden konnte.

Unruhig warf sie sich von einer Seite auf die andere. Sie würde morgen früh zur Harbour Street gehen. Und wenn sich alle weigerten, etwas gegen Gerald zu unternehmen, würde sie eben zum obersten Polizeichef persönlich gehen. Der Gedanke daran, vielleicht doch nicht ganz ohnmächtig zu sein, tröstete sie etwas, und endlich schlief sie erschöpft ein.

Am nächsten Morgen machte sie sich gleich nach dem Frühstück auf den Weg zur Harbour Police Station.

Als sie den hellen Vorraum der Wache betrat, sah Drew auf, der hinter dem Tresen stand. »Miss Brown, wie kann ich Ihnen helfen?«

»Waren Sie schon in der Old Hall Road? Haben Sie die Leiche gefunden?«, fragte sie den Polizisten.

Er griff nach seinem Becher und trank schlürfend einen Schluck Tee. »Ja, Miss Brown. Miller hat mir erzählt, dass Sie gestern Nacht ein echtes Theater veranstaltet haben, und da sind wir heute Morgen mal hingegangen.«

Gott sei Dank, dachte Madeline. Jetzt konnten sie die Augen nicht mehr verschließen. Jetzt mussten sie sie endlich ernst nehmen.

Und dann sprudelte es aus ihr heraus: »Ich habe ihn beobachtet. Ich weiß, wer der Mörder ist. Es war Gerald Farwell. Er hat auch mich angegriffen, aber ich konnte mich losreißen.« Madeline klammerte sich aufgeregt mit den Händen am Tresen fest. »Ich kann bezeugen, dass er es war, und außerdem können Sie in der Kirche von Fleetwood genau die Nägel finden, die er zum Festnageln der toten Körper benutzt hat. Es sind außergewöhnlich dicke, große Nägel.«

»Miss Brown«, unterbrach Drew sie. »Wie stellen Sie sich das vor? Soll ich etwa nach Fleetwood fahren und Gerald Farwell festnehmen, den Bruder des Earls und Pfarrer von Fleetwood? Nur weil Sie es sagen? Sie, eine Frau? Eine Frau von nicht allzu gutem Ruf obendrein!« Er strich sich über den Schnurrbart. »Nein, Miss. Das mache ich nicht. Ich werde mich nicht in die Nesseln setzen.« Dann widmete er sich wieder schlürfend seinem Tee.

Madeline wurde eiskalt. Sie öffnete den Mund, aber ihr fielen keine Worte ein, die ihre Wut, ihre Enttäuschung und Ohnmacht auch nur annähernd hätten ausdrücken können. Sie drehte sich wütend um. Dann rannte sie hinaus auf die Straße, winkte nach einer Droschke und wies den Fahrer an, sie zu Senior Police Officer Whittey zu bringen. Während der Fahrt konnte sie vor lauter Zorn und Entmutigung kaum einen klaren Gedanken fassen.

Als sie vor dem großen Verwaltungsgebäude ankam, schüttelte sie sich. Sie musste sich zusammennehmen und durfte nicht gleich auf die Unfähigkeit der Polizisten zu sprechen kommen. Schließlich wollte sie es sich nicht mit Whittey verderben.

Nachdem sie sich zu seinem Büro durchgefragt hatte, musste sie jedoch erfahren, dass er außer Haus war. Sein Assistent wusste nicht, wann er zurückkommen würde. Und ohne Termin würde der Senior Police Officer sie ohnehin nicht empfangen. Also ließ Madeline sich Papier und Feder aushändigen und verfasste einen langen Brief, in dem sie von Ihren Beobachtungen und der Ignoranz von

Drew und seinen Männern berichtete. Der Assistent versprach, den Brief weiterzuleiten. Als Madeline das Gebäude verließ, hatte sie jedoch das ungute Gefühl, dass sie nie eine Reaktion auf ihren Brief erhalten würde.

Wenn es doch nur so gewesen wäre! Aber drei Tage später erschien John wutschnaubend bei Madeline. Whittey hatte ihm Madelines Schreiben gezeigt.

»Wie konntest du meinen Bruder denunzieren? Ist dir klar, dass du damit die ganze Familie diskreditierst? Das sind ungeheure Anschuldigungen, die dir nicht zustehen.« Seine Augen blitzten vor Wut.

Madeline war fassungslos. Sie versuchte ihre Gedanken zu ordnen. Wie konnte es sein, dass John das Ansehen seiner Familie wichtiger war als das Leben der Frauen? Sie schluckte und ging dann mit vorgestrecktem Kinn einen Schritt auf ihn zu.

»Ich habe es gesehen, John! Ich habe ihn dabei beobachtet.« Jetzt liefen Madeline Tränen der Wut und Hilflosigkeit über die Wangen. »Ich habe gesehen, wie er die Frau erwürgt hat.«

»Madeline, du hast zu viel Fantasie!« Er fasste sie an den Schultern und schüttelte sie. »Du bildest dir das alles nur ein. Ich weiß nicht, warum du Gerald und mir unbedingt schaden willst, aber ich werde das nicht zulassen.«

Madeline schrie auf. John tat ihr weh, sein Griff war viel zu fest. »John, ich will dir nicht schaden. Ich will nur, dass diese Morde ein Ende haben. Und ich habe mir das nicht eingebildet. Ich bin schockiert, erschrocken und fassungslos darüber, dass Gerald zu einem solchen Verbrechen fähig ist. Wir müssen dafür sorgen, dass er damit aufhört.«

»Schluss jetzt, Madeline!«, schrie John und sein Gesicht war rot vor Zorn. »Ich will nie wieder ein Wort von dir in dieser Angelegenheit hören. Überlass die Aufklärung von Verbrechen der Polizei. Und wage es ja nicht, noch einmal etwas gegen meine Familie zu sagen.«

»Aber die Polizei kümmert sich nicht darum«, rief Madeline flehend. »Ich musste mich einmischen. Und ich habe gesehen, wie …«

Da schlug John ohne Vorwarnung zu. Der Schlag in ihr Gesicht war so heftig, dass Madeline zurücktaumelte und gegen das Sofa stieß. Sie strauchelte. John sprang zu ihr und zog sie wieder hoch, ehe er ein weiteres Mal ausholte und mit der Faust gegen ihr Kinn schlug. Und dann traf sie ein weiterer Schlag, der sie in schwarze Finsternis stürzte.

Als sie aus ihrer Ohnmacht erwachte, war John noch bei ihr. Er saß ihr gegenüber im Sessel, und auf dem Tisch zwischen ihnen lagen ein Stapel dickes Papier und eine Feder mit Tinte.

»Ich will nicht, dass es zu Gerede kommt. Du verfasst jetzt einen Brief an Whittey. Darin erklärst du, dass du Gerald beschuldigt hast, weil du dich persönlich verletzt fühltest, nachdem er deine Liebe zurückgewiesen hat.«

»Was?«, fragte Madeline erschrocken. »Ich soll lügen und schreiben, dass ich in Gerald verliebt bin?«

»Ganz genau. Und aus verletztem Stolz hast du ihn des Mordes bezichtigt.«

Madeline schüttelte den Kopf und verschränkte trotzig die Arme vor der Brust. Ihre Wange brannte wie Feuer an der Stelle, wo Johns Faust sie getroffen hatte. Doch viel mehr schmerzte sie die Erkenntnis, dass er seinem Bruder dabei half, ungeschoren davonzukommen. Der Earl tolerierte die grausamen Taten des Pfarrers und das machte ihn ebenfalls zum Täter.

»Das ist keine Bitte, Madeline«, sagte John und stand auf. Er ging ein paar Schritte auf sie zu. »Du hast keine Wahl.«

Madeline starrte auf den Rock ihres Hauskleides.

Seine Hand fasste nach ihrem Kinn. Er hob es an und sah ihr in die Augen. Ein Lächeln lag auf seinem Gesicht, als er erneut zuschlug. Madelines Kopf schien zu explodieren. Einen Moment lang sah sie helle Blitze und in ihren Ohren rauschte es. Als sie wieder etwas erkennen konnte, bemerkte sie die roten Flecken, die sich auf ihrem Kleid ausbreiteten.

John reichte ihr ein Taschentuch. Zögernd nahm sie es und hielt es sich unter die schmerzende Nase.

»Und jetzt schreib!«, befahl er.

Mit zitternden Händen griff Madeline nach der Feder, um den Text zu notieren, den John ihr diktierte. Dann nahm er das Dokument und steckte es zufrieden in seine Rocktasche.

# Kapitel 17

*Wooverlough Court, heute*

Seit ihrem Besuch auf Wooverlough Court war über ein Monat vergangen. Zoe hatte nach ihrer Rückkehr nach Oxford noch einmal die Aufzeichnungen des Inspectors und die von Madeline Brown gelesen und war immer ratloser geworden. Wenn Madeline recht hatte, und Zoe sah keinen Grund, an ihrer Aussage zu zweifeln, dann war die Verehrung Geralds nach seinem Tod mehr als mysteriös. Warum war aus dem Mörder im Laufe der Zeit ein Held geworden?

Am Ende war Zoe mit ihren Nachforschungen nicht mehr weitergekommen, und es war ihr klar geworden, dass sie noch einmal nach Wooverlough Court zurückkehren musste, um nach anderen Quellen zu suchen.

Zoe umarmte ihre Mutter zur Begrüßung.

»Dein Vater ist für ein paar Tage verreist, er kommt erst am Freitag wieder«, sagte die Comtess und lächelte entschuldigend.

»Danke, dass ich noch einmal herkommen durfte.« Zoe griff nach ihrer Reisetasche und sah sich in der Eingangshalle um.

»Ich habe über deine Worte nachgedacht«, erwiderte die

Comtess. »Und ich sollte mich für meine Schwäche schämen. Das hier ist dein Elternhaus und es soll immer für dich offen stehen.«

Gemeinsam stiegen sie die Treppe hinauf. Zoe beschloss, das Thema lieber ruhen zu lassen. Sie war gespannt darauf, wie ihr Vater reagieren würde, wenn er erfuhr, dass Gerald alles andere als ein Held gewesen war. Bislang hatten Zoe und Charlotte mit niemandem darüber gesprochen. Sie waren noch nicht weit genug mit ihrer Recherche, als dass sie Einzelheiten hätten verraten wollen. Während Zoe neben ihrer Mutter durch das alte Anwesen ging, erinnerte sie sich daran, wie entsetzt sie und Charlotte gewesen waren, als sie die Aufzeichnungen gelesen und erfahren hatten, dass Gerald für all die Morde verantwortlich gewesen war. Nun galt es herauszufinden, warum er dennoch zum Helden erhoben worden und die Wahrheit nie ans Licht gekommen war. Zoe dachte wehmütig an die Tage, die sie im Dezember hier mit Charlotte verbracht hatte. Seit sie nach Oxford zurückgekehrt waren, hatte sie von ihrer Professorin nicht mehr viel gehört. Der Dezember war vergangen und mit ihm ein ruhiges und einsames Weihnachtsfest. Jeden Tag hatte Zoe mehrmals darüber nachgedacht, Charlotte anzurufen oder ihr wenigstens eine kurze Nachricht zu schicken, aber sie hatte sich gezwungen, es nicht zu tun. Schließlich hatte sie Charlotte versprochen, ihr Zeit zu geben und sie nicht zu bedrängen, damit sie sich über ihre Gefühle klar werden konnte.

»Ich habe wieder dasselbe Zimmer für dich herrichten lassen, ich hoffe, das ist in Ordnung«, sagte ihre Mutter und öffnete die Tür. »Ich bin so froh, dass du hier bist. Wir sehen uns zum Dinner um acht, in Ordnung?«

Nachdem ihre Mutter sie allein gelassen hatte, sank Zoe auf ihr Bett und atmete tief durch. Der Geruch dieses Zimmers nach altem Holz und Blumen, ein wenig Moder und Rauch ließ die Bilder von der leidenschaftlichen Nacht wieder in ihr aufsteigen, die sie hier mit Charlotte verbracht hatte. Mit einem Mal stiegen ihr Tränen in die Augen. Sie ließ sich auf die weiche Matratze zurückfallen und starrte an die Zimmerdecke. Charlotte hatte sich nicht mehr bei ihr gemeldet und Zoe musste der Wahrheit langsam ins Auge sehen. Ihre Professorin würde sich niemals gegen ihren Mann und für Zoe entscheiden. Das Ganze war tatsächlich nur ein Abenteuer gewesen.

Zoe stöhnte und richtete sich wieder auf. Jetzt war es also passiert. Sie hatte sich verliebt und saß mit einer ordentlichen Portion Liebeskummer hier auf Wooverlough Court, das sie einst verlassen musste, weil sie genau das getan hatte, was Charlotte momentan nicht gelang: zu sich selbst zu stehen. Was für eine Ironie des Schicksals! Sie schüttelte den Kopf. Aber wer war Zoe, darüber zu urteilen? Die Entscheidung, die Charlotte treffen musste, war schwer. Und eine richtige Wahl gab es in dieser Situation sicher nicht. Auf der einen Seite stand Charlottes Familie, die sie liebte und von der sie geliebt wurde. Auf der anderen war ihre sexuelle Identität. Es würde sehr schwer werden, beidem gerecht zu werden, vielleicht sogar unmöglich.

Zoe seufzte. Sie überlegte, wie sie mit ihrem Kummer und ihrem verletzten Stolz umgehen sollte. Natürlich konnte sie sich nach einem anderen Professor umsehen, der ihre Promotion betreute, aber sie war zu Charlotte gegangen, weil sie fachlich viel von ihr hielt und weil sie genau in dem Bereich forschte, der Zoe interessierte. Nein, sie würde nicht weglaufen! Zoe würde ihre Arbeit mit Anstand und Würde beenden und sich bemühen, eine großartige Doktorarbeit zu schreiben. Auch wenn es ihr jedes Mal das Herz zerreißen würde, wenn sie Charlotte sah, so nah und doch unerreichbar, und wenn ihre Wunde durch diesen regelmäßigen Kontakt nur schwer heilen konnte.

Sie musste jetzt also dringend anfangen, nach weiteren Informationen zu suchen. Sie musste herausfinden, wie es mit Gerald weitergegangen und wie es zu seinem Tod gekommen war. War er am Ende doch gehängt worden? Das würde erklären, warum so wenig über seinen Tod bekannt war. Vermutlich hätte der damalige Earl alles dafür getan, um zu verheimlichen, dass ein Mitglied der Familie wegen mehrfachen Mordes gehängt worden war. Und die zweite Sache, der Zoe nachgehen musste, war, warum er zum Helden gemacht wurde.

Zoe rappelte sich auf und griff nach ihrem Handy. Wieder keine Nachrichten, keine Anrufe, keine neuen Mails. Einen Augenblick lang überlegte sie, Charlotte zu schreiben, dass sie wieder in Wooverlough Court sei, aber sie widerstand der Versuchung. Sie verließ den Gästeflügel, in dem ihre Mutter sie untergebracht hatte, ging durch dunkle Flure und stieg verschiedene Treppen hinauf, bis sie sich im Ostflügel wiederfand. Als sie die alte Halle betrat, fröstelte sie. Der Raum wurde nicht geheizt und durch die Januarkälte war es ungemütlich hier. Sie zog ihre Strickjacke enger um die Schultern. Dann tastete sie die Holztäfelung ab, bis sie die Stelle fand, mit der sie die Tür zu dem Geheimgang öffnen konnte. Unter leisem Knarren schwang sie auf und Zoe betrat den schmalen Gang, der zu der geheimen Bibliothek führte.

Auch an diesem Ort waren ihre Erinnerungen so lebendig, als sei Zoe erst gestern mit Charlotte hier gewesen. Sie ließ ihren Blick über die vielen Bücher schweifen. Inzwischen hatte sie die Tagebücher von Madeline und dem Inspector mehrmals gelesen und oft in den Händen gehalten. Sie erkannte sofort, dass hier keine weiteren Bücher der beiden aufbewahrt waren. Zoe setzte sich auf einen der Bibliotheksstühle und dachte nach. Sie war sicher, dass auch das Ende der Geschichte hier irgendwo zu finden sein musste. Oder war Geralds Tod tatsächlich nur ein Zufall gewesen? Aber die Liverpooler Zeitung hatte doch eindeutig über seine Ermordung berichtet. Und Zoe wollte nicht glauben, dass Gerald niemals für seine Taten zur Rechenschaft gezogen worden war, weil ihr Herz nach Gerechtigkeit verlangte. Sie wünschte sich, dass man ihren Vorfahren der Morde überführt und gehängt hatte, um die Frauen, die unschuldig gestorben waren, zu rächen. Trotzdem war es nicht auszuschließen, dass Madelines Tagebuch wirklich das letzte gewesen war. Es war sicher sinnvoller, wenn Zoe sich ab sofort auf die Zeit nach Geralds Tod konzentrierte.

Sie streckte sich und ihr Blick wanderte nach oben, als sie plötzlich stutzte. Ganz oben an der Wand befand sich eine Tür. Sie war so unauffällig, dass sie ihnen bei ihrem letzten Besuch in der Bibliothek gar nicht aufgefallen war. Zoe sah sich nach einer Leiter um, konnte aber keine entdecken.

Also ging sie zurück in ihr Zimmer und läutete nach einem Hausmädchen, das sie zwar skeptisch ansah, ihr aber zehn Minuten später eine leichte Aluminiumleiter brachte. Mit viel Geduld und Geschick schaffte es Zoe, die lange Leiter durch den engen Gang in die Bibliothek zu bringen. Dann lehnte sie sie an die Wand und kletterte vorsichtig hinauf. Zoe fragte sich, warum diese seltsame Tür einst wohl eingebaut worden war. Doch als sie vom oberen Ende der Leiter noch einmal in die Bibliothek hinuntersah, verstand sie es plötzlich. Diese verborgene Bibliothek musste früher einmal ein Treppenhaus gewesen sein, das im Zuge einer der Erweiterungen des Gebäudes irgendwann zugemauert und vergessen worden war. Diese merkwürdige Tür war wohl der Zugang zu einem der Zimmer im oberen Stockwerk gewesen.

Zoe drehte den weißen Knauf und stellte erleichtert fest, dass die Tür nicht verschlossen war. Sie ließ sich problemlos nach hinten aufdrücken. Vorsichtig zog Zoe sich am Türrahmen hoch und hievte sich von der Leiter in den dunklen Raum dahinter. Sie zog ihr Handy aus der Tasche und stellte die Taschenlampe an. Zuerst leuchtete sie die Wände ab, in der vagen Hoffnung auf einen Lichtschalter. Aber natürlich gab es keinen. Dieser Raum war vor Jahrhunderten gebaut worden, lange bevor elektrische Leitungen im Haus verlegt worden waren. Das Zweite, was Zoe feststellte, war, dass es sich offenbar nicht um einen Raum, sondern um einen Flur handelte, was ihre Vermutung bestätigte, dass die Bibliothek einst Teil eines Treppenhauses gewesen war. Langsam tastete Zoe sich vorwärts. Die alten Dielenbretter knarrten unter ihren Schritten. Das Licht ihres Smartphones beleuchtete riesige Spinnweben. Staub hatte sich zentimeterdick auf dem Boden gesammelt.

Nach wenigen Metern stand Zoe vor einer weiteren Tür. Vorsichtig drückte sie die Klinke hinunter und stieß einen überraschten Schrei aus. Sie hatte mit weiteren Bücherregalen gerechnet, vielleicht mit einem kleinen Lesezimmer, aber stattdessen stand sie in einem Schlafzimmer. Der Raum war achteckig, und Zoe wusste sofort, in welchem der vielen Türmchen von Wooverlough Court sie sich hier befand. Sie hatte oft darüber nachgedacht, wie man wohl in diesen Turm gelangte, war dann aber überzeugt gewesen, dass es sich um ein reines Ziertürmchen handeln musste, das gar nicht ausgebaut worden war. Auf der einen Seite des Zimmers befanden sich vier nebeneinanderliegende Fenster, von denen man über das Dach und die Wiesen des Anwesens blicken konnte, auf der anderen waren die Wände mit einer weißen Tapete versehen, auf die grüne Ranken gemalt waren. Die oberen Ecken hatten sich gelöst und hingen schlaff herunter, dunkle Flecken hatten sich gebildet. Der Raum roch nach Schimmel, Moder und Feuchtigkeit. Der Turm befand sich genau am Übergang vom Ostflügel zum Mitteltrakt des Gebäudes. Zoe trat an eines der Fenster, die nach Osten zeigten, und stellte fest, dass dieser Turm von keiner Seite aus gut einzusehen war. Es gab kein Fenster im Gebäude, das in seine Richtung ging, und auch von den Gärten oder vom Park aus konnte man nur sein spitzes Dach in den Himmel ragen sehen. Zoe drehte sich wieder zum Zimmer um und betrachtete das staubige Bett neben der Tür.

Überrascht ging sie zur anderen Seite des Bettgestells, wo eine Wiege stand. Hatte vielleicht eine Kinderfrau hier gewohnt, die auf das Kind der Herrschaft aufpassen sollte? Oder die damalige Comtess selbst? Nein, die Einrichtung war nicht die einer Lady. Die Kommode war eher klein, und einen Kleiderschrank gab es nicht. Unter einem der vier Fenster stand ein Tisch mit ein paar alten Cremetiegeln, aber auch einem Federhalter mit zwei Gänsekielen, einem Tintenfässchen und Löschpapier. Auf einem kleinen Tisch daneben lagen einige Bücher, aber Zoe stellte sofort fest, dass es sich nicht um Tagebücher, sondern um eine Ausgabe von Shakespeares Werken und um ein Erbauungsbuch handelte. In der Ecke stand ein Metallgestell, in dem eine Waschschüssel steckte. Von den erhofften Tagebüchern keine Spur!

Zoe bückte sich, um unter dem Bett zu suchen, aber dort war nur ein verstaubter Nachttopf. An der rechten Wand gab es eine weitere Tür. Zoe versuchte sie zu öffnen, musste aber feststellen, dass sie sich keinen Zentimeter bewegen ließ. Also trat sie an eines der Fenster und versuchte herauszufinden, welches Zimmer sich hinter dieser Tür befand. Schräg gegenüber konnte sie das Fenster ihres ehemaligen Jugendzimmers entdecken, in dem sie zwei Jahre lang gewohnt hatte. Sie schloss die Augen, um sich auf die Anordnung der Räume in dieser Etage zu konzentrieren. Ja, sie war sich absolut sicher, dass das Schlafzimmer ihres Vaters an diese verschlossene Tür grenzen musste. Soweit sie wusste, hatte der Raum immer schon als Schlafzimmer des amtierenden Earls gedient. Ob das auch zu Madelines Zeiten schon so gewesen war? Dann hätte dieses Zimmer John gehört, Madelines Liebhaber.

Nachdem sie sich mit einem prüfenden Blick davon überzeugt hatte, dass es von hier aus keinen anderen Zugang zu dem Zimmer ihres Vaters gab, verließ sie den Raum und kehrte in den dunklen Flur zurück. Mit etwas Mühe schaffte sie es, wieder auf die Leiter zu klettern, und wenig später ließ sie die verborgene Bibliothek hinter sich und ging in den Mitteltrakt des Anwesens, um auf diesem

Weg zum Schlafzimmer ihres Vaters zu gelangen. Sie klopfte an die Tür und erhielt natürlich keine Antwort, denn er war ja verreist. Als sie sein Zimmer betrat, kam sie sich wie ein Eindringling vor. Aber sie musste jetzt einfach mehr erfahren, musste herausfinden, warum offenbar niemand von hier aus in das verstaubte Turmzimmer gegangen war. Kurz darauf hatte sie die Antwort auf ihre Frage gefunden. Die Tür zu dem benachbarten Zimmer in dem Türmchen war von dieser Seite her nämlich zugemauert worden.

Zoe starrte nachdenklich auf die Backsteine. Warum hatte man den Zugang zu dem Türmchen blockiert, wo sich hinter der Tür doch ein so hübsches Zimmer befand? Und auch von der versteckten Bibliothek her war der Turm nur äußerst schwer zugänglich. Wieso hatte man ihn versperrt?

In Gedanken versunken verließ sie das Schlafzimmer ihres Vaters und wollte gerade in die verborgene Bibliothek zurückkehren, als sie ihrer Mutter begegnete. Sie kam anscheinend von einem Spaziergang zurück. Als sie ihre Tochter sah, lächelte sie.

»Zoe, willst du mir nicht Gesellschaft leisten bei einer Tasse Tee?« Ihre Mutter zog die Handschuhe aus und legte sie auf einen Tisch in der Eingangshalle.

Zoe zögerte. Sie hatte eine Menge entdeckt, aber nicht die Aufzeichnungen gefunden, deretwegen sie eigentlich gekommen war. Eine kurze Pause würde ihr nicht schaden.

Während sie im Salon auf den Tee warteten, berichtete Zoe ihrer Mutter von ihren Erkundungen.

»Und wonach genau suchst du?«, fragte die Comtess, als Zoe geendet hatte.

»Nach dem letzten Tagebuch«, erwiderte Zoe. Sie wollte

ihren Eltern noch nicht verraten, was sie über Gerald Farwell herausgefunden hatte, denn sie bezweifelte, dass sie in Wooverlough Court nach weiteren Aufzeichnungen suchen durfte, wenn der Earl einen Skandal um seinen Vorfahren befürchten musste. »Die Tagebücher, die wir im Dezember mit nach Oxford genommen haben, scheinen nicht vollständig zu sein.«

Ihre Mutter schlug die Beine übereinander. »Vielleicht solltest du in dem alten Tresor im Arbeitszimmer deines Vaters nachsehen. Ich weiß, dass einige Dokumente darin aufbewahrt sind, die von früheren Generationen als heikel angesehen wurden. Für wichtige Dinge wie Wertpapiere und Schmuck verwendet dein Vater einen anderen, modernen Tresor.«

Zoes Herz schlug schneller. »Ja, wenn etwas heikel ist, dann mit Sicherheit das Ende von Geralds Geschichte.«

Ihre Mutter stutzte und schien auf weitere Ausführungen von Zoe zu warten, fragte aber nicht nach, wofür Zoe ihr sehr dankbar war. Die Comtess sagte: »Dein Vater wäre bestimmt nicht einverstanden, wenn ich dir Zugang zu dem alten Tresor gewähren würde.« Sie schien zu überlegen. »Andererseits bezweifle ich, dass er überhaupt weiß, was alles darin gelagert ist. Er hat sich nie gründlich mit diesen Unterlagen beschäftigt, so viel ich weiß.«

»Und er ist verreist«, sagte Zoe leise. »Er muss es ja nicht erfahren. Vermutlich wird ihm gar nicht auffallen, wenn wir diese Bücher aus seinem Tresor nehmen.«

Ihre Mutter lächelte. »Stimmt. Geschieht ihm ganz recht.« Und als Zoe sie fragend ansah, fügte sie als Erklärung hinzu: »Er ist mit seiner Geliebten verreist.«

Zoe schnaubte wütend. »Und er hat dir davon erzählt?«

»Na ja, er hat gesagt, dass er mit einem Freund verreisen werde, aber ich habe zufällig die Buchung gesehen. Er hat ein Zimmer in einem Luxusresort reserviert, mit Candle-Light-Dinner und Champagner-Bad. Dieser Freund scheint eher eine Dame für gewisse Dienste zu sein.«

Zoe nickte grimmig. »Wo ist der Schlüssel für den alten Tresor?«

»Komm mit«, sagte die Comtess und führte Zoe in das Arbeitszimmer des Earls. Dort öffnete sie seine Schreibtischschublade und nahm einen dicken, alten Schlüssel heraus, wie sie schon lange nicht mehr hergestellt wurden. Während Zoe ihrer Mutter zu dem Tresor folgte, der hinter einem großen Gemälde verborgen war, dachte sie darüber nach, wie gut die Comtess sich im Arbeitszimmer ihres Mannes auskannte. Jetzt war ihr auch klar, wie sie die Buchungsbestätigung des Hotels gefunden hatte. Auch wenn sie so tat, als störten sie die Eskapaden ihres Mannes nicht besonders, schien sie ihn doch genau zu überwachen.

Zoes Mutter klappte das Gemälde zur Seite und schob den dicken Schlüssel ins Schloss des Tresors. Als die Stahltür aufschwang, trat die Comtess einen Schritt zurück.

»Bitte sehr, am besten, du schaust selbst nach.«

Zoe betrachtete das Durcheinander aus Briefen, Dokumenten und Büchern. Und tatsächlich fielen ihr sofort die Notizbücher von Thomas Young auf und Madelines Tagebücher. Es waren zwei schwarze und drei rote Bände. Sie zog sie heraus und schlug sie auf.

»Das sind sie!«, rief sie erleichtert und drückte die Bücher an sich. »Ich danke dir so sehr, dass du mich auf diese Idee gebracht hast.«

# Kapitel 18

*Liverpool, November 1839*

Thomas hatte mit wachsendem Entsetzen Madelines Schilderungen gelauscht. Was für eine schreiende Ungerechtigkeit. Und wie mutig diese junge Frau doch gewesen war!

Er ging ein paar Schritte im Salon auf und ab, um sich zu beruhigen. Er hatte so viel von ihr erfahren und ahnte, worauf die Geschichte hinauslief – und das Ende gefiel ihm gar nicht. Nachdem er ein paarmal tief durchgeatmet hatte, wandte er sich zu Madeline um, die ihn mit wachsamen Augen beobachtete. Wie zäh und beharrlich sie gewesen war. Die meisten Menschen hätten sich an ihrer Stelle vermutlich längst vor der Übermacht des Earls und des Senior Police Officers geduckt. Aber Madeline hatte weitergekämpft, für die toten Frauen und für das Leben möglicher weiterer Opfer. Was für eine bewundernswerte, starke Frau! Noch nie hatte Thomas jemanden wie sie getroffen. Er setzte sich neben sie und griff nach ihrer Hand.

»Der Earl scheint brutal zu sein«, sagte Thomas. »Und gefährlich. Madeline, Sie müssen vorsichtig sein.«

Sie führte seine Hand an ihre Lippen und fuhr sanft über seine Finger. Thomas ließ sie gewähren und genoss das Prickeln, das ihre Zärtlichkeiten in ihm auslösten.

Dann sagte sie: »Er hatte immer schon einen Hang zur Grausamkeit. Wenn ihn irgendetwas wütend machte, kam er zu mir, um sich … abzureagieren. Aber nachdem ich ihm von seinem Bruder erzählt und meinen Verdacht geäußert hatte, wurde er richtig brutal und gewalttätig. Er tut mir weh und behandelt mich schlecht … Wenn ich die Kutsche höre, würde ich am liebsten weglaufen. Aber es gibt keinen Ort, wohin ich fliehen, und keinen Menschen, der mir helfen kann. Also ertrage ich es, wenn er kommt, in der Hoffnung, dass er mich in Ruhe lassen wird, wenn ich ihm sein Kind geboren habe. Schließlich wird es hier bei mir aufwachsen, und ich denke nicht, dass er sich wie ein Tier auf mich stürzen wird, wenn sein Sohn oder seine Tochter im Nebenzimmer schläft.«

»Das bleibt nur zu hoffen.« Thomas sah sie zweifelnd an. »Wann wird das Kind zur Welt kommen?«, fragte er dann, nur um irgendetwas zu sagen.

Sie hob die Schultern und errötete leicht. »Ich war noch nicht beim Arzt. Aber es wird sicher noch bis nächsten Sommer dauern.«

Thomas schwieg einen Moment. Unwillkürlich wanderten seine Gedanken zu Anni und der wunderschönen Zeit ihrer Schwangerschaft, in der sie sich ihre gemeinsame Zukunft in den schönsten Farben ausgemalt hatten. Niemals hätte Thomas damit gerechnet, dass … Nein, er durfte nicht wieder daran denken.

Sanft streichelte er Madelines Hand. »Sie sollten unbedingt untersuchen lassen, ob alles in Ordnung ist mit dem Kind.«

Sie seufzte. »Ich bin ganz ehrlich: Momentan halte ich es für keine gute Idee, mich mit dem Kind an den Earl zu binden. Wenn es erst auf der Welt ist, kann ich definitiv nicht mehr von hier fort. Deshalb denke ich manchmal, dass es nicht schlimm wäre, es zu verlieren.«

Der Inspector konnte sie gut verstehen. Sie war unverheiratet, und es war mehr als ungewiss, ob der Earl zu seinem Wort stehen und sich um sein Kind kümmern würde.

»Aber auch Ihr Leben ist in Gefahr«, gab Thomas zu bedenken. »Und Ihr Kind kann nichts dafür, dass sein Vater ein solcher …«

»Sie haben recht«, sagte Madeline und strich zärtlich über ihren Bauch.

Thomas' Herz zog sich schmerzhaft zusammen. Das Leben war so fragil. Er wusste selbst nicht, warum er plötzlich sagte: »Als meine Frau bei der Geburt unserer Tochter starb und die Kleine gleich mit ihr, war das der schlimmste Tag meines Lebens. Es vergeht keine Stunde, in der ich nicht an sie denke.«

»Das tut mir leid«, flüsterte Madeline und streckte ihre Hand nach ihm aus. Sanft strich sie über seine Wange.

Ein Schauer überlief ihn und er presste die Lippen zusammen, um nicht aufzuschluchzen. Madeline rückte näher an ihn heran. Plötzlich schlang sie ihre Arme um ihn und drückte ihn an sich. Thomas sog ihren Duft ein, genoss die Wärme ihres Körpers und schöpfte mit einem Mal Trost. Ihre Finger wanderten an seinen Hinterkopf und fuhren durch sein Haar. Er ließ sich fallen, und als ihre Lippen seine suchten, stieß er sie nicht zurück. Sie war sanft, und in Thomas löste sich etwas, während er ihre Küsse erwiderte.

Nach einer Weile ließ sie ihn wieder los. »Thomas, ich muss dir erzählen, wie es weitergegangen ist.«

Er nickte. Auch ohne, dass sie es ihm verriet, kannte er das Ende ihrer Geschichte. Und doch musste er es aus ihrem Mund hören.

# Kapitel 19

*Liverpool, November 1839*

Sie haben Besuch«, sagte der Butler, als Madeline aus dem Pub nach Hause kam.

Sie sah den Mann überrascht an. Es war inzwischen sieben Uhr am Abend und etwas zu früh für Johns Besuch, der um diese Zeit normalerweise noch beim Dinner in Wooverlough Court saß. Sie hatte auch seine Kutsche nicht in der Einfahrt stehen sehen.

Nachdem sie ihren Hut abgelegt und den Mantel ausgezogen hatte, begab sie sich in den Salon. Als sie eintrat, stand ihr Besucher auf, der in dem Sessel am Fenster gesessen und auf sie gewartet hatte.

Sie fuhr zusammen.

Er war es. Er war gekommen. Gerald!

Unwillkürlich wich sie einen Schritt zurück. Sie hatte gehofft, dass er sie in jener schrecklichen Nacht, als sie Zeugin seiner jüngsten Gewalttat geworden war, vielleicht nicht erkannt hatte. Im Zimmer des Mädchens war es dunkel gewesen. Aber Gerald fand sich bei Nacht ebensogut zurecht wie Madeline, es war ein Trugschluss gewesen, zu glauben, er würde sie in Ruhe lassen.

»Habe ich dich erschreckt?«, fragte er mit einem seltsamen Lächeln und ging auf sie zu.

Madelines Mund war mit einem Mal staubtrocken. Angst packte sie. Sie sah sich um, die Tür war geschlossen, außer ihnen war niemand im Raum. Wenn sie schrie, würden ihre Angestellten in der Küche sie dann hören können? Bis zur Klingelschnur neben dem Kamin war es weit, und Gerald stand zwischen ihr und dem Seil.

»Was willst du?«, fragte sie mit krächzender Stimme.

»Mit dir reden«, erwiderte er freundlich. »Ich habe gehört, du erzählst Lügen über mich, verbreitest unschöne Gerüchte?«

Madeline schluckte. Sie verwünschte in diesem Moment die Diskretion der Dienstboten. Warum konnte der Butler nicht kommen und fragen, ob alles in Ordnung sei? Aber natürlich konnte er nicht wissen, dass Madelines Gast ein unberechenbarer Mörder war.

Sie atmete tief durch. »Ich erzähle das, weil es die Wahrheit ist. Ich spreche sie aus. Aber dein Bruder hat mich gezwungen, meine Worte zu widerrufen. Dabei weiß ich genau, was ich gesehen habe, und ich werde nicht ruhen, bis ich sicher bin, dass du deine gerechte Strafe bekommen hast.«

»Richten kann mich nur Gott. Bitte, setz dich.« Gerald deutete auf das Sofa, als wäre er der Hausherr, und nahm dann selbst in einem der Sessel Platz. Er wartete, bis Madeline sich gesetzt hatte, ehe er weitersprach. »Das, was du glaubst, gesehen zu haben, ist ein Missverständnis.«

»Wie bitte?« Madeline stieß verblüfft die Luft aus. »Es war ein Missverständnis, dass du die Frau erwürgt hast? Und ihre Leiche, die ich mit eigenen Augen gesehen habe, war auch nur ein Missverständnis?«

»Allerdings.«

Madeline lachte zynisch. »Und deinen Angriff auf mich habe ich auch nur falsch verstanden?«

Gerald hob entwaffnend die Hände. Das Kaminfeuer warf tanzende Schatten auf sein Gesicht. »Nein, dazu habe ich mich tatsächlich hinreißen lassen. Meine Gefühle sind mit mir durchgegangen und ich entschuldige mich dafür. Deshalb bin ich hier. Ich will dich um Verzeihung bitten.«

»Du willst … was?«, stammelte Madeline irritiert. Was hatte Gerald vor? Wollte er sie verwirren?

Der Pfarrer sah sie mit großen Augen an. In diesem Moment wirkte er wie der kleine Junge, den Madeline aus ihrer Kindheit kannte. »Ich habe mich erschrocken, als du mich beobachtet hast. Ich hab mich geschämt in dieser Situation … Und da habe ich kurz die Kontrolle verloren.«

Madeline verstand noch immer nichts. »Du möchtest dich dafür entschuldigen, dass du versucht hast, mich zu töten, und streitest gleichzeitig die anderen Morde ab?«

»Nein, ich streite sie nicht ab, ich sage nur, dass das alles ein großer Irrtum deinerseits ist.« Er schlug die Beine übereinander und lehnte sich zurück. »Ja, ich habe sie ermordet, das will ich nicht leugnen. Aber ich habe es nicht aus Bosheit getan.«

Madeline konnte nicht glauben, was er ihr da erzählte. Was war an einem Mord falsch zu deuten? Dieser Mann hatte vielen Menschen das Leben genommen. Ihr war schrecklich übel vor Angst. Dieser Alptraum musste ein Ende finden. Doch stattdessen wurde es immer schlimmer.

»Ich habe diese Frauen geopfert«, erklärte Gerald. »Sie mussten sterben, damit die Welt gereinigt wird.«

»Und warum muss die Welt gereinigt werden?«, fragte

Madeline vorsichtig. Ihr Körper war angespannt, jederzeit bereit zur Flucht.

»Weil ich ein Sünder bin«, stieß er aus und sprang auf. Er fuhr sich mit den Händen nervös durch sein Haar. »Ich habe mich geschämt. Ich konnte mir selbst nicht mehr ins Gesicht sehen, nach dem, was ich … mit ihnen …«

Madeline war ebenfalls aufgestanden. Mit angehaltenem Atem bewegte sie sich in Richtung Tür. Sie wollte nach ihrem Butler rufen oder nach einem Hausmädchen. Die Furcht schnürte ihr die Kehle zu. Ob er vorhatte, sie zu töten? Vorsichtig näherte sie sich dem Ausgang, ohne den Blick von Gerald abzuwenden.

»Halt!« Er kam zu ihr und hielt sie am Arm fest.

Madeline zuckte zusammen. Er hatte ihre Absicht durchschaut.

»Es ist noch zu früh, um zu gehen. Wir unterhalten uns doch gerade so schön, Madeline.« Nun führte er sie zurück zum Sofa, und Madeline ließ sich zitternd auf das Polster fallen. Ihre Knie waren weich, ihr war heiß und kalt zugleich. Es fiel ihr schwer, sich auf Geralds Worte zu konzentrieren. Aber sie durfte jetzt nicht die Fassung verlieren. Sie musste sich zusammenreißen, nur so konnte sie es schaffen, zu überleben.

Er setzte sich wieder in den Sessel. »Ich bin schwach, und mein Körper hatte gewisse Bedürfnisse. Ich habe ihnen nachgegeben und es anschließend bereut. Ich bin in Zwiesprache mit Gott gegangen und er hat mir einen Ausweg gezeigt. Er trug mir auf, die Frauen zu opfern. Das war vor zwei Jahren. Schon davor bin ich einige Male zu ihnen gegangen und habe … Es war unwürdig. Ich habe mich so geschämt. Aber dann sprach Gott zu mir und sagte, dass ich ihm die Huren opfern solle, nachdem ich bei ihnen gewesen sei. Seitdem ist es viel leichter für mich. Ich gebe meinem Verlangen nach und dann opfere ich sie.« Seine Augen glänzten. Er schien vollkommen überzeugt von seinem Handeln zu sein. Madeline gefror das Blut in den Adern, während sie seinen Worten weiter lauschte. »Die Nägel sind geweiht, weißt du? Ich segne sie, bevor ich sie verwende. Gott hat mir den Weg gewiesen.«

»Du meinst, Gott hat dich beauftragt, Frauen zu ermorden?«, fragte Madeline entsetzt. Der Wahnsinn des Pfarrers offenbarte sich ihr mehr und mehr.

Er lächelte. »Nicht alle, nur die, mit denen mein Körper sich vereinigt hat. Daher war es auch falsch, dich töten zu wollen, denn du warst unschuldig. Gott hat es verhindert. Er hat dir die Kraft gegeben, dich gegen mich zur Wehr zu setzen.«

Madeline unterdrückte die Bemerkung, dass Gott sicher nichts mit ihrer Rettung zu tun gehabt habe, sondern diese vielmehr ihrem Knie zuzuschreiben sei, das Geralds Unterleib getroffen hatte.

Der Pfarrer saß im Sessel und sah sehr zufrieden aus. Das traf Madeline beinahe am meisten. Dieser Mann hatte inzwischen fünfzehn Frauen umgebracht und er schien kein bisschen Reue zu verspüren. Keinerlei Gewissensbisse plagten ihn. Vielleicht konnte Gerald nicht einmal etwas dafür. Er war ernsthaft krank.

Madeline räusperte sich und versuchte, ihrer Stimme eine Selbstsicherheit zu geben, die ihr gerade fehlte. »Aber es ist doch völlig normal, dass du diese Bedürfnisse hast. Du bist ein erwachsener Mann und nicht verheiratet. Du hast also keine Frau, die du betrügen würdest ...«

»Aber Gott!«, schrie er und rutschte von der Sesselkante, um auf die Knie zu fallen. »Ich betrüge Gott!«

»Nein«, entgegnete Madeline in festem Ton. »Du bist Anglikaner. Du bist nicht zum Zölibat verpflichtet.«

»Damit hat das nichts zu tun«, schrie er wieder und fasste sich mit beiden Händen an den Kopf. »Es ist unwürdig, es ist verabscheuungswürdig. Allein der Gedanke daran … Aber diese Gedanken kommen mir immer wieder. Sie schleichen sich in meinen Kopf, in meine Träume. Ich versuche alles, um sie zu vertreiben.«

»Die Selbstkasteiung!«, flüsterte Madeline und dachte an ihre schreckliche Entdeckung. »Deshalb schlägst du dich.«

»Ich prügle die unreinen Gedanken aus mir heraus! Ich reinige mich auf diese Weise. Aber sie kommen wieder, immer wieder, diese schmutzigen Gedanken, das Verlangen …« Er verbarg seinen Kopf zwischen den Händen.

»Hätte es denn nicht gereicht, dich selbst zu züchtigen? Mussten die Frauen sterben, nur weil du dich geschämt hast?«, fragte Madeline mit Tränen in den Augen.

Er sah auf und wirkte erstaunt. »Es geht nicht um mich. Es geht um Gott. Ich habe Gott erzürnt, ihn verhöhnt. Es war sein Auftrag, seine Idee. Er hat von mir verlangt, dass ich sie opfere. Ich hatte kein Recht auf diese Frauen. Sie gehören ihm, alles gehört ihm, und wenn er verlangt, dass ich sie ihm darbringe, dann weihe ich sie ihm.«

Madeline versuchte, ihre Fassungslosigkeit zu verbergen, aber es war schwer, da ihr der pure Wahnsinn gegenübersaß.

Gerald nickte gedankenverloren. Wie um sich selbst zu bestätigen, sagte er: »Deshalb musste ich sie kreuzigen.«

»Und wie hat Gott zu dir gesprochen?«, fragte Madeline vorsichtig nach.

»Im Gebet natürlich. Er offenbart sich mir im Gebet.« Gerald ließ sich wieder in den Sessel sinken, lehnte den Kopf zurück und schloss die Augen.

Er war ganz offensichtlich krank, etwas stimmte mit seinem Geist nicht, seine Nerven schienen völlig zerrüttet zu sein. Aber die Polizei interessierte sich nicht für Madelines Aussage. Sie würde noch einmal mit John sprechen müssen. Gerald war eine Gefahr für sich und andere. Er musste in ein Tollhaus gesperrt werden oder in eine der modernen Irrenanstalten. Aber wie konnte Madeline erreichen, dass man ihr Glauben schenkte?

Sie räusperte sich. Jetzt kam es darauf an, mit Bedacht vorzugehen. »Gerald, ich kann mir vorstellen, dass das sehr belastend für dich sein muss.«

Er nickte und in seine Augen traten Tränen. »Aber mein Leben mit Gott ist meine Berufung. Meine Sünde zeichnet mich als Menschen aus. Ich bin Gottes nicht würdig, ich bin ihm ein schwacher Untertan.«

»Natürlich bist du das, wir alle sind es«, versuchte sie ihn zu beruhigen.

Er funkelte sie an. Böse, enttäuscht und wütend.

Madeline schluckte. Sie hatte etwas Falsches gesagt, sie wusste es, bevor er weitersprach.

»Ihr alle«, er deutete mit einem Finger auf sie, seine Stimme war hasserfüllt, sein Gesicht zur Fratze verzogen, »ihr könnt euch nicht mit mir vergleichen. Ich bin sein Sohn.«

»Gottes Sohn?« Madeline unterdrückte ein hysterisches Lachen. Ihre Nerven waren bis zum Äußersten angespannt.

Aber sie saß einem wahnsinnigen Mörder gegenüber, sie musste jedes Wort und jede Reaktion genau abwägen.

Er streckte seine Hände gen Himmel. »Und er hat mehr von mir erwartet. Mehr als das, was ich ihm geben kann. Ich habe ihn enttäuscht. Aber er hat mir eine zweite Chance gewährt. Wenn ich mich mit den Frauen vereinige und sie anschließend töte, säubere ich die Welt. Diese Frauen sind schmutzig, sie verhöhnen Gott, meinen Vater! Sie sind Versuchungen, die ausgelöscht werden müssen.«

Madeline entfuhr ein Seufzer der Verzweiflung.

»Du musst mit mir zur Polizei gehen«, sagte sie und lehnte sich nach vorn. »Sie werden dir helfen, ich verspreche es.«

Sie wusste, dass das nicht gelogen war. Denn der Strang, der Gerald erwarten würde, wäre eine Erlösung für ihn.

Wieder wanderte sein Blick nach oben zur Zimmerdecke. »Nur ich kann mein Werk vollenden. Gott vertraut auf mich, er erwartet, dass ich den Kampf für ihn kämpfe. Den Kampf gegen die Verlockungen des Fleisches.«

Madeline überlegte fieberhaft, was sie noch sagen, welche Argumente sie vortragen könnte, die ihn erreichen würden. Aber dieser Mann war vernünftigen Gedanken gegenüber nicht zugänglich.

»Ich werde dafür sorgen, dass du keine weiteren Frauen mehr umbringen kannst«, sagte Madeline schließlich. Sie beschloss, nun nicht mehr zu taktieren, sondern die Wahrheit zu sagen. Sollte es sie das Leben kosten, würde ihr Tod hoffentlich John und den Senior Police Officer endlich wachrütteln. »Es kann nicht Gottes Wille sein, dass unschuldige Menschen sterben. Es tut mir leid, Gerald. Du bist krank. Ich muss dich aufhalten, denn du bist gefährlich.«

Er lachte. »Niemand wird mich aufhalten, Madeline. Und niemand wird dir glauben. Ich bin der Pfarrer von Fleetwood, Bruder des Earls, ein Aristokrat und Theologe. Ich habe einen untadeligen Ruf. Und was hast du? Was *bist* du?«

Madeline atmete tief durch. In diesem Punkt hatte er recht. Resigniert ließ sie die Schultern hängen. Ihr gesamter Körper schmerzte von der Anspannung, in der sie noch immer auf der Sofakante saß.

Er beantwortete seine Fragen selbst. »Du bist eine Frau, eine Dirne, und verkaufst dich für ein bisschen Wohlstand. Niemand wird dir glauben.«

»Oh Gott!«, stöhnte Madeline.

»Nimm seinen Namen nicht in den Mund! Du bist seiner nicht würdig. Gott will mit dir nichts zu tun haben«, schrie er und stand auf. »Du hast keine Beweise gegen mich, Madeline. Aus diesem Grund lasse ich dich am Leben, und weil ich mich nicht versündigen will. Das ist dein großes Glück und deine Rettung. Und jetzt entschuldige mich, ich muss zurück zu meiner Gemeinde.«

Er nahm seinen Hut, der auf dem Tisch gelegen hatte, winkte ihr zu und verließ den Salon. Sie saß da wie erstarrt und lauschte. Erst als die Haustür ins Schloss fiel, sackte sie zitternd in sich zusammen. Er hatte ihr nichts angetan! Er hatte nicht einmal versucht, sie zum Schweigen zu bringen. Offenbar war Gerald der Meinung, dass er eine Sünde beging, wenn er Madeline umbrachte. Nur die Frauen, mit denen er sich zuvor vereinigt hatte, durfte er Gott als Opfer darbringen. Und da er einen göttlichen

Auftrag zu befolgen glaubte, merkte er nicht, wie falsch sein Verhalten war. Das machte ihn unberechenbar.

Madeline schloss entsetzt die Augen. Gerald hatte recht. Sie hatte keinerlei Möglichkeit, ihn aufzuhalten. Die Polizei glaubte ihr nicht und John auch nicht. Es brachte nichts, noch einmal mit dem Earl über die Sache zu reden, er würde nur wütend werden und seinen Zorn an ihr auslassen.

Madeline stöhnte laut auf und ließ sich erschöpft zurück in die Sofakissen sinken. Noch nie hatte sie sich so hilflos gefühlt. Sie überlegte fieberhaft. Gerald würde weiter morden, wenn niemand ihn aufhielt. Sie musste das unbedingt verhindern.

Dann erhob sie sich. Sie ging zum Kamin, und nachdem sie eine Weile gedankenverloren in das prasselnde Feuer gestarrt hatte, stand ihr Entschluss fest. Wenn Gerald glaubte, sie sei machtlos gegen ihn, dann hatte er sich getäuscht. Denn das war sie nicht. Sie musste sich nur auf sich selbst besinnen. Ja, sie war eine Frau, und vor dem Gesetz zählte ihr Wort weniger als das eines Mannes. Aber in diesem Fall musste sie sich über das Gesetz hinwegsetzen, das den Tod zahlreicher unschuldiger Frauen nicht verhindert hatte. Nein, Madeline musste selbst etwas unternehmen. Sie musste Richter und Henker sein.

In den nächsten Wochen lebte Madeline ihr Leben weiter, als wäre nichts geschehen. Sie ertrug Johns regelmäßige Besuche, gestand ihm, dass sie tatsächlich sein Kind in sich trug, worüber er sich außerordentlich freute, und wartete. Sie wartete auf den Tag, an dem sie die toten Frauen rächen und unschuldige Leben retten konnte. Als einige

Wochen seit dem Mord an der Näherin vergangen waren, schlich sie sich wieder zu der Landstraße und lauerte dort einige Abende lang auf Gerald. Schon am dritten Abend sah sie ihn. Und dieses Mal brauchte sie nicht mehr zu zweifeln. Sie spürte nicht die Kälte der Nacht, sie kannte keine Angst, sie war nur auf ihr Vorhaben konzentriert und fest entschlossen, es gründlich zu erledigen. Wieder folgte sie ihm mit einigem Abstand in Richtung Stadt. Wieder ließ sie ihn nicht aus den Augen. Als sie den Stadtrand von Liverpool erreichten, wandte er sich zum Hafen. Sie huschte hinter ihm her. Noch war Zeit, umzukehren. Noch war sie keine Mörderin. Aber auch wenn sie Gerald heute nicht umbrachte, würde es in dieser Nacht eine Leiche geben. Und bei dieser einen würde es nicht bleiben. Nein, Madeline war keine Mörderin, aber das, was sie heute Nacht vorhatte, würde das Schrecklichste sein, was sie je getan hatte. Es war falsch und gleichzeitig das Beste, was sie tun konnte. Sie würde ein Leben zerstören und dadurch viele weitere retten. Auch wenn es nicht ihre Aufgabe war. Aber Gott und alle Richter dieser Welt hatten ihre Augen verschlossen.

Madelines Gedanken kehrten zu ihrer Freundin Molly zurück, zu Gerda und Edwina, zu der Näherin, die sie vor wenigen Wochen tot vorgefunden hatte, und sie wusste, dass ihr keine andere Wahl blieb. Sie musste zur Mörderin werden, um all die anderen Frauen zu retten.

Ihr Blick fiel auf einen Backstein, der am Straßenrand lag. Vielleicht hatten Kinder ihn von einer nahe gelegenen Baustelle hierhergebracht. Sie hob ihn auf, ohne ihr Opfer aus den Augen zu lassen. Von Hausecke zu Hausecke schlich sie sich immer näher heran. Sie hatte keinen ausgereiften

Plan, es war eine Verzweiflungstat. Und Gerald machte es ihr leicht. Er ging zum George's Basin. Wenn sie ihn nicht erschlagen konnte, würde sie ihn eben ins Wasser werfen. Sie war schwächer als der Pfarrer, aber sie hatte das Überraschungsmoment auf ihrer Seite. Jetzt war der Augenblick gekommen. Gerald stand ganz nah an der Wasserkante. Während Madeline die letzten Schritte auf ihn zustürmte, drehte er sich um und erkannte sie. Aber da hatte sie auch schon ausgeholt und schlug mit dem Stein immer wieder auf ihn ein. Dann zerrte sie seinen leblosen Körper zum Wasser und stieß ihn hinein.

Mit schnellen Schritten verließ sie den Hafen, ohne sich noch einmal umzudrehen. Sie hatte es geschafft. Das Morden hatte ein Ende. Die Frauen waren wieder in Sicherheit. Und Madeline war zur Mörderin geworden.

# Kapitel 20

*Liverpool, November 1839*

»Jetzt kennst du die Wahrheit, Thomas«, flüsterte Madeline. Sie saßen noch immer auf dem Sofa in ihrem Salon. »Ich bin eine Mörderin, aber ich hatte keine Wahl.« Sie zögerte. »Denn ich konnte nicht in dem Wissen leben, dass weitere Frauen sterben würden. Ich konnte es verhindern und das habe ich getan. Auch wenn ich dafür zur Sünderin wurde.«

Thomas atmete tief ein. Er starrte in das prasselnde Kaminfeuer. Was sollte er jetzt tun? Er hatte Gerald Farwells Mörderin gefunden, wie es sein Auftrag gewesen war, und gleichzeitig fünfzehn weitere Morde aufgeklärt. Doch wie konnte er vor Gericht beweisen, dass der verstorbene Gerald Farwell der Mörder der Dirnen gewesen war? Die Nägel in Fleetwood und die Ketten und Peitschen waren keine brauchbaren Indizien. Schließlich hätte sie jeder dort hinlegen können. Und Madelines Aussage würde vor Gericht wohl kaum von Bedeutung sein. Außerdem würde der Earl of Wooverlough die Schuld seines Bruders vehement bestreiten und ihm vermutlich falsche Alibis liefern. Nein, Thomas würde sich nur gehörigen Ärger einhandeln und Madeline würde gehängt werden.

Er drehte sich zu ihr und studierte sie genau. Madeline

hatte sich verändert. In diesen wenigen Tagen, die er sie jetzt kannte, hatte sie ihm ihr wahres Wesen offenbart. Sie war stark, stärker als jede Frau, die Thomas kannte. Sie trat für das ein, woran sie glaubte, und riskierte ihr Leben, um andere Frauen zu schützen. Und doch war sie eine Mörderin. Während Thomas als Police Inspector dafür verantwortlich war, Mörder ihrer gerechten Strafe zuzuführen.

»Ich bereue es nicht«, sagte sie jetzt, als hätte sie Thomas' Gedanken gelesen. »Es war die einzige Möglichkeit, die ich gesehen habe, und ich musste sie nutzen.«

Er nickte. Sie hatte recht.

»Was wirst du jetzt tun?«, fragte sie ihn, nicht ängstlich, nur interessiert.

Thomas fuhr sich erschöpft mit der Hand über das Gesicht. »Ich muss mit Whittey sprechen.«

Es war der schwerste Gang, den er je hatte tun müssen. Noch nie hatte er so tiefes Verständnis für eine Mörderin gehabt wie in diesem Fall. Aber er war Polizist und dafür da, das Gesetz zu schützen.

Als Thomas eine halbe Stunde später das Gebäude betrat, in dem der Senior Police Officer sein Quartier hatte, war sein Entschluss gefasst. Er nahm sich einen Moment Zeit, Notizen für seinen Abschlussbericht niederzuschreiben. Dann machte er sich auf den Weg zu Whitteys Büro.

»Inspector Young«, begrüßte ihn der Polizeibeamte, der hinter den Aktenstapeln hervorspähte. »Haben Sie Ergebnisse für mich?«

Thomas nickte und setzte sich. Nervös drehte er seinen Hut in den Händen. Zum ersten Mal in seinem Leben war er dabei, das Gesetz zu verletzen.

»Darf ich Ihnen einen Whiskey anbieten? Oder lieber Tee? Mir bekommt der Tee am Abend nicht mehr gut. Dann liege ich die ganze Nacht wach«, sagte der Senior Police Officer mit einem Blick auf seine goldene Taschenuhr. »Es ist schon fünf Uhr vorbei.«

Thomas winkte ab. Im Augenblick würde er sowieso nichts hinunterbringen. »Für mich nichts, vielen Dank.«

Er wartete mit klopfendem Herzen, bis Whittey sich einen Drink eingegossen und ihm gegenüber Platz genommen hatte. Jetzt war der Zeitpunkt gekommen, der sein Leben in zwei Hälften teilen sollte. In ein Davor, als er ein gesetzestreuer Police Inspector gewesen war, unbestechlich und nur der Wahrheit verpflichtet. Und in ein Danach, als er eine Mörderin gedeckt hatte, in die er sich längst verliebt hatte. Aber es waren nicht nur die Gefühle, die er für Madeline hegte, die ihn zu der folgenden Lüge trieben. Es war vor allem sein persönliches Gerechtigkeitsempfinden, das Wissen um die Richtigkeit von Madelines Handeln. Es war undenkbar für ihn, eine Frau dem Henker auszuliefern, die gemordet hatte, um andere zu schützen.

Thomas' Stimme klang merkwürdig schrill, als er schließlich sagte: »Wir können mit absoluter Sicherheit davon ausgehen, dass es sich bei dem Mord an Gerald Farwell um einen Raubüberfall handelte.«

Whittey sah ihn überrascht an. »Ach, Sie sind also endlich meiner Meinung? Was ist mit der Taschenuhr, die Sie erwähnten?«

Thomas biss sich auf die Unterlippe. Dann erklärte er schnell: »Ja, wegen der Taschenuhr hatte ich ursprünglich an Ihrer Theorie gezweifelt. Aber es ist wohl anzunehmen, dass der Räuber bei seiner Tat in jener Nacht gestört wurde.

Vermutlich hatte er das Geld gerade an sich genommen, als er ein Geräusch hörte. Vielleicht näherte sich jemand. Ihm blieb nur noch die Zeit, die Leiche ins Wasser zu werfen. Er hat es nicht mehr geschafft, sämtliche Taschen zu durchsuchen.«

Whittey trank einen großen Schluck Whiskey und strich sich anschließend über den Bart. »Das habe ich doch von Anfang an gesagt, Young. Wenn Sie in London alle so umständlich arbeiten, haben die Verbrecher dort nichts zu befürchten.« Er lachte laut und schenkte sich Whiskey nach.

Thomas gab sich demütig. »Sie haben vollkommen recht, Sir. Ich hätte gleich auf Sie hören sollen.«

»Richtig, richtig«, rief Whittey und wirkte äußerst zufrieden. »Haben Sie den Earl of Wooverlough schon unterrichtet?«

»Nein, Sir«, antwortete Thomas. »Ich wollte zuerst mit Ihnen sprechen.«

Whittey nippte wieder an seinem Glas. »Das ist löblich. Der Dienstweg muss eingehalten werden. Nun, ich sehe den Earl ohnehin heute Abend bei einer Dinnergesellschaft. Ich werde ihn informieren und Ihren Bericht an ihn weiterleiten. Ist der bereits verfasst?«

Thomas nickte und zog das Papier aus der Tasche, das er eben aufgesetzt hatte.

Whittey nahm das Schriftstück und las es sorgfältig durch. Schließlich legte er es zufrieden auf einen der Stapel auf seinem Schreibtisch. »Ich nehme an, es besteht keine Hoffnung, den Täter zu erwischen?«

Thomas hob bedauernd die Schultern. »Ich befürchte, das ist aussichtslos. Der Kerl ist sicher längst nicht mehr in der Stadt. Er wird am nächsten Morgen das erste Schiff genommen und Liverpool verlassen haben.«

Der Senior Police Officer schnaubte. »War vermutlich einer der Seemänner. Auf diesen Schiffen arbeitet allerlei Pack.«

»So wird es wohl gewesen sein«, räumte Thomas ein und entschuldigte sich insgeheim bei allen Seeleuten für diesen falschen Verdacht.

»Gute Arbeit, Young, gute Arbeit.« Whittey leerte sein Glas und stand auf. »Der Earl wird Sie bestimmt bei Ihrem Vorgesetzten loben, wenn er ihn das nächste Mal trifft.«

Daran hatte Thomas zwar erhebliche Zweifel, aber die behielt er vorsichtshalber für sich. Als er das Gebäude verließ, hoffte er, dass die Angelegenheit damit erledigt sei.

Kurz darauf kehrte der Inspector noch einmal zu Madeline zurück. Sie schien ihn erwartet zu haben.

Sie saß auf dem Sofa im Salon und hatte sich umgezogen. Jetzt trug sie ein dunkles Reisekleid.

»Du musst mich verhaften, oder?«, fragte sie.

Thomas griff nach ihrer Hand. »Ich habe dem Senior Police Officer gesagt, dass wir von einem Raubüberfall ausgehen müssen und den Täter wohl nie finden werden.«

Madeline atmete erleichtert auf. Sie hatte ihm mit vor Aufregung geweiteten Augen zugehört. Jetzt zeigte sich die Freude nur allzu deutlich auf ihrem Gesicht. »Du lässt mich davonkommen, Thomas?«

Er lächelte. »Du bist eine starke Frau, Madeline. Nicht viele Menschen hätten so mutig für die Gerechtigkeit gekämpft. Du hast dein Leben aufs Spiel gesetzt, um zahllose andere zu retten. Du hast dich nicht abschrecken lassen und die Sache selbst in die Hand genommen. Und auch wenn ich eigentlich das Gesetz vertreten sollte, bin ich überzeugt davon, dass du richtig gehandelt hast.«

Madeline seufzte und sank in die Kissen. Sie bedeutete ihm, Platz zu nehmen. »Ich habe schon immer zwischen den Welten gelebt. Meine Eltern waren nie für mich da, und ich wurde von fremden Menschen aufgezogen, die dem Earl verpflichtet waren. Doch ich bin gemeinsam mit Gerald und John aufgewachsen und habe auch von den Vorzügen profitiert, die ein Leben auf Wooverlough Court mit sich brachte. Meine Schönheit hat mich früh zu Johns Mätresse gemacht. Ich musste nie hungern und bekam alles, was ich haben wollte, auch wenn ich nicht frei war. Das hat mich nicht gestört, bis vor wenigen Wochen, als ich bemerkt habe, dass es John nie um meine Person gegangen ist. Ich war sein Besitz. Und es hat all die Jahre ja auch wunderbar funktioniert. Ich habe immer getan, was er wollte. Aber als ich begann, seinen Bruder zu verdächtigen, und mir nicht verbieten ließ, der Sache weiter nachzugehen, hat er mir eine Seite von sich gezeigt, die schrecklich ist. Er ist nicht weniger brutal als sein Bruder, Thomas. Aber er ist nicht krank. John ist nicht wahnsinnig.«

Der Inspector streichelte Madelines Hand, die noch immer in seiner lag. Er rückte näher an sie heran. »Dass er dir Gewalt angetan hat, ist unverzeihlich. Das darfst du dir nicht gefallen lassen.« Er biss sich auf die Unterlippe, denn er wusste selbst, dass Madeline als Frau kaum eine Möglichkeit hatte, sich zur Wehr zu setzen.

Ihre Augen füllten sich mit Tränen. »Gerald ist auf ein christliches Internat gegangen. Das hat ihn sehr verändert. Ich nehme an, dass sie ihm dort vermittelt haben, körperliche Bedürfnisse wären sündhaft und schlecht. Und anders als John, der sich immer schon genommen hat, was er brauchte, hat Gerald sich davon beeinflussen lassen. Bis sein körperliches Verlangen irgendwann so groß wurde, dass er sich einen Weg gesucht hat, der in Gewalt mündete.«

Thomas betrachtete Madeline. Sie war wunderschön, und in ihren Augen lag eine unendlich große Weisheit. Wie falsch hatte er sie anfangs eingeschätzt! Sie war immer viel schlauer gewesen, als er geglaubt hatte.

»Küss mich, Thomas«, sagte Madeline in ernstem Ton.

Der Inspector lächelte. Was hatte er jetzt noch zu verlieren? Sie hatte ihn längst in ihren Bann gezogen, und er würde alles tun, um ihr zu helfen, dem Strick zu entkommen.

Er beugte sich zu ihr und tat, worum sie ihn gebeten hatte. Ihre Lippen waren voll und weich, ihr Atem heiß, und Thomas ließ sich ganz in diesen Kuss fallen. Sie schmiegte sich an ihn und die Welt stand still, während Thomas sie in seinen Armen hielt. Schließlich löste sie sich von ihm und stand auf.

»Madeline«, sagte der Inspector und räusperte sich. »Wohin willst du jetzt gehen?«

»Ob ich mich weiter frei bewegen kann, liegt nicht in meiner Macht«, stellte Madeline traurig fest, während sie ans Fenster trat.

Thomas erhob sich ebenfalls. »Nun, außer uns kennt niemand die Wahrheit und von mir wird sie auch niemand erfahren.«

»Ich werde die Mutter seines Kindes sein, John wird mich nie gehen lassen«, stellte Madeline fest.

Der Inspector atmete tief ein und wandte sich zur Tür. Es war alles gesagt.

»Warte, Thomas.« Madeline legte ihre Hand auf seinen Unterarm und zog ihn wieder auf das Sofa. »Ich … ich weiß, dass du mir nicht glauben wirst, wenn ich dir sage, dass ich dich sehr gern habe. Einer Frau wie mir traust du vermutlich keine echten Gefühle zu …«

Thomas' Herz schlug auf einmal schneller. Er griff nach Madelines Hand. »Auch du hast ein Recht auf Gefühle. Jeder Mensch hat es.«

»Nimm mich mit nach London, Thomas.«

Er wusste nicht, was er erwidern sollte. Madeline in seinem kleinen unscheinbaren Haus, die schillernde, wunderschöne Madeline in seiner Welt – dieser Gedanke war genauso verführerisch wie lächerlich.

Ihre Stimme war eindringlich, als sie sagte: »Ich habe das alles hier so satt. Alles ist falsch, alles ist verlogen.«

»Wie meinst du das?«

Sie machte eine abfällige Handbewegung. »John. Er hat viele Gesichter. In der Gesellschaft, bei mir in meinem Bett, bei seinen Freunden. Ich weiß nicht, wie er Mary behandelt, und ich weiß nicht, wie viele andere Frauen er noch hat. Im Grunde ist John nicht viel besser als Gerald. Er genießt es, wenn er mich brutal behandeln kann. Ich will das nicht mehr. Ich möchte seine Besuche nicht mehr ertragen. Ich möchte nicht mehr als seine Dirne leben und für ihn die Röcke heben, egal wann er kommt.« Sie errötete. »Alle Männer, die ich kenne, sind so. Alle, nur du nicht. Du bist anders, du siehst mich als ebenbürtig an.«

»Und du glaubst, ich kann dich glücklich machen?« Thomas streichelte Madelines Hand.

»Ja, weil du mich respektierst. Du bist der erste Mann in meinem Leben, der mich als Menschen betrachtet. Der mehr in mir sieht als eine Dirne.«

»Du weißt, dass ich dir nicht viel bieten könnte. Mein ganzes Haus ist so groß wie dein Salon. Ich kann dir keine teuren Seidenstoffe und Spitzen kaufen. Ich kann dir nur meine Liebe schenken, meine Treue. Und ich weiß nicht, ob dir das reichen wird.«

Ihre Augen leuchteten. Tränen schimmerten darin. »Das ist genug, Thomas. Mehr als genug. Es ist alles, was ich mir wünsche.«

Thomas sah in ihr wunderschönes Gesicht. Die Versuchung war groß. Er atmete tief durch. »Unter anderen Umständen würde ich nicht zögern …«

Enttäuschung zeichnete sich auf ihren Zügen ab. »Du willst keine Mörderin lieben?«

»Du bist keine Mörderin. Nicht für mich. Aber ich bin mir nicht sicher, was deine Gründe dafür sind, mit mir zu gehen. Geht es dir wirklich um mich? Bin ich tatsächlich der richtige Mann für dich, oder bin ich nur derjenige, der dich vor John retten kann? Hegst du so starke Gefühle für mich, dass wir ein gemeinsames Leben darauf aufbauen könnten? Madeline, ich bin in einer gehobenen Stellung bei der Metropolitan Police, und anders als hier wird in London auf den untadeligen Ruf der Polizei geachtet. Ich kann nicht einfach eine Frau mitbringen, die mich ein paar Monate später wegen eines anderen Mannes verlässt.«

Sie sank zurück auf das Sofa und schloss die Augen. »Ich verstehe.«

»Nein, das glaube ich nicht. Madeline, wenn es nur um mich ginge, würde ich dich jetzt, in diesem Moment, um deine Hand bitten. Aber es geht auch um dich, um dein Kind. Wirst du glücklich werden an meiner Seite?« Er breitete hilflos die Arme aus.

»Glücklicher, als ich es mir je vorstellen könnte. Das weiß ich.« Dann fügte sie leise hinzu: »Und glücklicher als hier, als Geliebte des Earl of Wooverlough.«

Er seufzte. »Und genau das meine ich. Du hast nicht viele Optionen. Ich bin das kleinere Übel für dich.«

»Nein.« Jetzt liefen Tränen über Madelines Wangen, die er zu gern fortgeküsst hätte. Aber sie fuhr fort: »Ich denke an dich, jeden Tag, seit ich dich kennengelernt habe. Ich bewundere deine Stärke, deinen Verstand, deinen Mut und deine Unbestechlichkeit. Du bist all das, was ich bei einem Mann bisher nicht kannte.«

Er lächelte. »Nicht bei einem Mann, das mag sein, aber du kennst es von dir selbst. Du bist genauso, Madeline.«

»Und aus diesem Grund passen wir so gut zueinander, Thomas. Ich möchte mein Leben an deiner Seite verbringen, und wenn du mir heute deine Hand reichst, werde ich sie ergreifen, und ich verspreche dir, dass ich sie nie wieder loslassen werde.«

Madeline klang so leidenschaftlich, dass er nicht anders konnte, als ihren Worten zu glauben. Trotzdem sagte er: »Ich muss darüber nachdenken, Madeline. Denn auch ich bin nicht unempfänglich für deine Schönheit und deine Sinnlichkeit. Doch ich sehe mehr in dir als das. Ich will dir helfen, das steht außer Frage. Aber ich will dich nicht zu einem Leben an meiner Seite zwingen, wenn ich nicht sicher bin, dass es tatsächlich das ist, was dir guttut. »

»Was meinst du denn, wen ich an meiner Seite bräuchte?«, fragte sie ihn herausfordernd.

Thomas musste lachen. »Einen Abenteurer vielleicht. Einen Mann, der viel Geld hat und dir Reisen ermöglicht, der dich mitnimmt auf seine Erkundungen rund um die Welt. Oder jemanden, der dir schöne Dinge bieten kann, die deinen Geist anregen. Der dich in Konzertsäle und Theater führt.« Er breitete hilflos die Hände aus. Seine Worte versetzten ihm einen Stich. Er wollte Madeline nicht an einen anderen Mann verlieren, aber gleichzeitig konnte er sich nicht vorstellen, dass er ihr genügen würde.

»Thomas, willst du etwa behaupten, dass arme Menschen nicht glücklich sein können? Dass sie kein erfülltes Leben führen können?« Sie hob den Zeigefinger. »Das ist Unsinn und das weißt du auch. Wir passen sehr gut zusammen. Aus diesem Grund fühlen wir uns zueinander hingezogen. Es ist mehr als die Unzufriedenheit mit meiner Situation.«

Er musste lächeln. »Du kannst sehr überzeugend sein. Ich werde darüber nachdenken.«

Plötzlich war ein Geräusch von draußen zu hören. Madeline zuckte zusammen und eilte ans Fenster. »Er kommt. John. Es ist seine Equipage.«

Thomas stand auf, um ebenfalls aus dem Fenster zu schauen, ob er in der Dunkelheit etwas erkennen konnte. Doch in diesem Moment wurde die Tür auch schon geöffnet und der Earl of Wooverlough trat ein. Als er Thomas sah, bildete sich eine steile Falte zwischen seinen Augen. »Was haben Sie hier zu suchen, Young? Um diese Tageszeit?«

»Guten Abend, Eure Lordschaft.« Thomas verneigte sich. »Ich habe Miss Brown mitgeteilt, dass ich keine weiteren Fragen mehr habe. Der Fall ist gelöst.«

Der Earl warf seinen Hut auf den Tisch. »Und warum erfahre ich erst jetzt davon?«

Thomas beschloss, so nah wie möglich an der Wahrheit zu bleiben. Er breitete entschuldigend die Arme aus und erklärte: »Senior Police Officer Whittey wird Sie gleich beim Abendessen darüber informieren, wie er mir heute Nachmittag mitteilte. Ich war bei ihm und habe ihn über meine abschließenden Erkenntnisse im Mordfall Ihres Bruders unterrichtet.«

»Und die wären?«, fragte der Earl.

Thomas holte tief Luft. »Wir müssen von einem Täter ausgehen, der vermutlich auf Geld aus war. Er hat die Börse des Pfarrers an sich genommen, ehe er jäh gestört wurde. Deshalb verblieb die Taschenuhr beim Opfer. Der Täter konnte die Leiche nur noch ins Wasser stoßen, ohne sein Vorhaben zu Ende zu bringen.« Mit jedem Mal schien die Lüge leichter über seine Lippen zu kommen.

Der Earl dachte nach. Sein Blick wanderte zu Madeline, dann wieder zurück zu dem Inspector. »Was geht hier vor?«

»Was meinen Sie?«, fragte Thomas überrascht.

Der Earl ging einen Schritt auf ihn zu. »Sie und Madeline. Sie können mich nicht hinters Licht führen, Young. Ich mag vielleicht gutmütig und Madeline gegenüber auch großzügig sein, aber ich bin bestimmt nicht dumm.«

Thomas errötete. »Sie unterstellen uns ein Verhältnis?«

»Ich unterstelle Ihnen gar nichts. Ich ziehe Schlüsse. Und wenn ich am Abend hierherkomme und einen fremden Mann vertraulich mit meiner Frau im Salon sitzen sehe, dann zähle ich eben eins und eins zusammen.«

Madeline richtete sich auf. »Ich werde mit ihm gehen, John. Ich werde Liverpool verlassen und dich auch.«

Sein Gesicht wurde rot vor Zorn. »Nein, das wirst du nicht tun. Du bleibst hier, bei mir und deinem Kind.«

Thomas schwirrte der Kopf. Er hatte Madeline gebeten, ihm Zeit zu geben, um seine Entscheidung treffen zu können. Doch Madeline hatte sie in diesem Moment für ihn gefällt. Aber zuerst mussten sie den Earl von der Theorie des Raubüberfalls überzeugen.

»Du kannst mich nicht zwingen, hierzubleiben, John. Ich bin nicht deine Frau«, rief Madeline erzürnt und funkelte ihn an.

»Das bist du nicht auf dem Papier, aber du bist durch mein Kind an mich gebunden. Ich werde nicht zulassen, dass du es mitnimmst.« Der Earl griff nach ihrem Arm und drehte sie zu sich. »Du ziehst zu mir nach Wooverlough Court. Ich will dich in meiner Nähe haben.«

»Nein!«, schrie Madeline.

John holte aus, und ohne dass Thomas es verhindern konnte, schlug er Madeline mit einer solchen Wucht ins Gesicht, dass sie zurücktaumelte. Erschrocken fasste sie sich an ihre Wange, an der er sie getroffen hatte.

»Eure Lordschaft!«, rief Thomas und stürzte sich auf ihn. »Sie ist eine Frau!«

»Wie Ihnen ja offenbar nicht entgangen ist.« Der Earl riss sich los und blitzte den Inspector an. »Und das ist auch der Grund, warum Sie die Wahrheit in diesem Mordfall vertuschen, oder?«

Thomas schluckte. »Was meinen Sie?«

John stieß einen abfälligen Laut aus. »Madeline macht Gerald öffentlich für die Morde an den Frauen verantwortlich, aber niemand fällt auf ihre Lüge herein – und dann ist Gerald plötzlich tot.« Er lachte zynisch. »Man muss kein Genie sein, um da die richtigen Schlüsse zu ziehen.«

»Was soll das heißen?«, fragte Thomas. »Wollen Sie die Ergebnisse meiner Ermittlungen etwa in Zweifel ziehen?«

»Oh ja«, sagte der Earl. Er ging zu dem Sessel, setzte sich und schlug die Beine übereinander. »Mehr als das sogar. Ich behaupte, dass Madeline in Wirklichkeit Gerald getötet hat. Und sollte sie jemals auf die Idee kommen, mich zu verlassen, werde ich mich an meinen guten Freund Sir Robert Peel wenden, der, wie Sie wissen dürften, viel Einfluss auf Ihre Vorgesetzten hat. Dann endet nicht nur Ihre Karriere, Young, sondern auch Madelines Leben, und zwar am Strang.«

»Das würdest du nicht tun«, rief Madeline, deren Wange inzwischen angeschwollen war.

»Ich würde es nicht darauf ankommen lassen«, antwortete der Earl. »Ich wusste es von Anfang an, dass du meinen Bruder getötet hast. Aber es war mir ganz recht, dass Whittey von einem Raubüberfall ausging. Schließlich hatte ich noch meine Pläne mit dir. Und jetzt läuft ja auch alles bestens. Mein Erbe ist unterwegs.«

»Dein Erbe?« Sie sah ihn verständnislos an.

Der Adelige wandte sich an Thomas. »Und jetzt entschuldigen Sie uns bitte, Young. Ich habe mit Madeline heute noch amüsante Pläne.« Der Earl stand auf und deutete zur Tür.

Madeline zuckte zusammen. Ihr Blick wanderte zu Thomas. Er erkannte Angst und Verzweiflung darin.

»Eine Frage noch, Eure Lordschaft …« Der Inspector musste nun Zeit schinden, es musste ihm etwas einfallen, damit Madeline nicht mit dem Earl allein zurückblieb.

»Warum haben Sie es zugelassen, dass man mich aus London hierherrief, wenn Sie doch von vornherein sicher waren, dass Miss Brown Ihren Bruder ermordet hat?«

Der Earl fuhr herum. »Nun, ich ging davon aus, dass Sie die gleichen Schlüsse ziehen würden wie der Senior Police Officer. Und das haben Sie ja auch getan. Zumindest offiziell.«

»Und Sie halten es für richtig, sich an die Frau zu binden, die Ihrer Meinung nach Ihren Bruder getötet hat?«, fragte Thomas. Er musste Madeline aus den Fängen des Earls befreien. Er verstand immer mehr, warum sie nicht hier in Liverpool bleiben konnte. Der Adelige würde sie niemals in Ruhe lassen.

»Warum nicht? Mein Bruder hat mir nie viel bedeutet, und er war geistesgestört, das war mir schon lange bewusst«, erklärte der Earl. »Natürlich weiß ich, dass er all diese Frauen umgebracht hat. Als Madeline mir gegenüber ihren Verdacht zum ersten Mal äußerte, habe ich ein wenig nachgeforscht und bin schnell zu demselben Ergebnis gekommen.«

»Und du hast nichts unternommen?« Madeline starrte ihn fassungslos an.

Thomas warf ihr einen beschwichtigenden Blick zu. Dann sagte er: »Ich wundere mich ebenfalls. Wie konnten Sie es einfach hinnehmen, dass Ihr Bruder weitere Frauen ermordete?«

Der Earl lachte auf. »Das waren Dirnen, na und? Meinetwegen hätte er ein Dutzend von ihnen am Tag erledigen können. Es wären immer wieder welche nachgekommen. Was hatten diese Frauen denn für ein Leben? Was hat er ihnen schon genommen?«

Madeline schlug entsetzt die Hände vor den Mund. »Ich kenne dich nicht, John. Ich habe es nie getan.«

Auch Thomas war erschrocken über so viel Gefühlskälte und Grausamkeit. »Etwas so Menschenverachtendes habe ich selten gehört.« Er wandte sich zu Madeline. »Komm, es lohnt sich nicht, mit Seiner Lordschaft darüber zu diskutieren. Wir sollten aufbrechen.«

Madeline wischte sich die Tränen der Wut von den Wangen. »Ja, ich werde keine weitere Nacht mehr in deinem Haus verbringen, John!«, rief sie mit vor Entsetzen rauer Stimme und griff nach Thomas' Hand.

»Das solltest du nicht tun, Madeline«, erwiderte der Earl.

»Warum? Was willst du dagegen unternehmen?«, fragte Madeline. »Willst du mich Whittey übergeben?«

»Nicht, wenn ich es irgendwie verhindern kann. Du bist immerhin die Mutter meines Kindes.« John ging einen Schritt auf sie zu und streichelte ihr zärtlich über die Wange, die er vor wenigen Minuten noch geschlagen hatte. »Wenn du es nicht unmöglich machst, werde ich dich immer decken.« Dann sagte er zu Thomas: »Und jetzt verschwinden Sie und lassen Sie uns allein.«

Thomas' Blick wanderte zu Madeline. Seine Brust wurde eng, als er realisierte, dass er sie hier zurücklassen musste. Aber er hatte keine Wahl. Es war das Haus seiner Lordschaft, der Earl hatte jedes Recht, ihm die Tür zu weisen.

# Kapitel 21

*Wooverlough Court und Oxford, heute*

Zoes Nacken war ganz steif geworden vom angespannten Lesen. Sie saß im Salon und hatte die Tagebücher vor sich auf dem Boden ausgebreitet. Es waren nur noch zwei Bände übrig, die sie bislang nicht kannte. Sie streckte sich und stand auf. Inzwischen war es dunkel geworden und die Comtess erwartete sie in wenigen Minuten zum Abendessen. Die beiden letzten Bücher mussten wohl bis morgen warten. Was für eine Geschichte! Ob es Madeline noch gelungen war, John zu verlassen? Zoe dachte an die Parallelen zwischen Madeline und Charlotte. Madeline war eine Gefangene gewesen und Thomas ihre Rettung. Charlotte hingegen war gelangweilt von ihrem perfekten Leben, sodass Zoe eine willkommene Abwechslung für sie war. Aber auch bei Charlotte war es nicht ganz klar, ob es ihr um Zoe ging oder nur um ein wenig Zerstreuung. Vermutlich war Zoe für sie wirklich nichts weiter als der Ausweg aus ihrer Langeweile, genau wie Thomas für Madeline nur eine Fahrkarte nach London gewesen war, damit sie einem Leben mit dem Earl entkam.

Das Vibrieren ihres Handys riss Zoe aus ihren Gedanken. Sie zog es aus der Tasche und erstarrte. Es war Charlotte! Wochenlang hatte sie sich nicht gemeldet, und genau in diesem Moment, in dem sie gerade so intensiv über sie beide nachdachte, rief sie an.

Mit zitternden Fingern nahm Zoe den Anruf an. »Ja? Charlotte?«

»Es tut mir leid, dass ich mich so lange nicht gerührt habe«, sagte die Professorin statt einer Begrüßung. »Aber ich brauchte die Zeit.«

»Ich weiß«, antwortete Zoe und blickte zu den Tagebüchern, die sie gerade gelesen hatte.

»Ich möchte dich gern sehen, wenn das für dich in Ordnung ist«, sagte Charlotte vorsichtig. »Ich muss einiges mit dir besprechen.«

Zoe schluckte. Sie hasste es, auf die Folter gespannt zu werden. Charlottes Wunsch, Zoe zu treffen, konnte alles Mögliche heißen. Vielleicht sagte sie ihr, dass sie sie nicht mehr sehen wollte, dass es schön war, aber ihr Platz bei ihrem Mann und ihren Kindern sei. Oder aber …

»Bitte, Zoe …« Charlottes Stimme klang eindringlich. »So schnell wie möglich, ja?«

»Natürlich«, sagte Zoe.

»Heute Abend?«

»Ich bin gerade in Wooverlough Court«, erwiderte Zoe und atmete tief ein. »Ich kann morgen nach Oxford zurückfahren, dann könnten wir uns abends treffen.«

Charlotte seufzte. »Sehr gern. In unserem Pub?«

Zoe spürte, wie die Aufregung in ihr wuchs. »Ja. Bis morgen, Charlotte.«

Zoe starrte noch lange auf ihr Telefon. Die Zeit bis zum nächsten Abend kam ihr unendlich lang vor.

Am folgenden Tag brach Zoe gleich nach dem Frühstück auf, nicht ohne ihrer Mutter zu versprechen, dass sie sie bald wieder besuchen werde. Die Straßen waren voller Verkehr, und statt drei brauchte sie fast vier Stunden, bis sie endlich in Oxford war.

In ihrer Wohnung holte sie vorsichtig die Tagebücher aus ihrer Tasche und legte sie zu den anderen, die sie von ihrem letzten Besuch auf Wooverlough Court mitgebracht hatte. Sie war zu aufgeregt, um die restlichen Seiten jetzt lesen zu können. Solange sie mit ihren eigenen Problemen beschäftigt war, konnte sie sich nicht auf Madelines Geschichte einlassen.

Als es endlich Zeit war, zu dem Pub aufzubrechen, hatte sie so oft über Charlottes Worte nachgedacht, dass sie sich über sich selbst ärgerte. Ja, sie war verliebt, und ja, die Nacht mit Charlotte war großartig gewesen. Aber es gab noch mehr Frauen auf der Welt. Sie sollte lockerer an die Sache herangehen. Doch Zoe war schrecklich angespannt. Sie hatte sich dreimal umgezogen, als hätte ihre Kleidung irgendeinen Einfluss auf Charlottes Entscheidung, die sowieso längst schon getroffen war.

Als Zoe in dem Pub ankam, saß ihre Professorin bereits an ihrem angestammten Tisch und hatte zwei Gläser Weißwein bestellt.

Zoe lächelte nervös und rutschte neben sie auf die Bank.

»Wie geht's dir?«, wollte Charlotte wissen. »Bist du auf Wooverlough Court ein Stück weitergekommen?«

»Oh ja«, Zoe trank einen Schluck Wein, »ich habe die restlichen Tagebücher gefunden.«

»Wirklich?« Charlotte hob die Augenbrauen und strich sich eine Haarsträhne hinters Ohr. »Das ist ja fantastisch.

Ich habe tatsächlich kaum noch daran geglaubt, dass sie irgendwo auftauchen würden. Erzähle mir alles darüber. Wo waren sie denn und was steht drin?«

Zoe zögerte. »Entschuldige, Charlotte, aber würde es dir etwas ausmachen, wenn wir heute nicht über meine Promotion sprechen?«

»Natürlich nicht.« Charlotte lächelte und sofort breitete sich Wärme in Zoes Körper aus. Hinter ihr stritten sich gerade ein paar Jugendliche, aber sie bekam es kaum mit. Sie hing an den Lippen ihrer Professorin, als diese fortfuhr: »Du hast recht, Zoe. Du hast mich nicht gedrängt und dafür danke ich dir.«

Zoe atmete tief ein. »Kein Problem. Auch wenn ich lügen müsste, wenn ich behaupten wollte, dass es nicht die reinste Folter für mich war.«

Charlotte nippte an ihrem Glas. »Ich habe ebenfalls schlimme Wochen hinter mir, und es hat eine Weile gedauert, bis ich mir über uns klar werden konnte. Außerdem musste ich einiges mit meiner Familie besprechen.«

»So?«, fragte Zoe vorsichtig. Das konnte vieles bedeuten.

»Ich habe lange versucht, das Problem allein zu lösen. Erst als ich offen mit meinem Mann und unseren Kindern darüber sprach, ging es mir besser.« Sie machte eine Pause und beobachtete den Kellner, der mit einem vollbeladenen Tablett an ihnen vorbeieilte. Dann fuhr sie fort: »Ich dachte immer, unsere Ehe sei gut, aber das stimmt nicht. Ich habe es nur nie bemerkt. Schon lange habe ich nicht mehr so viel für Paul empfunden wie früher, aber das ist mir erst bewusst geworden, als ich mich neu verliebt habe.« Sie machte eine Pause, bevor sie weitersprach. »Ich habe mit ihm darüber gesprochen und ihm auch ganz offen gesagt, dass ich ihn betrogen habe.«

»Und?«, fragte Zoe und hörte die Unsicherheit in ihrer eigenen Stimme.

»Er war nicht gerade begeistert, aber er hat es verstanden.«

»Er hat dir also verziehen?«, fragte Zoe, der plötzlich übel geworden war. Das bedeutete wohl, dass Charlotte bei ihrer Familie bleiben würde.

»Ja, das hat er.« Charlotte umklammerte ihr Weinglas.

Zoe zupfte nervös an einem harten Wachstropfen, den die Kerze auf dem Tisch hinterlassen hatte. »Verstehe.«

»Nein«, erwiderte die Professorin. Sie streckte ihre Finger aus und strich sanft über Zoes Unterarm. »Wir haben uns nicht getrennt, aber wir werden nicht so weitermachen wie bisher.«

Zoe hörte das Stimmengewirr der Menschen um sich herum, ihr stieg der Duft von Essen in die Nase. Doch all das war nicht wichtig. Nur Charlotte zählte.

Charlottes Lippen schimmerten in dem schummrigen Licht des Pubs.

»Ich bin noch nicht so weit, dass ich Paul hinter mir lassen könnte«, sagte sie. »Wir haben uns alles offengehalten. Aber ich bin erst mal ausgezogen, bis wir die Sache geklärt haben.«

Zoe sog zitternd die Luft ein. Dieses Gespräch war anstrengend und verwirrend. »Und was bedeutet das jetzt für uns?«

»Das weiß ich nicht«, gestand Charlotte. »Ich habe mir ein kleines Haus gesucht und ein paar Sachen eingepackt, und ich lebe jetzt mein eigenes Leben. Die Kinder haben natürlich auch ein Zimmer bei mir und besuchen mich, so oft sie können.«

»Wie … wie haben sie es aufgenommen?«, stotterte Zoe. Plötzlich war Hoffnung in ihr aufgestiegen, und gleichzeitig schämte sie sich dafür, da diese Hoffnung Leid für andere Menschen bedeutete.

Charlotte verzog leicht den Mund. »Nicht besonders gut, fürchte ich, und ich komme mir schlecht vor, dass ich diesen Schritt unternommen habe. Aber letztendlich ist es mein Leben und es gibt wohl nie den perfekten Zeitpunkt.«

Zoe betrachtete nachdenklich die tropfende Kerze auf dem Tisch. Dann sah sie auf. Auch sie musste ehrlich mit Charlotte sein. »Das tut mir leid. Jetzt komme ich mir schäbig vor, weil ich der Auslöser dafür war. Ich habe ein schlechtes Gewissen. Es war falsch, dass ich deine Ehe nicht akzeptiert habe, obwohl ich Paul sogar kannte.«

»Bitte nicht«, Charlotte lächelte Zoe liebevoll an, »es hatte ja nicht direkt mit dir zu tun. Wenn das mit uns nicht passiert wäre, dann wäre irgendetwas anderes gekommen, das mir meine Unzufriedenheit vor Augen geführt hätte. Eine andere Frau vielleicht.«

»Meinst du?« Zoe überlegte, ob sich Charlotte inzwischen über ihre lesbische Neigung klargeworden war. »Ich mache mir trotzdem Vorwürfe.«

Ihre Professorin schüttelte den Kopf. »Das brauchst du nicht. Ich bin überzeugt davon, dass jeder Mensch ein Recht darauf hat, glücklich zu sein. Und der Tag wird kommen, an dem auch meine Kinder anderen Menschen das Herz brechen werden, ohne es zu wollen.«

»Und du wirst weiterhin für sie da sein. Sie müssen sich

nur daran gewöhnen, dass sich euer Leben gerade ändert«, ergänzte Zoe.

»Ja, vielleicht. Aber noch ist alles möglich. Es kann sein, dass ich zu Paul zurückgehe.«

Zoe schluckte. Dieses Gespräch war wie eine Achterbahn der Gefühle, genau wie ihre ganze kurze Beziehung, oder was immer sie beide verband. Sie lehnte sich auf der harten Bank des Pubs zurück. Eine Gruppe Studenten grüßte Charlotte im Vorbeigehen und Zoe wurde einmal mehr bewusst, wie viel Mut es ihre Professorin kosten musste, ihr Leben zu ändern und Menschen zu enttäuschen, die Erwartungen in sie gesetzt hatten. Als Zoe sich zu ihrer Homosexualität bekannt hatte, war sie noch sehr jung gewesen und ihr Weg hatte wie die unbeschriebene Seite eines Buches vor ihr gelegen. Aber Charlotte hatte bereits Versprechungen gemacht, es gab Menschen, die sich auf sie verließen.

Die Professorin wickelte den Schal ab, den sie um den Hals trug, und streichelte dann Zoes Hand. »Es ist kein Tag vergangen, an dem ich nicht an dich gedacht und mich nach dir gesehnt habe.«

In Zoes Bauch kribbelte es. »Ich denke auch ständig an dich.«

Charlotte rutschte ein bisschen näher an Zoe heran. »Paul und ich haben uns darauf geeinigt, dass wir jetzt erst einmal Abstand halten.«

Einen Moment lang schwiegen sie beide.

»Erzähl mir, was du herausgefunden hast«, wechselte Charlotte schließlich das Thema.

Es fiel Zoe schwer, sich in diesem Augenblick auf die Geschichte ihrer Vorfahren zu konzentrieren, wo sie doch zu gerne gewusst hätte, ob sie und Charlotte eine gemeinsame Zukunft hatten. Langsam und stockend begann sie zu erzählen, wie sie die restlichen Tagebücher im Tresor gefunden und was sie bisher darin gelesen hatte.

»Dann musste Thomas Madeline also bei John zurücklassen?«, fragte Charlotte und drehte ihr Weinglas nachdenklich zwischen den Fingern.

»Ja, aber Madeline muss irgendwie zu Thomas gelangt sein. Erinnere dich an den Brief, den wir bei den ersten Tagebüchern gefunden haben. Darin schreibt Thomas, dass Madeline bei ihm in London sei. Das war im Jahr 1845.«

»Wir müssen unbedingt die restlichen Tagebücher lesen.« Charlottes Augen blitzten.

»Die liegen bei mir zu Hause«, sagte Zoe zögernd. »Wenn du willst, können wir gleich dort hinfahren.«

Charlotte lächelte. Dann schüttelte sie den Kopf. »Wir wissen beide, wo das hinführen würde. Und auch wenn ich mir nichts sehnlicher wünsche, würde mich das zu diesem Zeitpunkt nur verwirren. Ich brauche Abstand, Zoe. Ich muss mir erst über mich und mein Leben klar werden. Ich möchte wissen, wer ich wirklich bin, und nicht, was andere in mir sehen.«

»Ich verstehe«, sagte Zoe. Ihr Herz zog sich schmerzhaft zusammen. »Aber was erwartest du von mir?«

Charlotte warf ihr einen fragenden Blick zu.

»Wie stellst du dir das alles vor? Soll ich dich in Ruhe lassen? Oder um dich kämpfen?« Zoe verstand, dass Charlotte jetzt nichts entscheiden konnte. Aber sie brauchte zumindest einen Hinweis, wie es weitergehen sollte. Sie griff nach ihrem Glas. Die saure Flüssigkeit brannte in ihrer

Kehle, als sie leise fortfuhr: »Ich war noch nie in einer solchen Situation. Ich habe keine Ahnung, wie lange es dauern kann und wie ich mich verhalten soll …«

»Ich habe ebenso wenig Erfahrung darin«, sagte Charlotte und lächelte sie traurig an. »Und ich wünschte, ich hätte uns beide nicht in diese schwierige Lage gebracht. Natürlich kann ich nicht von dir verlangen, dass du auf mich wartest, zumal ich dir nicht sagen kann, ob es sich überhaupt lohnen wird. Du bist jung, du bist wunderschön und erfolgreich. Wer bin ich, dich an mich zu binden, mit dem vagen Versprechen, dass ich dir eines Tages vielleicht doch mehr geben kann?«

»Es würde mir nichts ausmachen, ich bin geduldig«, erwiderte Zoe leise. Plötzlich war es unvorstellbar, Charlotte gehen zu lassen.

Charlotte nahm eine ihrer Haarsträhnen und wickelte sie sich um den Finger. »Am Ende wäre das alles umsonst gewesen. Nein, Zoe, bitte vergiss mich.«

Zoe wurde kalt. Übelkeit breitete sich in ihr aus. Die Stimmen um sie herum waren weit fort. Sie spürte, wie ihr Tränen in die Augen traten. Ihre Stimme war nur ein raues Flüstern, als sie fragte: »Aber wie denn? Wir arbeiten zusammen, und ich will bei niemand anderem promovieren, falls du mir das jetzt vorschlagen möchtest.«

»Ja, das hätte ich wohl getan«, sagte Charlotte. »Lass uns darüber nicht heute entscheiden, es wird sich alles regeln. Mehr können wir im Moment nicht tun.«

Zoe stützte ihren Kopf in die Hände. Charlotte hatte recht. »Möchtest du trotzdem die Tagebücher mit mir zusammen lesen? Es ist immerhin unsere gemeinsame Geschichte.«

»Ja.« Charlotte lächelte Zoe an. »Vielleicht morgen? In meinem Büro?«

Am nächsten Vormittag war Zoe pünktlich um elf bei Charlotte im Büro. Jeder Blick, den sie miteinander tauschten, war aufgeladen mit Zärtlichkeit, und jedes Mal wenn sie sich nahekamen, musste Zoe sich zusammenreißen, um ihre Professorin nicht an sich zu ziehen und leidenschaftlich zu küssen. Und sie hatte den Eindruck, dass es Charlotte ähnlich erging. Aber sie musste respektieren, worum ihre Professorin sie gebeten hatte. Also nahm sie in dem abgewetzten Ledersessel Platz, in dem sie auch bei ihrem ersten Besuch hier gesessen hatte, und schlug das vorletzte Tagebuch von Madeline Brown auf. Sie begann vorzulesen.

# Kapitel 22

*Wooverlough Court, November 1839*

Madeline stand am Fenster und sah in das graue Regenwetter hinaus. John hatte sie gestern Abend nach Wooverlough Court und in den Turm gebracht, der neben seinem Schlafzimmer lag. Madeline kannte das Zimmer noch aus ihrer Jugend, als sie und John es beim Spielen zufällig entdeckt hatten. Damals hatte sie sich nicht vorstellen können, dass es einmal ihr Gefängnis werden würde. John hatte die Tür zu seinem Schlafzimmer zugesperrt.

Madeline stützte sich auf die Fensterbank des Türmchens. Von hier aus hatte sie über das Dach des Anwesens einen guten Blick hinunter in die Gärten. Neben dem schmalen Bett gab es einen zweiten Zugang zum Turmzimmer. Dahinter lag ein dunkler Flur, an dessen Ende man über eine Wendeltreppe in eine verborgene Bibliothek gelangte.

Madelines Gedanken wanderten wieder zu dem gestrigen Abend. Nachdem Thomas gegangen war, hatte John sie gezwungen, ihre Habseligkeiten einzupacken, und sie dann zu seiner Kutsche gebracht. John hatte kein einziges Wort mit ihr gesprochen, während sie durch die Nacht zum Herrenhaus gefahren waren. Hier hatte er seinem

Diener aufgetragen, das Turmzimmer herzurichten, und sie wenig später darin eingeschlossen. In der Nacht war er gekommen und hatte sich zu ihr gelegt, um sie danach wieder allein zu lassen. Heute Morgen hatte ein Hausmädchen ihr Frühstück und warmes Wasser zum Waschen gebracht. Als sie ging, hatte sie die Tür wieder verschlossen.

Jetzt starrte Madeline in den Regen hinaus, unschlüssig, was sie tun sollte. Natürlich könnte sie durch die Bibliothek in den großen Saal gehen und von dort ins Herrenhaus. Aber John erwartete offenbar von ihr, dass sie den Turm nicht verließ. Und ihr Gesicht brannte noch immer höllisch an der Stelle, wo sie gestern sein Schlag getroffen hatte. Madeline war nicht erpicht darauf, Johns Zorn erneut auf sich zu ziehen. Dennoch wandte sie sich vom Fenster ab und öffnete die Tür, die in den dunklen Gang hinausführte. Vielleicht fand sie in der geheimen Bibliothek ja ein Buch, das sie von ihrem traurigen Schicksal ablenken konnte. Da sie vom Turm aus die Uhr nicht sehen konnte, die über dem Tor von Wooverlough Court angebracht war, hatte sie nur eine vage Vorstellung davon, wie spät es war. Es musste früher Mittag sein, da es draußen schon eine ganze Weile hell war.

Sie tastete sich vorsichtig durch den dunklen Flur, bis sie die Tür zur Bibliothek erreicht hatte. Sie stieg die steile metallene Wendeltreppe hinab. Bei jedem Schritt schwangen die Stufen unter ihr. Sie hatten diese Bibliothek entdeckt, als sie als Kinder in den langen Fluren des Anwesens gespielt hatten.

Nun betrachtete Madeline die Bücher in den Regalen etwas genauer. Schnell stellte sie fest, dass keine Romane oder Enzyklopädien hier zu finden waren, sondern ausschließlich Tagebücher und Reisebeschreibungen früherer Bewohner von Wooverlough Court. Enttäuscht setzte sie sich auf die unterste Stufe der Treppe. Wie schade, dass es kein Buch hier gab, mit dem sie sich ein wenig die Zeit hätte vertreiben können, aber die Tagebücher erschienen ihr zu langweilig. Da fiel ihr Blick plötzlich auf ein paar unbenutzte Hefte, die im untersten Regal gestapelt lagen. Ihr Einband hob sich deutlich von dem der anderen ab. Auf dem Schreibtisch in der Mitte des Zimmers lagen Federn und einige Tintenfässer.

Kurzentschlossen nahm Madeline eines der leeren Bücher, eine Feder und Tinte mit in ihr helles Turmzimmer und setzte sich an den Tisch unter dem Fenster. Solange sie darauf warten musste, dass John sie wieder nach Hause ließ, konnte sie die ganze Geschichte aufschreiben. Natürlich durfte niemand das Buch zu Gesicht bekommen, aber es würde ihr guttun, auf diese Weise alles loszuwerden.

Als eine Stunde später das Hausmädchen das Mittagessen brachte, schob Madeline das Tagebuch unter ihr Kopfkissen. Sie aß die Suppe und trank den Tee, den das Mädchen ihr dagelassen hatte. Dann schrieb sie weiter. So verging ein ganzer Tag. Als es zu dunkel zum Schreiben wurde, legte sie das Buch unter ihr Bett, wo John und das Personal es nicht entdecken würden. Heute war der Earl noch nicht bei ihr gewesen. Wusste Mary davon, dass seine Geliebte hier war? Und wie lange würde Thomas noch in Liverpool bleiben? Wie lange würde er auf sie warten, ehe er nach London zurückkehrte?

Madeline stand auf. Sie musste dringend nach Hause und versuchen, Thomas zu finden. Sie sah sich nach ihrem Mantel um, der aber nicht hier im Turm zu sein schien.

Das Hausmädchen hatte ihn offenbar mitgenommen. Und auch eine Klingelschnur gab es nicht. Schließlich machte sie sich auf den Weg durch die Bibliothek nach unten. Sie begegnete niemandem, während sie durch die langen Flure des alten Anwesens eilte. Die Dielen knarrten unter ihren Füßen, das Echo ihrer Absätze hallte von den Wänden wider. Der Geruch des Hauses war ihr vertraut. In der Eingangshalle angekommen, sah sie sich nach einem Dienstboten um. Es war jedoch niemand zu sehen. Also zog sie an der Klingelschnur neben dem Kamin, und einen Augenblick später erschien ein Hausmädchen, das Madeline nicht kannte. Sie bat das Mädchen, ihr den Mantel zu bringen. Um eine Kutsche zu bitten, wagte sie nicht. Aber sie wollte so schnell wie möglich von John fortkommen.

»Madeline!«

Sie fuhr herum. Der Earl war in die Halle getreten.

»Was hast du hier unten zu suchen?« Er sah sie an und auf seinem Gesicht zeigte sich Ärger.

Madeline streckte ihr Kinn vor. »Warum sollte ich nicht hier sein? Ich kann tun und lassen, was ich will.«

Johns Augen blitzten vor Zorn. Er sah sich um, ob ein Dienstbote in der Nähe war. Aber niemand außer ihnen war in der Eingangshalle. »Du bleibst oben im Turm, bis ich dir etwas anderes sage.«

Sie stutzte. »Sperrst du mich etwa ein?«

»Nenn es, wie du willst.« Er ging einen Schritt auf sie zu und fuhr mit leiser Stimme fort: »Du trägst mein Kind in dir und ich werde gut auf den Kleinen achtgeben. Außerdem wissen wir beide, was du getan hast. Ich werde dich nicht frei herumlaufen lassen, damit du weiteren Schaden anrichtest.«

Madeline wich zurück. »*Ich* soll Schaden anrichten? Und was war mit Gerald? Du hast ganz genau gewusst, was er getan hat, und hast die Augen davor verschlossen.«

»Madeline«, er fasste ihren Oberarm und hielt ihn so fest, dass sie sich zusammenreißen musste, um nicht laut aufzuschreien. »Gerald hat nichts Schlechtes getan. Und du hörst sofort auf, weitere Lügen über ihn zu verbreiten. Gerade deshalb muss ich dafür sorgen, dass du hier bei mir bleibst.«

»Ich werde mich nicht wie eine Gefangene behandeln lassen«, rief Madeline zornig und funkelte ihn an.

»Das ist nicht deine Entscheidung.« John führte sie zur Treppe und zog sie unsanft die Stufen hinauf. »Du hast dir das Recht auf eine bessere Behandlung verwirkt, als du das Leben meines Bruders ausgelöscht hast.«

Ohne auf Madelines Protest einzugehen, brachte er sie in das Türmchen zurück.

»Und wage es ja nicht, noch einmal durch die Bibliothek zu fliehen. Ich werde heute Nacht einen Posten dort aufstellen, der mich wecken wird, sobald du versuchst, das Haus auf diesem Wege zu verlassen. Und morgen werde ich einige Handwerker beauftragen, die Treppe zur Bibliothek abzureißen. In dem verborgenen Turmzimmer kannst du keinen Schaden anrichten. Niemand wird dich dort hören, falls du auf die Idee kommen solltest zu schreien.«

»Das kannst du nicht machen!« Madeline hatte plötzlich das Gefühl, keine Luft mehr zu bekommen.

»Ich diskutiere nicht mit dir.«

Er stieß sie zurück, sodass sie in die Mitte des Zimmers stolperte, und zog die Tür zu seinem Schlafgemach hinter sich zu. Madeline hörte, wie der Schlüssel im Schloss gedreht wurde.

So schnell sie konnte, rannte sie in die Bibliothek und schlüpfte in den Flur, der zur Haupttreppe führte. Sie wollte gerade hinuntergehen, als sie Schritte hörte. Vorsichtig spähte sie über das Geländer. Tatsächlich kam einer der Diener die Treppe herauf. Er schien es eilig zu haben. Bestimmt hatte John ihm befohlen, so schnell wie möglich seinen Wachposten einzunehmen. Hoffentlich sah er nicht nach, ob Madeline noch im Turmzimmer war! Sie schlich sich um die Ecke und wartete, bis der Diener in den Flur abgebogen war. Dann huschte sie so leise wie möglich die Treppe hinunter und durch die Eingangshalle und schlüpfte hinaus in die Kälte. Sie hatte keinen Mantel an, und es war ungemütlich, eiskalt und nass, aber ihre Entschlossenheit trieb sie voran. Sie würde nicht die Auffahrt hinunterlaufen, wo John sie mit der Kutsche oder einem Pferd schnell finden konnte, sondern den Weg durch die Gärten nehmen. Dort konnte sie sich besser verstecken, wenn ihm auffiel, dass sie verschwunden war. Aber das würde hoffentlich noch eine Weile dauern, sodass sie genügend Vorsprung bekam.

Mit großen Schritten hastete sie durch den Park bis zur Landstraße. Der Saum ihres Kleides war voller Dreck, ihre Schuhe waren schmutzig und durchnässt. Auf der Straße wirkte alles ruhig. Sie schlich sich den schmalen Gehweg entlang. Als sie ein Pferd hörte, sprang sie in einen Garten, an dem sie gerade vorüberkam, und kauerte sich hinter einen Busch. Erst als der Reiter vorbei war, lief sie zitternd vor Kälte und Aufregung weiter. Sie wusste, dass sie nicht nach Hause gehen konnte, denn John würde sicher dort hinkommen, sobald er ihre Flucht bemerkt hatte. Nein, sie musste Thomas finden, den einzigen Menschen, der ihr jetzt noch helfen konnte.

Auf dem Weg nach Liverpool musste Madeline sich noch mehrere Male hinter Mauern und Hausecken verbergen, immer wenn sie eine Kutsche oder ein einzelnes Pferd hörte. Aber dann hatte sie die Stadt endlich erreicht und versuchte, sich an die Adresse zu erinnern, die Thomas ihr genannt hatte. Es war inzwischen elf Uhr nachts, die Kirchturmuhren hatten gerade geschlagen. Madeline kannte sich gut in Liverpool aus und wusste, in welchen Hotels am Hafen Geschäftsleute zu wohnen pflegten, wenn sie sich in der Stadt aufhielten. Sie fing in der Nähe der Harbour Police Station an und arbeitete sich bis zum Hafen vor. Gleich im ersten dieser Gasthäuser fragte sie nach Thomas Young, doch der Portier schüttelte nur den Kopf. Ein Gast namens Young wohne nicht bei ihnen. Schnell lief Madeline zum nächsten Hotel, das am Ende der Straße lag. Auch hier hatte sich Thomas nicht einquartiert. Erst als sie zum fünften Hotel kam, das ganz in der Nähe des Leichenschauhauses lag, hatte sie Glück. Der Nachtportier weigerte sich zwar zunächst in Anbetracht der späten Stunde, aber als Madeline ihm erklärte, dass es sich um einen Notfall handele, ließ der Mann Thomas Bescheid geben. Es war ein kleines Haus, das vermutlich über kaum mehr als zwanzig Zimmer verfügte.

Während Madeline in der Hotelhalle wartete, betrachtete der Portier sie immer wieder misstrauisch. Sie musste einen erbärmlichen Anblick bieten. Schließlich trug sie noch immer die dreckverschmierten Kleider von gestern, in denen sie schon die vergangene Nacht verbracht hatte, und sie hatte weder einen Hut noch einen Mantel.

»Madeline!«, rief Thomas und eilte auf sie zu.

Sie musste sich beherrschen, um sich nicht in seine Arme zu stürzen.

»Wo können wir uns unterhalten?«, fragte sie mit einem Blick in Richtung des Portiers.

Thomas führte sie in einen Nebenraum, anscheinend ein Lesesaal, der jetzt einsam, dunkel und still war. Es roch nach dem alten Leder der Sessel, die um Tischchen verteilt im Raum standen.

»John will mich auf Wooverlough Court gefangen halten«, platzte es aus Madeline heraus, sobald er die Tür hinter ihnen geschlossen hatte.

Thomas betrachtete sie einen Moment lang im schwachen Schein der Gaslaterne, die vor dem Fenster leuchtete. »Hat er gesagt, was er vorhat?«

Madeline strich mit beiden Händen über ihren Bauch. »Nein, aber es geht ihm bestimmt um das Baby, und er will verhindern, dass ich etwas über Gerald sagen kann. Du musst mich mit nach London nehmen, bitte, Thomas.«

Der Inspector fasste Madelines Schultern. »Einverstanden, ich lasse ich dich natürlich nicht hier zurück. Aber es ist gefährlich. Er wird nicht so schnell aufgeben.«

In diesem Moment hörten sie vor der Tür laute Männerstimmen. Madeline zuckte zusammen. Es waren offenbar John und Drew. Im nächsten Moment wurde die Tür geöffnet und der Schein der Öllampen, die die Männer in den Händen hielten, erleuchtete das Zimmer.

»Young, Sie werden sich doch nicht strafbar machen wollen, indem Sie eine Frau entführen?«, rief der Earl wütend.

Madeline wurde übel. Ihre Knie gaben nach. Mit letzter

Kraft schleppte sie sich zu einem der Ledersessel und ließ sich hineinfallen.

»Natürlich nicht«, erwiderte Thomas und Madelines Herz krampfte sich schmerzhaft zusammen. »Ich wollte Miss Brown nur noch einmal die Gelegenheit geben, eine offizielle Aussage zu machen.«

Der Earl knurrte etwas, das Madeline nicht verstehen konnte. Ihr Blick wanderte zu Thomas. Würde er sie etwa fallen lassen? Dabei hatte er gerade doch noch ganz anders gesprochen. Sie schlug die Hände vors Gesicht und schloss die Augen. Das alles war wie ein entsetzlicher Alptraum.

»Los, Drew, bringen Sie sie in meine Kutsche!«, befahl John und deutete mit seinem Spazierstock in Richtung Straße.

»Bitte, lassen Sie mich mitkommen.« Thomas war plötzlich neben ihr und fasste sanft ihren Arm. »Ich begleite Miss Brown zur Kutsche.«

»Na schön, aber Drew wird Sie beide im Auge behalten.« John schien dem Inspector nicht zu trauen.

Madeline ließ sich von Thomas aus dem Sessel helfen und stützte sich auf seinen Arm. Plötzlich fühlte sie sich unendlich müde und kraftlos.

»Ich lasse mir etwas einfallen«, flüsterte Thomas ihr zu, während sie die Hotelhalle verließen. »Ich werde eine Lösung finden.«

Wenig später hatten sie die Kutsche erreicht und Thomas half ihr die Stufen hinauf. Dann sprang der Earl hinein und ließ sich neben ihr auf die Bank fallen. Madeline sah aus dem Fenster, und Thomas' besorgter Blick war alles, was sie noch wahrnahm, bevor John den Blickschutz am Fenster herunterzog.

Am nächsten Tag stand Madeline am Fenster und sah in den Nieselregen hinaus, der die Dächer von Wooverlough Court wie ein Schleier einhüllte. Es machte sie verrückt, nicht aus diesem engen Turmzimmer herauszukönnen. John hatte recht, der Ort war so abgeschieden, dass niemand sie hören würde, selbst wenn sie sich die Lunge aus dem Leib schrie. Sie fuhr herum, als sie den Schlüssel in der Tür vernahm. Es war John. Unter dem Arm trug er einen Stapel Papier, eine Feder und Tinte.

»Ich habe eine Aufgabe für dich, die dir die Zeit hier oben ein wenig vertreiben wird.« Er grinste. »Und die dich lehren soll, nie wieder schlecht über ein Mitglied der Familie Wooverlough zu sprechen.«

»Du willst mich also bestrafen?«, erwiderte Madeline spöttisch. »Was hast du mit mir vor?«

»Du wirst einen Nachruf auf meinen Bruder schreiben, über die Heldentaten des Gerald Farwell«, erklärte John. »Ich muss sichergehen, dass kein Makel an dem Namen unserer Familie haften bleibt. Und wer ist besser dafür geeignet als du mit deiner blühenden Fantasie!«

Madeline sah ihn verständnislos an. »Ich soll aufschreiben, was Gerald getan hat?«

»Nein.« John näherte sich ihr, griff nach ihrem Arm und bog ihn so weit zurück, dass Madeline vor Schmerz aufschrie. »Ich werde dir nicht weiter wehtun, mein Liebling, solange du nette Sachen über Gerald schreibst. Ich möchte einen Nachruf auf ihn haben, in dem er beschrieben wird, wie er tatsächlich war: gütig und aufopferungsvoll. Er hat sich großmütig um seine Gemeinde gekümmert.«

»Aber das glaubt mir doch niemand«, protestierte Madeline. »Gerald war nie besonders gütig. Und mir ist nicht aufgefallen, dass er sich jemals um andere Menschen geschert hat. Sein Glaube war alles, was ihn interessiert hat.«

»So? Das ist dir nicht aufgefallen?« Der Earl fasste ihr Handgelenk und drückte so fest zu, dass Madeline aufheulte. Doch John ließ nicht los, sondern packte sie nur noch fester. »Dann denk noch einmal nach, und bemühe dich dieses Mal ein bisschen mehr. Fällt dir nicht doch etwas ein?«

Madeline wimmerte leise und versuchte ihre Hand wegzuziehen. Aber er war zu stark für sie. »Ja, hör bitte auf, ich werde etwas Gutes über Gerald schreiben.« Sie hätte ihm in diesem Moment alles versprochen, nur damit er ihre Hand losließ.

»Nein, nicht irgendetwas«, fauchte John. »Es muss etwas Grandioses sein! Ich will, dass du dir Mühe gibst, oder ich werde dir jeden einzelnen Finger brechen.«

Er ließ sie los. Madelines Handgelenk war feuerrot. Sie hatte Tränen in den Augen.

John wandte sich zur Tür. »Du hast bis morgen Zeit. Dann will ich mindestens drei Seiten von dir lesen.«

Damit verschwand er aus dem Turmzimmer und Madeline ließ sich zitternd auf das Bett fallen. Sie wusste, dass er gefühllos und manchmal auch grausam sein konnte, aber diese offene Brutalität war eine neue Seite, die sie an John noch nicht kannte. Hilflos blickte sie auf das leere Papier vor sich auf dem Tisch. Wie konnte John von ihr erwarten, dass sie eine Lobeshymne auf Gerald schrieb? Er wusste ganz genau, dass sein Bruder ein Mörder war, auch wenn er es nicht zugeben wollte. War John tatsächlich davon überzeugt, dass Geralds Taten nicht verwerflich gewesen waren? Wenn Madeline ihm nicht gehorchte, würde er ihr neue Gewalt antun, und inzwischen traute sie ihm durchaus zu, dass er ihr sämtliche Finger brechen würde. Aber es war ihr nicht möglich, ein Loblied auf einen Mörder zu schreiben.

Sie atmete tief durch. Hoffentlich kam Thomas bald, um sie hier herauszuholen. Aber wie sollte er das so schnell bewerkstelligen? Und bis es so weit war und er sie endlich aus diesem Turmzimmer befreite, würde sie diesen schrecklichen Nachruf auf Gerald wohl schreiben müssen.

Madeline setzte sich an den Tisch und tauchte die Feder in die Tinte. Na gut, John sollte seine Lobeshymne bekommen. Doch sie würde einen Text verfassen, den niemand ernstnehmen konnte. Sie würde in allem übertreiben, und jeder, der ein bisschen Verstand hatte, musste erkennen, dass es in Wirklichkeit nur eine Fantasiegeschichte war.

*Ein Nachruf auf einen Mann, der vielen Menschen in Erinnerung bleiben wird. Ein Pfarrer, der Eindruck gemacht und die Welt verändert hat: Gerald Farwell, Pfarrer von Fleetwood*

*Wenn er morgens die Tür des Pfarrhauses öffnete, kamen die Vögel und Insekten, die Rehe und Hasen, die Fasane und Hirsche aus dem benachbarten Wald herbei, um an des Pfarrers Frühstückstafel zu speisen. Dabei berichteten sie ihm von den Sorgen der Wildtiere, des Viehs auf den Weiden, der Bienen und Hummeln, und es gab kein Leid, das der Pfarrer nicht hätte lindern können. Wie viele verletzte Flügel hat er geheilt, wie viele gebrochene Knochen geschient und wie viel Heu gespendet, um es den Tieren angenehm zu machen. Und kaum waren die Wildtiere versorgt, standen auch schon die ersten Bettler an seiner Tür, die er mit großzügigen Gaben beschenkte. Jeder erhielt eine Münze und einen Humpen Bier. Aussätzigen und Kranken legte er seine Hand auf, um sie zu heilen. Sünder ließen sich bei ihm von ihren Sünden reinwaschen, und er säuberte nicht nur ihre Seelen, sondern auch ihre Füße und trocknete sie mit dem Haar seiner Haushälterin. Kinder und Greise strömten herbei, um ein gütiges Wort des Pfarrers zu erhalten. Säuglinge krabbelten – notfalls auch gegen den Willen ihrer Eltern – heran, um sich seinen Segen geben zu lassen. Er spendete ihn, wie er auch Zuckerkaramell und gerösteten Ingwer verschenkte. Und dann kamen Eheleute und trugen dem Pfarrer ihren Kummer vor. Er hatte für jeden einen Rat, und es gab niemanden, dem es nach seinem Besuch beim Pfarrer nicht um ein Vielfaches besser ging als zuvor. Doch nicht genug damit, denn kaum war dieses Tagwerk getan, eilte der Pfarrer in die Kirche, um zu predigen und zu beten und sich von seinen Sünden reinzuwaschen. Und trotz seiner unendlichen Güte und Frömmigkeit, trotz seiner Untadeligkeit und Heiligkeit, gab es vieles, dessen er sich schämte. Er griff niemals zum Riemen, um andere zu strafen, doch reinigte er sich selbst mit strenger und harter Hand, um sich die Sünden auszutreiben, und er hatte große Freude dabei. Selbst mitten in der Nacht, wenn alles schlief, trieb es den Pfarrer noch immer um, den Schwachen und Einsamen zu helfen. Es gab keine Dirne, kein leichtes Mädchen, das er verachtet und dem er nicht seine Nähe und Liebe im Namen Gottes geschenkt hätte. Und sobald er auch dieses Werk getan, dem Herrn zu Ehren das Opfer dargebracht und das Kreuz geschlagen hatte, kroch er zurück in sein Bett und betete und bereute. Gerald der Gütige, er gab alles und behielt nichts für sich. Selbst der Mörder hörte auf zu morden, als der Pfarrer tot war.*

Madeline befürchtete, dass John wüten und toben würde, wenn er ihren Nachruf las, aber er grinste zufrieden, als er am nächsten Tag die Aufzeichnungen entgegennahm. Er ließ den Text im Gemeindeblatt unter anonymer Verfasserschaft abdrucken. Dann befahl er Madeline, weitere Artikel über Gerald zu schreiben. Die Bezeichnung »Gerald der Gütige« gefiel ihm besonders gut, und Madeline musste sie möglichst oft verwenden. Sie hoffte, die Leser und Leserinnen würden ihre Übertreibungen erkennen und sich daran erinnern, dass Gerald niemals gütig gewesen war. Da sie jedoch das Turmzimmer nicht verlassen durfte, konnte sie das in den nächsten Wochen nicht überprüfen. John zwang sie, immer weitere Texte über Gerald zu schreiben, für die sie das Pseudonym Marcus Brown verwenden sollte.

*Wooverlough Court, Oktober 1840*

»Guten Morgen, Miss«, sagte das Hausmädchen und stellte ein Tablett mit Rührei, Toast und Tee auf den Tisch im Turmzimmer. Sie war anscheinend neu, jedenfalls war sie noch nie bei ihr gewesen.

Madeline blieb auf dem Bett sitzen und starrte vor sich hin. Seit der Geburt ihres Sohnes vor drei Monaten schien alles vollkommen unwichtig geworden zu sein. Denn John hatte ihr das Kind weggenommen, sie durfte es nicht mehr sehen.

»Miss, ich habe Ihnen Wasser zum Waschen gebracht. Bitte kommen Sie her, damit ich Ihr Bett machen und Ihnen beim Anziehen helfen kann.« Das Mädchen lächelte sie vom Tisch aus an, der unter einem der Fenster stand.

Madeline hatte nicht einmal die Kraft, sich zu widersetzen. Sie stand auf und ging mit schleppenden Schritten zur Waschschüssel.

»Hast du den Jungen gesehen? Wie geht es Howard?«, fragte sie die junge Frau. Die alte Dienerin, die John treu ergeben war und eigentlich für Madelines Versorgung zuständig war, antwortete ihr nie auf solche Fragen nach ihrem Baby.

»Oh ja, der Earl ist sehr stolz auf ihn.« Das Mädchen half Madeline, ihr Nachtgewand auszuziehen. »Es geht ihm gut.«

»Er ist mein Junge, weißt du?«, sagte Madeline mit Tränen in den Augen. »Er hat ihn mir gestohlen.«

»Ich weiß«, antwortete das Hausmädchen.

Madeline stutzte. Sie hatte damit gerechnet, dass die Dienerin fragen würde, welchen Jungen sie denn meine, und dass sie darauf beharren würde, Howard sei Marys Kind, wie John es seit Howards Geburt behauptete. Und wie es die alte Dienerin ihm nachplapperte.

»Du glaubst mir, dass er mir mein Kind gestohlen hat?«, fragte Madeline.

Das Hausmädchen nickte.

Wieder stieg Kummer in Madeline auf. Was half es schon, dass dieses Mädchen ihr glaubte? Die erste Zeit nach der Geburt hatte John das Kind bei ihr gelassen. Sie durfte es stillen und den ganzen Tag im Arm halten. Aber nach einigen Wochen hatte er eine Amme gefunden und ihr den Jungen weggenommen. Seitdem lebte Madeline in einem Alptraum. Neben ihrem Bett stand noch die Wiege und erinnerte sie schmerzhaft an ihren Verlust. Vermutlich hatte John sie absichtlich stehen lassen, um Madeline zu quälen. Sie wünschte sich, noch einmal das Köpfchen streicheln, den kleinen Körper halten zu dürfen und den Duft des Babys in sich aufzusaugen. Aber seit der Earl es ihr entrissen hatte, war sie im Turm eingesperrt und durfte das Kind nicht mehr sehen. Sie hatte geschrien und geweint, aber John hatte sich nicht erweichen lassen. Er verschloss die Tür und ließ nur ausgewählte Bedienstete zu ihr. Inzwischen hatte Madeline keine Tränen mehr, die sie weinen konnte, und auch keine Kraft mehr, um zu kämpfen.

Das Dienstmädchen riss sie aus ihren Gedanken, als es leise sagte: »Miss Brown, Inspector Young schickt mich …«

Madeline fuhr herum. Sie hatte sich das Gesicht gewaschen und wischte sich gerade ab. Plötzlich zitterten ihre Hände vor Aufregung. »Thomas?«

Das Hausmädchen nickte.

»Und ich dachte, er hätte mich vergessen. Ich habe so lange nichts von ihm gehört.« Madeline warf das Handtuch auf den Tisch.

»Nun, es dauerte seine Zeit. Er hat mich gebeten, in den Dienst des Earls zu treten, was mir auch schnell gelang, weil ich gute Referenzen hatte. Aber ich brauchte eine Weile, bis Seine Lordschaft und Mrs McDonalds mir vertrauten. Die alte Dienerin, die für Sie zuständig ist, ist nicht leicht zu gewinnen.«

Madeline nickte. »Ich weiß. Sie ist meine Gefängniswärterin.«

»Heute hat sie mir endlich erlaubt, zu Ihnen zu gehen.« Das Mädchen kicherte. »Wahrscheinlich weil sie selbst nicht mehr die Jüngste ist und Schwierigkeiten hat, die Treppe hier hochzusteigen.«

Madeline ließ sich von dem Mädchen beim Ankleiden helfen. Ihr schwirrte der Kopf. Nach den langen Wochen und Monaten des Wartens, der Gefangenschaft und Verzweiflung, war plötzlich Hoffnung da! Sie hätte das junge Hausmädchen am liebsten umarmt. »Und wie gehen wir jetzt vor? Hat der Inspector dir gesagt, wie er mich aus Wooverlough Court herausholen will?«

Madeline dachte an die Treppe, die John vor etwa einem Jahr hatte abmontieren lassen. In der Nacht, in der er sie auf sein Anwesen gebracht hatte, war Madeline noch einmal nach unten in die Bibliothek geschlichen und hatte alle leeren Tagebücher, Tintenfässer und Federn geholt, um sie in dem dunklen Gang vor ihrem Zimmer zu verstecken. Anscheinend fiel es niemandem auf, dass die Sachen fehlten. Aber Madeline hatten sie in den letzten Monaten davor bewahrt, den Verstand zu verlieren. Sie hatte die ganze Geschichte aufgeschrieben, um einen Ausgleich zu den Lügen zu schaffen, die sie über Gerald verfassen musste. Noch immer ließ John sie diese Texte schreiben, und da Madeline allmählich keine Lobpreisungen auf Gerald mehr einfielen, war sie dazu übergegangen, sich Wundertaten auszudenken, die so fantastisch waren, dass unmöglich jemand glauben konnte, sie hätten tatsächlich stattgefunden. John ließ ihre Geschichten offenbar weiterhin im Gemeindeblatt abdrucken, dessen Leserschaft inzwischen wohl weit über Fleetwood hinausreichte.

»Ich habe einen Brief für Sie, Miss«, sagte das Hausmädchen und reichte ihr einen weißen Umschlag. »Ich hoffe, dass ich jetzt regelmäßig kommen darf. Mr Young wird sicher bald einen guten Plan haben, um Sie zu befreien.«

Das Hausmädchen nahm die Waschschüssel und die schmutzige Wäsche. Dann wandte sie sich zur Tür.

»Warte«, sagte Madeline und hielt sie auf. »Bitte sage ihm, dass es einen Geheimgang gibt, dessen Zugang sich in einer Höhle hinter dem Garten des Pfarrers befindet. Durch diesen Geheimgang kann man hier in den Weinkeller gelangen.« Madeline hatte in den letzten Monaten immer wieder an diesen Gang als Fluchtweg gedacht, doch sie hatte keine Möglichkeit gesehen, aus dem Turmzimmer dorthin zu gelangen. Aber mit Thomas' Hilfe und der des Hausmädchens würde sie es schaffen.

»Danke, Miss. Das werde ich ihm sagen.« Das Mädchen lächelte wieder und schlüpfte durch die Tür in Johns Zimmer.

Dann hörte Madeline, wie der Schlüssel im Schloss gedreht wurde. Sie setzte sich an den kleinen Tisch, goss sich eine Tasse Tee ein und griff nach dem Brief. Mit zitternden Fingern brach sie das Siegel und faltete das dicke Papier auseinander.

*Liebe Madeline,*

*verzeih mir, dass ich dir erst jetzt schreibe, aber ich musste zunächst eine Vertrauensperson ins Haus schleusen. Glücklicherweise habe ich einen sehr guten Freund, dessen Tochter Amanda in Diensten bei Lord Bernwick stand. Ich konnte sie davon überzeugen, uns zu helfen. Nun müssen wir mit Bedacht vorgehen, denn der Earl of Wooverlough ist ein starker Gegner mit den besten Kontakten bis in die obersten Reihen der Politik. Madeline, ich befürchte, er wird seinen Sohn nicht loslassen. Ich habe von der Geburt seines Erben in der Zeitung gelesen und von seiner Lüge, was die Mutterschaft betrifft. Aber es gibt Gerüchte in der Gesellschaft, ich habe mehr als eine kritische Stimme vernommen, die daran zweifelt, dass die Comtess die echte Mutter ist. Schließlich war sie noch wenige Monate zuvor ganz offensichtlich nicht in anderen Umständen. Seine Lordschaft hat es versäumt, die Comtess frühzeitig vor den Blicken der Gesellschaft zu verbergen, und kam wohl erst kurz vor der Geburt auf die Idee, das Kind als seinen ehelichen Sohn auszugeben. Ich bin sicher, dass du für ihn jetzt nicht mehr so interessant bist wie vor der Geburt. Wenn du deinen Sohn bei ihm zurücklässt – und ich hoffe, du bist dazu bereit –, wird er vermutlich keine Anstalten machen, uns aufzuhalten. Und sollte er sich doch erdreisten, uns mit seinem Wissen über den Mord an Gerald Farwell erpressen zu wollen, dann setzen wir unsere Kenntnisse ein, die seinen Sohn betreffen. Denn wenn Howard offiziell nicht der Sohn der Comtess, sondern deiner wäre, könnte er nicht sein Erbe werden. Das wird Seine Lordschaft verhindern wollen. Madeline, ich weiß, dass ich fast Unmögliches von dir verlange, aber vergiss nicht, auch ich habe mein Kind verloren*

*und weiß, wie schwer ein solcher Verlust ist. Dabei habe ich von Amanda gehört, dass der Earl dich auf engstem Raum gefangen hält und dass du deinen Sohn ohnehin nie zu Gesicht bekommst.*
*Liebste Madeline, ich verspreche dir meinen Schutz und werde mich bemühen, dir das bestmögliche Leben zu bieten. Gib mir über Amanda Bescheid, wie du dich entschieden hast.*

*In aufrichtiger Zuneigung*
*Thomas*

Madeline starrte auf den Brief. Sie musste nicht lange darüber nachdenken. Thomas hatte recht, hier in Wooverlough Court würde sie ihren Sohn genauso wenig sehen, wie wenn sie in London leben würde. Und John wäre vielleicht sogar froh, wenn sie fort war. Er schien nichts mehr mit ihr anfangen zu können und hielt sie vermutlich nur noch hier gefangen, weil sie zu viel über ihn und Gerald wusste und auch, weil sie ihm dabei half, eine Art Heiligenfigur aus seinem Bruder zu machen. Madeline schüttelte sich. Wie schnell sich dieser Heldenmythos im Umkreis von Fleetwood und Liverpool doch verbreitet hatte! Niemand schien die übertriebene Darstellung in ihren Texten anzuzweifeln. Im Dorf sollte im nächsten Sommer sogar ein Fest für den verstorbenen Pfarrer stattfinden. Madeline wurde bei der Vorstellung schlecht, dass dem Mörder, der so viele unschuldige Frauen getötet hatte, nun eine solche Ehre erwiesen werden sollte.

Sie verdrängte den Gedanken daran und holte eines der leeren Tagebücher aus ihrem Versteck. Vorsichtig trennte sie eine Seite aus dem Buch und schrieb eine Antwort an Thomas. Sie teilte ihm mit, dass sie zur Flucht bereit sei und Amanda bereits von einem Geheimgang erzählt habe. Anschließend versteckte sie das Tagebuch wieder und schob den Brief in ihre Rocktasche. Ihr Herz krampfte sich schmerzhaft zusammen, wenn sie daran dachte, dass sie ihren geliebten Jungen hier bei John zurücklassen musste. Sie würde ihn loslassen müssen, denn es war ausgeschlossen, dass sie Howard je wiedersehen durfte. Aber Madeline würde nach vorn blicken.

Nun musste sie hoffen, dass Amanda bald zurückkam, damit sie ihr die Nachricht für Thomas mitgeben konnte.

# Kapitel 23

*Liverpool, Oktober 1840*

Thomas sah aus der Kutsche, die ihn nach Fleetwood brachte, in den Regen hinaus und überlegte, ob die Entscheidung richtig gewesen war, Madeline bei der Flucht zu helfen. Schließlich war er Polizist und hatte immer auf der Seite des Gesetzes gestanden. Aber er wusste, dass er es tun musste, auch wenn es das Ende seiner Karriere bedeuten konnte und er Madelines und sein Schicksal nun in die Hand einer Fremden gab. Denn der Earl war nicht dumm und würde schnell herausfinden, dass sein neues Hausmädchen für Madelines Verschwinden verantwortlich war.

Der Kutscher hielt die Droschke vor dem Pfarrhaus an, das noch immer leer stand. Bis ein Nachfolger für den ermordeten Pfarrer gefunden worden war, hielt ein Kollege aus der benachbarten Gemeinde hier die Gottesdienste ab. Das war für ihr Vorhaben jetzt von Vorteil, denn die Bewohner des Pfarrhauses wären die Einzigen gewesen, die hätten mitbekommen können, dass in der Krypta etwas vor sich ging.

Thomas wies den Kutscher an zu warten und sah sich verstohlen um. Die Dorfstraße war leer. Einzelne Gaslampen beleuchteten das feuchte Kopfsteinpflaster. Die Pferdeäpfel des Kutschpferdes dampften in der kalten Luft, der Wind rauschte in den Bäumen, eine Nachtigall sang. Thomas zog den Hut tiefer in die Stirn und machte sich auf den Weg in den Garten des Pfarrhauses. Er hielt eine Öllaterne in der Hand. Vorsichtig ging er um das Pfarrhaus herum, durch den Garten bis zur Mauer. Dort schwang er sich auf die andere Seite. Er tastete sich im schwachen Schein der Lampe durch die Dornen zur Krypta. Dieses Mal hatte er vorgesorgt und trug den Schlüsselbund bei sich, der bei der Leiche des Pfarrers gefunden worden war. Da niemand sich nach Abschluss der Untersuchungen für den schweren Bund interessiert hatte, konnte Thomas ihn unbemerkt mit nach London nehmen.

Er öffnete das Tor zur Krypta und trat ein. Ein Schauer überlief ihn, obwohl er seinen warmen Mantel trug. In der Ecke raschelte etwas. Thomas leuchtete mit der Öllampe dorthin und sah eine Ratte im Laub verschwinden. Er atmete tief durch und ging dann zu dem dunklen Loch in der Wand gegenüber. Das musste der Geheimgang sein, der bis zum Anwesen führte. Entschlossen tauchte er in die Dunkelheit ein und folgte dem Gang in die Tiefe des Felsens. Es roch nach Moos und Feuchtigkeit. Thomas musste aufpassen, dass er nicht ausrutschte, denn der Boden war glatt. Er fröstelte. Meter um Meter arbeitete er sich vor.

Nachdem er etwa eine halbe Stunde lang im schwachen Licht seiner Lampe geradeaus gegangen war, beschrieb der Korridor eine scharfe Kurve, und zwei Stufen führten hinauf zu einer dicken Tür. Ihr Holz war mit einer Moosschicht bewachsen, wirkte aber noch stabil und kräftig. Behutsam drehte Thomas den Knauf und die Tür gab mit einem leisen Knarren nach. Er schlüpfte durch den Spalt und ging so leise wie möglich in den dunklen Raum dahinter. Im Schein der Öllampe tauchten Weinflaschen und Fässer vor ihm auf. Er betrachtete die hohen Regale, die allesamt gut gefüllt waren. Thomas holte den Grundriss des Hauses, den er von Amanda erhalten hatte, aus seiner Tasche und hielt ihn ins Licht. Er hatte ihn schon auswendig gelernt, und doch wollte er sicherheitshalber noch einmal nach dem Weg sehen, den das Hausmädchen ihm eingezeichnet hatte.

Als er den Plan gerade wieder gefaltet und in seiner Tasche verstaut hatte, erstarrte er plötzlich. Da war ein Geräusch. Schritte näherten sich. Er blies die Öllampe aus und konnte gerade noch hinter ein Regal huschen, als die Kellertür geöffnet wurde und jemand hereinkam. Thomas hörte, wie ein Streichholz angerissen wurde. Im nächsten Moment war ein schwacher Lichtschein wahrzunehmen. Die Schritte und das Licht näherten sich. Der Inspector versuchte, sich noch weiter in die Ecke zurückzuziehen, ohne gegen eines der Regale zu stoßen. Die Schritte kamen immer näher. Gleich würde man ihn entdecken. Dann wäre Madelines Flucht gescheitert. Er hielt den Atem an. In diesem Moment hielten die Schritte inne und ein leiser Ausruf erklang. Es war die Stimme eines Mannes. Eine Flasche wurde aus dem Regal herausgezogen und der Mann entfernte sich wieder. Thomas wagte sich so weit aus seinem Versteck, dass er um die Ecke spähen und erkennen konnte, dass der Mann die Kleidung eines Dieners trug. Als der Angestellte wieder an der Tür war, blies er seine Kerze aus und sah sich verstohlen um. Das war, ganz offensichtlich, ein kleiner Dieb, der, nachdem die Herrschaft zu Bett gegangen war, ein Fläschchen für sich selbst stibitzt hatte.

Thomas wartete noch einen Moment, bis er sich aus dem Versteck wagte und nun ebenfalls den Weinkeller verließ. Die Öllampe entzündete er diesmal nicht, denn er wollte in den dunklen Fluren nicht auffallen. Der Weg war kompliziert, das hatte er auf dem Plan erkennen können, denn das alte Gebäude war oft erweitert worden, man hatte neue Gänge und Wohntrakte geschaffen, sodass manche Flure unversehens vor einer Mauer endeten. Thomas musste sich konzentrieren, um nicht die Orientierung zu verlieren, und immer wieder rief er sich Amandas Zeichnung in den Kopf. Sie hatte angeboten, ihm zu helfen, aber das war Thomas zu riskant erschienen. Denn wenn Amanda nachts ihr Zimmer verlassen hätte, wäre das vermutlich dem anderen Dienstmädchen aufgefallen, mit dem sie sich den Schlafraum teilte. Nein, Thomas musste den Weg allein finden. Er fluchte leise, als er sich erneut in der Richtung geirrt hatte. Schließlich musste er doch die Öllampe anzünden, um einen Blick auf den Plan werfen zu können. Sobald er sich wieder orientiert hatte, löschte er das Licht und ging zurück zu der Stelle, an der er falsch abgebogen war.

Irgendwann hatte er es geschafft und die große Halle gefunden, die Amanda ihm genannt hatte. Nun hieß es, das richtige Holzpaneel ausfindig zu machen, hinter dem die verborgene Bibliothek lag. Es dauerte eine Weile, bis er es erkannt hatte, aber Madeline hatte Amanda alles so gut erklärt, dass es ihm schnell gelang, die verborgene Tür zu öffnen.

Wenig später stand er in der alten Bibliothek. Ihre Bestände waren nicht umfangreich, aber die Bücher waren ohnehin nicht der Grund, warum er hierhergekommen war. Thomas sah nach oben und entdeckte die Tür, die in die Wand eingelassen war.

Kurz darauf tauchte Madelines Kopf über ihm auf. »Thomas! Gott sei Dank!«

»Ich habe es geschafft«, stieß er aus und wischte sich den Schweiß von der Stirn. Leise fragte er: »Würdest du dich fallen lassen, wenn ich dich auffange?«

Madeline nickte.

»Warte, bis ich den Tisch und den Stuhl hier weggeräumt habe«, flüsterte er.

Dann ließ Madeline zuerst einen schweren Leinenbeutel herunterfallen, der voller Bücher war.

»Die muss ich mitnehmen«, sagte sie, als er sie fragend ansah. »Darin habe ich alles aufgeschrieben, was geschehen ist.«

Er breitete die Arme aus. »In Ordnung. Bist du so weit?«

Madeline sprang und Thomas fing sie auf. Einen Moment lang hielt er sie in seinen Armen. Madeline war schmaler geworden und noch blasser, als er sie in Erinnerung hatte. Aber er hatte keine Zeit, sie genauer zu betrachten, sie mussten rasch von hier verschwinden. Er schulterte den Leinensack mit den Büchern, der nichts weiter als ein zusammengebundenes Laken war, und Madeline nahm die Öllampe. So leise wie möglich schlichen sie zurück in den alten Saal, wo sie die Lampe löschten, um durch das dunkle und noch immer schlafende Haus in den Weinkeller zurückzueilen, von wo aus sie den Geheimgang zur Krypta nahmen.

Erst als sie im Garten des Pfarrhauses angekommen waren, atmete der Inspector erleichtert auf. Die Droschke stand noch dort, wo er sie hatte warten lassen. Der Fahrer warf ihnen einen neugierigen Blick zu, und Thomas überlegte, ihm seinen Dienstausweis zu zeigen, ließ es dann aber bleiben. Madelines Verschwinden würde in wenigen Stunden auffallen, und dann wäre sehr schnell ermittelt, wer dafür verantwortlich war. Thomas hatte sich vorgenommen, nicht gleich nach London zu fahren, sondern in seinem Hotel auf den Earl of Wooverlough zu warten. Madeline hatte Besseres verdient, als ein Leben lang auf der Flucht zu sein. Deshalb mussten sie möglichst rasch mit dem Adeligen sprechen und die Sache ein für allemal klären.

Die ersten Vögel stimmten ihren Morgengesang an, und der Horizont färbte sich hell, als sie das Hotel erreicht hatten. Thomas hatte ein zweites Zimmer für Madeline gebucht. Als der Hotelpage jedoch gegangen war und Thomas sich zurückziehen wollte, hielt Madeline ihn auf.

»Lass mich nicht allein, bitte.«

Der Inspector drehte sich um. »Madeline …«

Sie hob die Hand. »Ich bin einsam, Thomas. Ich war über ein Jahr lang eingesperrt. Ich will nur deine Nähe spüren.«

Thomas strich sanft mit der Außenseite seiner Finger über ihre Wange. »Das sollst du auch, aber nicht heute Nacht. Wenn du mir die Ehre erweist und meine Frau wirst, sollst du nie wieder einsam sein, das verspreche ich dir.«

Sie fasste nach seiner Hand. »Du möchtest mich heiraten?«

Er nickte.

»Das hat noch nie jemand zu mir gesagt«, gestand sie.

»Ich habe bisher die Erfahrung gemacht, dass sich Männer eher für meinen Körper interessieren als für eine Ehe mit mir.«

»Dann wird es Zeit, dass sich das ändert.«

»Ich will gern deine Frau werden«, Madeline lächelte. »Würdest du denn jetzt die Nacht mit mir verbringen?«

»Nein, mein Liebling.« Er ging auf sie zu und küsste zärtlich ihre Stirn. »Wenn Seine Lordschaft morgen kommt, soll er dich nicht in meinem Bett vorfinden. Ich möchte, dass sich auch für dich etwas ändert. Dein altes Leben ist vorüber, das ist ein Neuanfang.«

Madeline sah ihn liebevoll an und sein Herz begann zu klopfen. Wie gern hätte er sie mit in sein Bett genommen, wie sehr sehnte sich sein Körper nach ihr. Aber er wusste, dass es nicht richtig gewesen wäre, nicht für ihn. Er war nicht der Earl of Wooverlough. Wenn er in Madelines Arme sank, dann erst, wenn er sie seine Ehefrau nennen konnte.

Seine Lordschaft kam am Mittag des nächsten Tages. Thomas und Madeline erwarteten ihn in dem kleinen Lesesaal des Hotels. Der Earl war allein, diesmal begleiteten ihn keine Polizisten.

»Madeline!«, rief er statt einer Begrüßung. »Wie hast du es geschafft, aus dem Turm zu gelangen?«

»Ich habe ihr geholfen«, antwortete Thomas an ihrer statt.

»Du kommst sofort mit mir zurück.«

Der Inspector stand aus dem Lesesessel auf, in dem er gesessen hatte. »Das sollten Sie sich gut überlegen, Eure Lordschaft.«

»Das habe ich und ich bestehe darauf. Madeline ist meine Frau …«

»Du weißt genau, dass ich das nicht bin«, entgegnete Madeline empört. »Du willst mich ausnutzen, aber was bietest du mir dafür?«

»Du bist nur eine Frau und kannst froh sein, dass ich dich ernähre.« Der Earl war rot vor Zorn geworden. »Ich habe dir alles gegeben. Ein wunderschönes Haus, Personal, und ich habe dir sämtliche Wünsche von den Lippen abgelesen. Um Geld musstest du dir nie Sorgen machen. Dabei hattest du alle Freiheiten, die du wolltest. Aber den Anspruch darauf hast du selbst verwirkt, indem du diese ungeheuren Unterstellungen in die Welt gesetzt hast.«

»Ich denke, Sie wissen sehr gut, dass Madelines Anschuldigungen nicht aus der Luft gegriffen sind«, mischte sich Thomas ein. Er stand in der Mitte des Lesesaals und beobachtete den Earl skeptisch. Noch einmal würde er nicht zulassen, dass er Madeline mitnahm.

»Mein Bruder war ein gütiger, heiliger Mensch«, schrie John, die Hände in die Hüften gestemmt. »Und ich will nichts mehr davon hören.«

In diesem Moment erkannte Thomas, dass der Earl seine Worte tatsächlich glauben wollte. Er war genauso krank, wie sein Bruder es gewesen war, wenn auch nicht mit den gleichen gefährlichen Auswirkungen. Aber wer wusste schon, wohin das alles noch führen würde? Auch der Earl lebte in seiner Fantasiewelt, schuf sich seine eigene Wahrheit und ließ sich nicht mehr davon abbringen.

Thomas verschränkte die Arme vor der Brust. »Das werden Sie auch nicht – wenn Sie uns gehen lassen.«

»Ich werde Madeline niemals gehen lassen.« Der Earl baute sich bedrohlich vor der jungen Frau auf.

»Denken Sie doch einmal in Ruhe nach«, erwiderte Thomas jetzt mit beherrschter Stimme. »Was wollen Sie mit ihr anstellen? Sie ein Leben lang im Turm gefangen halten? Wie wollen Sie das schaffen? Noch haben Sie Personal, das keine Fragen stellt. Aber das wird nicht auf Dauer so bleiben. Irgendwann fangen die Dienstboten an, misstrauisch zu werden und Ihr Geheimnis auszuplaudern.«

»Mein Personal ist loyal«, entgegnete der Earl und warf seinen Zylinder auf einen der Tische.

»Und was ist, wenn Sie Gäste haben? Die bringen ihr eigenes Personal mit. Wird das auch loyal sein? Und was haben Sie davon, wenn Sie Madeline im Turm einsperren?«

»Dann kann sie keine Lügen mehr verbreiten!«, schrie der Earl beinahe hysterisch und klammerte sich an der hohen Lehne eines Sessels fest.

»Da habe ich einen besseren Vorschlag«, erwiderte der Inspector. »Madeline wird Ihnen ein Dokument unterschreiben, in dem sie sich verpflichtet, über Ihren Bruder zu schweigen, solange Sie sie in Frieden lassen. Madeline wird mit mir nach London reisen und Sie werden nie wieder etwas von uns hören«, versprach Thomas.

Der Earl schnaubte. Dann ging er unruhig im Zimmer auf und ab.

»Denk auch an Howard«, mischte sich Madeline nun ein. »Du hast ihn mir genommen. Jeder weiß, dass er nicht Marys Sohn ist. Wenn ich im Turm bleibe, wird sie das immer wieder daran erinnern, dass sie nicht seine leibliche Mutter ist. Aber wenn ich fort bin, kann sie sich dem Jungen vielleicht besser annähern.«

Thomas sah, wie schwer es Madeline fiel, dieses Argument vorzubringen, und doch hatte sie recht damit. Der Inspector hatte schon einige Gerüchte darüber gehört, dass das Baby die Comtess in allem ablehnte und dass auch Mary sich schwer damit tat, dem Kind Gefühle entgegenzubringen.

Darüber schien selbst der Earl nachzudenken.

Er fragte: »Und du wirst Howard in Ruhe lassen? Du stehst nicht irgendwann vor der Tür und machst uns Ärger?«

Thomas bemerkte, wie Madeline Tränen in die Augen traten. Sie flüsterte: »Nein, ich verspreche es.«

Der Earl trat ans Fenster und sah eine Zeitlang hinaus, ohne etwas zu sagen. Schließlich drehte er sich um. »Na schön, ich lasse ein solches Dokument von meinem Notar aufsetzen.«

Erleichterung überkam Thomas. Er hatte gewusst, dass dieses Gespräch schwer werden würde. Aber John hatte endlich eingewilligt. Madeline würde frei sein.

»Und darin werden wir auch vereinbaren, dass Madeline mir jeden Monat einen Artikel über Geralds gütige Taten zuschickt«, fügte der Earl hinzu.

»Bei allem Respekt, Eure Lordschaft«, rief Thomas aufgebracht. »Wie können Sie das von ihr verlangen? Sie hat Ihnen schon genug Texte geschrieben.«

»Ich will mehr«, sagte der Earl und klang nun beinahe wie ein trotziges Kind.

»Davon möchte ich Ihnen dringend abraten«, erwiderte Thomas rasch. »Denn noch glaubt man diese Lügen. Aber wenn immer neue Heldentaten auftauchen – befürchten Sie nicht, dass die Menschen dann allmählich misstrauisch werden?«

»Na schön«, lenkte der Earl schließlich ein. »Vermutlich habe ich wirklich genug schriftliches Material, um bei der Königin vorzusprechen und um einen Feiertag für Gerald zu bitten.«

Madeline sog scharf die Luft ein. Thomas warf ihr einen beschwichtigenden Blick zu.

»Ich werde heute Abend mit meinem Notar noch einmal zu Ihnen kommen.« Der Earl nickte ihnen zu und verließ mit diesen Worten das Lesezimmer.

»Oh mein Gott«, stöhnte Madeline und ließ sich in einen der Ledersessel fallen. »Was habe ich bloß getan? Wenn dieses Monster einen eigenen Feiertag bekommt, ist das wie Hohn auf all die unschuldigen Frauen, die er umgebracht hat.«

»Ich glaube nicht, dass das geschehen wird«, besänftigte Thomas sie. »Deine Texte sind alle anonym erschienen oder unter einem unbekannten Namen. Es gibt kein einziges Wunder, das nachgewiesen worden ist. Niemand hat gehört, wie die Tiere zu ihm sprachen, oder gesehen, wie er Wunden geheilt hat. Und außerdem glaube ich, dass die Menschen kritischer sind, als man denkt. Sie werden diese ungeheuerlichen Geschichten sicher irgendwann hinterfragen.«

»Ich hoffe es«, seufzte Madeline.

Am Abend kehrte der Earl mit seinem Notar zurück und sie verfassten ein Dokument, das Madeline dazu verpflichtete, keine Anschuldigungen mehr gegen ein Mitglied der Familie der Wooverloughs zu erheben. Am nächsten Tag fuhren Madeline und Thomas endlich nach London.

# Kapitel 24

*Oxford, heute*

Zoe klappte das Tagebuch zu. Sie saßen in den alten Ledersesseln in Charlottes Büro.

»Das ist es!«, rief sie aufgeregt. »Das ist die Erklärung für den Heldenmythos um Gerald Farwell.«

Sie griff nach einem Stift und machte sich einige Stichpunkte in ihren Unterlagen. Die Erkenntnis, die sie aus ihren Nachforschungen gewonnen hatte, war nun offensichtlich: Gerald war von seinem Bruder zum Helden gemacht worden.

»Wie schrecklich es für Madeline gewesen sein muss, dass John sie gezwungen hat, Gerald zu glorifizieren«, stellte Charlotte fest, während sie das letzte Tagebuch auf den Tisch zwischen ihnen legte. »Ich frage mich, warum wir nie einen von Madelines Texten gefunden haben. Sie wurden den Tagebüchern zufolge im Gemeindeblatt von Fleetwood veröffentlicht.«

Zoe ließ sich gegen die Sessellehne zurückfallen. »Solche Gemeindeblätter wurden vermutlich nicht lange aufbewahrt. Es waren ja keine größeren Tageszeitungen, die sicher archiviert worden wären. Wahrscheinlich hatten sie auch keine hohe Auflage.«

»Aber jetzt wissen wir, wo wir suchen müssen. Vielleicht

kannst du den Pfarrer fragen, ob nicht doch noch alte Ausgaben des Gemeindeblattes von Fleetwood irgendwo existieren. Und dann sollten wir dringend die Online-Kataloge danach durchforsten. Oh Zoe, das ist der Durchbruch!« Charlotte strahlte sie an.

Zoe erwiderte ihr Lächeln und sofort beschleunigte sich ihr Herzschlag. Dann nahm sie all ihren Mut zusammen und fragte: »Wärst du sehr böse, wenn ich nicht über Gerald Farwell promovieren würde?«

»Was? Wieso nicht?« Charlotte richtete sich überrascht auf.

»Das kann ich meiner Mutter nicht antun«, sagte Zoe. Sie stand auf und ging nervös ein paar Schritte im Zimmer auf und ab. »Wir haben gerade begonnen, uns wieder anzunähern. Wenn ich nun die Wahrheit über Gerald und auch über John schreibe, wird das nur einen neuen Keil zwischen meine Eltern und mich treiben.«

Charlotte stand plötzlich neben ihr. Ihre Oberarme berührten sich leicht. »Selbstverständlich musst du nicht über ihn promovieren.«

Ihre Blicke trafen sich. Schnell wandte Zoe sich ab und ging zurück zu der Sitzgruppe. Sie schenkte sich neuen Tee aus der Kanne ein, die auf einem Stövchen gestanden hatte. Es fiel ihr schwer genug, in Charlottes Nähe zu sein, ohne sie küssen und liebkosen zu dürfen, sie wollte nicht auch noch in ihren Augen versinken.

Charlotte fasste sie sanft an den Schultern und drehte sie zu sich. »Ich verstehe deine Überlegung sehr gut, und wir können gern ein anderes Thema für dich suchen. Aber vielleicht wäre es ja eine nachträgliche Rehabilitierung der vielen Frauen, die durch Geralds Hand gestorben sind.«

Zoe stellte ihre Tasse ab und ließ sich wieder in den Sessel sinken. »Oh ja, das stimmt. Trotzdem darf ich die Beziehung zu meiner Familie nicht gänzlich aufs Spiel setzen.«

Charlotte nahm in dem anderen Sessel Platz. »Das muss ich selbstverständlich akzeptieren, auch wenn es bedauerlich ist.«

Zoe dachte einen Moment lang nach. Dann richtete sie sich auf und griff nach Charlottes Hand. »Aber was hältst du davon, wenn ich Madelines und Geralds Geschichte einfach aufschreibe?«, fragte sie, während Charlotte sich aus ihrem Griff befreite. »Ich könnte einen Roman über Madeline und ihr Schicksal schreiben. Dabei würde ich die Namen der Figuren so verändern, dass nicht ersichtlich ist, von wem die Geschichte handelt.«

Jetzt sprühten auch Charlottes grüne Augen vor Begeisterung. »Aber ja! Das ist eine großartige Idee. Damit wäre die Geschichte dieser Frauen erzählt. Sie wären nicht für immer vergessen, sondern dürften als literarische Figuren weiterleben.«

Charlotte streckte ihre Hand nach Zoes Gesicht aus, zog sie dann aber wieder zurück. »Ich freue mich riesig auf deinen neuen Roman, und dieses Mal darf ich hoffentlich bei seiner Entstehung dabei sein.«

Zoe hielt einen Moment lang die Luft an. Plötzlich hatte sie Schmetterlinge im Bauch und wildes Herzklopfen. »Mein Verlag liegt mir schon seit Langem in den Ohren, dass sie einen Nachfolger zu *Der Übernächste* haben möchten. Vielleicht nenne ich Madelines Geschichte einfach *Eine Frau von Vorgestern.*« Zoe lachte.

Charlotte betrachtete sie und in ihren Augen lag eine unendliche Zärtlichkeit.

Zoe wollte nicht, dass es zu einer Situation kam, die ihre Professorin hinterher bereute und Zoes Herz ein weiteres Mal brach. Deshalb fragte sie, um den knisternden Moment zwischen ihnen rasch zu beenden: »Warum wurde die Tür zum Turmzimmer wohl später zugemauert?«

Charlotte lehnte sich in dem alten Sessel zurück und überlegte. »Vielleicht hat der Earl das veranlasst, um nicht mehr an die ganze Geschichte erinnert zu werden«, sagte sie.

Zoe nickte. »Womöglich wollte er dadurch diese kleine Unstimmigkeit in seiner Familiengeschichte beseitigen. Howard war nicht das leibliche Kind der Comtess und hätte nie der Erbe von Wooverlough werden dürfen.«

Zoe dachte daran, wie viel Leid sich bereits in dem Familiensitz der Wooverloughs zugetragen hatte. Und solange es Menschen wie ihren Vater gab, würde sich das wohl auch nicht ändern. Nicht jeder war so stark wie Zoe oder Madeline, die dem Haus den Rücken gekehrt und ein neues Leben begonnen hatten.

Entschlossen stand sie auf. »Ich werde nach weiteren Tagebüchern suchen. Auch John könnte damals seine Sichtweise der Ereignisse aufgeschrieben haben. Seine Aufzeichnungen würden mich wirklich interessieren.«

»Aber nicht mehr heute.« Charlotte betrachtete sie zärtlich und griff nach ihrer Tasche, die sie neben dem Sessel abgestellt hatte.

»Nein«, sagte Zoe und lächelte sie liebevoll an.

# Epilog

*London, Sommer 1851*

Madeline wischte sich die feuchte Stirn mit ihrem Baumwolltuch trocken und beobachtete ihre Tochter, die mit leuchtenden Augen auf die vielen Fähnchen und Wipfel sah, die um den imposanten Kristallpalast im Londoner Hyde Park wehten, wo die Weltausstellung in diesem Jahr stattfand. Seit dem Frühjahr war die Stadt in einem Ausnahmezustand. Die Straßen quollen über von Menschen sämtlicher Hautfarben und Wortfetzen in fremden Sprachen drangen an Madelines Ohr. Ihre drei Kinder wollten am liebsten jeden Tag einen Ausflug zur Weltausstellung machen, der gigantische Glaspalast und die Besucher, die aus den unterschiedlichsten Ländern herbeiströmten, faszinierten die Kleinen. Rund um das Gebäude waren Buden aufgebaut worden, an denen man Süßigkeiten, Getränke und Souvenirs kaufen konnte. Im Inneren des gewaltigen Bauwerks waren Madeline und Thomas mit ihren Kindern allerdings nur ein einziges Mal gewesen, denn die Eintrittskarten waren teuer. Doch es war eindrucksvoll genug, den Palast aus Eisen, Stahl und Glas von der Straße aus zu bewundern und an den bunten Verkaufsständen vorbeizubummeln.

»Mummy, schau mal da, die Frau!« Der sechsjährige

Tommy deutete mit seinem kleinen Zeigefinger auf eine orientalische Dame, die, in bunte Gewänder gehüllt und mit einem Schleier vor dem Gesicht, hinter einem Mann hereilte.

»Tommy, man zeigt nicht mit dem Finger auf Leute«, ermahnte ihn seine ältere Schwester.

Madeline lächelte ihrer Tochter zu und warf einen Blick auf ihren jüngsten Sohn, den kleinen Andrew, der friedlich in seinem Kinderwagen schlief. Wenn er aus ihm herausgewachsen war, würden sie den Wagen an eine andere Familie verschenken, denn Thomas hatte Madeline unmissverständlich klargemacht, dass Andrew ihr letztes Kind sein würde. Thomas litt jedes Mal schrecklich unter Madelines Schwangerschaften, und sie verstand ihn nur zu gut. Schließlich hatte er seine erste Frau und ihr gemeinsames Kind bei der Geburt verloren.

Wenn Thomas abends nach Hause kam, legte sich eine so tiefe Zärtlichkeit auf sein Gesicht, dass Madeline meinte, vor Glück zerplatzen zu müssen. Thomas vergötterte sie und die Kinder und hatte sein Versprechen gehalten. Madelines Leben war wunderschön, nicht frei von Sorgen, schließlich war das Geld knapp, aber sie hatte inzwischen gelernt, damit zu haushalten. Sie hatten Mrs Doulton, die für sie kochte und im Haushalt half, ansonsten gab es kein Personal. Das war anfangs eine große Umstellung für Madeline gewesen. Sie hatte die alltäglichen Arbeiten wie das Wäschewaschen, Putzen und Wischen erst erlernen müssen. Aber mit Thomas' Hilfe war es ihr gelungen und jetzt machte es ihr sogar Spaß. Heute war es, als hätte es nie etwas anderes als ihren kleinen Haushalt und die Kinder in ihrem Leben gegeben.

»Kommt, meine Schätze, wir müssen uns langsam auf den Rückweg machen«, rief sie und streckte ihre Hände nach den Kindern aus.

»Och«, Tommy verzog sein kleines Gesicht, »ich will noch ein wenig hierbleiben und die Leute ansehen.«

»Ja, Mummy«, pflichtete ihm nun auch Erica bei. »Noch ein bisschen, ja? Wir beeilen uns nachher auch. Schau mal, der Junge dort! Was der für einen vornehmen Rock trägt.«

Madeline musste lächeln, während sie das Kind beobachtete, auf das Erica deutete. Es kam an der Hand eines Gentlemans den weißen Sandweg entlang auf sie zu. Sie waren ganz eindeutig auf dem Weg zum Kristallpalast, der sich hinter Madeline befand. Der Junge musste etwa zehn Jahre alt sein und trug einen eleganten Anzug wie sein Vater. Plötzlich hielt Madeline inne und betrachtete die beiden genauer. Ihr wurde schwindelig. Sie klammerte sich an dem Kinderwagen fest. Das war unmöglich! Und doch war sie sich sicher. Der Mann in dem eleganten Anzug war John. Sie erkannte den vertrauten Gang, die Figur, sein Gesicht. Er war älter geworden, graue Strähnen mischten sich unter das dunkle Haar, den Bart trug er etwas kürzer und die Koteletten länger als vor elf Jahren. In diesem Moment begegneten sich ihre Blicke und John erstarrte ebenfalls. Er hatte sie erkannt. Madeline hielt den Atem an, als er auf sie zukam. Ihr Blick wanderte zu dem Jungen und erst jetzt verstand sie. Das war ihr Sohn, Howard! Tränen traten ihr in die Augen, die sie schnell fortblinzelte. Sie spürte die fragenden Blicke ihrer Kinder auf sich, als John den Hut lüftete.

»Miss Brown!«

»Mrs Young«, korrigierte sie ihn.

»Natürlich«, er lachte und blickte zu Howard. Er räusperte sich. »Das ist mein Sohn Howard.«

»Howard«, flüsterte Madeline. Und einen Augenblick lang blieb die Zeit für sie stehen. Plötzlich waren der Kristallpalast und die belebten Londoner Straßen mit all den vielen Menschen vergessen. Für Madeline gab es nur noch Howard.

Doch der Junge schenkte ihr nur einen flüchtigen Blick. Als er ihre Kleidung ansah, erkannte Madeline eine gewisse Abfälligkeit und Überheblichkeit in seinen Augen.

Er war ein hübscher Junge geworden, der große Ähnlichkeit mit seinem Vater, aber auch mit Madeline hatte. Sie wollte ihn in ihre Arme ziehen, ihm sagen, dass kein Tag vergangen war, an dem sie nicht an ihn gedacht hatte, aber sie wusste, dass sie damit die Welt des Jungen zerstören würde. Er fühlte sich als Marys Sohn, und sollte er je erfahren, dass er in Wirklichkeit das Kind dieser ärmlich gekleideten, einfachen Frau war, würde er vermutlich verzweifeln. Nein, Howard durfte die Wahrheit nie erfahren.

»Wie geht es Ihnen?«, fragte John jetzt.

Madeline lächelte tapfer, obwohl ihr Herz gerade zu brechen drohte.

»Danke, gut. Und Ihnen?« Ihre Stimme war kaum mehr als ein Flüstern, als sie fragte: »Und Ihrem Sohn?« Wieder suchten ihre Augen Howard, der sich gelangweilt abgewandt hatte und zum Kristallpalast hinübersah.

»Es geht uns allen sehr gut«, erwiderte John. »Wir vermissen Sie in Fleetwood.«

Madeline nickte nur. Ja, sie vermisste manchmal auch die Tage, als alles noch unbeschwert zwischen ihr und John gewesen war. Als sie ihre erste Liebe zueinander entdeckt und sich ihr hingegeben hatten. Ja, es hatte auch schöne Jahre an Johns Seite gegeben, und doch würde sie ihr jetziges Leben nie dagegen eintauschen wollen.

»Sie sind zur Weltausstellung in die Stadt gekommen?«, fragte sie.

»Ja, wir wollen sie heute besuchen. In Fleetwood habe ich allerlei darüber gelesen und von Freunden die aufregendsten Berichte gehört. Das wollten wir uns nicht entgehen lassen«, erklärte John, während er zum Palast hinüber deutete.

»Nun, dann wollen wir Sie nicht aufhalten.« Madeline schluckte. »Ich wünsche Ihnen alles Gute.«

»Danke, Mrs Young.« John wandte sich an seinen Sohn. »Sag auf Wiedersehen, Howard.«

Der Junge verbeugte sich kurz vor Madeline, ohne sie wirklich wahrzunehmen. Gedanklich war er wohl schon auf der Weltausstellung.

Madeline presste die Lippen zusammen. Tränen brannten in ihren Augen.

John hielt einen Moment inne, es schien ihm schwerzufallen, sich von Madeline abzuwenden. Dann fasste er entschlossen nach Howards Hand, und Madeline sah ihnen nach, wie sie auf den großen Glaspalast zusteuerten. Ihr Herz zog sich schmerzhaft zusammen. Das war ihr Sohn und er wusste es nicht. Sie dachte daran, wie sie das kleine Köpfchen gehalten, das Baby gestillt und in den Schlaf gewiegt hatte. Wie sie die kleine Stirn über und über mit Küssen bedeckt hatte. Ihr Blick verschwamm, und sie spürte, wie ihr Tränen über die Wangen liefen.

In diesem Moment fasste eine kleine Hand nach ihrer und hielt sie fest. »Hat der Mann dich traurig gemacht?«

Sie wischte die Tränen fort und sah zu ihrer Tochter Erica hinunter. »Er hat mich an meine Kindheit erinnert.«

»War das dein Freund, als du klein warst?«, fragte ihre Tochter.

Madeline nickte. »Mein bester. Wir sind zusammen aufgewachsen.«

Sie bückte sich und nahm ihre beiden Großen in die Arme. Einen Moment lang hielt sie sie ganz fest, bis Tommy sich von ihr löste.

»Es wird Zeit, nach Hause zu gehen«, sagte Madeline schließlich und richtete sich auf.

# Danksagung

Dieses Buch widme ich euch, meinen Leserinnen und Lesern. Denn ohne euch ginge gar nichts. Ihr seid der Grund dafür, dass ich mich immer wieder an meinen Computer setze und die Geschichten, die in meinem Kopf herumschwirren, zu Papier bringe. Ich danke euch, dass ihr meine Bücher kauft und lest, dass ihr mir auf so vielen unterschiedlichen Wegen immer wieder Bestätigung und Lob zukommen lasst. Das Schreiben kann ein einsames Unterfangen sein, doch dank euch bin ich nie allein. Ob über Facebook oder Instagram, bei Lovelybooks-Leserunden oder per Mail, über Briefe oder Nachrichten oder persönlich auf Lesungen, ich freue mich jedes Mal riesig, wenn ihr euch meldet. Denn eure Meinungen und Leseeindrücke helfen mir weiter, ich lerne viel von euch. Danke!

Und auch ohne meine beiden großartigen Lektorinnen, Hannelore Hartmann und Ulrike Schuldes, ginge es nicht. Denn ein gutes Lektorat macht aus einem guten Buch ein sehr gutes Buch. Und ich könnte keine besseren Fachleute an meiner Seite haben. Mit unendlicher Geduld und großem Respekt gehen beide an meine Texte heran und tragen dazu bei, den bestmöglichen Roman entstehen zu lassen. Danke!

Meiner lieben Autorenkollegin Marlies Ferber danke ich für die wertvollen Ratschläge zum Manuskript. Du warst die erste Leserin der Geschichte und hast viele entscheidende Hinweise gegeben. Ich danke dir nicht nur für diese Ideen, sondern auch für unsere Hundespaziergänge und Frühstücke, das dtv-Autorinnen-Weihnachtsessen, unsere gemeinsamen Lesungen und in erster Linie für deine Freundschaft.

Und meiner Familie gebührt wie immer der größte Dank. Meinem Mann Dario, der mich in allem unterstützt, was ich mir ausdenke, der jede Laune und Eingebung mitmacht, und meiner Mutter, die immer einspringt, wenn wir Hilfe brauchen. Ganz besonders und von Herzen danke ich den wichtigsten Wesen in meinem Leben, meinen geliebten Hunden Poirot, Hastings, Barnaby, Miss Marple und Humphrey sowie meinen beiden Katzen Reena und Frau Suhrbier.